Que no te pese la tierra

Voz y Tiempo

edaf

FRANCISCO ALCOBA GONZÁLEZ

Que no te pese la tierra

www.edaf.net

MADRID - MÉXICO - BUENOS AIRES - SANTIAGO

2022

Esta novela recibió el XXVI Premio de Novela Negra
Ciudad de Getafe 2022 del Ayuntamiento de Getafe.
El Jurado de esta convocatoria estuvo presidido
por Lorenzo Silva, y sus vocales fueron:
Maica Rivera (directora del Festival Getafe Negro),
Gervasio Posadas (Director de Ámbito Cultural de El Corte Inglés),
Marcelo Luján (escritor) y Esperanza Moreno (editora);
y el secretario fue Miguel Ángel Martín Muñoz.

Editorial Edaf, S.L.U.
Jorge Juan, 68,
28009 Madrid, España
Teléf.: (34) 91 435 82 60
www.edaf.net
edaf@edaf.net

Ediciones Algaba, S.A. de C.V.
Calle 21, Poniente 3323 - Entre la 33 sur y la 35 sur
Colonia Belisario Domínguez
Puebla 72180, México
Telf.: 52 22 22 11 13 87
jaime.breton@edaf.com.mx

Edaf del Plata, S.A.
Chile, 2222
1227 Buenos Aires (Argentina)
edafadmi@gmail.com

Editorial Edaf Chile, S.A.
Avda. Charles Aranguiz Sandoval, 0367
Ex. Circunvalación, Puente Alto
Santiago - Chile
Telf: +56 2 2707 8100 / +56 9 9999 9855
comercialedafchile@edafchile.cl

Octubre de 2022

ISBN: 978-84-414-4196-5
Depósito legal: M-23492-2022

PRINTED IN SPAIN   IMPRESO EN ESPAÑA

COFÁS

Para Azucena,
que me dio el tiempo y el ánimo.

El verdadero soldado no lucha
porque tenga delante algo que
odia. Lucha porque tiene detrás
algo que ama.

—G. K. Chesterton

1

LE llevó unos segundos darse cuenta de que se había despertado en el lugar equivocado. La cama era amplia, con un colchón firme pero suave, cubierto por un edredón nórdico en tonos pastel de un diseño muy popular seis temporadas atrás. Bajo las sábanas había una manta eléctrica medio deshilachada, cuyos circuitos empezaban a marcarse en su espalda. Sintió una opresión en el pecho al salir de la cama. La habitación estaba apenas abuhardillada; tenía las paredes forradas de madera hasta la mitad, y la parte superior trapeada en ocres claros para contrarrestar la orientación al Norte. La palabra «trapeada» se le clavó en la garganta como una espina afilada. Formaba parte de un vocabulario que había utilizado con naturalidad en otra época, lleno de imaginativos nombres de colores, telas y técnicas de decoración. Ahora la pared parecía burlarse de sus ínfulas de advenediza.

A través de los cristales se oía el rumor de las hojas de los árboles. Al entrar en la casa por primera vez le había parecido el sonido de la felicidad. A espaldas del agente inmobiliario escribió en el móvil: «Nuestra casa», mostrándoselo a Roberto con una sonrisa. Ahora le hacía añorar la habitación pequeña y oscura que se había ido convirtiendo en su verdadero hogar. Había pasado a ser un recordatorio más del silencio que marcaba la ausencia. Como cada mañana, encendió la radio para no apagarla hasta salir de casa.

Se levantó con pesadez y se vistió en el cuarto de baño, de suelo y paredes de mármol color crema. Se demoró apenas unos instantes bajo la ducha de microgotas, cuyo folleto publicitario prometía una experiencia similar a la de refrescarse en la selva con el rocío de la mañana. Mientras se secaba su mirada se quedó fija en el lavabo de la izquierda: el grifo goteaba desde hacía semanas, haciendo eco a la lenta pérdida de agua de la cisterna; caídas leves pero constantes que ni sabía ni quería atajar. De forma retorcida, le parecía justo que la casa se hiciese pedazos al ritmo de su propia vida.

No quería hacerlo, pero terminó asomándose al dormitorio de Anna, como cada mañana. Los muñecos reposaban en la cama, salvo Orejas y Tito, que hacían guardia sobre la mesa de color rosa suave, ordenada y sin una mota de polvo. Era la única habitación realmente limpia de toda la casa: la única que repasaba cada día obsesivamente, colocando una y otra vez los libros que ya eran demasiado infantiles la última vez que su hija los había abierto un año atrás.

Desayunó apoyada en la isla de la cocina, de espaldas a la cocina de gas que Roberto había insistido en instalar y que llevaba más de un año sin encenderse: café solo, tres galletas y dos comprimidos de paracetamol. La cabeza le retumbaba por la falta de sueño. Las ocho menos cuarto. Tenía el tiempo justo para llegar a la comisaría sin retrasarse, pero aun así bajó con desgana las escaleras que llevaban al sótano. En una esquina se cubría de polvo el banco de trabajo en el que su marido pasaba las horas muertas. Montó en el pequeño Renault desvencijado, lleno de mugre y de abollones, que desentonaba en el enorme garaje de dos plazas, y salió de la casa para unirse al largo atasco en el que se arrastraba hacia el centro cada mañana.

Cada pocas semanas se renovaba el rumor de que les quitarían el derecho a aparcar en el patio interior de la comisaría, pero por suerte aún no se había hecho realidad. No quería ni pensar en lo que le supondría tener que venir a trabajar en transporte público desde la maldita ciudad dormitorio en la que se habían prometido ser tan felices. Un lugar para criar a Anna… La ironía era demasiado punzante como para pensar en ella.

En el último momento recordó que tenía que pasar por el Anatómico Forense. Unas pruebas de algún caso que se habían perdido en el limbo burocrático en el que los papeles solían desaparecer por un intervalo indeterminado, entre una semana y la eternidad. No debían de ser muy importantes, o el jefe habría montado un escándalo hasta tener una solución de verdad. Y, de cualquier manera, debería haberse ocupado de ellos Paula. Pero a ella no le importaba: le daba una excusa para llegar tarde y pasar a ver a Inma. Además, si salía mal, siempre podía echar la culpa al sistema informático: todos lo odiaban, nadie desaprovecharía la oportunidad de maldecirlo una vez más.

Llegó a comisaría casi a las doce. Aprovechó para tomar otro café de la máquina de la entrada y se dirigió a paso lento hacia su despacho. Paula no le dio tiempo a llegar:

—El jefe quiere verte. Ha preguntado por ti tres veces esta mañana.

—¿Tres veces? ¿Ha pasado algo?

—No lo sé, pero debe de ser urgente. Sube, ¿vale?

Nerviosa, dejó las cosas en el despacho y subió las escaleras preguntándose para qué la habría convocado. Hacía semanas que no hablaba con el comisario; cada vez le encargaba tareas menos importantes, y se las transmitía a través de Paula. Ella no tenía ninguna queja al respecto, no se sentía con fuerzas para mucho más. Pero, pese a haber perdido todo interés por su trabajo, bajo ningún concepto se podía permitir perderlo. Ni siquiera el menor de los complementos que convertían su nómina en un sudoku con una solución distinta cada mes. Por trivial o aburrido que fuese lo que le encargasen, lo aceptaría sin rechistar. Además, Julián era un buen hombre. Se rumoreaba que como investigador no había valido gran cosa, pero como jefe siempre la había apoyado.

—Los administrativos del Anatómico Forense han tardado horas en encontrar los papeles de Félix. Me han dicho que has llamado tres veces esta mañana. ¿Hay algo grave?

Últimamente la miraba con una mezcla de compasión y dureza que la preocupaba. Como diciendo que entendía por lo que estaba pasando, pero que no podía dejar que eso impactase en la eficacia del servicio. Que si se convertía en un obstáculo tendría que tomar medidas.

—No sé si grave, pero sí urgente. Aunque suene raro, porque es un caso frío. Congelado. Pero está en medio de un jodido campo de minas, y vamos a tener que tratarlo con muchísima cautela. ¿Lo entiendes? ¿Podrás con ello?

No. No podía. Por Dios, si apenas conseguía levantarse cada mañana. Investigar cualquier caso requeriría más energía de la que se veía capaz de reunir; hacerlo con uno frío, con cualquier posible indicio desvanecido en el tiempo, más de la que podía imaginar. Y encima cuidando de no herir las susceptibilidades de quienquiera al que se estuviese refiriendo el jefe… no quería ni pensarlo.

—Claro. Cuéntame.

Le entregó una carpeta mucho más fina de lo habitual. Dos hojas, una de las cuales mostraba una fotografía de muy mala calidad. Parecía tomada con un móvil por quien hubiese encontrado los restos. Ni siquiera se podía llamar un cadáver: un hoyo en la tierra seca, y asomando por entre las piedras una calavera limpia. Habría encajado mejor en una excavación arqueológica que en la escena de un crimen.

—Se encontró hace tres horas. La foto la ha mandado el antropólogo forense, que lleva allí desde las diez y media con el equipo de la Científica.

—Si fue un asesinato, el responsable ha tenido tiempo de salir del país y hasta de morir de viejo. ¿Por qué tanta urgencia?

Julián puso cara de fastidio.

—La casa pertenece a un alto cargo. Muy bien situado en el Partido. Y, por lo que sé, un cabrón de cuidado, aunque de los que no lo parecen hasta que te suelta la puñalada. El nombre sale en varios de los sumarios que la Audiencia Nacional tiene abiertos, aunque no como investigado… todavía. Por si fuera poco, acaba de poder entrar en la propiedad después de un litigio por la herencia que ha durado veinte años en los tribunales. Y, mira tú qué casualidad, lo primero que ha dicho el forense al verlo ha sido «pues así, a ojo, unos quince años, cinco arriba o abajo». Si esto sale a la luz, y saldrá, mejor que tengamos una pista clara sobre qué ha ocurrido, porque va a haber hostias para repartir. Y los suyos se asegurarán de que unas cuantas nos toquen a nosotros. Así que hay que trabajar rápido y con muchísima discreción.

Intentó no sonar más negativa de lo que lo haría cualquiera en su situación.

—Ya sabes lo que es esto, Julián. Tú mismo lo has dicho: congelado. Lo más probable es que dentro de un año todavía no tengamos ninguna pista fiable.

—Pues por lo menos tendremos que haber descartado que tenga nada que ver con el Excelentísimo Señor Don Martín de su puta madre. O eso, o asegurarnos de que fue él y que lo metan en la cárcel, pero ya. No hay más posibilidades.

La miró con fijeza, sabiendo que le pedía comprometerse a algo que no podía asegurar. Y ella le devolvió la mirada. Hay ritos que deben respetarse, aunque todos sepan que no hay ningún significado detrás de los gestos repetidos; o quizá precisamente porque lo saben.

—Está bien. Voy para allá.

—Llévate a Susana. Que le dé el aire, por lo menos.

Las doce, y ya se sentía tan agotada que se habría dejado caer en la cama sin dudarlo.

2

La subinspectora Susana Carvajal llevaba cuatro años en la comisaría. Era su primer destino, pero no le duraría mucho. Había sido la número uno de su promoción, y nadie dudaba de que accedería a la Escala Ejecutiva más pronto que tarde. Era proactiva, imaginativa y brillante. Vestía siempre con la indumentaria típica de una mujer que intenta hacerse respetar en un mundo dominado por hombres: chaqueta, camisas claras, pantalones de corte recto o faldas de tubo que, a diferencia de a muchas de sus colegas, le sentaban bien.

No la podía aguantar. No podía evitarlo, por más que supiera que era injusto. Le recordaba demasiado a ella misma cuando empezó: llena de entusiasmo, de esfuerzo, de preparación. Lo leía todo, se presentaba voluntaria para cualquier cosa; no tenía dudas sobre su capacidad para enfrentarse a lo que le echasen encima. La extenuaba.

—Muchas gracias por contar conmigo, de verdad. Hace semanas que no salgo a un caso. Necesito ver una escena, aunque sea como esta. Además, hace mucho que no trabajaba contigo. Te lo agradezco de verdad.

—No tienes que hacerlo.

Era rigurosamente cierto. No era ella, sino Julián, quien había decidido que la acompañase. Pero indicárselo iniciaría una conversación en la que no tenía ningún interés.

—¿Sabemos quién es el muerto? ¿Dónde está la carpeta? ¿Hay algún indicio relevante?

Por toda contestación indicó con un gesto el asiento de atrás, mientras culebreaba para cruzar los cuatro carriles de la avenida hasta tomar la desviación que necesitaba.

—No hay mucho… —continuó la subinspectora—. ¿Seguro que no es histórico? Quiero decir, la casa tiene como cien años. Puede llevar ahí desde la Guerra Civil.

—El jardín se cultivaba con regularidad hasta hace unos veinte años. El crimen debió de ocurrir poco tiempo después.

—Podríamos empezar con una lista. La gente que tenía acceso a la casa en aquel momento. ¿Sabemos quiénes eran? ¿Queda alguien de esa época a quien interrogar?

Dejó la última serie de preguntas sin respuesta, y no volvió a hablar hasta dejar el coche en el lugar del suceso, pese a la insistencia de su colega. Se resistía a pensar en ella como «escena del crimen». No conseguía que la calavera pelada y marrón asomada entre la tierra seca le pareciese un cadáver. De momento no era más que decoración, atrezzo en una escena macabra.

—¡Joder! Nunca había visto nada parecido. ¿Te imaginas la pasta que puede costar algo así? ¿Seguro que no es de un banco, o algo parecido? ¿Todo esto es de una sola persona?

Por una vez la verborrea de la subinspectora parecía justificada. Tenían delante un caserón antiguo, que en su tiempo debía haber sido la casa de campo de alguien muy rico. Ahora se le notaba el paso del tiempo: las molduras, las paredes y las columnas señoriales daban la sensación de irse a caer en cualquier momento. El jardín que la rodeaba estaba descuidado; incluso la verja de entrada, oxidada, parecía poder desencajarse de un empellón. Aunque no era la casa lo que llamaba la atención, sino la finca: un cuadrante de casi sesenta metros de lado, cuyo fondo ni siquiera se veía desde la entrada, cubierto como estaba de árboles de gran porte. Toda la parafernalia de la Científica, con sus cintas, sus tiendas portátiles y sus inspectores cubiertos de los pies a la cabeza con batas desechables, ocupaba apenas un pequeño espacio a un lado del edificio. Si en cualquier otra escena se expandían hasta ocupar todo el sitio disponible, aquí su dispositivo parecía de juguete.

Una finca así sería impresionante en cualquier lugar, pero resultaba demencial en un barrio de ensanche, rodeada por todos los lados por edificios de diez a quince plantas de altura. Durante los años en los que la propiedad había quedado inmovilizada, la burbuja inmobiliaria había creado una ciudad a su alrededor cuyas promociones debían de haberse vendido aún sobre plano. Incluso en estos tiempos, un solar de ese tamaño debía de valer una fortuna. A diez metros de las cintas de la Científica se veía una excavadora. Gema la señaló:

—Seguro que lo primero que iban a hacer era tirarlo todo para ponerse a construir. No te cuento cómo les debe haber sentado tener que parar.

—Ya. Bueno, qué se le va a hacer, ¿no? Que se aguanten.

—Que se aguanten, ya. Pero les va a faltar tiempo para empezar a meter prisa. En cuanto el juez levante el cadáver querrán tirarlo todo, y cuando tú y yo vengamos a decirles que todavía puede haber indicios que comprobar, nos van a echar a los perros. ¡Qué mierda de caso!

—Bueno, no te pongas así. Seguro que no es tan tremendo. Además, no creo que tengamos para mucho, ¿no?

La miró sin contestar. Una casa que debía de tener más de veinte habitaciones, y un muerto que no se sabía dónde había fallecido. Con muchísima suerte encontrarían un hacha y una gran mancha de sangre; de lo contrario iban a pasar meses buscando pelo y huellas en ese maldito lugar.

Caminaron con la pinaza crujiendo bajo sus pies; olía a una mezcla surrealista de excursión al campo y tubo de escape: como en uno de esos sueños en los que se entremezclan ambientes que en la vida real permanecen separados.

—El que faltaba. Joder.

—No sé por qué le tienes tanta manía. A mí me parece majo; me tocó trabajar con él el mes pasado, y se portó fenomenal. Estuvo dos tardes ayudándome un montón con las pruebas.

No se dignó contestar. Sebastián, «Sebas para los amigos y para ti, preciosa», era el tipo de persona que se aseguraría de dejarle claro a la subinspectora lo mucho que se esforzaba en ayudarla, aunque en realidad solo estuviera haciendo su trabajo. Y que alardearía en todo momento de su brillantez, desviando la mirada sin mucha sutileza y dejando que ella sacase la conclusión de que todo lo hacía igual de bien.

—Bueno, bueno, quién tenemos aquí. ¡Cuánto honor para unos pobres mortales! Va a ser verdad que hay alguien de altos vuelos involucrado, si nos mandan a lo mejorcito de la comisaría.

«Más bien a las que pueden sacrificar como cabeza de turco», pensó Gema, sin contestar.

—¿Lo has visto ya? ¿Qué sabemos? ¿Ha aparecido algo interesante? —disparó Carvajal.

—No gran cosa, la verdad. Adulto, probablemente mayor, no creo que fuese a cumplir ya los cincuenta. Diría que lleva muerto por lo menos diez años. Y digo muerto porque era varón, casi con certeza. Lo sabremos mejor cuando esté desenterrado del todo, pero ya sabes cómo son nuestros distinguidos colegas… Llevan ahí toda la mañana, y apenas han terminado con el tórax.

—¿Y algo sobre la causa de la muerte?

—Bueno, de momento sabemos que no le aplastaron la cabeza a golpes: todos los huesos que hay a la vista están intactos, ni siquiera se aprecian lesiones anteriores. Y como eso es lo único que tenemos, pues de momento no hay gran cosa que podamos decir.

—Vaya.

Casi oyó el suspiro de desilusión, de tan claramente contenido. La mejor virtud de un policía es la paciencia, pero es con diferencia la que más cuesta conseguir. También en eso le recordaba a sí misma. Miró a Sebas; sabía que le gustaba guardarse algún secreto para el final.

—¿Algo más?

—Bueno, no gran cosa. Y seguramente no me corresponde a mí decirlo: a fin de cuentas, solo soy antropólogo, debería dedicarme a los huesos. No pertenezco al selecto grupo de elegidos capaces de interpretar las sacrosantas pistas.

Pronunció la palabra como si estuviese invocando el nombre de algún dios pagano de poderes misteriosos.

—Venga, no me marees: ¿qué has visto?

—Qué no he visto, quieres decir. No he visto ropa; nada, y ya van casi por la cintura. Parece que a nuestro amigo lo enterraron desnudo.

No era mucho, pero al menos era algo en lo que pensar. Todos los puzles empiezan por una sola pieza.

—No es raro, ¿no? —preguntó Susana—. Hay un porcentaje bastante alto de víctimas de asesinato que aparecen desnudas, o en ropa interior. ¿No habéis tenido casos similares?

Se quedó unos instantes en silencio, recordando escenas que habría dado cualquier cosa por olvidar.

—Si, pero casi en su totalidad son mujeres. Es mucho más raro que aparezca el cadáver de un hombre desnudo, ni siquiera en crímenes pasionales. Y es un hombre, ¿verdad?

—Casi seguro, ya te lo he dicho. Cuando acaben de descubrirlo lo confirmaré, pero me sorprendería mucho equivocarme. Aunque, por supuesto, nadie descartará nada hasta que le hagan pruebas de ADN.

Esta vez acompañó la entonación con gestos alambicados; solía referirse a los genetistas como «los magos del CSI». Para ser justos, todos sentían un cierto resquemor hacia los niños mimados de la criminalística. El hecho de que en realidad aportasen pruebas determinantes en un porcentaje creciente de casos no hacía nada por disminuirlo, más bien al contrario.

—¿Inspectora Moral? Creo que debería ver esto.

La voz de la persona que la llamaba le sonaba, pero no logró identificarla. Y el cuerpo, a esta distancia, era apenas un maniquí del color blanco de las batas, del que solo asomaba un pequeño rectángulo color carne a la altura de la cara. Solo al acercarse lo reconoció pero, por desgracia, no consiguió acordarse de su nombre.

—Entren por aquí, por favor. Ahí tienen el material.

Les indicó con un gesto las cajas de material desechable.

—Otra vez a ponerse todo esto. Como si fuésemos a tocar nada. Siempre me da la sensación de ir a entrar a un quirófano.

No contestó. Era un comentario bastante habitual, pero ella nunca lo había sentido así. Extrañamente, a quien le recordaba era a su madre, obligándola a usar patines de punto para desplazarse sobre el parqué recién encerado del salón. A los cirujanos nadie les advertía de que no tocasen donde no debían, pero los de la Científica no tenían ningún reparo en regañar a cualquiera que se extralimitase. Claro que a su colega todo eso le sonaría a chino: ya nadie enceraba los suelos; la mayoría ni siquiera sabían distinguir el parqué del plástico.

—¿Qué quería que viésemos? —preguntó, confiando en que la ausencia de nombre no resultase extraña.

—Fíjese en la muñeca.

El hoyo, que seguía recordándole a una excavación arqueológica, descubría ya toda la parte superior del esqueleto, salvo las manos. Estaban empezando con la derecha, y al descubrirla había aparecido un trozo de cuerda roja y negra. Una cuerda de sección redonda, fina y muy resistente; del tipo de las que venden en las tiendas de deportes para ir a la montaña. Carvajal miró por encima de su hombro.

—¿Es una pulsera? ¿Una de esas de tela?

—No, no lo es. Solo está por encima, no por debajo. ¿Puede retirar un poco más la tierra de ese extremo, por favor? Donde se ve algo marrón.

El técnico obedeció, con la parsimonia propia de los de su oficio. Con lentitud, entre pequeños toques de punzón y cepillo, la pieza salió a la luz.

—¿Y eso qué es? —preguntó Susana.

—Una clavija, como las que se usan para asegurar las tiendas de campaña —respondió la inspectora—. Apostaría a que hay otra en el otro extremo de la cuerda.

—¿Quieres decir que lo ataron? ¿Lo sujetaron al suelo?

—Yo diría que sí. Es un poco pronto, pero me da la sensación de que ya tenemos causa de la muerte: asfixia. O mucho me equivoco, o lo enterraron vivo.

En ese momento llegó la sensación que solía tener al ver la primera foto, incluso al oír por primera vez de un caso; casi nunca más tarde del primer contacto con el cadáver. El sentimiento íntimo de la muerte, no como un concepto abstracto, sino como algo que la atañía personalmente. Los huesos mondos habían retrasado el momento, pero al fin se había convertido en su muerto, y lo seguiría siendo hasta que consiguiese explicar lo que le había ocurrido, sacar a la luz a quien hubiese acabado con él. Lo sabía a ciencia cierta porque, diecisiete años atrás, hubo de dejar el primer caso de asesinato que no consiguió resolver; esa y otras dos víctimas seguían tan presentes para ella como el primer día, mientras muchos otros cadáveres se habían convertido en sombras cada vez más vagas en su memoria. El esqueleto sin nombre que tenía delante estaría a partir de ahora junto a ellos, hasta que consiguiese devolverle la paz. Por cansada que estuviera, por desconectada que se sintiera de su trabajo, eso al menos no había cambiado.

Carvajal interrumpió sus pensamientos.

—¿Qué es eso? ¿Lo veis? Lo que asoma entre la tierra.

— No estoy seguro. Esperen un momento.

Se agachó junto al hoyo, y con unas pinzas extrajo un trocito de plástico verde y marrón por un lado, negro por el otro.

—Parece un trozo de bolsa que se haya desgarrado. No habíamos encontrado ningún otro hasta ahora. En realidad, no hemos encontrado nada: solo tierra, piedras y los huesos del pobre hombre.

Gema se quedó mirando el fragmento, grabándolo en su memoria como una pequeña pieza del puzle, probando a encajarla con lo poco que sabía hasta ahora. Le pareció intuir una conexión. Por desgracia, su mente aprovechó el momento para distraerla: recordó, por fin, el nombre del técnico de la Científica, y al hacerlo la sensación se esfumó. Volvió a ver simplemente lo que tenía delante: tierra y huesos.

—Está bien. Vamos a echar un vistazo a la casa. Le dejamos que siga con su trabajo, Raúl.

—Gracias, inspectora. Entren por la puerta lateral, y si aparece algo más les avisaremos.

La puerta indicada daba a una cocina casi tan grande como el garaje de su casa. Estaba vacía, a excepción de los muebles anclados a las paredes y, a juzgar por la capa de polvo y telarañas que lo cubría todo, había ocurrido hacía mucho tiempo.

—¿No decían que habían estado usado la casa hasta hace veinte años? Desde luego no lo parece. No creo que nadie haya usado este fregadero desde hace cincuenta.

—Se ve que al dueño le gustaba vivir en una especie de museo —contestó una voz que salía de una pequeña estancia lateral—. Pero hay truco, no se crean. Es solo de adorno.

Siguiendo la voz se asomaron a una estancia mucho más pequeña, donde otra de las técnicas estaba completando una inspección: se trataba de una cocina que habría sido moderna veinte años atrás; pequeña, muy funcional, e igual de polvorienta.

—Debía de tener toda la casa así. Conservada desde sabe Dios cuándo, salvo algunas estancias donde el dueño hacía la vida de verdad: un dormitorio, un cuarto de baño, un despachito… De todas formas, es una suposición, por las marcas que han quedado. Está todo vacío, hasta el desván.

La cocina daba, a través de un corto pasillo, a un inmenso salón. Los escasos restos que quedaban permitían hacerse una idea de cómo había sido la casa en su plenitud: una hilera de puertas francesas con marcos blancos y paneles de cristal tallado daba al jardín de atrás, donde se alzaba una fuente decorada con una ninfa de piedra blanca. En la pared opuesta grandes espejos flanqueaban una chimenea de granito impoluta. El resto de las paredes estaban enteladas en un tono carmesí que debía de haber sido intenso, aunque los cercos que habían dejado docenas de cuadros permitían deducir que apenas habría resultado visible cuando la casa estaba en uso. El suelo, en madera oscura, tenía en el centro una decoración en marquetería de unos cuatro metros de lado, reflejado en un patrón similar moldurado en el techo.

—Joder —susurró la subinspectora, sin palabras por una vez.

—Eso mismo. Toda la casa es así. Hasta las ventanas de las buhardillas tienen un escudo de armas en el cristal. Y todavía no he encontrado ninguna habitación que sea más pequeña que el salón de mi casa.

—¿Alguna indicación que pueda sugerir el lugar del crimen?

—Ninguna. Nada en absoluto, salvo polvo. Estamos tomando algunas muestras aquí y allá, por si acaso, pero no creo que vayan a dar ninguna conclusión. La casa la vaciaron cuando se cerró, se ve que para eso no había problemas con la herencia. Así que si había algún indicio en los muebles hace mucho tiempo que se perdió.

A pesar de sus palabras, dedicaron las siguientes horas a inspeccionar cada estancia. No había nada que ver, pero era su obligación mirar. La falta de concentración de Gema empeoraba lo que habría sido en cualquier caso un ejercicio agotador. Hasta el entusiasmo de Carvajal se atemperó ante el tedio del procedimiento, y la falta de energía de su superiora.

Terminaban de revisar por segunda vez un anexo del desván cuando las interrumpió la voz de uno de los investigadores desde el piso de abajo.

—Inspectora, ¿puede salir un momento? Hay algo que debería ver.

No había urgencia en su voz, pero sí cierta emoción. Aún era capaz de recordar cuando una entonación así la habría puesto el vello de punta. Ahora solo hacía más clara la sensación de estar perdiendo el tiempo.

—Hemos encontrado sangre. No mucha, pero suficiente. Vengan.

Las guio por la finca, siguiendo un sendero marcado con losas de grava compactada entre los árboles, hasta una pequeña caseta adosada a uno de los muros de la propiedad. Allí guardaría los aperos el jardinero que sin ninguna duda la casa empleaba a tiempo completo.

—Tengan cuidado al entrar, por favor. Está junto a la puerta.

No era nada llamativo: una mancha irregular de unos diez centímetros de diámetro, de un color marrón desvaído. A ningún lego le habría llamado la atención, e incluso para el investigador no debía de haber sido inmediata la identificación.

El cuarto, de unos cuatro metros por seis, estaba ordenado y, salvo por las huellas del tiempo, razonablemente limpio. Un cortacésped a gasoil ocupaba una de las esquinas, y a su lado había una caja con diversas herramientas de mano: azadas, rastrillos, picos y palas.

—Bueno, está claro que si decidieron enterrarlo vivo no fue por falta de opciones —comentó Gema, rozando con el dedo una gran hacha—. ¿Hay manchas en alguna de las herramientas?

—Aún no hemos terminado la inspección. Fui a llamarla en cuanto estuve seguro de que se trataba de sangre. De todas formas, no creo que haya muchas posibilidades: es muy fácil limpiar una pieza metálica. No la habrían dejado para que la encontráramos, si tenían el tiempo necesario para enterrarlo.

Tenía razón, por supuesto. No solo se trataba de un caso antiguo, sino que quien quiera que lo hubiese hecho había dispuesto de todo el tiempo del mundo para acomodar la escena a su gusto. Veinte años atrás la propiedad debía estar alejada de todo, y era suficientemente grande como para que nadie pudiera ver ni oír nada en el improbable caso de que anduviese cerca. De hecho, era extraño que no se hubiesen deshecho de la marca del suelo. No sería fácil, claro, pero tampoco imposible, con tiempo suficiente.

—Gema, mira esto.

En la pared opuesta había apiladas varias decenas de sacos de plástico. Carvajal apoyaba el dedo sobre el dibujo de uno de ellos.

—¿El qué? ¿Qué tengo que ver?

—El dibujo, ¿no te suena? Estoy convencida de que es el mismo que en el fragmento de plástico que encontramos en la tumba.

—Habrá que comprobarlo, pero creo que tienes razón.

—Es herbicida. ¿Para qué iba a echar herbicida en la tierra?

—A saber. ¿Algún tipo de ritual, para proteger el cuerpo? ¿O al revés, para impedir que brotase nada de él?

Perpetuar la muerte, impidiendo que ni siquiera las plantas aprovechasen los restos que quedaron bajo tierra. Si era eso lo que intentaba, no había tenido éxito: después de tantos años, los matojos habían acabado por invadir ese terreno, que había resultado casi indistinguible de los demás hasta que empezaron a excavar. Pero, de momento, no había forma de saberlo.

Volvieron a la fosa. Junto al agujero seguía inclinado Raúl, que retiraba la tierra con la paciencia de un amanuense. De pie junto a él Sebas miraba al punto en el que estaba trabajando. Levantó la vista al oírlos llegar.

—Creo que querrá ver esto, inspectora —dijo el técnico.

Señaló al último punto que había quedado al descubierto: la muñeca derecha, en la que se veía otra cuerda fijada al suelo. Y, junto a ella, un gran reloj de pulsera azul, con la esfera intacta. A través del polvo que la cubría se veían apenas las manecillas, detenidas en las nueve y diez.

—Bueno, lo enterraron desnudo, pero al menos nos dejaron algo… ¿Cuándo cree que podría sacarlo? Es un reloj bueno, del tipo que antes le regalaban a la gente cuando llevaba veinticinco años trabajando en la misma empresa. Con un poco de suerte tendrá una inscripción en la tapa que nos ayude a identificarlo.

—Unos quince minutos, quizá. Les avisaré en cuanto esté.

Carvajal volvió a dar vueltas por la casa mientras lo extraía, convencida de que encontraría algo. Para Gema era más esfuerzo del que estaba dispuesta a ejercer por cubrir las formas, así que se quedó esperando sin más.

Poco a poco se fueron juntando el resto de los compañeros que recorrían de forma sistemática la propiedad, todos con la misma conclusión: salvo la pequeña mancha marrón del cuarto de herramientas, nada parecía indicar que se hubiese cometido un delito en la finca; ni siquiera una pelea.

—Aquí está —indicó Raúl.

En su mano enguantada reposaba el reloj. Era, confirmando las conclusiones del antropólogo forense, un modelo de caballero. De buena marca, pero no de las más caras. La esfera era sencilla, con manecillas estrechas y una pequeña ventana indicando la fecha. Nada que ver con los aparatosos conjuntos de diales y mecanismos que se habían vuelto omnipresentes poco después. Aun así, el llamativo azul metálico, que se mantenía vibrante tras tantos años bajo tierra, buscaba sin duda llamar la atención. Era el tipo de reloj que, veinte años atrás, habría llevado un vendedor algo entrado en años, o un ejecutivo de gustos clásicos. Alguien que quisiese hacerse notar, pero resguardado en la protección de un estilo imperecedero.

—No hay suerte —indicó mientras lo fotografiaba—. No lleva ninguna inscripción.

—Aun así, lo anotaremos todo. Si alguien desapareció con él puesto, seguro que lo incluyeron en el informe.

Aún pasaron algunas horas hasta que terminaron de descubrir el cadáver, sin encontrar indicio alguno sobre su identidad. Caía ya la tarde cuando abandonaron la escena, caminando con paso cansado hacia los coches. Gema se sentía como si acabase de atravesar el desierto a pie.

—Bueno, por lo menos tenemos un par de cosas que meter en la base de datos —comentó la subinspectora, casi con alegría—. ¿Vamos ahora?

—Ni loca. Ve tú si quieres, seguro que alguien te puede acercar a comisaría. Yo por hoy ya he cumplido.

—Como quieras. Hablamos mañana.

Consciente de que llevaba su mirada clavada en la espalda entró en su coche y lo puso en marcha. A esas horas, y con el atasco de salida, le costaría por lo menos una hora llegar a casa.

3

Sesenta minutos se hacen largos cuando los dedicas a arrepentirte. Pero, a fin de cuentas, estaba acostumbrada. Pasaba el día culpándose; casi todo lo que le ocurría le daba razones para hacerlo. Con la insistencia de quien se rasca una picadura hasta hacerla sangrar, fue repasando los errores de la jornada. En esencia, podían resumirse en uno: no había estado concentrada en su trabajo. Estaba convencida de que todos lo habían notado. En especial por contraste con Carvajal, cuyo entusiasmo resultaba casi insultante.

Sabía que no podía permitírselo. Tenía una buena posición en la comisaría que le había costado años conseguir y que se traducía, en la práctica, en complementos que dependían casi enteramente de la buena voluntad del comisario. Si caía en desgracia ante este, si llegaba a la conclusión de que había dejado de serle útil, podía retirárselos. Y, si eso ocurría, no quería ni pensar en lo que podía pasar. Puede que este caso no fuese para tirar cohetes, pero tenía que aferrarse a él con uñas y dientes. Hacer todo lo que estuviese en su mano para resolverlo. O al menos para quitárselo de encima a los de arriba; a estas alturas, seguro que la identidad del asesino era lo que menos les importaba, con tal de que no apareciesen en Internet los titulares equivocados. O sea que solo tenía que encontrar una causa de la muerte en la que el dueño de la casa no se viese involucrado. Aunque, para ser sincera al menos consigo misma, no sabía de dónde iba a sacar los indicios o la energía para hacerlo.

Llegó a casa a las ocho de la tarde. Demasiado pronto, o demasiado tarde para llamar a Barcelona. Deambuló como una zombi por las habitaciones hasta que, como siempre, recaló en la de Anna. Llevaba en la mano un paño que no recordaba haber cogido. No la había limpiado desde el viernes, y atacó con dedicación la tenue capa de polvo que se había acumulado durante el fin de semana. No había, aparte de eso, ni una mota más grande que un grano de arena, ni un pedazo de papel descolocado. Aun así, dedicó casi media hora a repasar cada uno de los rincones del cuarto.

Mientras remiraba uno de los vestidos de su hija para asegurarse —por centésima vez— de que no tenía nada que coser pensó en la desnudez de la víctima que estaba investigando. ¿Qué puede llevar a alguien a desnudar a un hombre, amarrarlo al suelo y enterrarlo vivo? ¿Qué buscaba el asesino? En la mayoría de los casos la respuesta era control. Cuando alguien tiene el poder de decidir el momento de la muerte de otro, lo domina por completo. Quien es capaz de convertir a una persona en un juguete, de someterla a sus deseos y reducirla a un instrumento que se utiliza a voluntad, se siente elevado en consecuencia a la categoría de dios. La tortura, física o mental, se convierte en una forma de demostrar la absoluta prioridad de la voluntad propia sobre la de la víctima.

¿Era eso lo que le había llevado a llenar de herbicida la tierra? ¿Estaba impidiendo en su mente incluso esa vaga forma de volver a la vida? La respuesta a esas preguntas la pondría más cerca de entender al asesino. Y ese siempre era el primer paso para atraparlo.

Se quedó detenida, con el dedo en una cremallera, al darse cuenta de lo que estaba haciendo. Mucho tiempo atrás, cuando Anna era un bebé en sus brazos, se había horrorizado la primera vez que la había relacionado con un caso, como si mantener en su mente a la vez a su hija y un crimen fuera un espanto contra natura. Con el tiempo había terminado por aceptar que, cuando estaba en medio de una investigación, no podía evitar que su mente la tuviese presente constantemente. Así que bañaba a la niña recordando muertes por ahogamiento, y al curarle pequeñas heridas su mente la retrotraía a autopsias de pesadilla. Anna había acabado por darse cuenta de que a veces su madre la miraba ausente, pensando en realidad en otra cosa, aunque nunca le hubiese confesado en qué. Solía hablar de esos episodios como «la luna de mamá». Pero hacía más de un año que no le ocurría. Meses en los que su mente había estado protegida por un muro de preocupación que ningún caso había logrado atravesar. Hasta ahora.

Sonó el teléfono mientras juntaba sobre la encimera un vaso de fideos instantáneos, un yogur y una jarra de agua. Ocho meses atrás había comprado un envase con doce cervezas, y la primera noche había consumido tres antes de empezar a cenar. Al día siguiente, con la culpabilidad martilleándole las sienes aún más que el dolor de cabeza, había tirado a la basura las nueve restantes. Aún evitaba el pasillo de bebidas del supermercado, insegura sobre su propia determinación.

—Hola, mamá —dijo al descolgar.

—Hola, cariño. ¿Cómo estás?

—Bien.

—¿Qué hacías?

—Cenar.

Desde que era una niña recordaba así las conversaciones telefónicas con su madre. Educada en una época en la que cada llamada representaba un añadido a la factura mensual, y una conferencia entre provincias era un exceso, toda su locuacidad natural se tornaba aridez telegráfica en cuanto cogía un auricular. Y, fuera por reflejo o para acomodar la evidente tensión de su madre, ella misma reducía las frases a sintéticas palabras.

—¿Hablaste con ellos?

—No, hoy todavía no. Luego llamo.

—¿Va todo bien?

—Sí, mamá, claro. Bueno, todo lo bien que puede ir.

—Hemos hablado, tu padre y yo.

—¿De qué?

—De la casa.

—Déjalo, mamá, por favor. No vuelvas con eso.

—Le han dicho que nos pueden dar ochenta mil.

—Mamá, no insistas. No voy a dejar que hagáis eso. Además, no sería bastante. No serviría de nada, y os quedaríais en la calle. No vuelvas ni a pensarlo, ¿vale?

Apabullada por una frase tan larga, guardó silencio unos segundos.

—Está bien. Ojalá pudiésemos…

La interrumpió cuando apenas la voz se le empezaba a romper.

—No te preocupes. Saldremos de esta. Te lo prometo.

—Un beso, cariño —lanzó la mujer con dificultad, sin poder apenas completar la última palabra.

—Un beso, mamá. Hasta mañana.

Al colgar se quedó mirando el mármol de la encimera. Recordó a su madre siguiendo las vetas con el dedo pequeño y torcido por los años, los ojos asombrados, mientras su padre permanecía algo cohibido en una esquina, doblemente acobardado por el lujo de la casa y por su presencia en lo que consideraba un dominio femenino. Se acordó de su íntimo orgullo mientras una Anna cuya cabeza apenas alcanzaba a los tiradores de los cajones corría de un lado para otro, mostrando a los abuelos las maravillas de su nuevo hogar.

Enterró el tenedor en los fideos, comprados en paquetes de tres para ahorrar, e intentó concentrarse en ellos mientras los ojos se le empezaban a empañar.

Una hora después estaba sentada en la cama con un camisón grueso y una bata, tratando de entrar en calor mientras miraba fijamente el reloj de la mesilla. En cuanto cambió a las diez cogió el teléfono, que por suerte apenas dio un par de tonos antes de que descolgasen.

—Hola, mi amor. Buenas noches.

El tono íntimo le llenó del calor que le faltaba a la habitación. Sabía que en parte era porque no quería que sus compañeros de casa le escuchasen, pero le daba igual.

—Buenas noches. ¿Cómo ha ido el día?

Hacía un esfuerzo, como cada vez, por sonar alegre y animada, a pesar del agotamiento.

—Hoy ha estado mejor. Yo creo que se va acostumbrando al cambio de tratamiento. Vomitó un par de veces, pero estuvo bien la mayor parte del tiempo. Le dio mucha pena no poder hablar contigo.

—Lo siento —dijo intentando evitar que la culpabilidad le quebrase la voz—. Llegué demasiado tarde. Tengo que comprar un manos libres para poder llamar desde el coche.

—No te preocupes, no pasa nada. Le conté que tenías un caso nuevo, y se quedó tranquila. Le hace sentir importante. Está muy orgullosa de ti.

Esto último lo dijo bajando la voz, con un tono resignado que quería pasar por alegre.

—¿Y cómo lo sabías?

—Se le nota en los ojos. Cuando habla de tu trabajo siempre se anima —respondió, con un leve matiz de tristeza en la voz.

—No, no digo eso. Que cómo sabías que tengo un caso nuevo.

—¡Ah, no! Me lo inventé. Se lo dije para que estuviese tranquila. ¿He acertado?

—Pues sí. Un asesinato —dijo algo cohibida. No estaba bien tratarlo como algo interesante, aunque lo fuese—. Pero antiguo. Ni se sabe cuándo pasó, así que no creo que encontremos mucho.

—Tú eres capaz de encontrar al asesino aunque ni él sepa que lo ha hecho. Ya lo verás.

—Gracias —contestó con una sonrisa—. Ya veremos. En cualquier caso voy a tener que ponerme muy en serio con esto. Ya sabes cómo están las cosas.

—Ya, ya lo sé —dijo poniéndose muy serio—. Ojalá no lo supiese.

—¿Has visto algo?

—Un par de cosas, pero no tengo mucha fe. Con lo que piden y lo que ofrecen, no creo que yo sea lo que están buscando. Pero lo voy a intentar, claro. Qué remedio…

—No te desanimes, ¿vale? Acabará saliendo algo.

—Ojalá.

Se quedaron en silencio. Era una de las cosas que más odiaba del teléfono, los silencios. Frente a él podía leerle los sentimientos en la mirada, acariciarlo, consolarlo… De esta forma no tenía más instrumento que las palabras, y no eran suficientes.

—Mañana intentaré llamaros por la tarde.

—Si puedes genial, pero no te agobies. Haz lo que tengas que hacer. Además, te vendrá bien concentrarte en algo que no sea esta mierda…

—Hay que aguantar, cariño. Superaremos esto. Te lo prometo.

Dos promesas en una noche, a dos personas que sabían que no dependía de ella cumplirlas. Y qué otra cosa iba a hacer…

Por difícil que fuese la conversación, cuando terminó fue como si se hubiese amortiguado la luz. Todo a su alrededor perdió color, y el cansancio volvió a aplastarla. Apagó la lámpara para dejar de ver las odiosas paredes, y se metió entre las sábanas sin quitarse la bata. La casa era tan grande que calentarla era impensable. Había comprado una estufa eléctrica para la habitación, pero apenas conseguía caldearla un poco. Arrebujada bajo las mantas fue entrando en calor, salvo en la cara que asomaba al frío de la estancia.

Con las luces apagadas y los ojos cerrados volvió a sentir la familiar opresión en el pecho. Ni siquiera intentó combatirla; sabía que era inútil. Tumbada de lado, echa un ovillo, el estómago en tensión y un sabor ácido subiéndole a la garganta, comenzó el juego del que no sabía cómo escapar. La conversación de su madre, que seguía rondándole como una mala canción de verano, convirtió el dinero en la primera estación de su particular viacrucis de angustia.

Ochenta mil. Había dicho que no con rapidez, y sabía que no era suficiente, pero aun así no pudo evitar hacer los cálculos una y otra vez, obsesivamente. Lo que debían por la maldita casa, y la miseria que les pagarían ahora por ella. El cuartucho en Barcelona en el que se apretujaba con Roberto cada fin de semana. El alquiler, al menos doble, que tendrían que pagar para un apartamento para los dos. Lo poco que empezaría ganando si pidiese la excedencia y cogiese un trabajo de seguridad privada. La cuota que quedaría de hipoteca para una casa que ya ni siquiera sería suya… No salían las cuentas de ninguna manera, pero eso no evitaba que las repitiese una y otra vez cada noche.

Solía decir que habían comprado el chalé por Anna. Pero sabía que no era verdad, o por lo menos no toda la verdad. También era para estar más cerca del campo; y para que Roberto tuviera sitio para hacer sus chapuzas, y un estudio con luz para una mesa que no le hacía ninguna falta; y para que ella pudiese tumbarse al sol del jardín en primavera; y por la piscina; y, carcomiéndole por debajo, por las putas ganas de decir a todas sus amigas, a su madre y a su suegra que su casa era mejor que cualquiera que ellas hubieran tenido jamás. Comprada cuando los precios habían subido a niveles increíbles, pero daba igual, porque todo el mundo estaba de acuerdo en que las casas nunca bajan, y el estudio de su marido rebosaba de encargos. Y ahora la mesa de dibujo ya ni siquiera estaba en la buhardilla: se la habían vendido por cuatro cuartos a un aparejador que estaba intentando montar algo por su cuenta. Buena suerte...

Por doloroso que fuera, se demoró en los cálculos porque sabía cuál era la última estación. Y, cuando los números dejaron de tener sentido, volvió al caso. No para intentar encontrarle un sentido, qué más quisiera. Para seguir esquivando el final, donde la esperaba Anna con una mueca de dolor que le rompería el alma.

Lo habían enterrado vivo, de eso no tenía la menor duda. No había otra explicación para las cuerdas. Eso descartaba casi por completo el asesinato práctico, o el calentón. Nadie se complica tanto la vida para robar, para eliminar a un rival amoroso, o para tomarse la revancha por una pelea de bar.

Había leído sobre casos relacionados con cultos pseudotribales en los que la víctima era sujetada a la tierra por diversos métodos, algunos prácticos y otros puramente simbólicos, aun después de muerta. Pero esos enterramientos siempre estaban rodeados de parafernalia mística: huesos de animales, textos en lenguas más o menos esotéricas, objetos confeccionados a mano con los elementos más dispares...

En este caso el autor había sido mucho más práctico. Cuerda de montaña y clavijas: objetos que podían comprarse en cualquier tienda de deportes, y que cumplirían su trabajo a la perfección. Ese pragmatismo, unido a la demostración de fuerza implícita en un acto de esa naturaleza, podían indicar un ajuste de cuentas: acabar con alguien de un modo doloroso y humillante era el tipo de ceremonias con las que las mafias solían controlar, mediante el miedo, tanto a los suyos como a sus oponentes.

Pero, como hipótesis, no se sostenía: para que algo así funcione, tiene que darse a conocer. No siembras el terror si el único que conoce la amenaza ya está muerto. De ser un ajuste de cuentas habría salido a la luz mucho antes: se habrían ocupado de que se descubriese el cadáver cuando aún era reconocible o habrían propagado fotos o vídeos de forma anónima. Alguien en la policía habría llegado a enterarse, si no de los detalles, sí de la existencia de alguna nueva banda que utilizase esa forma de matar. Y el caso es que el uso de cuerdas y clavijas le resultaba vagamente familiar, pero no conseguía recordar de qué. En cualquier caso, si era cierto la base de datos les daría la respuesta al día siguiente.

Por supuesto, podía ser una banda fallida. Quizá acabasen descubriendo que el muerto era algún jefecillo de zona al que habían eliminado para hacerse un hueco pero, antes de poder establecerse, alguien se los hubiese quitado de encima a ellos. En ese caso quizá estuviese fichado. Por supuesto no habría huellas dactilares, ni ningún tipo de parecido que pudiesen cotejar. Pero aún podían tener suerte con la dentadura, o quizá Sebas consiguiese hacer una proyección medio decente de los rasgos de su cara a partir del cráneo. El ADN era una opción, por supuesto: si habían podido secuenciar restos de Neanderthal, un cadáver de quince años no debía de ser un problema muy grande. Pero no ponía mucha fe en ello: eso solo sería útil si tenían alguna muestra en las bases de datos, y de esa época no debía de haber gran cosa.

Quedaba la tercera opción, la que había que tener presente en cualquier asesinato sin causa obvia: el psicópata. El que mata por el simple deseo de matar, de verse con la capacidad de hacerlo. Un caso así es compatible con cualquier tipo de ritual, así que no podía descartar que las cuerdas y los clavos formasen parte de su peculiar mundo interior. ¿Le habían hecho daño en un campamento de pequeño? ¿Iba con sus padres de camping y lo odiaba? ¿O era solo que le gustaba la idea de acabar con la vida de alguien sin más herramientas que dos cuerdas y dos clavijas?

Alguien así suele repetir el mismo patrón una y otra vez, a menos que lo detengan. Ese era quizá el argumento más poderoso en contra de esa opción. Mañana tendrían que investigar a fondo en las bases de datos, pero, como había indicado a Carvajal, encontrar varones adultos desnudos como víctimas era algo bastante raro. Si había muerto como parte de una serie era difícil que alguien no lo hubiese recordado ya. Sobre todo con la cantidad de gente que habría involucrado el comisario, en su intento de resolver el caso cuanto antes. De todas formas, los utensilios eran lo suficientemente llamativos como para que fuera sencillo descartarlos buscando en informes archivados. Quince años es un periodo largo, pero no lo suficiente como para que la gran mayoría de casos no estuviesen ya informatizados.

Además, estaba el herbicida. No conseguía sacárselo de la cabeza. Estaba convencida de que era algo importante: el asesino había tenido que ir a buscarlo a propósito, y ese era un indicador seguro de un significado especial. No había forma de saber cuánto habían utilizado, en la caseta podían faltar lo mismo un saco que cincuenta. ¿Por qué era tan importante? Gema había pedido que se cribase la tierra hasta encontrar la más mínima semilla extraña, pero no estaba segura de que fuese a dar ningún resultado.

Concentrada en el problema, sus pensamientos se fueron mezclando poco a poco con divagaciones, y acabó soñando con extrañas plantas sentientes que surgían del pecho desgarrado de un hombre, que en el sueño a veces estaba vivo y a veces muerto, pero siempre la miraba fijamente con los ojos muy abiertos.

Por primera vez en muchas semanas se durmió sin enfrentarse a las preguntas de su hija.

4

AL sonar la alarma del móvil se dio la vuelta en la cama para ponerse frente a Roberto. Solo al abrir los ojos y ver la funda nórdica plana, aún remetida bajo el colchón en el lado de su marido, recordó que estaba a más de seiscientos kilómetros de él. Fue un golpe bajo, precisamente porque lo causó algo positivo: había dormido de un tirón, algo que llevaba mucho tiempo sin hacer en esa cama. En cuanto se dio cuenta se sintió culpable: de forma retorcida, le parecía una falta de respeto por su familia el solo hecho de poder descansar estando lejos de ellos.

Aun así, la culpa era mejor que el insomnio: por lo menos no le daba dolor de cabeza. Se sentía descansada, más ligera. Al menos hasta que se asomó, como cada mañana, al cuarto de Anna. Se acercó a la cama y, sentándose en el borde, acarició con la mano la almohada, pobre sustituto de una cabeza ausente. Luego se levantó, volvió a estirar el edredón y se fue a la cocina.

En el coche se obligó a sí misma a concentrarse en el caso. No solo tenía que resolverlo, sino que debía hacerlo siguiendo cada paso del procedimiento, sin dejar ningún cabo suelto. Julián no podía tener ninguna duda de que seguía siendo la de siempre.

Llegó a la comisaría con diez minutos de adelanto y se sentó en una mesa atestada de folios. Los hizo todos a un lado. Durante la siguiente media hora se dedicó a repasar las escasas notas que había tomado el día anterior, y a intentar completarlas lo más posible con lo que recordaba.

—Gema, te llama el jefe —la interrumpió Paula acercándose con gesto grave.

—¿El comisario? ¿Pasa algo? ¿Te ha dicho por qué?

—Nada. Pero creo que es mejor que vayas cuanto antes.

Tomando sus notas se dirigió al despacho. Debía haber imaginado que el comisario querría un informe diario, y ver progresos. Esperó que le pareciese suficiente.

Al entrar le sorprendió ver que no estaba solo. A un lado de su mesa estaba Carvajal, mirándola con gesto nervioso. El de Julián, en cambio, expresaba preocupación. Pero lo que la puso tensa fue la tercera persona: el inspector Sanlúcar.

En casi todas las comisarías en las que había trabajado había uno como él. Solo uno, porque los de su clase no admitían competencia. Llevaba allí más tiempo que nadie, conocía a todo el mundo, incluso el jefe dependía de él para que todo funcionase día a día. Tenía ideas muy precisas sobre cómo habían de hacerse las cosas, y era inmisericorde con los que no las seguían. No era que resolviese más casos que nadie, ni siquiera se podía decir que fuese especialmente eficaz. Pero cuando llegaba alguien nuevo, especialmente si tenía potencial, se encargaba de hacerle la vida fácil o imposible dependiendo de hasta qué punto acatase su vaga autoridad. Eso con los hombres, claro; por supuesto, no tenía ningún problema en trabajar con mujeres, era un hombre de su tiempo. Sencillamente, jamás reconocía, de forma implícita ni explícita, que se pudiese esperar de ninguna de ellas los mismos resultados que de sus colegas masculinos. En cada caso culminado con éxito había encontrado algún pequeño detalle que explicase la anomalía; normalmente la colaboración de algún colega masculino que, dejaba entender sin demasiada sutileza, era el que había acabado sacando las castañas del fuego. Nunca olvidaba dejarla pasar la primera por las puertas, y recitaba más veces «las damas primero» que los derechos de los detenidos. Pero, cada vez que cedía el paso a una chica joven, aprovechaba para inspeccionarla con tal detalle que era imposible no preguntarse por la verdadera razón de su cortesía.

Vestía zapatos negros con borlas, un pantalón beis con la raya bien planchada, y una camisa de rayas que expandía por encima del cinturón un vientre rotundo. Llevaba el pelo peinado hacia atrás, sin querer disimular unas entradas que llegaban ya casi hasta la mitad del cráneo, y lucía un anacrónico bigote finamente recortado. Con todo, su rasgo más característico era el permanente gesto del que viene de vuelta de todo, el que al verte comenzar algo sabe ya cómo va a terminar y, las más de las veces, está seguro de que será mal.

—Siéntate, Gema —indicó el comisario.

Carvajal estaba sentada en una de las tres sillas que enfrentaban el sillón del jefe. Sanlúcar, en cambio, estaba medio apoyado en un archivador bajo a la izquierda del escritorio. Una de sus piernas permanecía en el suelo, mientras que la otra estaba un poco levantada, con la nalga apenas asentada sobre el mueble, como imaginaba que haría en un taburete de barra al final de la jornada.

—No hace falta, gracias. Me viene bien estar de pie, llevo mucho tiempo en la mesa.

—Está bien. Vamos directos al tema: se trata del caso de ayer.

—Estamos haciendo progresos. Todavía no tenemos demasiado, pero hay varios caminos por los que investigar.

—Lo sé, Gema. Precisamente por eso estamos aquí. Ha habido novedades.

La subinspectora le rehuyó la mirada, mientras que Sanlúcar mantenía su gesto de superioridad.

—¿Qué novedades?

—Susana metió los datos que encontrasteis ayer en el ordenador. Saltó una coincidencia en seguida.

—¿Otro asesinato? ¿Otro hombre desnudo? ¿Qué era lo que coincidía? ¿Por qué no me dijiste nada? —preguntó a Carvajal, que seguía mirando raro.

—Pensó que sería mejor decírmelo directamente a mí. Ya sé que es inusual, y en otras circunstancias no habría permitido que lo discutiese con nadie antes que contigo. Pero, dadas las peculiaridades del caso, puedo entender por qué lo ha hecho.

Estaba segura de que ninguna peculiaridad justificaría que hubiesen involucrado a Sanlúcar antes que a ella, pero decidió no interrumpir a su jefe.

—Los detalles son distintos, incluyendo el tipo de víctima y el modus operandi. Pero la cuerda es idéntica en forma y color a una registrada como prueba. Se trata de una serie de casos ocurridos hace dieciséis años. No se llevaron aquí, fue en el centro.

Estuvo de nuevo a punto de interrumpir, pero se contuvo. Tuvo que recordarse a sí misma que todo eso había ocurrido hace mucho tiempo, y que ya otros policías habrían intentado averiguar todo lo posible. Sin contar con que quizá el tiempo hubiese terminado con el asesino por sí mismo.

—En total hubo cinco casos. En cuatro de ellos las víctimas murieron. La última sobrevivió, y su testimonio debió de ser crucial para detener al autor, porque lo hicieron apenas unos días después de que la atacase.

Sintió una compleja mezcla de decepción y alivio. El caso estaba resuelto. Eso significaba que su tarea sería muchísimo más sencilla que lo que había imaginado. Lo único que tenía que hacer era verificar que, efectivamente, todo concordaba, y un montón de papeleo. Habría que interrogar al culpable, por supuesto, si es que aún vivía. Negaría cualquier relación con el caso, pero nadie le haría demasiado caso: si ya había sido declarado culpable de cuatro asesinatos, ningún juez dudaría en adjudicarle el quinto. Aun con sus menguadas fuerzas, no tendría problemas en terminar un caso así.

Los jefes estarían contentos: no habría ningún problema en exculpar por completo al dueño de la casa, y puede que hasta encontrasen la forma de resaltar su valiosa colaboración con la justicia.

Así pues, tenía delante un caso muchísimo más sencillo de lo que había parecido el día anterior. Sin embargo, eso también significaba que, como puzle por resolver, se desvanecía. Todas las especulaciones que habían dominado su mente desde el momento en que Julián le entregó la primera foto eran ahora inútiles, y dejaban de nuevo un inmenso espacio vacío que, como sabía por experiencia, solo se llenaría con un tema. Había rogado que este caso no fuera complicado y, como en el adagio, los dioses la habían castigado concediéndola su deseo.

—Como ves no queda demasiado que hacer. Hay que verificarlo todo, por supuesto. Pero eso lo puede hacer Susana sola. Sanlúcar se ha ofrecido para servirla de ayuda en caso de que lo necesite.

—¿Cómo? —saltó—. ¿Me estás diciendo que me quitas el caso?

—No hay caso, Gema. Eso es lo que te estoy diciendo. Solo papeleo.

—Eso da igual. Sigue siendo mío. ¿Por qué no iba a terminarlo?

Al menos por unos instantes volvió a sentir energía, galvanizada por lo que tomó como una intromisión imperdonable. No era gran cosa lo que le quedaba, pero sentía que debía defenderlo. No entendía por qué intentaban quitárselo. ¿De verdad Julián no la creía capaz ni aun de algo tan sencillo? La otra alternativa sería que lo considerara debajo de sus posibilidades, que quisiera reservarla para algún tema de más enjundia, pero la progresiva disminución de sus responsabilidades durante los últimos meses descartaba esa posibilidad. Si este era el último escalón, desde el que el siguiente paso solo podía ser degradarla o, directamente, tratar de deshacerse de ella, tenía que mantenerse firme.

El comisario la miró de hito en hito. Luego posó brevemente en los ojos en Carvajal, que esta vez sí levantó la vista hacia ella con preocupación, y aún con más levedad en Sanlúcar, que mantenía su expresión de superioridad.

—Hay una razón por la que creemos… por la que pensé que podría ser mejor que te liberase de este tema. Es algo complicado. Verás, esta es la primera víctima adulta. Las cinco anteriores eran niñas. De entre diez y doce años.

Anna tenía once años. No lo parecía, nunca había sido una niña grande y la enfermedad había retrasado aún más su desarrollo. Pero la diferencia no era tanta como para que cada una de las fotos no la recordase. Habría muchas, por supuesto, y ella tendría que verlas todas. Leer los testimonios de los padres, y los de la niña que sobrevivió. El que fuese un caso cerrado no la eximía de verificar la coincidencia de los más mínimos detalles. Le vinieron a la memoria archivos similares a los que tendría que escudriñar. Tocar la piel de su dulce bebé y pensar en el tacto de la carne muerta era perturbador; pero escuchar las grabaciones de padres huérfanos de una hija mientras Anna luchaba por su vida a cientos de kilómetros de ella... La angustia, a duras penas mantenida a raya, se aferró a su vientre como un cangrejo.

Bajó la vista al suelo. Pudo sentir, más que oír, que Carvajal y Julián se revolvían incómodos en sus sillas. Sanlúcar no. Él nunca estaba incómodo.

—Eso no importa —dijo mirando a Julián a los ojos, con voz menos firme de lo que hubiera deseado—. Sigue siendo mi caso.

—¿Estás segura, Gema? No hay ninguna necesidad...

—Es mi caso, comisario. Aunque no quede mucho de él, lo terminaré.

—Está bien —aceptó al cabo de unos segundos de silencio—. Susana puede hacer la mayor...

—No, lo haré sola —le interrumpió—. Como has dicho antes, no hace falta más que una persona. Si necesito ayuda puedo pedirla, a ella o a Mario.

Las últimas palabras las declamó con voz fría, sin desviar la mirada. Por el rabillo del ojo vio a la subinspectora bajar la suya, y a Sanlúcar sonreír divertido. Nadie pensó ni por asomo que hubiese la menor posibilidad de que la involucrase otra vez. Quizá lo hubiese hecho con la mejor de las intenciones, pero, al pasar por encima de ella y hablar directamente con el jefe, al facilitar lo que en ese momento sentía como una encerrona vil, quedaba fuera del caso en lo que de ella dependiera.

—Está bien —repitió el comisario con circunspección—. Ponte con ello cuanto antes, por favor. La urgencia sigue siendo muy alta.

Se dio la vuelta y salió sin mirar atrás. La puerta no tuvo tiempo de cerrarse antes de que pasase alguien más. Carvajal, sin duda. Sanlúcar se quedaría a comentar la jugada con el jefe.

—Gema.

Volvió a girarse, esperando encontrarla suplicando perdón, cohibida. En vez de eso, la miraba con fijeza, ligeramente arrebolada pero sin flaquear.

—Ya sé que piensas que te he hecho la cama. Seguramente yo sentiría lo mismo en tu lugar. Y también sé que no me vas a volver a pedir que te acompañe. Me da igual. Pero quiero que sepas que pensaba que te estaba haciendo un favor. Puede que contigo me haya equivocado pero, si volviese a estar en una situación semejante, haría exactamente lo mismo.

Mientras hablaba se había ido poniendo cada vez más roja, como una adolescente declarando su amor a un chico por primera vez. Al terminar se giró y, sin darle tiempo a contestar, se fue casi a la carrera.

5

En cuanto abrió el historial se dio cuenta de que recordaba el caso. Vagamente, ella apenas comenzaba a trabajar y ni siquiera vivía en Madrid por aquél entonces. Pero los detalles más escabrosos tuvieron resonancia en la prensa, y policías de todo el país lo habían comentado en charlas de café, como médicos cotilleando sobre la enfermedad de un famoso, o economistas sobre la quiebra de un banco extranjero.

Cinco niñas habían desaparecido en un intervalo de ocho meses. Todas en pueblos del noroeste, y con características similares: la menor tenía nueve años y tres meses y la mayor once y medio, pero no había más de cuatro centímetros de diferencia de altura o cinco kilos de peso entre ellas. Todas ellas eran delgadas; ninguna había completado la transición a la adolescencia. Formales, buenas estudiantes; tres eran niñas de clase media alta que acudían a colegios concertados, y dos a colegios públicos. Una de estas era la hija de una asistenta latinoamericana. El primero de los cuerpos había sido encontrado al allanar un terreno para construir un edificio. La exploración del entorno había servido para localizar dos tumbas más. Las tres estaban desnudas, aunque ninguna de las autopsias determinó signos de asalto sexual. Las únicas señales de violencia eran huellas de ataduras en las manos y los pies, y las fuertes marcas en el cuello dejadas por las manos del asesino al asfixiarlas. La investigación demostraría después que en realidad sí había habido violencia, pero no de un tipo que dejase huellas físicas.

Cada niña acudía a un centro distinto, y su agresor había resultado ser profesor en otro diferente. Eso era lo que le había permitido seguir consiguiendo presas, incluso cuando la alarma social se transformó en terror y los padres restringieron cada vez más los movimientos de sus hijas. La superviviente era demasiado pequeña para testificar en un juicio, pero una perita designada por el juez la había interrogado cuidadosamente. El hombre, que participaba en la organización de encuentros deportivos entre centros, la había abordado durante uno de ellos con la excusa de que debía someterse a un examen médico. Ella había accedido a acompañarlo hasta su coche para trasladarse a una clínica cercana. Justo al entrar en el vehículo perdió el conocimiento, y no recordaba nada más hasta despertar, desnuda y atada a una silla, en la casa del acusado. Por fortuna los nudos con los que la había amarrado estaban flojos. Aterrada, consiguió asomarse a una ventana desde la que pidió auxilio a los paseantes. Apenas treinta minutos después su secuestrador era detenido mientras supervisaba uno de los encuentros de la competición.

Al ser detenido llevaba una cámara de fotos, y en su domicilio se encontraron cientos de copias ejecutadas con una impresora doméstica. Entre ellas muchas de las cuatro víctimas, que competían también habitualmente. Las imágenes las mostraban en distintas posturas y grados de desnudez, siempre solas. Conforme iban pasando por la pantalla notaba como una ira negra crecía poco a poco dentro de ella, acompañada por el miedo. Había sucedido hace mucho tiempo, pero la indefensión y el horror que mostraban las fotografías multiplicaban su sensación de impotencia al no poder cuidar de su hija como sentía que era su deber. Sabía lo que iba a suceder, por supuesto. No era tan ingenua como para pensar que no iba a afectarla. Pero no le quedaba otra opción que continuar.

A media tarde, cuando se sentía cada vez más saturada de espanto, el subinspector Mario Ortega le proporcionó un pequeño respiro al sentarse a su lado. Con casi treinta y cinco años, aún era ampliamente considerado como un novato. Le había llevado más tiempo entrar en la Academia que el que solían aguantar los aspirantes, y como consecuencia se había incorporado al servicio ya con una cierta edad. Era trabajador y meticuloso; un buen policía, que seguramente permanecería en puestos similares hasta la jubilación. También era moderadamente atractivo, se mantenía en forma sin llegar a ser musculoso, y tenía más gusto para vestir que la mayoría de los hombres. Unidos a la inexistencia de relaciones femeninas conocidas, habían sido datos suficientes para que algunos compañeros diesen por supuesto que era homosexual. En sus momentos más sinceros Gema admitía que también le picaba la curiosidad, pero hasta el momento había resistido la tentación de interrogarlo.

Mientras ella comprobaba toda la información que se hallaba digitalizada, le había mandado a él a recoger pruebas físicas de los archivos centrales, así como aquellos documentos que estaban en papel y no se habían considerado suficientemente relevantes como para escanearlos. Entre ellos, todas las fotografías que no incluían a las niñas, en su mayoría escenas sexuales con menores que, según se demostró en el juicio, habían salido de los foros más oscuros de Internet.

—Creo que sé por qué dio el cambiazo, jefa —dijo nada más sentarse—. Bueno, para ser más sincero, me han explicado cómo pudo ocurrir.

Al comentar el caso con varios colegas, ese había sido el punto más candente de la discusión. ¿Por qué un psicópata obsesionado con las niñas había asesinado a un hombre? Incluso en el caso de que Sebas hubiese errado con su estimación de género, estaba claro que se trataba de un adulto. Los asesinos en serie tienden a tener un tipo muy definido de objetivo y, aunque a veces las características que lo conforman pueden ser muy difíciles de desentrañar salvo para su mente enferma, este caso parecía bastante evidente. Pasar de niñas prepúberes con cuerpo de sílfide a un hombre adulto era inaudito. Confiaba en que, conforme avanzase la investigación, el estudio de la víctima les permitiese comprenderlo. No esperaba que el interrogatorio del asesino ayudase en ese sentido.

—He estado en el Anatómico Forense. El doctor De Diego fue quien hizo las autopsias, y se acordaba de todo perfectamente, aun sin mirar los informes.

Rafael de Diego, un especialista extraordinariamente longevo en un área que desafiaba la resistencia mental de los más valientes, llevaba décadas escudriñando el paisaje del infierno. Callado y muy correcto, le caía bien, pero su vida fuera del Instituto le era completamente desconocida. Más de una vez había pensado que sin duda tendría familia, incluso amigos, pero le resultaba imposible imaginarle en un lugar distinto, rodeado de personas que no estuviesen relacionadas con algún crimen.

—Verá, resulta que solo una de las niñas, la cuarta que desapareció, estaba atada.

—¿Estás seguro? El informe lo dice de las tres que aparecieron.

—Todas tenían marcas de ataduras. Pero a las dos primeras las desató antes de enterrarlas. Solo la última seguía con las muñecas y los tobillos inmovilizados.

—¿Y sabemos por qué?

—Según el informe de la autopsia, las tres víctimas habían sido estranguladas, pero el doctor concluyó que solo las dos primeras murieron de esa forma. Es probable... —dudó— ...es probable que la última siguiera con vida cuando la enterró. Se encontró algo de tierra en los conductos respiratorios, consistente con que los últimos estertores los diese bajo tierra.

Sus palabras hicieron retornar a su mente las imágenes que había estado inspeccionando durante todo el día, tiñéndolas de un grado aún más vivo de horror.

—Perdóname un momento, por favor. En seguida vuelvo.

Se metió en el baño, por falta de otro sitio en el que hallarse a solas. En la intimidad de un reservado apoyó los antebrazos contra la pared y, con la frente apretada contra los puños, contuvo la respiración mientras se mordía fuertemente el labio inferior. Todo policía aprende a desconectarse emocionalmente de sus casos, especialmente aquellos que investigan los más escabrosos. Si no lo logran se dedican a otras cosas o, si lo descubren demasiado tarde, acaban gravitando hacia trabajos administrativos. Ella nunca había necesitado recurrir a eso. Había sido habitual pasar la jornada sumida en historias terribles y volver a casa a contarle a su hija un cuento de hadas con una sonrisa tierna en los labios. Pero había pasado demasiado tiempo sin realizar una investigación seria, y nunca se había ocupado de un caso que le tocase tan cerca. No estaba segura de ser capaz de continuar. Salvo porque no le quedaba otra opción.

—¿Se encuentra bien, jefa? —le preguntó Mario al volver.

No tenían ninguna relación jerárquica, ella era simplemente una inspectora de cierta antigüedad y él un recién llegado a la carrera, pero siempre la llamaba así. Al contrario que muchos de sus colegas masculinos, tenía la suficiente seguridad en sí mismo como para no sentirse amenazado por el término. No tenía la energía de Carvajal, pero era fiable como una roca. Y siempre había tenido la sensación de que la respetaba mucho más.

—Sí —contestó secamente, aunque debía de ser evidente por su gesto que no era cierto—. Sigue con lo que me estabas contando. ¿Cómo explica eso que cambiase de patrón?

—El doctor piensa que dejó que la última niña agonizase mientras la enterraba. Y que presenciarlo le impresionó: hasta entonces había acabado con ellas de forma directa, pero desde ese momento se quedó enganchado. A partir de ahí se obsesionó con el enterramiento.

—De Diego es forense, no psiquiatra —replicó haciendo de abogado del diablo—. No estoy segura de que algo así pueda ocurrir. Tendremos que consultar con un especialista.

—Sí, por supuesto. No es seguro. Pero me parece una explicación lógica, y el doctor ha visto muchísimos casos durante su carrera.

—Puede ser. Al fin y al cabo, es médico. Y, después de toda la vida observando crímenes, supongo que sus opiniones merecen un respeto. ¿Qué hay de la cuerda?

—Es la misma, no le cupo ninguna duda. La cotejamos con la del primer caso, y son idénticas. Va a analizarlas con el microscopio, pero a ojo desnudo los cortes podrían incluso encajar. Es posible que fuera el siguiente trozo del mismo rollo.

Eso, por supuesto, dejaría su caso completamente cerrado. Hasta ahora la vinculación entre los dos era circunstancial, no había pruebas reales de que estuviesen ejecutados por la misma mano, a pesar de las coincidencias. Además, el cambio de patrón, extremadamente raro en un asesino en serie, sembraba dudas más que razonables. Pero si se demostraba que era la misma cuerda ya no quedaría ninguna.

—Está bien. Mientras tanto vamos a seguir estudiando esto. Y mañana iremos al centro. Quiero hablar con los inspectores Torres y Casado, que llevaron el caso original. Le he pedido a Paula que concierte una cita y no los ha localizado todavía pero, aunque no tengamos respuesta, pienso plantarme allí y no parar hasta hablar con ellos.

6

Fiel a su palabra, a las nueve y veinticinco se encontró con Mario en un bar cercano a la comisaría.

—Perdona. Era imposible llegar, y luego aparcar. Al final lo he tenido que meter en un *parking*.

—No se preocupe, jefa. He aprovechado para darme un buen desayuno. Al levantarme nunca me entra nada. Yo vine en Metro. Es muchísimo más cómodo.

—Ya, cuando no vives en el fin del mundo —murmuró—. Bueno, vamos a hablar con Casado.

Paula había conseguido por fin contactar con uno de los inspectores, que acudió a buscarlos a la recepción.

—Sentimos el retraso —se sintió obligada a disculparse de nuevo—. No estoy acostumbrada a venir al centro, y el tráfico era imposible.

—No importa, ya me lo imaginaba. Entre las calles peatonales y los turistas esto parece más un Parque de Atracciones que una ciudad. Y con las mismas colas.

Era un hombre aproximadamente de su misma edad, vestido de manera más formal de lo habitual entre sus colegas, con unos pantalones negros de pinzas y una camisa azul de cuadros vichy. Alto, le sacaba al menos media cabeza a Mario, y con aspecto de mantener una buena forma física. Tenía las manos finas y de dedos largos, con las uñas cuidadas; le vino a la cabeza que, si no hubiese sido policía, habría podido ser pianista. Tenía la cara afilada y el pelo más largo de lo común en un varón de su edad, peinado hacia atrás, mostrando dos entradas prominentes. Le cayó bien al instante, algo que no era habitual con compañeros de profesión.

—Me han dicho que querían hablar sobre un caso antiguo, ¿no es cierto?

Les ofreció un café de máquina, el mismo modelo que había en su propia comisaría.

Mario rehusó, alegando su reciente desayuno, mientras Gema aceptaba.

—Siento que no haya nada mejor —se disculpó con un gesto de resignación.

—Estoy acostumbrada —contestó ella encogiendo los hombros—. Sabe igual de mal que el nuestro.

Los guio por las escaleras, hacia un pasillo claustrofóbico al fondo del cual se abrían cuatro puertas.

—No es muy cómodo, pero es lo que hay.

—No tiene que disculparse —replicó Gema—. Nuestra única sala de reuniones siempre está ocupada, normalmente por algún psicólogo que está intentando analizar nuestros traumas. No es la primera vez que nos reunimos en una sala de interrogatorios.

—Podemos tutearnos, ¿no? —preguntó con una sonrisa—. Yo soy Rafael, por cierto.

—Gema. Y Mario.

—Bueno, pues vamos a ello. ¿De qué caso queréis hablar?

En lugar de responder sacó una carpeta del bolso y se la acercó. Nada más abrirla le cambió el gesto. La sonrisa fue sustituida por una mueca crispada, y cerró los ojos unos segundos. Al abrirlos, habló con voz seria.

—No necesito revisarla. Me sorprendería haber olvidado algún detalle del caso. No es de los que se te pierden en la memoria.

—Me lo imagino. El caso se cerró, ¿verdad? Hace dieciséis años.

—Así es. Encontramos al responsable, junto con pruebas abrumadoras. El juicio fue relativamente rápido, para lo que son esas cosas. Hubo un par de apelaciones, lo normal, pero no cambiaron nada. Espero que siga en la cárcel.

—Sigue allí, efectivamente. Hemos solicitado permiso para ir a hablar con él.

—¿Puedo preguntar por qué? ¿Qué hace que se interesen ahora por ese caso? Ocurrió hace mucho tiempo.

—Se ha encontrado otra víctima. Fallecida entonces, pero las cuerdas con las que fue atada la relacionan con su caso.

Volvió a cerrar los ojos, y respiró profundamente. Se llevó las manos a las sienes, masajeándolas brevemente. Tardó unos segundos en volver a la conversación.

—La cuarta chica. Es ella, ¿verdad? La que no apareció. ¿Han hablado con sus padres?

—No, no era ella. El cadáver es de un adulto. Aparentemente un hombre, aunque tendrán que confirmarlo las pruebas.

El gesto de sorpresa fue inmediato. Le explicaron la hipótesis que habían elaborado.

—Un poco traído por los pelos, ¿no?

—¿Se te ocurre alguna alternativa? ¿En algún momento dio muestras de que algo así pudiera ocurrir?

—No, para nada. Estaba completamente obsesionado por las niñas. Tenía cientos de fotografías, y no recuerdo que en ninguna hubiese una mujer adulta, ni siquiera una adolescente. Un hombre... si no me lo estuvierais diciendo, no lo habría imaginado jamás.

—Sé que has dicho que lo recuerdas todo, pero ¿te importaría revisar el informe? No queremos dejar ningún cabo suelto.

Mientras lo ojeaba sonó el teléfono de Mario. Se disculpó y salió de la sala.

—No creo que haya nada. Lo miraré, y pensaré sobre ello. Pero estoy convencido de que no.

—¿Qué hay de tu compañero? El que llevó el caso contigo entonces. ¿Podríamos hablar con él?

Por primera vez desde que abrió la carpeta sonrió.

—Mucha suerte buscándolo. Se jubiló uno o dos años después de aquello, y no le he vuelto a ver el pelo. ¡El bueno de Torres! Menudo era: un policía de los de antes. Me enseñó todo lo que sabía; pasaron años hasta que pude olvidarlo todo y volver a aprenderlo, pero esta vez bien —añadió, desmintiéndose a sí mismo con una sonrisa—. Ni siquiera ha mandado nunca una tarjeta, ni se ha pasado por aquí en Navidad. Cortó con esto del todo, y para siempre.

—¿Tendrán sus datos de contacto en el archivo? —preguntó, no queriendo dejar ningún intento por hacer.

—Supongo que sí. Mira, si queréis le llamo yo mismo y así aprovecho para ver qué tal le va. Ya os digo que hace años que no nos vemos.

Sabía que se estaba aferrando a la nada: no había caso, y lo único que podía hacer era rellenar casilleros en un informe. Pero por lo menos eso intentaría hacerlo bien. Leyéndole la mente, Casado preguntó:

—¿Estáis seguros de que es el mismo caso? Igual es solo una coincidencia.

Como si hubiese estado esperando la pregunta Mario volvió a entrar en la sala y se dirigió a Gema.

—Era el doctor. Los cortes coinciden. Es la misma cuerda, al noventa y nueve por ciento de probabilidad.

Rafael y ella se miraron, y ambos lanzaron idénticas sonrisas resignadas.

—Bueno, qué se le va a hacer. De todas formas, pensaré en ello, por si se me ocurre algo que os pueda servir.

—Muchas gracias.

Después de eso no quedaba mucho por decir. A partir de ahí el caso ya no dependía de ellos, sino del psiquiatra forense que volvería a examinar al asesino, para tratar de entender por qué alguien pasa de matar niñas a asfixiar hombres. Como si cualquiera de las dos cosas pudiese ser entendida.

Salieron de la sala y desanduvieron el camino hasta la salida. Mario se adelantó subiendo las escaleras mientras ellos se quedaban atrás.

—Siento que hayáis hecho todo este viaje para nada. Pero encantado de haberte conocido, en cualquier caso.

—Bueno, de todas formas tenemos que hacer el papeleo. Seguramente tenga que llamarte otra vez.

—Cuando quieras —contestó él, sonriendo con intención.

Se sintió bien, aunque inmediatamente se arrepintió de ello. En la vida se le habría ocurrido tener una relación con alguien distinto de su marido, pero eso no evitaba que se sintiese halagada por la obvia atracción que despertaba en su colega. Le contestó con una mueca, convirtiendo su vago indicio de seducción en una broma compartida.

—¡Joder, jefa, venga a ver esto! —gritó de repente Mario desde el piso principal. Se había quedado en una esquina, mirando fotos y placas colgadas. Se acercaron.

—¡Ah, mira! Se me había olvidado. Ahí podéis verlo. ¿Qué es lo que ha impresionado tanto a tu chico?

No contestó. Tenía razón, algo había capturado completamente la atención de Mario. Miraba fijamente una de las fotos en la pared, y murmuraba por lo bajo:

—Joder, joder, joder, joder, joder…

—¿Qué pasa? ¿Lo conocías ya? —preguntó Rafael.

—¿A quién? —replicó Gema.

—A Torres. Ahí lo tienes.

La foto que parecía haber hipnotizado al subinspector, enmarcada en la pared, mostraba un grupo de policías de uniforme. Sonreían a la cámara; debía de ser una especie de celebración. A la izquierda del grupo estaba el inspector Casado. Mucho más joven, pero perfectamente reconocible en sus rasgos afilados y su nariz aguileña. A su lado, un hombre bastante mayor que él, de aspecto activo y alegre, pero con los ojos marcados con profundas arrugas que hacían pensar en largas noches pasadas en turnos de vigilancia. Tenía melena y bigote poblados, a medias pintados de canas. Se le veía vigoroso. El brazo izquierdo se alzaba hacia su compañero, congelado en el amago de un puñetazo amistoso. En la muñeca, vuelta hacia el fotógrafo, resaltaba un reloj de manecillas estrechas con una ventanita para mostrar la fecha. La esfera era de color azul eléctrico. El tipo de reloj que llevaría un vendedor algo entrado en años, o un ejecutivo de gustos clásicos.

7

Tuvo una sensación de *déjà vu*. El comisario sentado detrás de un escritorio, ella de pie; Mario a su derecha, y a la izquierda esta vez dos hombres: Casado y otro policía a quien habían presentado simplemente como Rojas.

Ahí acababan las coincidencias. El despacho se parecía, pero paredes y muebles se veían más ajados, recordándole que, aunque se quejasen del estado de sus instalaciones, eran relativamente modernas comparadas con las del centro.

El comisario era mucho más joven que Julián. Debía de ser un cerebro o tener muy buenos amigos para haber ascendido tan rápido. Se sentaba en el borde de la silla, con el torso echado hacia adelante y las manos planas sobre la mesa, saltando con la mirada entre los presentes sin apenas detenerse en ninguno. Donde su jefe era todo calma, el hombre que tenían delante restallaba de energía nerviosa. En una cosa, sin embargo, eran iguales: la firme determinación de cerrar asuntos, dejarlos atrás y prepararse para la siguiente crisis.

—¿Están seguros? —preguntó pasando la mirada de Gema a Mario.

—Puede ser una coincidencia... —dudó ella—. No sabemos cómo de comunes eran esos relojes hace quince años. Pero, la verdad, no lo creo. Una ruptura de patrón en un asesino en serie, y justo con alguien que lleva el mismo reloj que el policía que iba detrás de él... ¿Qué probabilidades hay?

Suspiró profundamente. No era la respuesta que quería escuchar, pero sabía que tenía sentido. Aun así, siguió tratando de encontrar algo que convirtiese lo que había sucedido en un desastre, en lugar de una catástrofe:

—Es lo primero que hay que comprobar. Sin falta. Es decir: sé que es su caso y no pretendo meterme en su trabajo, inspectora, pero imagino que entiende las implicaciones...

—Por supuesto.

—Podría haberse confundido de persona, o elegirlo como víctima precisamente por el reloj; si sabía que Torres andaba tras de él, quizá se imaginó que matar a alguien con uno igual le libraría de él ¡Quién sabe lo que piensan esos locos!

Gema asintió, contestando:

—Por supuesto que lo comprobaremos. Ya hemos enviado una foto, con las medidas aproximadas, al antropólogo forense para que la coteje con los restos. En cuanto tengamos acceso a la ficha de Torres enviaremos las medidas exactas, y cualquier dato antropométrico que pueda ayudar en la identificación. No dejaremos ningún cabo suelto.

Si tenía un ápice de lo que suele llamarse intuición policial, esta le estaba diciendo a gritos que todo eso sería inútil. Estaba convencida de que los restos pertenecían al inspector que había enviado a la cárcel, para alivio de todos, al asesino de las niñas. Solo para ser asesinado a su vez, mientras el supuesto culpable estaba custodiado en una prisión de alta seguridad. Cuando la prensa se enterase, el escándalo iba a ser mayúsculo. Mirando a Casado, su mirada fija en el suelo y el rostro crispado, pensó que seguramente en ese momento envidiaba la suerte de Torres, que ya no tendría que enfrentar el error más grande de sus carreras. Se le veía perdido, hasta el punto de que sintió un vago impulso de acercarse a él y darle un abrazo para consolarlo.

—El reloj ese era el chisme más llamativo que yo había visto jamás —interrumpió Rojas entonces.

Debía de estar rondando la edad del retiro. Llevaba pantalones de pana y una camisa marrón que contribuían, junto con su rostro ligeramente hinchado, a darle cierto aire de agricultor. Como muchos policías que han dejado atrás la parte más activa de su carrera, tenía un vientre grueso y la expresión ligeramente desenfocada de los que pasan poco tiempo en la calle y demasiado sentados en un despacho, o en la barra de un bar. Sin embargo, Gema no estaba convencida de que fuese como aparentaba: se movía, aunque poco, con agilidad, no con la pesadez de un obeso o la imprecisión de un alcohólico. A lo largo de su carrera le había tocado más de una vez perseguir a sospechosos de aspecto similar a los que le había resultado sorprendentemente difícil alcanzar.

Le había convocado el comisario a su improvisado gabinete de crisis. Lo presentó simplemente como «Rojas», así que desconocían su graduación y la posición que ocupaba. Era fácil deducir que la razón por la que estaba allí era haber coincidido con Torres en la época en la que había desaparecido. Confiaba en que, entre Casado y él, pudieran recordar algo que les permitiese entender lo que había ocurrido tantos años atrás.

—No sé de dónde lo sacaría, pero desde luego no habría muchos como ese. Si lo han encontrado en el cuerpo… Bueno, lo siento mucho por Torres, pero no pinta bien.

El comisario, dándose por vencido, se enfrentó entonces a Casado:

—¿En algún momento pensasteis que pudiera haber habido un cómplice?

—Ojalá —contestó este con un suspiro—. Pero la verdad es que no, nunca encontramos nada que lo indicase. Tendría que volver a leer los informes —añadió, quitando fuerza a su categórica afirmación anterior.

—Hazlo. Reparte todo lo que estés haciendo entre los demás y concéntrate en esto. El caso sigue siendo de la inspectora Moral, por supuesto —indicó con un vago gesto de deferencia hacia ella—, pero quiero que le des tu máxima colaboración, y sin dilaciones. Esto va a ser una bomba; hay que prepararse para el impacto, y tratar de controlarlo todo lo posible antes de que estalle.

—Me temo que hay algo más —interpuso Gema—. Algo que complica todavía más la situación.

Antes de contestar asintió con la cabeza, con un gesto resignado.

—Lo sé. En cuanto me enteré de lo que habían visto llamé a Julián. Este tema era espinoso desde el principio, pero ahora puede ser mucho peor. Habrá que moverse con rapidez, pero también con muchísimo cuidado. Rafael...

—Lo sé —interrumpió este—. Me va a decir que puedo perder mi carrera, ¿no?

Se le veía extrañamente resignado, derrotado antes de empezar. Gema lo entendía: no era que no supiese qué tenía que hacer, ni que pensase que lo ocurrido era irremediable. Era una exageración decir que iba a perder el puesto por esto. Lo que hablaba por su boca no era el miedo: era la culpa. Encerrar a un inocente es algo terrible. Hacerlo por un crimen tan espantoso, y durante tanto tiempo... Aunque se sabía obligada a mantener la imparcialidad, no pudo evitar desear encontrar dos asesinos; el que había quedado libre podía haber sido quien se vengase de Torres. Si no era así, los periodistas no necesitarían destrozar a su compañero: su conciencia haría el trabajo por ellos.

—Desde este momento está a disposición de la inspectora Moral —dijo sin contestar—. Pero, aparte de ella y de los que estamos en esta sala, no quiero que hable con nadie más del caso. No soy idiota, sé que la información se va a extender, y que va a hacer falta involucrar a mucha gente. Al final todo se sabrá, pero cuanto más tarde mejor. Estrictamente *need to know*. ¿Han entendido?

Tuvo que contenerse para no mostrar una sonrisa que habría estado totalmente fuera de lugar. Rojas, menos diplomático, soltó un resoplido componiendo un gesto de cansancio. Casi pudo oír el silenciado «cuánta tontería». Los altos cargos llevaban unos meses asistiendo a cursos de reciclaje impartidos por consultores estadounidenses, y los despachos se habían llenado de frases anglosajonas rimbombantes. Esta en concreto era una de las preferidas de Julián, aunque en su lengua, poco acostumbrada al inglés, sonaba a un ni tu nou con dejes extremeños. Según les había explicado con prolijidad y powerpoint, indicaba que solo debían distribuir la información a quien la necesitase para hacer su trabajo, y solo aquellos datos que fuesen imprescindibles.

—Por supuesto —contestó.

—Pues pónganse a ello.

Después de encargar en el archivo que les localizasen toda la información del caso, salieron en busca de comida rápida que los sostuviese durante lo que prometía ser una tarde muy larga.

En la calle hacía sol, y una multitud de personas se apresuraban de un lado a otro; unos por trabajo, otros para tachar el mayor número posible de vistas imprescindibles de Madrid. Una comisaría es un lugar extraño, donde solo entran víctimas o perpetradores de delitos. La mente lo normaliza todo, y con el tiempo los robos a mano armada pasan a ser simplemente un trabajo más; pero aun así van dejando un poso de negrura del que no es fácil desprenderse. Gema había pasado más de una vez por la sala de expedición de DNI simplemente para entrar en contacto con personas normales. Ahora, en cambio, inmersa en el caso, eran ellas las que le parecían extrañas.

Camino de una pizzería cercana cruzaron un río de niños saliendo del colegio. La visión de una niña rubia y de pelo largo, que podría haber sido Anna, le aceleró el corazón para después inundárselo de una ternura infinita. Seguida por la culpa, que casi la hizo detenerse: durante todo el día, concentrada en el caso, no había dedicado ni un minuto a pensar en su hija. ¿Cómo estaría hoy? ¿Cómo iría el tratamiento? Cada hora que pasaba lejos de ella, cada minuto que no le dedicaba sus pensamientos, le parecían dolorosas traiciones. ¿Cómo podía estar ella allí, con su niña tumbada en una cama enfrentándose al horror? ¿Qué importaba todo lo demás, frente a su dolor y a la posibilidad de perderla?

—Jefa, ¿va todo bien?

La voz de Mario la devolvió al mundo. Volvió a estar rodeada por tráfico, edificios altos, niñas que no eran la suya.

—Fue un caso de mierda desde el principio hasta el fin —declaró Rojas nada más sentarse, cada uno con una porción de pizza y un refresco, desubicados en un local repleto de adolescentes—. Torres ni siquiera tendría que haberlo llevado: cuando encontraron el primer cadáver le caía por turno a un chico nuevo, un poco tonto, al que llamábamos Narigón. No me acuerdo ni de cuál era su nombre de verdad. Pero Torres era un pedazo de pan, y se ofreció a cogerlo porque estaba claro que al tío aquél le quedaba grande. Si me apuras, ni siquiera habría debido de ser nuestro: todas las víctimas eran de fuera de Madrid. Lo que pasa es que la primera apareció en nuestra zona, así que tuvimos que tragarnos el marrón. Bueno, se lo tragó Torres y, de rebote, este.

Casado miraba la pizza, anonadado, aunque apenas le daba un mordisco de vez en cuando. Desde que Mario se había quedado pasmado mirando la foto no habría dicho más de media docena de frases.

—Tardaron muchísimo en avanzar; había pistas, pero se quedaban en nada. Incluso un par de testigos que a la hora de la verdad no recordaban una mierda. Pasasteis mucho tiempo pringando entre el sótano y las casas de las familias, ¿verdad?

El interpelado no contestó; ni siquiera dio muestras de haber oído la pregunta. Rojas siguió.

—Y encima con la Dama de Hierro. Dios sabe que no le desearía a nadie lo que pasó cualquiera de esas mujeres. Pero a esta no había quien la aguantase. Cada vez que aparecía en la comisaría, Torres se ponía verde. Tú lo llevabas mejor.

—Era su hija —contestó Casado entre dientes—. A mí tampoco me gustaba, pero no podía echárselo en cara.

—¿Quién era? —interrumpió Mario.

—La madre de una de las niñas. Un marimacho ordeno y mando como la copa de un pino. Con todo mi respeto —indicó Rojas dirigiendo una inclinación deferente a la inspectora—. El inspector dirá que había que entenderla. Pero a mí me pareció más fría que un témpano. Más que lo de su hija, parecía que le importaba lo que hacíamos nosotros. Le reventaba los nervios al más pintado. Siempre acusándonos de no hacer lo suficiente para encontrar a la niña y al hijo de puta que se la llevó.

—Yo creo que la pobre tenía esperanzas de encontrarla viva. Durante mucho tiempo nos pedía que nos dedicásemos a buscarla a ella en vez de al asesino. Decía que podía tenerla secuestrada en algún sitio. Luego, poco a poco, se fue resignando y entonces se concentró en él. Cuando por fin lo cogimos, fue cada día al Juicio y lo miraba todo el rato, como si la jueza fuera ella. Si la hubiésemos dejado a solas con él, creo que no habría llegado a la sentencia.

—La niña que no encontraron… —murmuró Gema.

—Exacto. Las otras también siguieron todo el proceso, daba pena verlas. No he visto nada más triste en mi vida que la madre de la primera cuando vino a identificarla. Pensé que iba a quedarse también ella allí mismo, abrazada a su hija. Pero ellas por lo menos tenían un cuerpo para enterrar, y sabían lo que había ocurrido. A Sonsoles no le quedó ni eso.

—No volvió después del juicio —intervino Rojas—. Hubo dos apelaciones, pero no acudió ni un solo día; el marido sí. Yo creo que, en cuanto vio que lo condenaban, decidió pasar página. Ya digo yo que era fría.

—No sé —replicó Casado—. No creo que nadie pueda pasar página de algo así. Siempre me extrañó que no volviese. Con el empeño que había puesto en la condena, si le hubiesen soltado en la apelación no sé lo que habría hecho. Y, además, seguía sin saber dónde estaba el cuerpo de la niña.

—¿No consiguieron que confesase donde la había enterrado? —preguntó Gema.

—Jamás. Me pasé horas en la sala de interrogatorios con ese cabrón, pero nunca llegó a admitir siquiera haber conocido a las víctimas. Dio igual que pillasen a la última en su casa, que tuviese fotos, que se demostrase que había tenido acceso a todas ellas: lo negó todo. Hasta su madre vino un día a pedirle que hablara, que dejase descansar a esa pobre familia; y él solo se echó a llorar, y mantuvo la boca cerrada.

Después de eso terminaron la comida sin hablar, y volvieron a la comisaría en silencio, cada uno concentrado en sus pensamientos. Gema sentía los nervios a flor de piel: ponerse en el lugar de esas mujeres le resultaba insoportable. No conseguía quitarse de la cabeza la idea de Anna tumbada sobre una de las frías mesas de autopsia, y ella a su lado, deshaciéndose de dolor.

Media hora más tarde estaban en la sala de interrogatorios, con el material del caso organizado en montones encima de la mesa. En una esquina, separado del resto, estaba todo lo que les habían podido facilitar sobre el inspector Torres. Los datos biométricos que pudiesen cotejarse con los restos ya habían sido enviados; entre ellos un informe dental que, aun careciendo de radiografías, podía ayudar a corroborar la identificación.

Mario y ella se habían repartido los papeles para una primera inspección, con Rojas y Casado ayudándoles con sus recuerdos de las circunstancias y los protagonistas. En un corcho, sujetas con chinchetas, fotos escolares de cinco niñas muy semejantes: primero las tres cuyos cadáveres habían aparecido, colocadas por orden cronológico de desaparición. Luego la que nunca pudieron encontrar. Finalmente la quinta, la que se libró por los pelos y permitió resolver el caso. O eso habían creído.

—Tenemos que empezar por el principio —había comenzado Gema—. Todo lo que hay aquí nos sirve, pero hay que interpretarlo de forma diferente. ¿Y si no fue él? ¿Y si lo hicieron entre dos? Hay que buscar cualquier indicio de otro sospechoso; no vamos a tener testigos, ni huellas, ni pruebas periciales. Todo lo que tenemos está aquí, y en los recuerdos de gente que vivió esto hace más de quince años.

Tres horas después conocían mucho más íntimamente el horror que se esconde en los rincones oscuros del alma humana, pero habían avanzado poco hacia la resolución del caso. Todos los indicios seguían apuntando a un único perpetrador. Los asesinos en serie no son buenos compartiendo: la tortura y el asesinato son vicios solitarios.

Por enésima vez, Gema y Mario se miraron a los ojos por encima de sendas tazas de café. Se sentían vacíos, estancados. Rojas se había marchado hacía rato, y Rafael era un bulto silencioso en un rincón, desde el que apenas alguna frase desmentía de cuando en cuando que se hubiese echado a dormir.

—No fue él —afirmó Gema secamente—. O intentó algo con esa chica por casualidad, o fue un malentendido. Pero solo había un asesino, así que no pudo ser él.

Mario asintió, pensativo, y giró la cabeza hacia el inspector. No hacía falta decir nada: si era así, él era el principal responsable vivo de que un inocente hubiera pasado quince años de su vida en la cárcel. Tardó unos momentos en levantar la cabeza, y mirarlos con ojos inyectados de cansancio y derrota:

—Robledo siempre mantuvo que era inocente. Como todos. Decía que las fotos se las había mandado alguien, que le habían preparado una encerrona. Pero no se sostenía: las pruebas eran claras. Desde el momento en que lo cogimos, no consideramos ninguna otra hipótesis. Por lo menos yo. Torres… ya os podéis imaginar: yo era el novato, y él la vieja gloria de la comisaría. Me contaba la mitad de lo que hacía, y de eso la mitad. Si alguna vez sospechó algo, desde luego ni me lo dijo ni está en esos papeles.

—¿Y dónde podría estar? ¿Guardaba información en algún otro sitio?

Se encogió de hombros antes de contestar.

—Ni idea. ¿En su casa, supongo? A saber…

Gema y Mario se miraron, los dos con el mismo ceño interrogativo.

—Si Torres es el cadáver —comenzó Mario—, ¿por qué nadie lo notó? Vale que hubiera perdido el contacto con la comisaría pero ¿no tenía familia? ¿Nadie se dio cuenta, ni un vecino, ni alguien que le limpiase la casa? No pudo desaparecer sin más, ¿no?

—¿En qué estás pensando? —preguntó Gema.

—No lo sé. En algún familiar que lo buscase, supongo. Es raro que no acabasen aquí, pero si por alguna razón nadie se enteró, ¿qué ocurriría con sus cosas? ¿Es posible que alguien las tenga todavía?

—Jamás le oí mencionar a ningún familiar —intervino Casado—. No digo que no tuviese a nadie, pero me extrañaría que fuese alguien cercano. No sé quién lo echaría de menos, la verdad.

Gema se levantó y, acercándose al único montón de papeles que no habían tocado en toda la tarde, abrió la primera carpeta.

—Calle del Olivo, 3, 2º B —leyó—. Y eso, ¿dónde demonios está?

Casado, en su rincón, miraba hacia ella con una resolución que no había mostrado en todo el día. Por primera vez parecía verdaderamente concentrado en el caso. Mario, de pie en una esquina, sacó el móvil del bolsillo sin dejar de mirar al inspector.

8

LA cabeza la estaba matando, y Mario parecía empeñado en empeorarlo.

—Y la seguridad, ¿vale? Es una pasada. Tiene ocho *airbags,* frenada de emergencia por detección de obstáculos, si te das un golpe llama directamente al 112...

Se apretó con fuerza las sienes, intentando controlar el dolor. El paracetamol podría haber sido un sugus, por todo el efecto que le estaba haciendo.

—¿Crees que queda mucho? Me estoy mareando un poco.

—¿Mareando, en este coche? ¿En serio?

Por primera vez desde que le conocía el tono de respeto con que siempre se dirigía a ella flaqueó. Llevaba quince minutos seguidos cantando las excelencias de su nuevo vehículo, y la mera sugerencia de que un viaje en este fuera algo menos que una experiencia celestial parecía ofenderlo. No la sorprendió: no era la primera vez que un hombre aparentemente normal se convertía en un alienígena cuando salía a colación una obsesión personal. Las más frecuentes eran el fútbol o los coches, pero otras veces eran la caza, deportes más o menos extraños, hasta colecciones de clicks... Para Roberto eran sus proyectos; poco después de casarse ella había llamado a su afición «bricolaje», y su marido le había retirado la palabra durante horas.

El recuerdo la volvió a anegar de una marea de nostalgia y culpabilidad. La noche anterior, después de pagar treinta euros para rescatar su coche del *parking* y pasar más de una hora de atasco, había llegado de nuevo demasiado tarde para hablar con Anna. Como cada vez, desde que había salido de la Academia, el mundo había desaparecido al concentrarse en los detalles de un caso. Una sensación casi desconocida para ella en los últimos tiempos, desterrada al purgatorio de la burocracia por su falta de energía y el olvido progresivo de Julián. Se había sentido, por primera vez en meses, viva en su trabajo... hasta salir de la comisaría. De vuelta al mundo, cruzándose con civiles por la calle, recuperando su coche del maloliente aparcamiento, y rodando con lentitud hacia su casa, la realidad había vuelto a atraparla. Después de una llamada breve y vacía, le había costado horas conciliar un sueño ligero y escaso.

Mario, cortés como siempre, se había ofrecido a quedar con ella en una zona de las afueras, donde podría aparcar su cacharro, para hacer el resto del viaje juntos. Ahora sospechaba que lo había hecho para poder presumir de vehículo, pero aun así se sentía agradecida. Si solo fuera capaz de dejar de glosarlo por unos minutos…

—¿No le parece inverosímil? —preguntó.

—¿Cómo? ¿El qué?

Sin que ella se diese cuenta debía de haber cambiado de tema. ¿O le preguntaba acerca de alguna nueva maravilla de su automóvil?

—Lo de la casa, ¿no es increíble? No acabo de creérmelo, la verdad.

—¡Ah, eso! Sí, tienes razón. Lo siento, me había distraído; es la maldita cabeza, que no me deja respirar.

Odiaba tener que confesar lo que consideraba una debilidad, pero por lo menos el reconocimiento obró el milagro de callar a su compañero y, poco a poco, pudo volver a pensar.

Era muy extraño, en efecto. Una gestión rápida había confirmado que el piso de la calle del Olivo seguía a nombre de Torres. Parecía difícil de creer, si este había muerto realmente quince años atrás. ¿Estaban siguiendo una pista falsa? Aparte de eso, en la ficha del inspector había un único punto de contacto más, un teléfono fijo, en el que había contestado una chica de fuerte acento extranjero, que ni siquiera reconoció el apellido, ni quiso o supo contestar desde cuándo tenían asignado ese número. El siguiente paso había venido solo.

—¿Llamo a Paula? —propuso Mario.

—Llamará ella cuando tenga algo. Ya sabes cómo es… Cuando tenga a bien Su Señoría…

No tuvieron que esperar demasiado. Diez minutos después, mientras aún se arrastraban penosamente de un semáforo al siguiente, sonó una breve llamada, seguida por la fuerte y clara voz de la secretaria en cuanto Mario, sin siquiera pulsar un botón, ordenó al coche que descolgase.

—Buenos días, Paula —gritó el subinspector.

Gema dudó que fuera necesario: el coche era realmente silencioso, y el sonido más claro que el de su propio teléfono. No por primera vez, se prometió a sí misma comprar un manos libres para el coche, aunque no se hacía ilusiones sobre que fuera a conseguir una calidad de sonido ni siquiera similar.

—Ya lo tengo. Al juez le ha parecido un poco raro, pero en cuanto se ha enterado de los detalles ha firmado. Y tengo algunas cosas más para vosotros.

—Cuenta.

—No he encontrado ningún dato sobre el inspector desde poco después de la jubilación. No le han puesto una multa, ni ha salido en los periódicos, ni ha hecho nada que quedase registrado en ningún sitio… incluido morirse. No está registrado su fallecimiento: para el sistema sigue vivito y coleando, pero en la práctica es casi como si no existiera.

—Parece imposible, ¿no? —preguntó Mario—. Alguien ha tenido que echarle de menos, o intentado ponerse en contacto con él. Es imposible que ninguna empresa haya necesitado contactarle en este tiempo.

—También he mirado eso. Todos los suministros de la casa se cortaron en el mes de junio de hace catorce años: luz, gas, teléfono… Todo. Ninguna de las empresas con las que se relacionaba hasta entonces lo mantiene en su cartera de clientes, así que no han tenido razones para ponerse en contacto con él.

—¿Junio de hace catorce años? Eso significa…

—Después del juicio. El acusado ya llevaba semanas en la cárcel.

Una pieza más del puzle, pero con contornos extraños.

—Hay más: la casa sigue a nombre del inspector, y nunca nadie ha intentado buscarle… porque no ha habido necesidad. Los únicos gastos que ha habido en todo este tiempo, los de la Comunidad de Vecinos y el IBI, están domiciliados y se han ido cubriendo religiosamente a cada vencimiento. He hecho los cálculos: salen unos seis mil quinientos euros.

—No está mal —replicó Gema.

—Hay algo que no cuadra —intervino Mario—. Puede que tuviera ahorros, y que el banco haya ido pagando recibos sin necesitar contactar nunca con él. A esos, a fin de cuentas, mientras haya dinero no les importa nada más. Pero ¿y la Seguridad Social? Una de dos: o le han seguido pagando la pensión todo este tiempo, pero entonces ha tenido que demostrar que sigue vivo; o en algún sitio debe constar como fallecido.

—Eso es lo más interesante de todo: nadie ha intentado pagarle la pensión, ni verificar que seguía teniendo derecho a ella, porque tampoco a ellos les consta como beneficiario. En mayo del mismo año, un mes antes de cancelar los suministros, se presentó en las oficinas y renunció a sus derechos.

De la sorpresa estuvieron a punto de chocar con el coche que tenían delante. Después de demostrar la eficacia de los frenos de los que tanto presumía Mario, este exclamó:

—¿Eso se puede hacer?

—Pues yo no lo sabía, pero al parecer sí. Aunque, según la persona con la que hablé, igual ha sido el único caso de la historia…

—¡Espera! —interrumpió Gema—. ¿Tan raro es? ¿Te lo han confirmado?

—Pues sí, eso me han dicho. ¿Por qué? ¿A ti te parece algo normal?

—No, estaba pensando en otra cosa. Todo esto ocurrió hace mucho tiempo, ¿vale? Nadie se va a acordar de nada. Pero si algo fue muy llamativo, aun después de años, ¿no hay posibilidad de que se acuerde quien lo tramitó?

Se hizo el silencio durante unos segundos, mientras sus interlocutores pensaban. Finalmente, Paula contestó:

—Supongo que sí. El año que yo empecé a trabajar aquí una mujer entró a denunciar que habían secuestrado a su periquito. Todavía recuerdo su cara, y de eso hace casi treinta años. Pero ¿qué importancia tiene?

—Pensadlo. ¿Os parece normal que alguien cancele todos los suministros, y sobre todo que renuncie a la pensión? ¿Por qué haría eso?

—Precisamente para lo que ha ocurrido —propuso Mario al cabo de unos momentos. Para que nadie le echase de menos durante años.

—Y, ¿a quién le interesaría eso?

—¿Al asesino? Ahí es donde quiere ir a parar, ¿no? Cree que el que lo mató fue el que hizo los trámites, suplantando su personalidad. Y que, si alguien lo recuerda, puede darnos una pista sobre su identidad, o al menos sobre su aspecto.

—No sé qué probabilidades habrá, pero creo que merece la pena intentarlo. ¿Paula?

—Me pongo con ello, inspectora. A ver si encontramos al funcionario que procesó la renuncia. Si no se ha muerto también…

Gema se recostó en el asiento y cerró los ojos. Mario, pensando que la cabeza volvía a martillearla, permaneció en silencio. Pero, en realidad, su mente estaba dando vueltas a una hipótesis tras otra, ajena al dolor que iba desvaneciéndose poco a poco. La posibilidad era remota, pero si conseguían dar con el funcionario, y recordaba algo… podría ser importante.

Matar a Torres de una manera atroz, para luego eliminar todos los indicios que pudieran llamar la atención sobre su crimen no era un comportamiento inesperado. Puede que los psicópatas vivan en un mundo propio, pero eso no significa que no tenga sus propias reglas, que muchas veces coinciden con las del real. Encontrar los puntos en los que ambos mundos se solapan y en los que divergen podía ser el primer paso para encontrarlo. Si conseguía entender cómo era el mundo para él, podría descubrir los detalles en los que no habría pensado. Suponiendo que fuera el acto de un psicópata.

—¿Y si no forma parte de su fantasía? —preguntó en voz alta.

—¿El qué? ¿Qué fantasía?

—El asesino. Estamos pensando que ha cambiado lo que le motiva, que ha dejado de buscar niñas porque lo que verdaderamente le excita es la forma en la que la víctima muere. Pero ¿y si no fuese así? Si siguiese teniendo exactamente las mismas motivaciones, pero el asesinato de Torres fuese un acto racional. Quizá le sentía demasiado cerca, y quería asegurarse de que no le pillaba.

Mario lo pensó durante unos instantes.

—En ese caso, ¿por qué matarlo así? ¿No sería más fácil hacerlo a golpes? Si pudo amarrarlo al suelo, o estaba inconsciente o era mucho más fuerte que él. En cualquiera de los dos casos había formas más sencillas de acabar con él. ¿Por qué complicarse la vida?

—No lo sé. ¿Para despistarnos?

—Habría sido mucho mejor matarlo de una forma más sencilla. Relacionándolo con crímenes por los que ya se había condenado a alguien solo conseguiría más atención sobre el caso. ¿Por qué no hacerlo pasar por un homicidio accidental, o incluso por algo relacionado con otro de los casos en los que Torres hubiera trabajado en el pasado?

—Supongo que tienes razón. Pero no me cuadra. Cambiar de víctima de forma tan radical…

—Hay otra opción —dijo Mario después de un rato—. Que Torres tuviera razón, y no hubiera un asesino, sino dos. ¿Y si fueran diferentes? Quizá solo colaboraron durante un tiempo, enfocándose en las víctimas que uno prefería con los métodos que quería el otro.

Ya había considerado esa posibilidad, junto con otras muchas. Una noche de insomnio puede dar para mucho.

—Eso significaría que puede que el hombre que está en la cárcel haya tenido otras víctimas, que no hemos podido relacionar con él porque el *modus operandi* era distinto. O que hay alguien por ahí suelto desde hace quince años que mata a la gente enterrándola viva. No hay nada parecido en las bases de datos: no solo no se le habría atrapado, sino que habría sido capaz de ocultar sus crímenes tan bien que nadie estaría buscándolo. Sería uno de los asesinos en serie más longevos de la historia.

—Puede que haya dejado de hacerlo.

—Contradiciendo todo lo que sabemos sobre ese tipo de criminales. No se detienen sin más. Al contrario, cada vez reinciden con mayor frecuencia, hasta que se hace casi inevitable atraparlos.

Volvían al mismo muro con el que se había topado una y otra vez durante la noche, entre cálculos de hipotecas y fantasías sobre nuevos tratamientos: ninguna de las dos opciones, ni la del asesino único ni la de la pareja, resultaba consistente.

Quedaba otra opción que deberían comprobar. Para un psicópata, la única manera de eludir la justicia a largo plazo es pasar inadvertido. La mejor forma de conseguirlo es especializarse en presas cuya ausencia resulte difícil de detectar, aquellas que nadie busca durante demasiado tiempo: prostitutas que ejercen en los escalones más bajos de la profesión, sin ni siquiera un chulo al que le merezca la pena explotarlas; inmigrantes sin documentos ni lazos familiares, que se mueven de un lado a otro en busca de una forma de ganarse la vida; vagabundos sin hogar, a cuya ausencia en un banco, una esquina o un cajero automático nadie dedica más de dos pensamientos. En un mundo en el que todos estamos identificados, localizados y vigilados constantemente, el anonimato puede ser una bendición… o una condena a muerte. Aun así, ¿podía alguien pasar de matar niñas pequeñas queridas por sus familias, a seres tan desarraigados cuya ausencia ni siquiera es detectada? Otro salto sin explicación…

—Nos faltan piezas —dijo en voz alta—. Aún no sabemos lo suficiente.

—Pues a ver si reunimos alguna más. Esta es la calle del Olivo.

La calle era estrecha. En una ciudad más razonable no habría admitido aparcamiento; aquí, el ayuntamiento había preferido comprimir las aceras a apenas medio metro cada una, y dejar una calzada del ancho suficiente como para esquivar apenas los retrovisores de los coches aparcados. A mitad de la calle, una furgoneta los obligó a subirse al bordillo para poder pasar. Dejaron el coche en el vado de una tienda de recambios de motocicletas con aspecto de haber cerrado el año en que Ángel Nieto se retiró. Gema se contuvo antes de comentarlo, temiendo que su compañero no reconociera la referencia.

El número 3 lo ocupaba una casa de dos pisos, con un chino en el bajo, de los especializados en comestibles y artículos de primera necesidad: pilas, condones, botellas de licor de medio litro... Las ventanas estaban enrejadas. También los dos escuetos balcones de aluminio del segundo piso. Desde lejos vieron que Casado se les había adelantado y esperaba en el portal. Se le veía más relajado que el día anterior. Más preparado para afrontar lo que quizá hubiera sido el peor error de su carrera.

—Buenos días. ¿Os ha costado llegar?

—No mucho, la verdad. Veníamos en nave espacial —bromeó la inspectora con una mueca.

—Espero que no tenga motivo de queja, jefa —replicó el aludido con aire ligeramente ofendido—. Sobre todo, comparando con eso que conduce usted.

Gema lo miró, entre divertida y sorprendida.

—Bueno, vamos a ello. ¿Has llamado?

—Un par de veces. Sin respuesta —contestó el inspector, pulsando el timbre de otro de los pisos—. ¡Cartero comercial! —gritó al oír la voz de una anciana. Casi inmediatamente el portal se abrió.

—No, si todavía pasan pocas cosas —murmuró Mario mientras entraba—... Abren al primero que llama.

No había ascensor. Subieron por la escalera, estrecha pero iluminada por ventanucos en los rellanos. En el del primero, una cinta y un cóleo ocupaban las esquinas, ambos tan frondosos que tuvieron que hacerse un lado para evitarlos.

—Cómo lo harán... A mí se me mueren hasta los cactus —comentó Mario al pasar. Al parecer, el contacto con su coche le volvía hablador.

Al pasar del primero el aspecto de la escalera cambiaba. El terrazo gris claro de los escalones era el mismo, pero estaba más sucio; había polvo y telarañas en los rincones, y el descansillo se veía frío y desnudo comparado con el inferior. Conforme ascendían el olor, una mezcla de comida y productos de limpieza en el primer tramo, se iba transmutando en una inconfundible peste a gato.

—Uff, qué asco —se quejó Mario—. No sé cómo la gente aguanta esto.

—A base de soledad, supongo —murmuró Gema entre dientes.

Últimamente se había sorprendido mirando con anhelo al minino de los vecinos, un ejemplar de un color gris sucio de lo más corriente, que ocasionalmente saltaba la valla y paseaba por su jardín.

La puerta de la izquierda tenía, encima de la mirilla, un Sagrado Corazón en bronce. Los relieves se veían desgastados por el frotado de décadas, pero en las ranuras se acumulaba una mugre oscura y de aspecto pegajoso. El felpudo de fibra de coco, desgastado en el centro y deshilachado en los bordes, la hacía aun así más acogedora que la de la derecha, que no mostraba ningún signo de habitación humana.

—Joder, al final vamos a necesitar un cerrajero —murmuró Casado.

En contraste con el resto de la casa, el piso de Torres tenía una puerta acorazada imposible de abrir salvo por un profesional. No les quedó más remedio que pedir a Paula que acudiese a uno, armada con la orden del juez; entre unas cosas y otras, tardó más de una hora en aparecer. Durante ese tiempo aprovecharon para hablar con el resto de los vecinos. Nadie recordaba a Torres: los del primero, en ambas letras, llevaban menos de diez años en la casa, y nunca lo habían conocido. Su vecina de piso seguramente había vivido allí desde hace mucho más tiempo, pero apenas era capaz de recordar cómo se llamaba. Una asistenta sudamericana que llegó mientras estaban hablando con ella los puso en contacto con su hija, pero esta tampoco pudo darles información relevante.

—Seguro que mi madre lo conocía, y podría haberles dicho todo lo que quisieran sobre él y sobre cualquier otra persona del barrio. Desde que murió mi padre se pasaba los días cotilleando con sus amigas, que vivían todas a tiro de piedra. Pero es la última que queda viva, y desde hace unos años la cabeza ya no le rige. Ni siquiera me reconoce a mí… —añadió, con voz que no sonaba tan triste como resignada.

Nada que no fuese de esperar: en un caso tan antiguo, la excepción sería encontrar algún testigo fiable. Por suerte, aún les quedaba la casa, con una puerta tan inexpugnable que hasta al cerrajero le llevó un buen rato abrirla.

Entraron con una cierta prevención supersticiosa, a pesar de que el dueño reposaba con toda probabilidad en un nicho del Anatómico Forense. Apenas demoraron un par de minutos en echar el primer vistazo: una salita minúscula, un dormitorio con apenas espacio para una cama; cuarto de baño con bañera y una cocina, estrecha y alargada, en la que no había ni rastro de comida. Salvo el baño, todas las estancias contaban con luz natural.

—Yo me encargo del dormitorio —anunció Casado.

—Tú ponte con la cocina —indicó Gema—. A fondo.

Ella pasó a la sala. Debía de medir unos dos metros y medio por cinco. Nada más entrar, a la derecha, un sofá de dos plazas en chenilla beis, con un cojín dado de sí y medio hundido por el uso, y el otro como recién salido de la fábrica. Una pequeña mesa de centro cuadrada, con el sobre de cristal y patas cilíndricas de pasta roja, que quince años atrás habría sido vieja, y ahora era casi de anticuario. A la izquierda, un mueble castellano de tres cuerpos, centrado en una televisión de tubo situada enfrente del asiento del inspector. Al fondo, la puerta ventana enrejada del pequeño balcón que habían visto desde la calle. Justo antes, detrás del sofá, había una mesa camilla cubierta con un tapete verde de los que se usan en los bares para jugar a las cartas. Encima de él reposaba un monitor de ordenador de color negro y un teclado.

Tocando cuidadosamente con los guantes de vinilo abrió uno tras otro puertas y cajones sin encontrar nada significativo. Una vajilla incompleta, media docena de copas, un juego de güisqui con cuatro vasos, cubitera y una jarrita para el agua. Dos botellas de coñac, una de ellas con un fondo de residuo sólido y la otra sin abrir. En uno de los cajones encontró un par de álbumes de fotos que ojeó rápidamente: todas antiguas. Un Torres de unos treinta años protagonizaba las últimas.

Se acercó al ordenador. Tenía aspecto antediluviano, como cualquiera producido hasta un par de años antes de que los modelos se hicieran todos iguales y la gente dejara de prestarles atención, fascinados por las gráciles pantallas de los móviles. La unidad central, bajo la mesa, le recordaba a una que había tenido en el trabajo años atrás, pero no habría sabido decir cuándo. En vez de estar enchufada a la pared, se conectaba a una caja negra que a su vez tenía un cable, que colgaba al aire.

—Mario, ¿sabes algo de ordenadores?

—Un poco, jefa. ¿Qué necesita?

—¿No te parece un poco raro, este?

—Hombre, a mí que alguien tenga un trasto de estos ya me parece raro, pero hace quince años era más o menos normal, ¿no? En mi casa había uno.

Le miró a través de lo que a veces le parecía una distancia infranqueable.

—Ya. En la mía también. Lo que quiero decir es, ¿no te parece que es demasiado para un hombre de sesenta años que vivía solo en una casa así? ¿Muy… moderno?

Mario la miró con cara de no haber entendido bien la pregunta.

—¡Ya sé que es muy viejo! Pero haz el favor de imaginarte esto quince años atrás, ¿vale?

—Le estás avergonzando, inspectora —intervino Casado, con una sonrisa en los labios—. ¿Hace quince años? ¿Qué tenía, diecisiete? Seguro que vivía en casa de sus padres.

—Veinte —murmuró el aludido, sonrojándose ligeramente; era habitual que le echaran menos años de los que tenía, fuera por su aspecto o por su inexperiencia—. No me iban mucho estos trastos, entonces.

—No te preocupes, a eso puedo contestar yo. Bueno, más o menos. Yo tampoco tengo ni idea de qué modelo sería este, pero lo que sí sé es que Torres era lo que hoy se llamaría un friqui. Entonces no usábamos esa palabra, pero ya los había. Con sesenta tacos se manejaba mejor con estos cacharros de lo que yo lo haré nunca. Así que no me extraña que tuviera un equipo moderno. Dios sabe que no se gastaba el dinero en nada más.

Esto último lo dijo mirando a su alrededor con un suspiro.

—No sé qué esperaba, pero desde luego no esto. Siempre me dio la sensación de que vivía en la comisaría, pero aun así pensaba que su casa sería más...

—¿Una casa? —propuso la inspectora.

—Supongo que sí —concedió con una sonrisa.

Revisaron el baño a la luz de los móviles, sin encontrar nada inesperado. Toda la casa estaba igual: ordenada, limpia a pesar del tiempo transcurrido, y vacía. Más que deshabitada, parecía que no hubiera sido nunca el hogar de nadie: no había fotos, ni cuadros en las paredes, ni más adornos que dos figuras de cerámica en la sala y una en el dormitorio. La madre de Gema habría dicho que se notaba que faltaba la mano de una mujer. Ella echaba de menos la de un ser humano.

—De todas formas, llamaremos para que vengan los de la Científica. A ver si pueden hacer algo de magia. ¿Qué podría quedar, después de tanto tiempo? ¿Más sangre?

—Ni idea —admitió Casado—. Pero por probar no se pierde nada.

—Que se lleven también el ordenador. Si tenía de verdad algo sobre un segundo hombre, estará ahí. No hay un solo papel en toda la casa.

Pidió a sus compañeros que bajasen primero, con la excusa de echar un último vistazo. En cuanto se fueron se metió en la cocina y se sentó en una silla con las manos sobre las rodillas, luchando por contener las lágrimas.

Le aterraba la casa. Había visto muchas parecidas durante su carrera, pero nunca le habían afectado de esa manera; siempre habían sido algo que les pasa a otros. Algunas eran grandes y lujosas, situadas en los mejores barrios. Otras, como esta o más humildes, en calles que la gente solo atravesaba camino de algún otro sitio. Daba igual. Lo que las hermanaba no eran su tamaño, su precio o la situación, sino el desasosegante silencio de la soledad, capaz de resistir con la misma facilidad la música más estruendosa que una ausencia de tres lustros. Mesas para uno, estanterías sin objetos fuera de lugar; escurridores con dos platos, un vaso y tres cubiertos; sillones con el relleno intacto, cuartos de baño con un solo cepillo de dientes y una esponja; fotografías cuyos protagonistas nunca iban a la moda. A lo largo de su vida profesional había encontrado muchas personas que vivían perfectamente a gusto consigo mismas, hogares que no dejaban de serlo por no ser compartidos. Pero también había visto más casas como esta de las que quería recordar.

Le daba un miedo atroz la idea de terminar así, y se sentía tan culpable por sentirlo que apenas podía respirar. Sabía que debía estar pensando en su hija, que su único objetivo ahora debía ser apoyarla. Y, sin embargo, no podía evitar pensar en lo que sería de ella si le faltase. No se hacía ninguna ilusión sobre Roberto. Si se demostraba incapaz de conservar a su hija, ¿qué posibilidades tenía con su marido? ¿Cuántos matrimonios sobreviven a la pérdida de un hijo? Se agarró con fuerza al asiento. Su madre era supersticiosa, y desde la adolescencia ella siempre se lo había reprochado, desde la superioridad de su mayor educación. Y ahora se encogía sobre sí misma, tratando de fundir sus dedos con la madera para aplacar a los hados por el horrible pecado de imaginar la muerte de su niña. La había dejado sola, mientras ella se atareaba con asuntos sin importancia. Que, para colmo, conseguían distraerla hasta el punto de pasar horas sin pensar en ella. ¿Qué clase de madre era?

Consiguió calmarse poco a poco. Se lavó en el fregadero, y se secó las manos con unos pañuelos de papel. Salió de la casa como si la persiguieran. Dejó atrás el piso en el que ya solo vivía la ausencia, la escalera con olor a gato, las plantas y el portal pequeño, limpio y vacío; al llegar a la calle, respiró profundamente, como si saliera de un río.

En el coche permaneció en silencio. Supuso que Mario la creía concentrada en el caso, y no lo desengañó.

9

Mariluz Benito tenía diez años, pero era alta para su edad, y delgada. Muy buena estudiante, la mejor de su clase. Acudía al conservatorio desde los seis, a tocar la viola y practicar danza española. Una niña feílla, de cejas muy pobladas y labios que, en las distintas fotos del expediente, aparecían siempre entreabiertos. En el colegio jugaba al baloncesto, y participaba en competiciones interescolares los sábados por la mañana. En las fotos en las que aún conservaba algo de ropa podían identificarse jirones de su equipación deportiva. El asesino la había cogido a la vuelta de un partido.

Habían dejado a Casado con la Científica mientras ellos se dirigían a su casa. Consideró preferible que no los acompañara. Quería formarse su propia opinión de la situación, lo que habría sido difícil si la acompañaba el hombre que les había interrogado años atrás.

La dirección del expediente remitía a una urbanización cerrada, con jardines y piscina en el interior. Había visto muchas así, antes de decidirse por el chalé, lo que en ese momento consideró con orgullo una señal de éxito en la vida y ahora una decisión demencial. La idea de lo distinta que habría sido su vida si hubiesen optado por un piso más modesto, de tan repetida, había desgastado los bordes afilados que la herían con saña al principio, y apenas la molestó mientras se dirigían al ascensor del portal indicado.

Cuando se abrió la puerta se quedó paralizada, con una sensación de irrealidad. Por un instante le pareció tener delante a la propia Mariluz, tan similares eran los rasgos de la niña que les había abierto y que llamaba a su madre a voz en grito.

—¡Mamá, ya han llegado las visitas!

Enseguida se dio cuenta de que la cara era distinta, aunque tan parecida que el parentesco era indudable. El peinado, sin embargo, era diferente, y las cejas mucho más finas que las de las fotos, aunque se veían delgadas y perfiladas de una forma que resultaba artificiosa en una niña pequeña.

—Pasen, por favor. Rosario, vete a tu cuarto, ¿quieres?

La niña se deslizó fuera de su vista sin una palabra mientras la mujer que la había despedido les franqueaba el paso al salón. Era una estancia luminosa, amueblada en crema y madera oscura. Un sofá de tres plazas, con dos sillones y una mesa a juego, enfrentado a un mueble bajo con un televisor pequeño para los estándares modernos. En un extremo del sofá estaba sentado un hombre de unos cincuenta años, bajo y delgado, vestido con un pantalón marrón de punto, una camisa de cuadros también marrón, y un chaleco verde. No se levantó cuando entraron; tenía las manos en las rodillas, y miraba al suelo con una expresión de incomodidad evidente.

La mujer que los acompañaba, en cambio, parecía mucho más tranquila. Se sentó junto a su marido después de que ellos lo hicieran en los sillones. Llevaba blusa blanca y pantalones negros de buen corte. Tenía el pelo castaño con reflejos caoba, cortado en media melena, e iba ligeramente maquillada.

—Ustedes dirán. La persona que llamó dijo únicamente que querían hablar con nosotros de... lo que pasó.

Antes de hablar, la inspectora miró la puerta abierta de par en par.

—No se preocupe por Rosario. No saldrá de su habitación, podemos hablar con libertad. Pero si lo prefiere —continuó levantándose— puedo dejar cerrado.

—Quizá es mejor, sí. Lo que tenemos que comunicarles es un tanto delicado. Ha habido novedades en el caso. No es habitual, después de tanto tiempo. Se han encontrado los restos de una nueva víctima, de la misma época que las anteriores —dijo con rapidez, como queriendo pasar lo más deprisa posible el peor momento.

La serenidad de la cara de la mujer se rompió por unos instantes, mostrando apenas el reflejo de la pena que se agazapaba en su interior. El hombre permaneció en la misma posición, pero sus dedos se clavaron con fuerza curvándose sobre sus piernas.

—¿La otra chica? —susurró.

—No, no se trata de ella. Debo decirles que la situación ha dado un giro... bastante sorprendente. Los restos que se han encontrado pertenecían al inspector Torres. Quizá lo recuerden: se trata del policía que llevó el caso en su momento.

Al decirlo depositó sobre la mesa una foto ampliada, proveniente de la ficha de personal de Torres. Miraba al frente, y el pelo revuelto y el bigote le daban un aspecto de fiereza. Al mirarlo, la mujer se quedó sorprendida, momentáneamente sin palabras. El hombre emitió un leve quejido, casi un gemido, sin levantar la vista.

—Pero eso es imposible —afirmó ella—. Claro que recuerdo al inspector. Fue el que capturó al asesino. Estuvo presente durante todo el juicio. ¿Cómo podría…?

Se detuvo, mientras las implicaciones se hacían cada vez más claras. Una claridad hiriente, que entraba en todos los rincones, pero en lugar de iluminar quemaba.

—Se equivocaron de persona —dijo con un hilo de voz—. No era él, ¿verdad?

A su lado el hombre volvió a gemir y, por primera vez desde que entraron, habló con un tono maniático:

—Lo sabía. Te lo dije, ¿no te lo había dicho? Está ahí fuera. No lo encerraron.

—Rodrigo, por favor, no te obsesiones. Eso no es posible.

—¡Está ahí fuera! —gritó, levantando por fin la mirada para clavársela con fijeza—. ¡Está ahí, y ahora viene a por Rosario!

—¡Rodrigo! —le interpeló de nuevo, sin éxito.

El hombre se levantó y salió casi a la carrera del salón, cerrando tras de sí con un portazo. La mujer se quedó mirando la puerta cerrada, mordiéndose la falange del índice derecho. Toda su compostura se había deshecho; su rostro reflejaba ahora tensión, angustia y miedo.

—¿Es verdad lo que ha dicho mi marido? —preguntó girándose hacia ellos—. ¿Esa bestia sigue por ahí suelta?

La reacción del hombre, por su intensidad, les había sorprendido. Tardaron unos segundos en contestar.

—Creemos que no. Como he dicho, el inspector desapareció, y seguramente murió, hace unos catorce años. Y sí, el *modus operandi* sugiere que estaban involucrados la misma persona, o personas, que en su caso. Pero no significa que arrestasen a la persona equivocada. Probablemente tenía un cómplice.

—Y ese cómplice sigue por ahí.

—Podría ser. Pero en los últimos quince años no ha ocurrido nada que nos haga sospechar que siga en activo. No sabemos aún qué ocurrió. Quizá algún conocido del asesino quiso vengarse por su captura, o quizá efectivamente había un cómplice, pero después de acabar con el inspector le ocurrió algo…

Le habría gustado poder darle algo más, un clavo al que agarrarse para imaginar que la seguridad en que había reposado durante más de una década no se había roto. Pero la coincidencia de las cuerdas descartaba cualquier escenario en el que el, o los asesinos, no estuviesen relacionados. Durante unos minutos la mujer se quedó en silencio, mirándose las manos. Parecía concentrada en sus pensamientos, y prefirieron no interrumpirla hasta que comenzó a hablar.

—Nos casamos muy jóvenes, y Mariluz nació enseguida —dijo sin mirarlos, como perdida en sus pensamientos—. No sabíamos muy bien lo que hacíamos, teníamos todas las posibilidades de que fuese un desastre... pero salió bien. Mi niña era maravillosa en todos los aspectos. Buena, inteligente, educada; todo el mundo nos decía lo encantadora que era. Sus compañeras la adoraban, y las profesoras no hacían más que elogiarla. Cuando... quedamos destrozados. Apenas tenemos familia, solo algún tío lejano por parte de mi marido, y la niña era todo nuestro mundo. Pensé que mi vida había acabado. Pasé muchísimo tiempo en un pozo del que no veía salida. Rodrigo cuidó de mí con una paciencia de santo, pero, si les digo la verdad, creo que no nos divorciamos porque yo no tenía energía ni siquiera para pelearme con él. Había días que no soportaba mirarlo a la cara, ver a mi hija en sus ojos.

La voz se le quebró, y puso la mano sobre la mesa como si necesitase sujetarse para mantener el equilibrio. Permaneció en silencio hasta que recobró la compostura.

—Al principio parecía imposible, pero... el dolor fue amortiguándose. Seguía sin encontrar sentido a la vida, pero me dejaba llevar. Hasta que nació Rosario.

De nuevo un silencio, durante el que su cara mostró en rápida sucesión miedo y alegría, esperanza y desolación.

—Tenerla entre mis brazos fue lo mejor y lo peor que me ha pasado jamás. Me llenaba de alegría, y por eso mismo me partía en dos; me habían concedido un milagro que me hería más profundamente que cualquier maldición... He hecho todo lo posible por ser una buena madre para ella, y Dios sabe que la quiero muchísimo. Pero es tan parecida a Mariluz... cuando era más pequeña y aprendía algo nuevo, era como verla otra vez... Nunca la he dicho nada; ni siquiera sabe que tuvo una hermana. Pero a veces me abraza y me dice: «Hoy ha venido una de tus tristezas, ¿verdad, mamá?».

Una sombra cruzó por delante de la puerta, pero nadie entró; ni siquiera hizo ademán de abrir.

—Hace cosa de un año Rodrigo vino a casa como enloquecido. Había ido a buscarla al colegio, y se había retrasado. Cuando llegó, ya había salido, y estaba hablando con alguien que la llamaba desde un coche. Arrancaron antes de que él llegara, y la niña no supo decir quién había sido. Desde entonces está como obsesionado. Ve caras amenazantes cuando pasa por la calle, sombras que vigilan nuestra casa por la noche. Está convencido de que van a venir a por ella, como antes a por su hermana. Cada día la deja menos libertad. Ahora ni siquiera la permite bajar sola al recinto de la urbanización a jugar con sus amigas, solo si estamos vigilando uno de nosotros. Yo le decía que estaba viendo monstruos debajo de la cama, que los peligros no eran reales, solo su imaginación. Que el demonio que se llevó a nuestra hija estaba encerrado, e iba a seguir así por mucho tiempo… Y ahora me dicen ustedes esto. ¿Qué vamos a hacer ahora?

No supo qué contestar. Le habría gustado confirmarle que no había ningún peligro, que como ella decía el asesino de su hija estaba en prisión y ahí se iba a quedar. Pero sabía que, en conciencia, no podía asegurarlo. Por mucha confianza que tuviese en el proceso, era evidente que había piezas que se les habían escapado. ¿Era posible que el segundo hombre hubiese estado esperando todo este tiempo, solo para volver a ensañarse con la misma pobre familia que destrozó tanto tiempo atrás? La investigación había concluido que la elección de las víctimas era aleatoria: no se había encontrado ninguna relación entre las niñas, o su entorno, y el asesino. Pero ¿podían confiar en eso? ¿Y si tenía algún motivo en concreto para hacerles daño precisamente a ellos? Recordó la cara de la niña que acababa de abrirles la puerta. La posibilidad era tan atroz que resultaba difícil imaginarla. Pero su trabajo le había enseñado que hay pocos lugares a los que una mente enferma no pueda asomarse. Y, si de verdad había seguido evolucionando durante quince años sin que lo capturasen, ¿qué abismos de horror podía haber ideado?

Antes de ponerse en camino a la comisaría llamaron para solicitar un servicio de vigilancia. Si de verdad alguien estaba siguiendo a la niña tenían que protegerla; además, aunque seguía pensando que la posibilidad de que fuera el mismo hombre era remota, si fuese así sería su mejor oportunidad para localizarle.

—¿Cree que es verdad? —preguntó Mario ya de vuelta al coche.

—No sé qué pensar. Resulta muy extraño. Si me lo hubieses preguntado hace dos semanas, habría asegurado que no era más que la imaginación de un padre atemorizado, al ver llegar a la chica a la misma edad que tenía su hermana cuando desapareció. Pero que ocurra justo ahora, cuando hemos encontrado el cadáver… Llevaba quince años ahí, tiene que ser una coincidencia, pero aun así… Hay que ver al resto de familias de forma urgente. Averiguar si hay alguna otra niña de edad similar. No podemos descartar que el segundo hombre, si existió, tuviese algo contra ellos.

La siguiente cita era por la tarde; habían acordado aprovechar para hablar con Casado y dar un informe al comisario a mediodía. Pero se sentía intranquila. No le gustaba la idea de que pasase tiempo antes de comprobar si eran necesarias medidas adicionales de precaución. Por otra parte, tampoco se veía con valor para llamarles sin más y preguntarles si había niñas cerca de su décimo cumpleaños en la familia. Podía causarles un pánico y un dolor que no merecían. Tendrían que actuar de forma más discreta, aunque veloz.

Como una melodía de fondo que acompañaba en todo momento a sus pensamientos, la cara de Anna volvía una y otra vez a su mente. Si ella misma se sentía sola, indefensa y vulnerable sabiendo que su hija se enfrentaba a un enemigo sin nombre ni intención, ¿cómo sería creer que alguien estaba poniendo toda su fuerza de voluntad en destruir a su pequeña?

10

EL ambiente en el despacho del comisario era tenso, sombrío. La afabilidad que solía emanar de Julián había desaparecido. La muerte de un policía no es un crimen como los demás. Fallecer en acto de servicio era una posibilidad que todos contemplaban, pero no el asesinato a sangre fría. Aunque hubiera ocurrido tanto tiempo atrás, contaría con todos los recursos que se pudiesen poner a su disposición con tal de que mostrase avances. En contrapartida, si no lo hacía, le quitarían el caso y pondrían a otro en su lugar.

Si a eso se sumaba la posibilidad de un nuevo ataque, a otra niña, y además hermana de una de las víctimas anteriores... Lo que había sido un caso rutinario, cuya mayor complicación era saber bailarles el agua a los políticos, se había convertido en un laberinto siniestro. Si viniese en ese momento el dueño de la casa pidiendo explicaciones, lo echarían con cajas destempladas, sin importar qué puesto ocupase en qué partido.

—¿Crees que es verdad? —preguntó Julián cortante, nada más cerrar la puerta; repitiendo, sin saberlo, la misma pregunta que le había hecho Mario.

Esta vez lo pensó más tiempo antes de contestar. Mario estaba a su derecha, y Casado a su izquierda. Medio apoyado en un armario, como otras veces, estaba Sanlúcar. El jefe no se había molestado en explicar su presencia, pero tampoco resultaba demasiado extraña: alrededor de la mesa estaban también Domínguez y Montero, otros dos veteranos, convocados para apoyar con sus conocimientos o sus consejos en lo que pudieran. Nadie, salvo el comisario, se había sentado.

—Apenas pudimos hablar con el padre, pero me pareció que estaba sobrepasado por la situación, obsesionado. Su mujer se comporta de forma mucho más razonable, y ella no cree que esté ocurriendo nada especial. O, al menos, no lo creía hasta ahora. Una vez que le dijimos que podía haber otro hombre ha empezado a considerarlo, pero lo importante es que antes ninguno de los indicios que vio su marido le parecía concluyente. El tipo de cosas de las que nos han hablado desde luego no lo son: un coche que se para a hacer una pregunta; sombras en la urbanización; personas con «mala cara» paseando por el barrio... Son exactamente el tipo de ocurrencias que una imaginación excitada crearía, o exageraría. Y todo eso pasó antes siquiera de que apareciese el cadáver...

—Sin embargo, has pedido un operativo de vigilancia.

—Aún no sabemos lo suficiente. Es esencial mantener la prudencia, al menos hasta que tengamos clara la situación de las otras familias. Pero sigo sin creer en un asesino en serie que hace una parada de nada menos que quince años, hasta que la hermana de una de sus víctimas vuelve a tener la misma edad. Nadie ha descrito jamás un caso semejante.

Miró a su alrededor, como desafiando a sus colegas a contradecirla con un ejemplo. Nadie respondió. Todos sabían que los criminales no se comportan así. La sed de sangre y la paciencia rara vez caminan juntos.

—¿Y si no es un psicópata? —preguntó Julián—. ¿Si se trata de una venganza muy elaborada? ¿Alguien que odiase tanto a esas familias que no esté dispuesto a dejarlas salir del infierno?

—En su momento intentamos encontrar vínculos entre ellas, o razones para una inquina tan feroz. No hallamos nada —intervino Casado con aire dubitativo.

—Joder. ¿Cuándo vas a hablar con las otras familias? ¿Podemos dividirlo?

—Con tu permiso, comisario, preferiría hacerlo yo. Me parece importante mantener la visión completa. He pedido a Paula que adelante las citas, que intente reunirlas todas esta tarde. Y mañana por la mañana iré a ver a Robledo, el profesor al que se condenó por el caso. Con eso, tendremos a los principales involucrados. Si hay otra persona son nuestra mejor oportunidad de encontrar un indicio de quién puede haber sido.

—¿En qué podemos ayudarte entonces? He pedido a todo el mundo que dé prioridad a este caso. Especialmente a Sanlúcar, Domínguez y Montero.

—Lo más urgente es acelerar el estudio del ordenador de Torres: si tenía alguna nota sobre sus hipótesis debe de estar ahí. Creo que también sería bueno volver a hablar con la familia de Mariluz. Especialmente con la niña, Rosario, aunque va a haber que hacerlo con muchísimo tacto, y por supuesto con el consentimiento de sus padres. Ella no sabe nada del caso anterior; ni siquiera es consciente de que tuvo una hermana. Pero, si de verdad ha habido alguien acechándola, y ya he dicho que no lo creo, es la que mejor puede confirmárnoslo. No puede ser un interrogatorio, no hay que asustarlos, pero tendríamos que encontrar la forma de hablar con ella.

—¿Y la otra niña, la que sobrevivió? ¿Cuándo vas a hablar con ella?

En lugar de responder miró a Mario, que tomó la palabra.

—No hay forma de encontrarla. La familia se marchó poco después del caso a Estados Unidos. Se registraron en la embajada, pero en la dirección que indicaron no contesta nadie. Al parecer es lo normal: allí la gente se mueve mucho, y no piensan en estar todo el día actualizando sus datos. Van a seguir intentando encontrarlos, pero puede que no lo consigan jamás. Es un país distinto del nuestro, donde es mucho más fácil desaparecer. Sobre todo teniendo en cuenta que no hay ningún caso abierto contra ellos, así que la colaboración de las autoridades estadounidenses no está garantizada.

—¿No tenían familia aquí? ¿Alguien que pueda saber dónde paran? No puede habérselos tragado la puta tierra.

—No hay nada en los archivos, ni dejaron ningún contacto en la Embajada.

Insatisfecho, el comisario miró a sus colaboradores. Se daba por descontado que Mario acompañaría a la inspectora como su ayudante, y Casado, al que su colega había puesto a su completa disposición, no era una buena elección debido a su involucración anterior con el caso. Sería la última persona capaz de dar confianza a unos padres atemorizados. El problema era que los otros tres eran policías de vieja escuela: muy capaces, observadores y persistentes, pero en ningún caso la mejor elección a la hora de interrogar de manera sutil y tranquilizadora a una niña pequeña.

—Encárgate tú del ordenador, Domínguez —decidió finalmente—. Échate encima de los Informática Forense y no te levantes hasta que le hayan sacado hasta el último dato. Montero, tú ocúpate de la familia. Habla con los padres e intenta confirmar la opinión de la inspectora, o encontrar más indicios de que haya habido una persecución real. Si tenemos a ese hijo de puta suelto por ahí otra vez de caza tenemos que saberlo ayer.

Se levantaron los dos a la vez. Domínguez con gesto serio, pero ligeramente sardónico. Era un hombre algo mayor que Gema, que había llegado a la comisaría apenas dos años antes que ella, pero tan pagado de sí mismo que cualquiera habría jurado que estaba entre los fundadores. Solía hablar sentando cátedra y, cuando lo hacía con ella, o con cualquier otra mujer, dejaba traslucir su sorpresa de que las dejasen estar allí sin limpiar o pasar papeles a máquina. El comisario lo reconocía, pero decía que a pesar de eso era un buen policía. Ella disentía, y en alguna ocasión se lo había sugerido, convencida de que asumir estupidez congénita en la mitad del género humano era un prejuicio que lo incapacitaba para la investigación.

Montero era mayor, casi de la quinta de Sanlúcar. Extremadamente delgado, la cara demacrada y el pelo engominado, peinado hacia atrás, le daban un aire de ejecutivo de película. Llevaba siempre ropa formal: pantalones de pinzas, camisas lisas y americanas de tonos discretos. Entre el personal se bromeaba con que la ropa se la elegía su pareja, y según quien lo sugería se asumía que esta era una mujer u otro hombre. Nadie lo sabía con certeza: era muy reservado, jamás se refería a su familia, pero llevaba una alianza en la mano derecha. Gema lo consideraba un buen profesional; sabía imponer respeto a los detenidos, pero era muy cuidadoso interrogando a los testigos, a los que infundía confianza. Sin embargo, se preguntaba cuál sería su efecto ante una niña de diez años que jamás había tenido razón para pensar que la policía hacía otra cosa que dirigir el tráfico.

—Llévate a Susana —dijo el comisario mientras salían—. Seguro que para la niña es más fácil hablar con una mujer que contigo.

—No crea, jefe; se me dan muy bien los niños. Pero me la llevaré por si acaso —contestó con una sonrisa antes de cerrar la puerta.

Cuando se hubieron ido, el comisario apoyó los codos en la mesa y, colocando el mentón sobre los pulgares, entrelazó el resto de los dedos con expresión meditativa. Habló en tono más bajo, como para asegurarse de que lo que iba a decir no saliera de ese grupo.

—He estado hablando con el juez Rosas. Fue el que juzgó en primera instancia el caso. Lo conozco desde hace años, y siempre me ha parecido un hombre muy serio y competente. Jamás le he visto permitir a nadie aportar pruebas dudosas o saltarse una norma. Las apelaciones fueron casi de trámite, porque la defensa no pudo aportar ninguna prueba nueva, y fueron incapaces de demostrar que el juicio hubiera tenido el más mínimo resquicio. Como podréis entender, no ha sido una conversación fácil. Pero no ha intentado echar balones fuera: sigue completamente convencido de que el hombre al que condenó es culpable. Acepta que hubo algún error, pero cree que, aunque tuviera un cómplice, estaba implicado con total seguridad. Afirma que recuerda el caso perfectamente, pero aun así lo revisará todo de nuevo. Sanlúcar, vete a verle en cuanto tenga tiempo y haced un análisis exhaustivo. Él colaborará en todo lo que esté en su mano.

Gema suspiró. Si hubiera podido elegir, ni Sanlúcar ni Carvajal habrían estado involucrados. Pero no estaba en su mano: el caso se había hecho más complicado y, ante la duda de que existiese un riesgo actual, mucho más urgente. Cualquiera que pudiese dar un paso adelante era imprescindible. Sin contar con que, en cuanto trascendiese, todos los ojos estarían puestos en Julián. Necesitaba cubrirse las espaldas: poder justificar que había dedicado todos sus recursos a resolverlo, sobre todo si aparecía alguna víctima más.

Al menos la había mantenido al frente. Aunque, si fuera por ella, estaría sentada en su mesa hasta las cinco, con tiempo de sobra para llamar a su hija cada tarde y viajar a Barcelona cada fin de semana. En eso era mejor no pensar: tal como iban las cosas, dudaba que pudiese volver a hacerlo hasta cerrar el caso, y la idea de no poder ver a Anna la estaba comiendo por dentro. Incluso la parte buena, el volver a verse inmersa en la tensión de la investigación, se volvía en su contra: cada vez que volvía al mundo real se sentía culpable por olvidarse, aunque fuera unos instantes, de Anna y de su sufrimiento.

No, no era por eso por lo que agradecía seguir llevando el caso. Era, simplemente, porque no podía permitirse otra cosa. Era muy consciente de la forma en la que lo miraban sus colegas, en otro tiempo respetuosos, cuando caminaba por los pasillos. El estigma de ser relevada por el comisario sería la gota que colmase el vaso. Costase lo que costase, tenía que sacarlo adelante. Y su maldita suerte estaba convirtiendo lo que había comenzado como un trámite en un infierno.

—Gema, ¿puedes quedarte unos minutos? —dijo Julián, interrumpiendo sus pensamientos y dando por terminada la reunión.

Sanlúcar, Casado y Mario, obedientes a la orden implícita, salieron en silencio del despacho. El jefe se la quedó mirando en silencio, con la mano apoyada en la barbilla: un gesto muy suyo, que había aprendido a relacionar con las malas noticias. Se le heló la sangre en las venas.

—¿Te acuerdas de Maigret?

—Sí, claro. ¿Le ha ocurrido algo?

Por supuesto que lo recordaba. Jesús Torralba, al que todo el mundo conocía por Maigret. Había comenzado como una broma, algo que tenía que ver con su pipa y su sombrero, pero ella siempre pensó que había cuajado porque, como todos los buenos apodos, tenía algo de hallazgo: un no sé qué relacionado con su inimitable capacidad para ver dentro de las personas, fueran testigos, colegas o sospechosos, y saber colocarse siempre en la posición en la que mejor podía llegar hasta ellos.

Era un referente cuando ella apenas empezaba con el oficio y, durante un tiempo, había actuado con ella como una especie de mentor. Había llegado a odiarlo por las situaciones en las que la había colocado. Poco a poco, sin embargo, había acabado por aceptar que la había convertido en mucho mejor policía que lo que habría llegado a ser sin él. Aún recordaba, y utilizaba, muchos de sus consejos.

—No, no que yo sepa. Solo estaba pensando en él ahora porque una vez me habló de ti. Hace ya tiempo —continuó ante la expresión de sorpresa de la inspectora—. Me dijo que confiase en ti; que, cuando tuviese casos difíciles, te los asignase. Le hice caso, y no me he arrepentido… hasta ahora.

¿Había habido una pausa, o se la había imaginado? Que alguien como Maigret hubiese dicho eso sobre ella era halagador hasta el punto de que, en otra época, la habría hecho la persona más feliz del mundo. Pero no se lo decía para adularla. No ahora.

—No voy a andarme con rodeos, Gema. No eres la misma de siempre. Lo sabes tan bien como yo. No te lo reprocho; sé por lo que estás pasando, y créeme cuando te digo que te entiendo, y te apoyo. Pero en este momento no me lo puedo permitir. Esta puta mierda va a estallar más pronto que tarde, y cuando lo haga se nos puede llevar a todos por delante. Necesito al frente a alguien que tenga sus cinco sentidos, las veinticuatro horas del día en esto. Sin distracciones, sin dudas y sin tiempo libre.

Luchó por mantener el gesto firme. No contestó, ni expresó ninguna emoción, porque no confiaba poder mantener la compostura si lo hacía.

—He estado pensando en pasarle el caso a Sanlúcar. Ya sé lo que piensas de él. Igual que sé lo que piensas de Domínguez, y de Susana, y también me da igual. Es un buen policía, con uno de los mejores índices de resolución del cuerpo. Puede que sea un soberbio, y hasta un idiota si me apuras, pero falla muy pocas veces.

El hielo de su espalda no impidió que se sintiese sorprendida. Una de las razones por las que Sanlúcar resolvía más casos que nadie era porque tenía mucho cuidado en los que elegía. Cada investigador apechuga con lo que le toca, pero todos tienen sus preferencias, y los más listos consiguen imponerlas. Era imposible que Julián no se hubiese dado cuenta. Y, si a pesar de eso, estaba considerando pasarle el caso, su situación era mucho más insegura de lo que sospechaba.

—No nos la podemos jugar con esto. Pero ya te he dicho que te respeto, y no quiero quitártelo. Si tú, a cambio, me aseguras que vas a estar a tope. ¿Puedes asegurármelo? ¿Al cien por cien?

¿Y si no lo hacía? La relevaría, y volvería a su mesa. Solo que esta vez sería para siempre. La dejarían olvidada ahí, hasta que tuviesen la posibilidad de forzarla a un traslado que acabase por destrozar su vida. Además, eso le quitaría lo que de verdad la motivaba: no más casos en los que concentrarse hasta olvidarse de sí misma, no más asesinatos que evitar, no más víctimas a las que dar al menos el pobre consuelo de evitar la repetición de su dolor. Le dolía reconocerlo, pero era así. Aunque sabía que se debía a Anna y a Roberto, una parte de su ser gritaba que no la podían obligar a encerrarse en una jaula, que, pasase lo que pasase, ella era policía; una buena policía, y quería poder seguir siéndolo. Si renunciaba ahora, podía olvidarse de eso para siempre.

—Puedes contar conmigo. Al cien por cien. Te lo juro.

—Está bien. Intentaré que no te llegue mucha mierda cuando empiece, pero no te puedo prometer nada. Va a ser jodido, Gema; muy jodido. Así que haz todo lo que puedas, porque cuando esto se sepa, y se sabrá pronto, se nos van a echar al cuello.

Asintió pensativa, y se levantó para salir. Mientras caminaba hacia la puerta, pensó en la cara de Rosario y sintió un escalofrío. El compromiso que acababa de tomar con Julián no significaba comparado con el que había asumido ante ella: había apostado a que podría protegerla al menos tan bien como lo hubiese hecho su compañero. Lo que pudiera ocurrirle pesaría en su conciencia. En su mente, se sobrepusieron tres caras: la de la niña inocente que creía ser hija única; la de su hermana, muerta quince años atrás; y la de Anna, que la llamaba por las noches cuando el miedo la despertaba. Un solo grito a tres voces exigiendo que les diese la mano, que las protegiese de los monstruos que acechan a los niños en la oscuridad.

11

De todos los momentos en que podían haberse presentado, tenían que haber elegido este. Daban ganas de reírse, o de llorar. Miró a derecha e izquierda, para asegurarse de que no se habían equivocado de chalé: en la urbanización, inmensa, todos eran iguales, clones exactos unos de otros desde el tamaño de cada teja hasta el color exacto de la puerta de entrada. Salvo por un detalle: tres globos de colores pegados justo debajo del número que estaban buscando y, en uno de ellos, rosa chillón, un gran 5 de brillante purpurina. Tras la puerta, entreabierta, un flujo inagotable de niñas se movía de un lado para otro mientras sonaban grititos excitados.

En sillas blancas de plástico, al fondo, se sentaban una docena de adultos, en proporción de tres mujeres por cada varón. Entre ellas una cara que reconoció del informe, aunque considerablemente envejecida. Lucía había sido la hija pequeña, con dos hermanas que tenían diez y doce años cuando nació, y un hermano de quince: lo que la gente tiende a llamar, con mayor o menor discreción, un «descuido». Su madre tendría ahora casi sesenta y cinco. Aun así, parecía dominar la reunión. Algo entrada en carnes, con el pelo y el maquillaje impecables, vestía ropa informal, pero elegante y bien cuidada. No costaba deducir, viéndola sentada con sus hijas, que aún la consideraban una figura de autoridad, todavía la madre, aunque ellas tuvieran ya hijos.

Una de las jóvenes se acercó hacia ella con cara de extrañeza, caminando descalza sobre el césped. A pesar de lo avanzado de la estación llevaba unos vaqueros recortados y una blusa ligera de algodón blanco. Con el pelo largo, ondulado y con mechas californianas, habría resultado mucho menos llamativa en la Costa del Sol en verano que en las afueras de Madrid comenzando el otoño.

—Hola. Perdona, pero no te conozco. ¿Eres la mamá de Nerea?

—No, disculpe. Lo lamento si vengo en un mal momento. Soy policía; vengo a hablar con don Álvaro García y doña Julia Robles.

Se dio cuenta al instante de que había sido demasiado brusca. La cara de la mujer, relajada y amigable un segundo antes, se contrajo en una mueca de pánico. No era la reacción más usual, pero tampoco algo que no pudieran haber anticipado: era el gesto de alguien que ha vivido lo que una visita así puede significar. Con la diferencia de edad, la hermana de Lucía habría tenido veinte años cuando pasó, y treinta y cinco ahora: edad más que suficiente para haber sido consciente de todo, y para estar ahora celebrando el quinto cumpleaños de su propia hija.

—¿Ha ocurrido algo? —preguntó una voz una octava más baja que al comienzo.

—No, no ha pasado nada. Es por un caso antiguo, en realidad. ¿Es usted de la familia? —preguntó para confirmar lo que ya sabía.

Asintió sin palabras y, sin preguntar nada más, se dio la vuelta y caminó hasta el fondo del jardín. No hizo falta que llegase; su gesto fue suficiente para que la inspectora identificase casi por completo a los concurrentes. La mayoría de las mujeres mostraba extrañeza y una ligera inquietud: madres de las niñas que jugaban en el jardín ajenas a todo. Dos hombres pusieron gesto serio, casi alarmado: seguramente el marido de la que había abierto, y su cuñado. Un tercer hombre, dos mujeres que estaban a su lado y la madre de Lucía, en cambio, reflejaron sin necesidad de cruzar palabras el mismo dolor y el miedo que acababa de ver: el hermano y la otra hermana, sin duda. Se preguntó quién sería la segunda mujer.

Tendría unos cuarenta años. Su atuendo, indudablemente profesional, contrastaba con el ambiente informal y relajado: pantalones y chaqueta negros, blusa gris claro con escote redondo y zapatos de tacón, poco adecuados para caminar sobre el césped. Sin embargo, fue precisamente ella la que, tras intercambiar unas palabras con doña Julia, se acercó a la cancela mientras la mujer entraba en la casa.

—Buenas tardes —saludó—. Soy Patricia, la nuera de Julia. Les ruego que nos disculpen, su visita nos ha pillado por sorpresa.

—Nuestra secretaria debió avisarles ayer por la noche.

—Hablo con mi cuñado, y él olvidó decírnoslo. Él no sabe… bueno, por supuesto sí ha oído hablar de ello, pero no lo vivió; no creo que comprenda lo que fue aquello. Porque han venido a hablar de Lucía, ¿verdad?

—¿Usted sí la conoció?

—¿Les importa que sigamos hablando dentro, por favor?

Les precedió por el camino de losetas empedradas que llegaban hacia la puerta, que doña Julia y una de sus hijas habían dejado abierta al entrar. La otra, la que les había abierto, permaneció fuera, quitando importancia a la visita frente a un corro de caras curiosas.

—Yo era la novia de Efrén por entonces —dijo en voz baja tras cerrar tras ellos—. La conocía como se conoce a la hermana pequeña de tu novio, cuando no te interesan los niños: más bien poco. Pero tenía ya mucha relación con la familia, y recuerdo perfectamente todo aquello. ¿Podrían...? Seguro que ya lo tienen en cuenta, pero ¿puedo pedirles que sean cuidadosos con Julia? No se imaginan por lo que pasó en su momento.

—Por supuesto.

Solo cuando hubieron accedido se dio la vuelta y les guio por el pasillo hasta un salón amplio, en la parte de atrás de la casa, que daba a un nuevo jardín. Por las amplias cristaleras se veían más niñas, o quizá eran las mismas que corrían de uno a otro lado, disfrazadas de princesas, policías o astronautas. Sus gritos, amortiguados, sonaban antinaturales frente a los tres rostros angustiados que los miraban desde el sofá.

—Gracias por atendernos —comenzó Gema—. Sabemos que no es un buen momento.

—No se moleste porque se lo diga, pero ¿cuándo es buen momento para hablar con ustedes? —dijo doña Julia, en un tono bajo que amortiguaba la brusquedad de sus palabras.

A pesar de los años transcurridos en la capital mantenía un leve acento gallego, un contrapunto musical que armonizaba con la tristeza antigua de sus palabras.

—Verán, se trata del caso... de su hija. Estamos investigando indicios nuevos que, con toda probabilidad, están relacionados con él. Quiero dejar claro ante todo que se trata de sucesos antiguos, de la misma época. Pero nos han obligado a abrirlo de nuevo, y a replantearnos algunas de las conclusiones a que se llegó en su momento. Por eso queríamos hablar con ustedes.

—¿Qué quiere decir? —interrumpió el hombre—. ¿Replantearse qué? ¿El caso no está cerrado? El culpable lleva años en la cárcel, ¿no?

La madre y su hija parecían perdidas, desorientadas. Como si lo que les estaban pidiendo pensar fuese demasiado difícil de asumir. El hijo los miraba de hito en hito; podía ver cómo la tensión que habían mostrado sus manos y la línea tensa de los labios se desplazaba al resto del cuerpo. Casi por reflejo se preguntó cómo de fácil era que montase en cólera, cómo se comportaría con su mujer cuando ocurría. Fue esta la que intervino, sin embargo, con una voz sosegada que elevó sobre el ruido en aumento de los juegos infantiles.

—Inspectora, ¿podría explicarnos qué ha ocurrido?

—Es cierto que se encarceló a un hombre —contestó dirigiéndose a ella—. Es importante dejar claro que no tenemos motivos para pensar que no fuera culpable. Con toda seguridad fue él el autor de los hechos. Pero ha aparecido una nueva víctima. Asesinada en esa misma época. Y se trata del policía que lo investigó, el inspector Torres.

Los hermanos miraban sin comprender, pero su madre llegó pronto a la conclusión inevitable.

—Pero eso es imposible. Él fue el que atrapó a ese malnacido. No pudo asesinarlo cuando ya estaba en la cárcel.

—La hipótesis con la que estamos trabajando es que había otro hombre, además del que está en prisión. Un cómplice, un ayudante, algo parecido.

—¿Y cómo saben cuál de los dos fue? Si había otro hombre, ¿cómo saben que el que mató a mi niña es el que está en la cárcel?

—Las pruebas que se encontraron en su domicilio fueron muy claras. Tenía objetos de las víctimas y fotografías. Se encontraron restos en… los cuerpos que lo identificaron. Era él, no tengan dudas sobre eso —afirmó con una seguridad que no sentía—. Pero si tenía un cómplice, puede que haya algún indicio que en ese momento no se tuviera en cuenta que nos pueda dar pistas sobre su identidad. La investigación se centró en la hipótesis de un único autor y, al concordar todos los detalles, no se exploraron otras alternativas. Entiéndanme, que nosotros sepamos no quedaron cabos sueltos; pero está claro que hubo algo de lo que no se dieron cuenta en su momento.

Durante unos minutos permanecieron en silencio, mientras les dejaban tiempo para asimilar lo que les habían revelado. Súbitamente Efrén, que había dado muestras de creciente incomodidad, se levantó y anunció:

—Voy a ayudar a Rosa.

Nuevamente fue su esposa la que intervino al cerrarse la puerta.

—No le gusta… a veces le cuesta controlar los nervios. No se lo tengan en cuenta. Aquello fue muy duro para él, y revivirlo le resulta muy difícil.

—No tiene que disculparle —intervino la inspectora—. Sabemos que lo que les estamos diciendo es complicado de asimilar. Pero es importante que traten de recordar, que piensen en cualquier indicio que pudiera quedar pasado por alto en la primera investigación. Ya sé que ha pasado mucho tiempo.

Doña Julia la miró pensativa y preguntó:

—¿Tiene usted hijos, inspectora?

No contestó. Pero su gesto suavizó la expresión de su interlocutora, que murmuró:

—¿Y cree que se me ha olvidado algo, un solo minuto de todo aquello?

Se levantó e hizo un gesto que únicamente la abarcaba a ella.

—¿Quiere acompañarme, por favor? Patricia, Marga ¿os importa quedaros aquí con su compañero? Seguro que también tiene preguntas.

Sin esperar respuesta salió del salón, confiando en que la inspectora la siguiera. Subieron por una escalera de madera y atravesaron un pequeño distribuidor para llegar a un amplio dormitorio que, sin que pudiera evitarlo, le recordó al suyo propio. Por un instante fugaz tuvo una sensación de *déjà vu*: sintió como si esta fuera realmente su propia habitación, y en consecuencia bastase con dar unos pasos para llegar a la de Anna. Los ruidos que aún llegaban, amortiguados, por la ventana, añadían un toque de doloroso realismo a la fantasía de que su niña estuviese allí, al alcance de su mano, sana y feliz en lugar de luchando postrada en la cama de un hospital.

Duró apenas unos segundos, pero cuando consiguió traerse de vuelta al presente, se encontró con la mirada inquisitiva de la mujer. Sin decir nada se volvió al último de los tres cuerpos de armario que panelaban la pared, y lo abrió.

—La gente piensa que esta es una casa muy grande, que hay sitio para todo. Y ya sé que no me puedo quejar. Pero cuando tienes varios hijos, y ellos te dan nietos, y tienes que hacer espacio para unos y otros… todo acaba haciéndose pequeño.

En contraste con la serena elegancia del dormitorio, el interior del armario rebosaba colores vivos: ropa, juguetes, libros y muñecos se disputaban todo el espacio disponible. Una vida en dos metros cúbicos.

—Al principio conservé su habitación tal como ella la había dejado. Por mí seguiría así. Me sentaba en ella, mirando a mi alrededor, tocando las cosas que ella había tocado. Mi marido me veía llorar, y me insistía en que teníamos que pasar página, que era mejor recoger sus cosas y guardarlas. ¡Qué sabrá él! —proclamó mirándola, desafiante, con un brillo húmedo en los ojos.

«Anna es tuya de un modo en que no será mía nunca», le había dicho Roberto una vez. «Tú eras el mundo antes de que yo ni siquiera la conociera. Haría cualquier cosa por ella; pero sé que tú la sientes de una forma que está fuera de mi alcance».

—¡Qué sabrán ellos! —le hizo eco Julia en voz baja, el acento gallego más fuerte que nunca en sus palabras.

Abrió uno de los cajones y sacó un cuaderno con coloridas tapas de plástico.

—Este era su diario. No hay nada importante en él, se lo aseguro: lo leyeron los policías entonces, lo leí yo, lo leyó el fiscal, el abogado... era una niña de diez años, mi ángel. ¿Qué cree usted que escribía? Pero mírelo. Mírelo todo, si cree que puede servir de algo.

Dedicó apenas diez minutos a registrar el armario y constatar que no había nada que no fuera de esperar. El cuaderno era lo único que podía contener algún indicio, alguna referencia que hubieran pasado por alto entre sus páginas, y pidió permiso para llevarlo consigo.

—Lo tratará con cuidado, ¿verdad?

—Por supuesto —contestó en un susurro.

—No va a encontrar nada, de verdad. Nunca dijo nada raro de nadie. Jamás. No creo que hubiera conocido siquiera a ese malnacido hasta el día que se la llevó —a pesar de sus palabras, la mujer parecía reticente a dejar ir el cuaderno.

—De todas formas, si recordase algo, cualquier cosa, no dude en llamarnos.

—Claro, cómo no. Lo haré.

—¿Y su marido? ¿Cuándo podríamos hablar con él?

La mujer se sentó en el borde de la cama, con gesto de resignación. Mientras hablaba de su hija muerta estaba llena de dolor y de pena, pero también de energía. Ahora, en cambio, se desinfló como si las fuerzas le fallasen.

—Ya ha visto cómo es Efrén, ¿no? Pues la rama sale al tronco. Álvaro es un buen hombre, pero le pueden los prontos. Si hubiera tenido la menor idea de alguien que pudiera haber tocado a la niña, no sé lo que habría hecho, pero seguro que no se lo habría guardado... De todas formas, hoy no está, salió a ver no sé qué cosa de los negocios. Tendrán que volver otro día si quieren hablar con él.

Asintió con la cabeza y siguió a la dueña de la casa de vuelta al salón, con el diario de Lucía en la mano. Al abrir la puerta sintió como si un soplo helado la atravesase. El ambiente entre los ocupantes, que había sido tranquilo y respetuoso cuando los dejaron, había derivado en una tensión innegable. Efrén volvía a estar sentado el sofá, con la cara congestionada de quien contiene apenas un estallido de cólera. Su mujer, a su lado, le cogía una mano entre las suyas, y se mordía un labio mientras le miraba como implorándole clemencia. Las dos hermanas, Rosa y Marga, miraban a Mario con cara de terror mal contenido. Este, enfrentado a los demás en un sillón, alternaba la mirada entre uno y otro reflejando culpabilidad.

—¿Pero qué pasa? ¿Ha ocurrido algo? —preguntó doña Julia casi chillando.

Patricia se levantó, recompuso el gesto y se dirigió a ella con una rapidez antinatural:

—No, no pasa nada, Julia. Es este tema, que nos tiene a todos desquiciados.

Uno a uno, los hermanos asintieron con dificultad, como si les costara mantener una conversación normal después de la que acababa de terminar. Era evidente que ocultaban algo, pero su madre no supo, o no quiso verlo.

—Ya. No me extraña —dijo en un suspiro—. ¿Necesitarán algo más, inspectora?

—Nada de momento. Muchas gracias por su colaboración. Estaremos en contacto, y llámenos si recuerdan cualquier cosa, por pequeña que sea.

—¿Qué pasó ahí dentro? —preguntó mirando al frente.

Estaban de vuelta en el coche, tras la privacidad de las ventanas pero aún sin arrancar.

—Les pregunté si habían visto algo, si habían tenido alguna sospecha… sobre la nieta —contestó Mario, poniéndose rojo.

—¡Joder, Mario! ¿Se lo preguntaste así, a bocajarro? ¿Cómo se te ocurre?

—¡Yo que sé, no sabía cómo sacar el tema! ¿Y si es verdad que está ahí fuera, buscando otra vez presas en las mismas familias? Tendrán que estar alerta, ¿no?

—No tenemos ninguna prueba de que esté pasando nada. ¡Y ahora van a volverse locos! ¿Tú sabes lo que es cuidar cada segundo de una niña de cinco años?

—Cuatro —murmuró el subinspector.

—¿Cómo que cuatro? Si estaban celebrando su quinto cumpleaños. ¿No viste el número en la puerta?

—No, me refiero a que tienen cuatro niñas, y dos niños, entre los tres hermanos. Todos entre los cinco y los once años.

—Joder. Vaya mierda.

Permanecieron en silencio mientras el coche arrancaba y se incorporaba a la circulación hacia su nuevo destino. Pasaron casi diez minutos hasta que Gema rompió el silencio.

—Ya sé que no podemos dejarles desprevenidos si hay riesgo. Pero es que no tenemos nada, de verdad. Nada más que la paranoia de un hombre al que no le habríamos hecho ni caso si no fuera por la coincidencia con la aparición de Torres. ¡Si ni su mujer se lo cree!

—Lo siento, jefa. Pensé que tenían que saberlo.

—Tú no lo entiendes. No sabes lo que es mirarlos y verlos tan frágiles, tan indefensos… Saber que cualquiera que se lo proponga puede hacerles daño. No necesitas más que una excusa para encerrarlos, para meterlos contigo en una habitación cerrada y no dejarlos salir jamás, con tal de protegerlos.

Dejaron que el silencio les envolviera hasta su siguiente destino. Les abrió la puerta la madre de Andrea, Milena. Con cuarenta y tres años, aparentaba más de cincuenta. Según los informes del caso había venido de Colombia con veintidós, y consiguió traer a su hija con ella cuatro años más tarde; veintiún meses después acudía al depósito de cadáveres para reconocer sus restos.

—Son los policías, ¿no? —dijo en voz baja, resignada, nada más abrir—. Pasen.

—Muchas gracias por recibirnos, señora. Sabemos lo duro que es esto.

No contestó. Les hizo pasar a un salón diminuto, casi ocupado por completo por tres sofás bajos de dos plazas colocados en torno a una mesa de centro cuadrada, sobre la que había restos de comida. Una mesita con un televisor completaba el mobiliario de la estancia. De una de las habitaciones del piso salía amortiguada una canción latina.

—Ustedes dirán —indicó sentándose y señalando al sofá frente al suyo.

La cara y la piel morenas, los rasgos angulosos, le daban un inconfundible aspecto de inmigrante. Nadie por la calle habría pensado que fuera española. Sin embargo, su hija, en las fotos del caso, había sido indistinguible del resto de las niñas.

—Se trata del caso de su hija Andrea. Ha habido novedades.

Permaneció sentada mirándolos; por un instante sus ojos mostraron una sombra de tristeza, que pasó fugazmente, sustituida por la mirada sin expresión con la que había abierto la puerta.

—Ha aparecido una nueva víctima. Es decir, los restos han aparecido ahora, pero fue asesinado en aquella época. Se trata del policía que llevaba el caso. Quizá lo recuerde: se llamaba Torres; inspector Luis Torres.

Puso sobre la mesa una foto que la mujer miró fugazmente.

—Sí, lo recuerdo —asintió.

—Verá, el hecho de que fuera asesinado, cuando ya estaba encerrado el culpable, significa que sin lugar a dudas había otro hombre. No quiero decir que el que encerraron no fuera culpable. Según las pruebas del juicio no hay duda de que lo era. Pero debía tener un cómplice. Alguien que le ayudó, y que posiblemente siga por ahí, libre.

El sonido de la música aumentó y se oyeron pasos por el pasillo. Un hombre de unos veinte años, delgado y de rostro anguloso, asomó por la puerta. Tenía un aire familiar; podría haber sido hermano de la víctima, salvo por el hecho de que, según el informe, no los tenía. Los miró con cara suspicaz durante unos segundos, antes de dirigirse a Milena.

—Salgo para la calle.

—Vale —contestó esta.

Luego volvió a mirarlos; la interrupción había roto su aire ausente, y por primera vez parecía interesada en la conversación.

—Ya dije todo lo que sabía en aquella época. ¿Qué quieren de mí ahora?

—Estamos revisando el caso por completo, buscando indicios que nos puedan llevar a esa persona. Como comprenderá, esa es nuestra máxima prioridad.

Bajó los ojos y dio un sonoro suspiro. Cuando volvió a levantarlos la mirada le brillaba.

—¿Y eso me va a devolver a mi niña? Después de todo lo que pasó, después de tanto tiempo… ¿para qué va a servir?

—Milena, entienda que ese hombre sigue libre. Podría… podría seguir buscando niñas a las que hacer daño.

—Mi niña está muerta —dijo, endureciendo el gesto—. Yo trabajé como una bestia para traérmela aquí, y me la llevaron. Cogieron al que decían que lo había hecho, y ¿está menos muerta por eso?

Se dio cuenta, al oírla hablar, de que lo que había tomado por indiferencia era justo lo contrario. El dolor, quince años viejo, seguía latiendo por debajo de la superficie con tanta fuerza como el primer día, amenazando con romper la frágil pantalla que lo cubría.

—Siento mucho lo que ha pasado, de veras, aunque no voy a decir que lo comprenda. No puedo imaginar lo que debe ser perder así a una hija —se forzó a decir, sabiendo que la mujer no aceptaría ninguna otra afirmación—. Precisamente por eso debemos hacer todo lo que esté en nuestras manos para que no vuelva a suceder.

Volvió a bajar la mirada, sorbió por la nariz y se levantó.

—Les llamaré si recuerdo. Pero ya les he dicho que se lo conté todo a ese hombre entonces —dijo, señalando la foto con la cabeza—. Ahora márchense, por favor.

Al sentarse en el coche no pudo evitar soltar un suspiro. La perspectiva de una nueva entrevista, de afrontar el dolor de otros padres que habían perdido a su hija pequeña a manos de un psicópata, la llenaba de angustia. Por enésima vez se arrepintió de haber luchado por conservar el caso. Por enésima vez se preguntó si, de pedirle a Julián que la relevase, lo aceptaría. Seguramente sí: tener al mando de una investigación a una persona que no quiere llevarla suele ser un desastre para todos los involucrados. De todas formas, era una cuestión académica. Sabía que no iba a planteárselo.

—Vamos a por la última. Deberíamos llegar en unos veinte minutos.

—Claro, jefa.

Un cuarto de hora después ninguno de los dos había dicho una sola palabra. No podía evitar volver una y otra vez al salón del chalé, a las caras horrorizadas de los padres que sabían que, a partir de ahora, no podrían volver a tener a sus hijos fuera de la vista sin preguntarse si les habría ocurrido algo horrible. Se preguntaba si esa sensación desaparecería si conseguían cerrar el caso por completo y detener a todos los culpables, o si incluso entonces se mantendría ahí, en el fondo de sus mentes, como un horrible recordatorio de lo que era posible. Una llamada al móvil interrumpió sus pensamientos.

—¿Moral? ¿Puede oírme? Soy Domínguez.

—Dígame.

—Estoy con los de Informática. La cosa va para largo. Aunque igual es una buena noticia.

—No lo entiendo. ¿Cómo que es una buena noticia, que vayan a tardar? ¿Por qué?

—Parece que tenía toda la información cifrada. Con contraseña, vaya. Y el técnico dice que, para los años que tiene el ordenador, el método que usó era muy avanzado. Que les va a costar varios días descodificarlo, vaya.

—¿Y por qué es eso una buena noticia?

—Bueno, supongo que, si tenía tanto interés en que nadie leyera lo que tenía en el ordenador de su casa, donde vivía solo, debe de ser porque es importante, ¿no? Algo encontraremos, vaya.

—Ojalá. En cuanto averigüen algo que me llamen, ¿de acuerdo?

—Por supuesto, inspectora.

Volvieron al silencio hasta llegar a su destino. Al hacerlo comprobaron la dirección dos veces, para asegurarse de que estaban en el sitio apropiado. No era el tipo de vivienda al que a nadie, ni siquiera a un policía, le gustaría llamar por error.

Habían entrado a una urbanización semiprivada, a la que accedieron por una calle en apariencia normal, pero controlada por una barrera que encontraron levantada. Los viales eran amplios, con capacidad para dos coches por sentido, pero sin líneas pintadas; solo la mediana, plantada con césped y flores, servía de indicación. Todo el entorno transmitía una impresión de ordenada informalidad, desde los bancos en los que mujeres con aspecto de criadas esperaban al autobús a los núcleos de pequeñas tiendas y restaurantes que recordaban a un pueblo de playa. Las casas, en cambio, contaban una historia completamente distinta. Cada parcela tenía unos treinta metros de frente y, en todas aquellas cuyos muros no impedían la visión, una única casa de aspecto monumental se alzaba en medio de un amplio jardín. Algunas, las menos, eran antiguas, construcciones con más de ochenta años que fueron sin duda segundas residencias cuando el pueblo estaba a casi un día de viaje de Madrid. Entre las más modernas la mayoría eran enormes, casonas suntuosas con varias alas y construcciones anexas.

El navegador del coche les había hecho detenerse junto a un muro alto, con un portón metálico que no permitía ver nada a su través. Cuando se identificaron por el interfono este se abrió, y pasaron a un gran terreno, en cuyo fondo destacaba una casa de dos plantas con paredes de piedra y techos de pizarra. Había sido construido en estilo antiguo, consonante con las casas viejas del centro del pueblo de cuyo ayuntamiento dependía la urbanización, pero no tendría más de veinte años, tirando por lo alto.

—Joder —exclamó.

De repente su adosado le pareció diminuto, y el hecho de estar atada a él por una hipoteca que quizá nunca podría pagar incluso más cruel que antes. Pensó con envidia que a gente capaz de comprar una casa como esa su deuda le parecería algo nimio, de lo que no tenía sentido preocuparse.

La finca tenía hileras de cipreses a ambos lados, y cuatro plátanos de sombra, ahora deshojados, formando un corro a la derecha de la calzada. Esta rodeaba la casa por la izquierda mientras descendía, desembocando con seguridad en el sótano por la parte de atrás. Entre ella y el muro había césped, flores y una pequeña fuente ornamental. Todo estaba tan cuidado como si el jardinero acabase de salir por la puerta de servicio. La casa en sí tenía dos grandes ventanas a izquierda y derecha de la puerta de entrada; cuatro en el piso superior; y otras tres, abuhardilladas, en el tejado de pizarra negra. Las paredes eran grises, revestidas con grandes losas de granito, y la carpintería era de un blanco inmaculado. Debajo de cada ventana había macetas con flores, en tres gamas de colores a juego, una para cada piso.

Mario dio un suave silbido antes de acercarse a la puerta principal y llamar al timbre. Les abrió un hombre de gesto serio. A pesar de estar en casa, y de lo avanzado de la hora, iba vestido de manera formal: traje azul marino, camisa de un tono malva muy pálido, zapatos negros bien lustrados, corbata morada. Llevaba el cabello peinado con esmero, engominado, e iba bien afeitado. Aun sabiendo por el expediente que tenía 57 años, a Gema le costaba echarle más de cincuenta.

—Buenas tardes —dijo con voz queda—. Soy Samuel Toledo. Les estábamos esperando.

—Este es el subinspector Mario Ortega. Yo soy la inspectora Gema Moral. Le agradecemos que nos reciba en su casa.

—Por favor, ni lo mencionen. Pasen. Mi mujer está en el salón.

En contraste con el lujoso exterior, la casa apenas estaba decorada. Los muebles eran de líneas rectas y tonos claros, con predominio de metal y cristal. El recibidor, amplio y dominado por un espejo sin marco, no habría desentonado en un edificio empresarial. Los condujo por un pasillo de paredes desnudas a un salón dos veces más grande que el de su casa, pero con la mitad de muebles. Su mente de investigadora, acostumbrada a inventariar automáticamente los espacios en los que se movía, daba vueltas en el vacío apenas poblado: un sofá, una mesa baja, dos vitrinas sin apenas objetos visibles, un aparador y un gran espacio en el lugar en el que habría esperado encontrar una larga mesa rodeada de sillas. Supuso que la casa tendría un comedor independiente. Por experiencia, se fijaba siempre en los asientos utilizados para ver la televisión: su número, orientación y patrón de desgaste solían decir más sobre la composición de una familia y la relación entre sus miembros que muchas conversaciones. En este caso, sin embargo, la ausencia de aparato hacía imposible el ejercicio.

Del sofá se levantó, nada más cruzar el umbral, doña Sonsoles García. Madre de Silvia Toledo García, la única niña cuyo cadáver no fue hallado, a pesar de que las fotos en el ordenador de Robledo demostraron que se encontraba entre sus víctimas. Vestía de negro y, al contrario que su marido, transparentaba cada uno de los sesenta años que había cumplido en las marcadas arrugas del ceño y en las bolsas bajo sus ojos.

—Ustedes son los policías —dijo por toda presentación—. ¿Han encontrado a mi hija?

—Me temo que no —reconoció la inspectora tras un silencio embarazoso—. Pero sí ha habido novedades en el caso que nos gustaría comentar con ustedes. ¿Le importa que nos sentemos?

La mujer permaneció callada, con la mirada fría, pero su marido tomó asiento a su lado y les rogó que hicieran lo mismo. Lo hicieron, a falta de alternativa, en un extremo del largo sofá. El cuero, lustrado hasta brillar, era duro y frío al tacto. Gema repitió una vez más la historia que había contado a cada familia. Doña Sonsoles la interrumpió.

—¿Qué hay del otro? El joven que le acompañaba. ¿Han sabido de él?

—Nos apoya en la investigación. Como comprenderá, este caso es complicado, al haber transcurrido tanto tiempo. Pero estamos empleando todo nuestro esfuerzo en averiguar lo que pasó. Y, en especial, en comprender las implicaciones en el caso.

—¿Qué quiere decir? —preguntó el marido—. ¿Qué implicaciones?

—Quiere decir que el hijo de puta no estaba solo —contestó su mujer—. Si alguien mató a ese pobre hombre cuando él estaba ya en la cárcel, es que tenía un cómplice. Y ese sigue suelto por ahí. ¿No es eso?

Gema asintió con la cabeza.

—Y ustedes piensan que pudo participar también en … lo demás, ¿verdad?

—En realidad, no es muy probable —contestó Gema, eligiendo con cuidado las palabras—. Verán, si ese hombre sigue vivo, lo más seguro es que fuese algún tipo de colaborador, o quizá incluso un amigo, pero que no estuviese directamente implicado. Este tipo de criminales no dejan de atacar, sin más. Son reincidentes natos. El hecho de que no hayan vuelto a darse casos con víctimas semejantes va en contra de esa hipótesis.

—A menos que huyera a otro país; uno en el que haya podido seguir matando, sin que aparezca en sus registros.

—Es una posibilidad, sí —reconoció la inspectora—. Pero fueron crímenes muy mediáticos. Si poco después hubiese ocurrido algo parecido en otro país, habría llamado la atención.

No dijo que eso era cierto solo para determinados lugares, pero no fue necesario. Todos eran conscientes de que hay lugares en el mundo donde ni la policía, ni las leyes, ni la prensa son garantía de nada. El silencio se adueñó de la sala, mientras cada uno imaginaba el infierno que alguien así podría haber desatado en uno de ellos.

—Está bien. ¿Y qué quieren de nosotros?

—Sabemos que ha pasado mucho tiempo, y que el caso ya se investigó en su momento. Pero es evidente que quedaron cosas por descubrir, y eso es lo que estamos intentando encontrar. Si recordasen cualquier cosa que nos pudiera dar indicios sobre un segundo hombre implicado nos sería de gran ayuda.

Se miraron el uno a otro y negaron con la cabeza. Contestó la mujer:

—Todo lo que sabíamos ya lo contamos en aquel momento. ¿Cree que nos habríamos guardado cualquier cosa que hubiese podido ayudar a encontrar a nuestra niña?

Asintió en silencio por toda respuesta. Les dieron sus tarjetas, rogándoles que contactasen con ellos si recordaran cualquier cosa, por nimia que fuese, que pudiera aportar algún indicio. Se levantaban para irse cuando la inspectora preguntó:

—Una última cosa. Existe... la posibilidad, de momento solo eso, nada demasiado firme. Pero no podemos descartar por completo que ese hombre sí participase en los crímenes, e incluso de que pudiera seguir intentando hacer daño. En su momento nada indicaba que eligiera a ninguna de sus víctimas en base a sus familias pero, como digo, estamos explorando todas las posibilidades... ¿Hay alguna otra niña en la familia?

La mujer la miró largamente, como desafiándola a que fuese más clara, antes de hablar:

—¿Podría acompañarme unos minutos? Hay algo que quisiera mostrarle.

Dejando a los hombres en el salón la guio por una escalera que bajaba al sótano. De un distribuidor salían tres puertas, una de las cuales estaba cerrada con llave. Sacó un llavero de un pequeño bolsillo del vestido.

—Usted tiene hijos, ¿verdad? Usted sí lo entiende —añadió, sin esperar contestación—. Mi marido no, aunque lo crea. Él piensa que lo pasó muy mal. Trabaja en una notaría, ¿sabe? Con testamentos, sobre todo. Siempre fue demasiado sensible para ese trabajo; llevaba muy mal cuando fallecían hijos antes que sus padres, y cuando ocurrió lo de Silvia... No estaba seguro de poder soportar el dolor... ¡Qué sabrán ellos de dolor! —añadió con un gesto de desprecio—. Él nunca baja aquí. Dice que le resulta demasiado difícil. Que no debería obsesionarme. No sé qué cree que quiere decir eso. Obsesionarse es pensar demasiado en algo. ¿Usted cree que se puede pensar demasiado en una hija que se ha perdido? ¿Usted piensa que le queda a una espacio en el alma para otras niñas?

Abrió la puerta. Gema, recordando el cuarto de Anna y la conversación con doña Julia, se preparó para ver la habitación de la pequeña conservada como un museo. Lo que encontró era distinto: una estancia sin ventanas, con una mesa alargada justo en el centro. Encima de la mesa un ataúd blanco, pequeño, con unas letras y una cruz en bronce; al lado una silla de madera.

—A veces vengo aquí y me siento durante horas, pensando en ella. Está por ahí sola, sin nadie que la cuide, y yo no tengo forma de encontrarla y traerla a casa. Ya sé que usted tiene que concentrarse en buscar al asesino, pero, mientras lo hace, ¿la buscará por mí, inspectora?

—Parece que ha visto un fantasma, jefa.

Estaban solos en el coche, conduciendo de vuelta hacia Madrid, pero Mario murmuraba como si no quisiera que un inexistente público le oyera. Gema no contestó. No le había hablado de lo que había en el sótano, excepto para decir que no estaba relacionado con el caso.

—¿Quiere que la recoja mañana? Podemos volver a ir en mi coche. Habrá que salir temprano.

—Gracias —aceptó con voz queda.

Volvieron al silencio que los había envuelto desde que abandonaran la casa. No conseguía sacarse de la cabeza el cuarto pequeño y sin ventanas, dominado por el féretro blanco como la cripta de una iglesia. Pensaba en la madre sentada allí día tras día, año tras año, consumiéndose de pena por la hija que jamás volvería a ver, y el pecho se le agrietaba de angustia. Por suerte, los oscuros pensamientos fueron interrumpidos por un sonido estridente y, casi inmediatamente, la voz de Carvajal indicando que tenía un indicio que podía resultar importante.

—¿Ha dicho algo la niña? —inquirió la inspectora.

—No, ni siquiera sabía de qué estábamos hablando. Se quejó de que sus padres la controlaban demasiado, pero como cualquier otra a su edad. El tema son los padres. Bueno, primero: la madre dice ahora que sí que ha visto indicios de persecución. Pero yo creo que está sugestionada con todo lo que ha pasado. Si hasta ahora nada le había parecido sospechoso, para mí que esa impresión es la que vale.

—¿Y qué piensa Montero?

Sabía que con la pregunta estaba poniendo en duda implícitamente el juicio de la subinspectora, pero le daba igual. Si tanto interés tenía en hacerse notar, tendría que tener la piel gruesa.

—No está conmigo. El comisario lo llamó hace horas. Parece que hay algún otro caso donde lo necesitaban.

—Cómo no —murmuró.

Todos los casos eran prioritarios hasta que aparecía uno nuevo. Pero si no conseguían avances era a ella a la que le iban a pedir cuentas. Sintió la amenaza de un dolor de cabeza avanzándole por las sienes.

—De todas formas, no llamaba por eso. Me pareció que había algo más, algo que se estaban guardando. Así que insistí hasta que lo sacaron: contrataron un detective.

—¿La familia?

—Entre todos. Pensaban que la policía no estaba haciendo lo suficiente, así que buscaron por su cuenta. ¿Sabía que la madre de Silvia, la que llamaban la Dama de Hierro, es ejecutiva en una Farmacéutica? Al parecer conocía una agencia por trabajos que habían hecho con su empresa, y fue la que proporcionó el contacto.

—¿Tienes el nombre? ¿Y qué averiguó?

—Tengo los datos, pero creen que no llegó a nada. Durante un tiempo no hubo ninguna averiguación importante, así que decidieron despedirlo. Aunque, al parecer, la familia de Lucía mantuvo el contrato. A partir de entonces solo les informaron a ellos.

—Y a ninguno se le ha ocurrido contárnoslo hasta ahora. Joder.

—Creo que ninguno de ellos estaba muy contento con la policía. Casado debía de tener muy poca experiencia, y de Torres dijeron que le gustaba mucho hablar, pero no parecía hacer ningún avance. De hecho, están convencidos de que pillaron al culpable más que nada por casualidad. No creo que piensen que esta vez va a ser mucho mejor…

—No me puedo creer que no nos lo haya dicho ninguno, mierda —intervino Mario—. Acabamos de estar con la cuarta familia y ha vuelto con la misma cantinela: «todo lo que sabíamos ya se lo dijimos hace quince años». ¿A ninguno se le ha ocurrido que un detective podría haber encontrado algo significativo?

—Así es la gente. Piensan que lo pueden solucionar todo ellos solos. En cualquier caso, bien hecho, Carvajal. Mañana nosotros vamos a la cárcel, a interrogar a Robledo. Tú habla con el detective, averigua qué encontró. Si te puede acompañar Montero perfecto, pero si no ve por tu cuenta.

—De acuerdo, inspectora —dijo, quizá con una nota de triunfo en la voz.

12

«PODRÍA acostumbrarme a esto». Una vez que Mario se quedaba callado, su coche resultaba muy cómodo. La mañana había amanecido soleada y, aunque fuera haría frío, tras los cristales del coche se vivía una primavera artificial. Nada de eso era la causa de su buen humor. El día anterior, antes de recoger su coche, había llamado directamente a Barcelona desde la calle, y había conseguido hablar con Anna. Había pasado buen día: estaba animada y relajada, no había tenido que hacerse ninguna prueba y los efectos secundarios de la medicación le habían dado una tregua. Oírla lejos, poder comunicarse con ella solamente por la débil voz en su oído era una tortura, pero saber que se sentía bien compensaba todo lo demás. Le había confesado que seguramente no podría ir a verla el fin de semana, pero ni eso había socavado su optimismo, aún reforzado por el orgullo que sentía por el trabajo de su madre. Había vuelto a dormir casi de un tirón. A las seis de la mañana se había despertado y su mente se había negado a dejar de pensar en el caso, pero aun así había sido mucho mejor que la mayoría de sus noches.

Además, se dirigían a la cárcel. Eso siempre le sentaba bien. No presumía de ello, pero saber que tanta gente culpable de crímenes horrendos los estaba pagando, en algunos casos gracias a ella misma, la hacía reconciliarse con el mundo. Como todos los policías, intentaba no pensar nunca en la posibilidad de que algún inocente hubiera acabado allí por error. El sistema tenía docenas de mecanismos para evitarlo, y Dios sabía que los abogados podían ser peores que los mismos criminales con sus maniobras para librarlos del castigo. Así que se decía a sí misma que cualquiera que estuviese pudriéndose allí lo hacía por una buena causa. Un poco de equilibrio no le venía mal al Universo.

Carvajal iba a seguir la pista del detective. No le gustaba dejarle esa tarea, pero no le quedaba otra. Montero seguía desaparecido, y Domínguez había llamado diciendo que veía posible conseguir datos del ordenador a lo largo del día. Sospechaba que no era más que una excusa para pasar el rato navegando por Internet mientras los informáticos hacían el verdadero trabajo, pero no podía descartar que encontrasen algo que marcase la diferencia. Así que tendría que ser la subinspectora.

—Déjame hablar a mí, ¿de acuerdo? Me da que va a ser un interrogatorio complicado. Es mejor que te quedes en segundo plano, y así podrás intervenir en una segunda fase si lo necesitamos.

Lo cierto era que no confiaba en la capacidad de Mario para enfrentarse al convicto. Su fuerte estaba en la investigación de despacho, en rebuscar entre los informes hasta encontrar un detalle que permitiera abrir una brecha en una coartada de aspecto sólido, o un testigo al que no se le había extraído todo lo que sabía. Pero en vivo, enfrentado directamente a un sospechoso, carecía de la agilidad mental necesaria para adaptarse a sus respuestas. Aunque le pesase, era lo suficientemente profesional como para reconocer que Carvajal habría sido más útil en esa situación.

—¿Cómo cree que será? —preguntó el subinspector, interrumpiendo sus pensamientos.

—Un hijo de puta —contestó sin vacilar—. ¿Cómo va a ser?

Pasado el control de seguridad y el registro, el eco le devolvió sus palabras en boca de un funcionario de prisiones de pelo largo, despeinado y tan grasiento que resultaba desagradable mirarle a la cara.

—Un hijo de puta —confirmó—. De la peor especie. Llevo aquí ocho años, y he visto pocos como él. Todavía no sé si odia a todo el mundo o le da todo exactamente igual, pero para el caso, patatas. No te puedes fiar ni esto. Bueno, ni nosotros ni los demás internos. En cuanto te descuidas te la monta.

Siguió hablando sin parar hasta llegar a la sala donde esperaba Robledo. Estaba sentado a la mesa con las manos esposadas, mirando con indolencia hacia la puerta. Al oír las palabras del funcionario se había imaginado a un hombre curtido, de mirada dura y gesto desconfiado, con los rasgos marcados; uno de esos profesionales de la cárcel que han encontrado en ella su verdadero lugar en el mundo. Nada más lejos de la realidad: el hombre que tenían delante, un calco envejecido del que aparecía en los informes, no habría desentonado en el claustro de un colegio de Primaria. Tenía el aspecto típico del profesor del que los niños aprenden a burlarse desde Quinto. El pelo rizado, negro y sucio, y unas gafas tan redondas como su cara. No es que estuviera excesivamente gordo, pero tenía las facciones redondeadas y muelles que en ocasiones se asocian a una cierta debilidad de carácter. Aun sentado se notaba que era un hombre alto, que habría resultado imponente si no fuera por esa blandura. Vestía un jersey marrón verdoso de lana gruesa y punto suelto, que te hacía imaginar inmediatamente a su madre tejiendo. Esperó a que se sentaran para hablar, con una sonrisa franca que presagiaba un saludo correcto.

—Una mujer madura y un hombre joven. Curiosa estampa. Pero mejor que el carcamal y el gilipollas que me metieron aquí. ¿Ustedes se enteran de algo, o son como ellos?

Notó cómo el subinspector se ponía tenso a su lado. A ella, en cambio, le costaba tomarse el desafío en serio. Sonaba demasiado impostado. Como si hubiera aprendido a insultar a los policías viendo películas americanas. Permaneció en silencio, mirándolo, confiando en que su compañero hiciera lo mismo. Sabía que callar, y darse la oportunidad de observar con calma al interrogado, es con frecuencia más importante que las propias preguntas.

—Qué, ¿me van a preguntar algo? ¿O han venido aquí solo para mirarme? Tengo mucho que hacer ahí dentro, ¿sabe?

Todavía dejó pasar unos segundos antes de contestar con voz tranquila.

—Ha habido novedades en su caso. Querríamos verificar unos puntos con usted.

—¿Novedades? —dijo con una sonrisa—. Vaya, hacía tiempo… Los primeros años el abogado se pasaba por aquí de vez en cuando, diciendo que había habido novedades. Nunca me sirvieron para nada. ¿Van a servirme para algo las suyas?

—Eso dependerá de lo que nos cuente. Pero es posible que afecte a su condena, sí —dijo con cautela—. Es pronto para saber a dónde nos va a llevar esto.

Se quedó mirándolos con una sonrisa. Después se giró hacia Mario y le espetó:

—Es buena, ¿verdad? ¿Te la tiras?

El subinspector, con lo que Gema consideró una absoluta falta de juicio, resopló y comenzó a ponerse rojo. Antes de que pudiera soltar palabra Robledo se dirigió a ella.

—Ya veo que no, aunque le gustaría. Dígame, ¿cuáles son esas novedades?

—Datos que nos han permitido concluir que pudo haber otra persona involucrada. Que alguien colaboró en los crímenes, lo que a su vez podría significar que su participación en los mismos fuera distinta de lo que se concluyó en el juicio.

Se quedó mirándola con expresión extraña. Se preguntó si era su forma de instarla a continuar.

—Supongo que entiende que, si nos ayuda a encontrar a esa persona, es posible que su condena sea revisada.

En ese momento, por fin, mostró una reacción: una carcajada larga y estridente, que convulsionó su cuerpo, en la medida en la que se lo permitían las esposas. Y, en opinión de la inspectora, totalmente sincera.

—¡Quince años! ¡Les ha costado quince años llegar hasta aquí! Supongo que se sienten orgullosos, ¿verdad? Pero no, no lo creo. Para ustedes el caso estaba cerrado. Así que ha tenido que pasar algo nuevo, algo que les haya hecho reabrirlo. ¿Por qué no me dice lo que es, detective?

—Inspectora. Esto no es una película, Robledo.

—No, no lo es —contestó cambiando abruptamente el tono y adoptando un gesto cruel—. Si lo fuera, ustedes serían el tipo de personaje al que alguien mata en la tercera escena. El policía estúpido y desechable que tiene que esperar a que un investigador de verdad le saque las castañas del fuego. No tienen ni puta idea de dónde se están metiendo, ¿verdad? Dígame, inspectora, ¿qué ha sido? No creo que haya habido un nuevo testigo después de tanto tiempo, ¿verdad? ¡Ah, ya lo sé! Claro. El cadáver.

Instintivamente se irguieron en las sillas. Con una sonrisa demostró que la reacción no le había pasado desapercibida.

—Ha aparecido la hija de la loca, ¿no es cierto? Por fin podrá usar la caja que eligió con tanto cuidado. Seguro que el marido también está contento. Igual ahora se vuelve otra vez humana y puede meterla en caliente antes de morir.

Gema se sintió desubicada. Era evidente que estaba dando palos de ciego, buscando grietas donde hincar el filo y hacer daño. Pero ¿cómo sabía lo del féretro? Estuvo a punto de sondearle, pero se le adelantó el subinspector:

—¿De qué coño de caja hablas? ¡Estás como una cabra! Estamos perdiendo el tiempo con este, jefa.

Estuvo a punto de soltarle una barbaridad, pero se contuvo a tiempo. Lo último que necesitaban era mostrar un conflicto delante de Robledo. Pero tendría que hablar con él. ¿No había entendido lo de quedarse en segundo plano?

—Jefa… —repitió con voz untuosa—. ¿Siempre la llama así? Yo creo que le pone. Pero a usted no, ¿verdad? Si fuera así no pasaría de él. Le habría contado lo del ataúd. Porque usted lo sabe, ¿verdad? Apuesto a que lo ha visto.

Luchó por mantenerse impasible. No era la primera vez que, mientras interrogaba a alguien, este buscaba a su vez sus puntos débiles. Provocarlos, intentar que se enemistasen, llevarlo al terreno personal... eran todas maniobras a las que estaba acostumbrada. Pero necesitaba averiguar qué sabía en realidad.

—¿Sabe lo que significan las letras? ¿Las que tiene grabadas debajo de la cruz?

Estuvo a punto de preguntarlo. Desde que las había visto le estaban dando vueltas en la cabeza. S de Silvia y T de Toledo, pero las demás no cuadraban con sus iniciales. Sin embargo, sabía que hacerlo la pondría en una situación de debilidad. Así que optó por, con un gesto de desprecio, pasar a la ofensiva:

—¿Todo esto nos lleva a alguna parte? ¿No deberías estar convenciéndonos de que sabes algo que podría reducir tu condena?

—Ah, pero es que sé muchas cosas. Al contrario que ustedes, por lo que parece. Yo era profesor, ¿sabe? Seguro que está en sus informes. El carcamal no sabía ni encontrársela con una linterna, pero al gilipollas le encantaba tener bien ordenaditos los papeles. STTL —deletreó con lentitud, como saboreando las iniciales—. Sit Tibi Terra Levis. ¿Le gustan los museos, inspectora? Es latín; lo ponían los romanos en las lápidas. «Que la tierra te sea leve». ¿Capta la ironía? Solo una loca de atar grabaría una frase que le recordase, todos los putos días, que su hija sigue ahí fuera, tragando piedras. ¿Tiene usted hijos, inspectora?

—Creo que tienes razón, Mario —dijo con una frialdad glacial—. No vamos a adelantar nada aquí. Vámonos.

Se levantaban cuando el preso sonrió de nuevo.

—Venga, no se vayan todavía. Con lo que nos estábamos divirtiendo... Pero ya sé qué pasa. Se han enfadado porque no he acertado, ¿verdad? No es el cadáver de esa chica el que han encontrado. Entonces, ¿por qué no me dicen el de quién?

—¿Por qué no nos dices tú algo, mejor? —replicó la inspectora, poniendo las manos en la mesa y adelantándose hacia él—. Algo que nos dé una razón para quedarnos, en vez de salir de aquí y dejar que te sigas pudriendo en esta cárcel.

—He acertado, ¿verdad? Ya le he dicho que he sido profesor. Me sé las tretas de memoria. Esa expresión entre enfadada y ofendida. La cantidad de críos que me han intentado ocultar cosas... ¿Niño o niña? ¿O es la parejita?

Mario se echó sobre la mesa con un bufido, quedando a centímetros de la cara del prisionero. Tuvo al menos la satisfacción de verle echarse atrás con un movimiento reflejo. Al instante, sin embargo, se recompuso. Suspiró y juntó las manos, entrelazando los dedos y oponiendo un pulgar contra otro, lo que le daba un incongruente aspecto de sacerdote dirigiéndose a sus feligreses.

—Está bien, *jefa* —entonó con retintín—. Dígale a su chico que no se ponga nervioso, y siéntense. No hemos empezado con buen pie, así que intentémoslo de nuevo.

A estas alturas tenía muchas dudas de obtener nada útil, pero después de pegarse el viaje no podía dejar de intentarlo hasta el final. Se sentaron y esperaron en silencio a que volviese a hablar.

—Está bien. Sí, había otra persona… involucrada. Pero ustedes eso ya lo saben. También lo sabían sus compañeros. Yo mismo se lo dije una y otra vez, y hasta ese detective de mierda se lo confirmó a don Alvaro. Entonces, ¿cuál es la novedad ahora?

—Bueno, ¿qué les ha parecido el prenda?

No le sorprendió encontrarse al funcionario del pelo pringoso en la máquina del café. Tenía aspecto de pasar allí gran parte de su jornada laboral.

—Un hijo de puta de la peor especie —aceptó Mario—. Tenía toda la razón.

Gema había decidido cortar el interrogatorio cuando Robledo mencionó al padre de Lucía. Gritando de furia por dentro, pero con semblante inexpresivo, había declarado que su insistencia en oír las novedades en lugar de aportar alguna impedía ningún avance, y que le dejarían un tiempo para pensar en lo que le convenía.

—¿Hay algún sitio por aquí donde podamos hablar por teléfono?

—Claro. Aquí mismo —contestó el funcionario con una sonrisa.

Se le quedó mirando en silencio, esperando que sacase alguna conclusión por sí mismo. No lo hizo.

—Se lo agradezco, pero me refería a un lugar privado. Tenemos que comentar el caso sin que esté pasando gente.

—Oh, no crea, por aquí no suele venir nadie salvo a la hora del almuerzo. Pero hay una sala detrás de los lavabos si quieren usarla.

Con ganas de retorcerle el cuello, aunque solo fuera para desahogarse, le siguió. A Mario, enzarzado en una lucha con la máquina de café, no le quedó más remedio que renunciar a sus monedas e ir detrás. En cuanto cerró la puerta colocó el teléfono, con el manos libres activado, en el medio de la mesa y seleccionó el contacto de Carvajal.

—Hola, inspectora. Buenos días.

—¿Has hablado con el detective? —preguntó por todo saludo.

—Estoy en ello. ¿Le importa que le llame en unos minutos?

—No, tengo que hablar contigo ahora. ¿Puedes excusarte y quedarte a solas?

Les puso en espera mientras lo hacía. Gema aprovechó el momento para cerrar los ojos, respirar hondo, y tratar de calmarse. No tenía sentido pagar con sus compañeros la mala leche que le había causado el detenido.

—Ya está. ¿Qué necesita?

Le resumió el interrogatorio inacabado.

—¿No ha dicho nada más? ¿No saben a qué se refería?

—No. Y, por supuesto, no podíamos preguntarle. Lo último que necesitamos es que se dé cuenta de que va por delante de nosotros. Pero si el detective trabajaba para ellos, la información tiene que venir de él. Entérate de qué averiguó. Pero hazlo con discreción. Si se trata de algo que no le contaron a Torres y a Casado en su momento, tenemos que averiguarlo sin espantarlo. ¿En qué demonios estarían pensando? —añadió, casi para sí misma.

—No se preocupe, inspectora. Les sacaré lo que sepa. Lo que no sé es cómo ha podido averiguarlo ese mal bicho.

—Esa es otra. Después de terminar ahí, necesito que vayas a la casa de los Toledo.

En pocas palabras los puso al corriente, a ella e indirectamente a Mario, de la escena del día anterior.

—¡Joder! Está muy mal, ¿no?

—Como una chota —aprobó el subinspector.

—¡Qué sé yo! —dijo la inspectora con un suspiro—. Que se te muera una hija de esa manera… a saber cómo reaccionaríamos nosotros. De todas formas, lo que necesitamos es saber cómo lo averiguó. Pregúntales dónde compraron el féretro, si lo tuvieron en algún otro sitio antes de llevarlo a casa… Pero sé discreta también. No queremos asustarlos.

—Eso no sé si va a ser posible. Preguntarles por algo así, a bocajarro… bueno, a ver qué se me ocurre. En cuanto tenga algo os llamo.

Después de aleccionar de nuevo a Mario sobre el peligro de perder el control ante las provocaciones del preso, y de permitirle hacer un nuevo intento, también infructuoso, de conseguir un café, volvieron a la sala de interrogatorios. Robledo los esperaba con la misma cara que la vez anterior.

—¿Qué, te lo has pensado? —preguntó nada más sentarse—. ¿O vas a seguir haciéndonos perder el tiempo?

—Por favor —contestó con un gesto afectado—. ¡Cómo iba yo a hacer perder el tiempo a dos funcionarios tan ocupados como ustedes! Además, tengo la sensación de que es un recurso que va a ir haciéndoseles más y más precioso —añadió enigmáticamente—. Pero es que hay un pequeño problema, verán. No sé qué quieren que les diga. Sí, había otra persona. Yo lo sé, y ustedes, después de quince años, reconocen que lo saben. ¿Y ahora, qué?

—Y ahora nos dices quién era —interrumpió Mario.

—¿No debería ser uno de ustedes el bueno, y el otro el malo? La verdad, me está costando distinguirlos —comentó con una sonrisa—. No, no se enfaden, por favor. Uno tiene tan pocas distracciones aquí, que acaba siendo incapaz de evitar un poco de ironía, aunque solo sea para entretenerse. De todas formas, me temo que no puedo ayudarles con eso. Porque no lo sé. Aunque, sinceramente, no creo que tarden mucho en averiguar algo —añadió, haciendo énfasis en la última palabra.

Gema lo miró con incredulidad. ¿De verdad pensaba que podía tomarles el pelo todo el día?

—No se me ofendan, por favor. Claro que le conocía. A fin de cuentas, según ustedes éramos compañeros en el crimen, ¿no es así? En realidad él lo hizo todo, yo solo miraba. No, era broma —añadió con una sonrisa—. Según el juez yo lo hice todo, y él ni siquiera existía. Seguro que él lo sabe mejor que yo. Pero, entonces, ¿existió o no? Es una cuestión de opiniones, supongo…

—Pero ¿quieres dejar de decir gilipolleces? —estalló el subinspector, para desesperación de Gema—. ¿Te crees que tenemos todo el tiempo del mundo?

—Oh, ustedes no, seguro. Yo, en cambio… todavía me quedan unos años aquí. Aunque seguro que ustedes consiguen reducirlos, ¿verdad? Solo hace falta que les ayude. Pero claro, para eso tendría que decirles quién era mi cómplice, y ahí es donde tenemos un problema. Nunca se me ocurrió pedirle el carné de identidad. Me dijo que se llamaba Romero, y ahí lo dejamos. ¿Les valdría con un retrato robot? —preguntó con cara de inocencia.

—¿Por qué no empezamos por los datos? ¿Cómo lo conociste? ¿Dónde vivía? ¿Qué hicisteis juntos?

—Claro, jefa. Pero dígame, ¿está segura de que es esto lo que tendría que estar haciendo en este momento? ¿Preguntarme tonterías sobre un fantasma?

Volvió a adoptar una expresión cruel, clavando los ojos en la inspectora con una sonrisa torva.

—Es niña, ¿verdad? También tengo experiencia con padres... ¿Es pequeña?

—¡Calla la puta boca! —explotó Mario.

—Sí, una niña pequeña... ¿De verdad está segura de que quiere hacer esto, inspectora? Por lo que yo sé, sigue ahí fuera. Y si yo le parezco un cabrón, es porque no tiene ni idea de la clase de bestia que es él. El tipo de animal al que una madre no querría acercarse ni a cien metros, por miedo a que huela a su prole. ¿No le entran ganas de estar ahora mismo en otro sitio?

Se le quedó mirando paralizada, sin saber qué decir. Cada vez le resultaba más difícil creer que estaba disparando a ciegas. ¿Sabía algo sobre ella, o solo estaba sondeando? ¿Tenía noticias del exterior? Daba igual; no podía mostrar debilidad. Se inclinó hacia delante, lo miró a los ojos con toda la frialdad que pudo reunir, y le espetó:

—Así que existe, es una bestia, colaboró contigo en los crímenes, y sigue por ahí fuera. Y dime, ¿en qué te conviere a ti eso? ¿En el imbécil que lleva quince años comiéndose el marrón de otro? ¿O me he perdido algo?

Por un instante pensó que había conseguido debilitar la barrera. Su expresión de superioridad, del desprecio que siente por los ingenuos el que se cree de vuelta de todo, osciló como la refracción de la luz en una corriente y entrevió debajo, en lugar de las piedras redondeadas por el agua, los bordes afilados de un odio oscuro y frío. El odio que debió llevarle a secuestrar y matar a sus pobres víctimas, destilado y purificado en los años transcurridos en la cárcel. Al momento, sin embargo, recuperó la sonrisa irónica.

—Bueno, ahora es mi oportunidad de hacer justicia. A ver cómo puedo ayudarlos.

Sin transición se transformó en el interrogado modelo. Durante los siguientes cincuenta minutos contestó a toda y cada una de sus preguntas, y aportó un relato consistente con detalles que podían comprobarse con facilidad... o, mejor dicho, podrían haber sido comprobados quince años atrás.

—¡Vaya montón de mierda nos ha soltado! ¡Joder!

Se encontraban de nuevo a solas en la sala. Mario había conseguido, por fin, dos vasos de un café tan malo como el de la comisaría. Uno de ellos se le acababa de derramar sobre la mesa, mientras despotricaba contra Robledo. La historia que había relatado era completa, detallada y consistente. Romero y él se habían conocido por Internet, en un chat clandestino para pedófilos. Se habían confesado mutuamente fantasías que iban en direcciones similares. Poco a poco habían pasado de los relatos a las fotos obtenidas en foros, y de ahí a imaginar atrocidades. Con el tiempo las ideaciones fueron siendo más y más detalladas, hasta que se convirtieron en planes reales. Y entonces comenzaron los secuestros. Los planearon juntos, aunque Romero era la mano ejecutora, y Robledo se limitaba a participar en la planificación. Sostenía que para él, en realidad, la cosa nunca había pasado de ser una fantasía muy elaborada. Solo se había dado cuenta de que se trataba de algo real cuando aparecieron las víctimas en la prensa.

—De todas formas, siempre tuve la sensación de que su rollo era distinto. No parecía que le fuesen mucho los preliminares, no sé si me entienden. Le interesaba sobre todo el plato principal. Ni siquiera creo que le importase quién fuese. Un hombre de gustos amplios...

Una crónica lógica, ordenada y consecuente en los más mínimos detalles. Y también absolutamente falsa. Se basaba en la primera que había contado Robledo cuando lo detuvieron años atrás, y no se sostenía por ningún sitio. Había sido imposible hallar ni un rastro del hombre en cuestión. Los foros en los que declaró haberle conocido no existían; los correos en los que juraba que le había hecho llegar imágenes tampoco. Tenía en su propiedad una cámara digital de alta gama, habitual entre los de su calaña, ya que les proporcionaba la posibilidad de tomar imágenes de sus perversiones sin necesidad de recurrir a un laboratorio. Todas y cada una de las fotografías encontradas en su ordenador se revelaron, después del análisis forense, como tomadas por ella. Se encontraron en su poder objetos de las niñas, y restos que apuntaban a él en los enterramientos. En resumen, todas las pruebas apuntaban unánimemente a la existencia de un único criminal, que era el que les acababa de endilgar una sarta de mentiras.

—Todas salvo la muerte de Torres.

—Y esa misteriosa fotografía perdida.

Robledo estaba al tanto del detective contratado por las familias, y afirmaba que había encontrado una fotografía que involucraba a su cómplice de manera definitiva. No les pasó desapercibido el hecho de que, cuando se refirió a ella, su actitud cambió. Era consciente de que no creían ninguna de sus afirmaciones, pero se mostró convencido de que esa no la disputaría nadie. Parecía genuinamente sorprendido de que su aparición no hubiese derivado en ninguna ventaja procesal.

—Si mi abogado hubiese tenido dos dedos de frente, me habría sacado de aquí hace mucho tiempo. Pero era un inútil; supongo que, con la mierda que podía pagarle, no podía esperar nada mucho mejor. Así que yo sigo aquí pudriéndome, y ustedes vienen ahora con no sé qué otra novedad que seguro que tampoco me sirve para nada —había concluido con amargura—. Y, mientras tanto, ese hijo de puta sigue suelto. No crea que es un farol, inspectora. Yo que usted me andaría con mucho cuidado.

Según su relato la fotografía, que el detective había puesto en poder de la policía, había sido solicitada de manera formal por su abogado. Pero el trámite no había dado ningún resultado. En su interpretación, simplemente habían hecho oídos sordos a la petición.

—No tiene ningún sentido —opinó Mario—. Si el abogado hubiese hecho la petición ante el juez, no habría quedado más remedio que dársela. Cualquier otra cosa habría sido exponerse a una denuncia por prevaricación. Es imposible que el abogado lo dejase pasar.

—Llama a Sanlúcar. Que hable con el juez. Si existió esa petición, él debe saberlo. Yo voy a hablar con Carvajal, a ver si sabe algo de la foto.

El subinspector abandonó la sala, y ella buscaba su móvil en el bolso cuando se puso a sonar. Era Roberto. Una llamada a deshora nunca traía buenas noticias. Descolgó con el corazón en un puño.

—Hola, cariño. ¿Puedes hablar?

—¿Qué pasa? ¿Le ha ocurrido algo a Anna?

—No, no te preocupes. Está bien. Ya oíste ayer cómo estaba de animada. Esta mañana han ingresado a otra niña de su edad, y ha estado un buen rato con ella. Es una cosa leve, la darán el alta en unos días, pero mientras tanto le va a venir muy bien.

—Gracias a Dios —dijo con un suspiro—. ¿Qué pasa entonces?

—Escucha, ya sé que es complicado pero, ¿tú crees que podrías escaparte aunque sea el domingo, para quedarte con ella el lunes?

—¿El lunes? Ya te conté cómo va el caso. Cada vez tenemos más presión.

—Por favor, ¿no puedes intentarlo de alguna manera? Aunque sea solo para ese día. Es que se ha juntado todo: Anna tiene pruebas, y a mí me ha salido una entrevista. El perfil me cuadra, Gema, es como si lo hubieran hecho para mí. Hablé por teléfono con ellos y necesitan alguien con experiencia, no un recién licenciado; y conocían mi trabajo en centros comerciales. No ha sido al azar, me llamaron directamente. Pero la entrevista es en Tarragona, y tiene que ser el lunes. ¿No puedes hacer un esfuerzo?

Cerró los ojos antes de contestar. Llevaban años esperando algo así. Una oportunidad para Roberto de volver a engancharse al tren, y para los dos de respirar un poco en medio de tanta mierda. Pero es que era imposible. Si le pedía a Julián el día la mandaría al infierno. No podía hacerlo.

—Diles que vas. Ya se me ocurrirá algo —dijo, casi sin darse cuenta.

—¡Gracias, cariño, gracias! Tengo muy buena sensación. Yo creo que esta vez sí.

Cuando colgó se quedó abatida, con los codos en las rodillas y el teléfono colgando de la mano. No tenía ni idea de cómo iba a hacerlo.

—Lo que decía, jefa, un montón de mierda.

—¿Qué?

Le costó reaccionar. Mario había entrado como un ciclón: el juez confirmaba que el abogado había solicitado ver las fotografías que había recibido la policía después del juicio, pero no existía en ellas información relevante. Robledo se lo había inventado todo.

—¿Y qué ha dicho Carvajal?

En lugar de contestar tomó el teléfono, lo puso en manos libres y llamó.

—No sabía de qué le estaba hablando. Estuvo investigando durante un tiempo, pero no llegó a ninguna conclusión. Tengo una copia de todos los informes.

—¿Fotos?

—Algunas. Hizo seguimientos y logró encontrar a algunos de los pervertidos con los que Robledo se intercambiaba correos. Pero ninguna de las familias reconoció las caras, ni logró relacionarlos con los sucesos.

—No, me refiero a fotos de los crímenes. Robledo insiste en que hay una foto que prueba la existencia de otro hombre, y que el detective la tenía.

—No, ninguna.

—Así que se lo ha inventado, como todo lo demás. Joder…

13

Avanzada la tarde, habían encontrado por fin libre la sala de reunio-nes. Alrededor de la mesa se sentaba todo el equipo: Domínguez, Casado, Carvajal, Mario, Sanlúcar y ella. Apenas empezaban a hablar cuando entró el comisario. Se sentó en la cabecera opuesta a la que ocupaba la inspectora.

—¿Qué tenemos? ¿Hemos avanzado?

Gema le miró, sopesando qué enfoque era más acertado.

—Yo diría que bastante, sí —intervino Sanlúcar—. El juez y yo hemos revisado el caso de extremo a extremo. Las cosas están bastante claras.

—Continúa —indicó Julián.

—Las pruebas eran concluyentes. Se encontraron en posesión del asesino fotos de todas las niñas desaparecidas, tomadas durante su cau-tiverio e incluso, en dos casos, post-mortem. Todas las fotos del informe, salvo las hechas directamente por la Policía Científica al aparecer los cadáveres, provienen de su casa o de su ordenador. Al lado de una de las tumbas se encontró una colilla con sus huellas, y en otra, entre la tierra, un botón que faltaba en una de sus camisas. Eso sin contar con que lo pillaron intentando llevarse a la última niña. El caso era transpa-rente. El juez mantiene que no hay ninguna posibilidad de que no sea culpable. Y, después de repasar el caso con él, estoy completamente de acuerdo. El propio Torres, en sus conclusiones, no dejó abierto ningún resquicio a la duda. Y no era ningún novato.

—¿Y qué hay de la posibilidad de que tuviera un cómplice? —pre-guntó Gema—. Eso es difícil de descartar.

La miró de reojo antes de contestar dirigiéndose al comisario. Cuan-do lo hizo, fue con una mueca de escepticismo.

—No hay ninguna razón para creer eso. Ninguna pista, ningún dato que indicase que no pudo hacerlo todo él solo.

—Salvo el hecho de que Torres esté muerto —insistió la inspectora.

La miró esta vez largo rato, respirando profundamente, como si aceptara con resignación tener que dar un paso que habría preferido evitar. Al fin habló, de nuevo girándose hacia el lado opuesto:

FRANCISCO ALCOBA GONZÁLEZ

—Si quieres mi opinión, creo que estamos cazando fantasmas. Hay una explicación mucho más sencilla para todo esto, que tiene muy poco que ver con todo este caso. Estamos perdiendo el tiempo.

—Explícate —pidió el comisario.

—El caso fue muy comentado. Salió en la prensa con todo tipo de detalles. Para mí está claro que alguien que se la tenía jurada a Torres se enteró de ellos, y lo reprodujo. Así se aseguraba de que, cuando apareciese el cadáver, la investigación se desviase. Es decir, que estamos haciendo exactamente lo que quería que hiciésemos. Deberíamos estar buscando en una dirección completamente distinta, en vez de machacar a familias que ya sufrieron suficiente hace quince años.

El silencio se hizo de hielo en la sala. Por supuesto, la hipótesis que planteaba Sanlúcar era posible. Lo inusual era la forma de hacerlo. Desafiar de forma tan directa y abierta la forma en que una compañera llevaba un caso no era habitual.

Gema se sintió paralizada. Sabía que lo que había dicho su compañero, salvo en la forma de presentarlo, era perfectamente posible. También sabía que no era definitivo, sino solo una posibilidad entre muchas que debían considerar. Era ella, como jefa de la investigación, la que debía decidir cuál era el momento más indicado para explorar cada alternativa, y la que debía defender ahora la que había seleccionado. Julián la miró, esperando a su contestación. Pero le costaba hablar, e incluso ordenar en su cabeza las ideas que debería estar exponiendo. Este maldito caso le estaba resultando agotador. Lo había sabido desde el principio y, no por primera vez, se preguntó si había acertado cuando lo aceptó. Quizá sería mejor aprovechar el momento para hacerse a un lado: dejar a Sanlúcar que lo liderase, y continuar como parte del equipo, o incluso salir por completo. Poder ir el lunes a Barcelona para sustituir a Roberto. Dejar de ver fotos de niñas muertas, y de temer por las vivas. Sentía que su corazón no tenía espacio para cuidar de todas ellas, y por encima de todo ella tenía que pensar en Anna. Durante un instante, la tentación fue tan fuerte que se sobrepuso a todo lo demás. La sala seguía en silencio, esperando. El inspector sonreía, no tanto por la reacción del comisario a sus palabras, como por la que había provocado en ella. Estaba demostrándoles, a él y a todos, que no tenía lo que hay que tener. Tenía que hablar y defender su posición. Pero se sentía como si solo el hecho de despegar los labios requiriera una fuerza sobrehumana.

—¿Y la cuerda?

La frase había sonado baja, pero firme. Todos se giraron hacia Carvajal.

—¿Cómo se explica que la cuerda fuera la misma? —continuó la subinspectora.

—Salió en todos los periódicos —replicó el inspector—. Seguro que si buscamos encontramos alguna referencia al tipo de cuerda que se usó. Lo único que necesitó fue buscar una igual.

—No es solo el mismo tipo de cuerda —intervino Mario—. De Diego confirmó que los bordes de los cortes coincidían, encajaban uno en otro.

—¿Después de quince años? —replicó el inspector—. La cuerda estará tan machacada que será prácticamente imposible saber cuál era el corte original. Es muy fácil que dos cortes de parezcan, pero no tiene por qué significar nada.

Lo expuso con voz firme, pero su gesto se volvió más vacilante. Todos conocían a De Diego. Nadie dudaba de que, si había dicho que los cortes coincidían, no estaba hablando de que fueran parecidos. Julián se volvió de nuevo hacia ella. Era el momento de refutar a Sanlúcar, de aceptar su aportación pero considerarla inválida, y seguir adelante. Pero no se sentía con fuerzas para el más que probable intercambio que seguiría. Prefirió salir por la tangente:

—Hay otro punto que no cuadra. Robledo hizo referencia a una fotografía que, según él, lo exculparía. No creo que se trate de una maniobra de distracción, es algo sencillo de comprobar. Tengo la sensación de que en este caso, él está convencido de que es verdad —añadió mirando a Mario, que le respondió con un gesto de asentimiento—. Mañana por la mañana Mario y yo llamaremos de nuevo al detective contratado por las familias a ver si podemos sacar alguna conclusión.

Julián asintió, aunque por su gesto no parecía demasiado convencido.

—En cualquier caso, la hipótesis del segundo hombre me sigue pareciendo la más probable. Y, aunque no lo fuera, la que representa más riesgo actual, así que es la primera a validar o descartar. ¿Cuáles son los siguientes pasos?

Esto último lo dijo mirando directamente a la inspectora.

—Mario y yo revisaremos las fotografías, una por una. Si hay algo, lo encontraremos.

—Muy bien. ¿Y los demás?

Meditó por unos instantes. No quería asignarle ninguna tarea a Sanlúcar, pero no podía quitárselo de encima sin más.

—Domínguez, tú sigue encima de los informáticos. Si Torres puso tanto interés en cifrar el ordenador, puede que aparezca algo. Hay que presionarles, e ir estudiando todo lo que aparezca. Carvajal, tú continúa con el ataúd. Tenemos que saber cómo ha conseguido Robledo la información; lo más importante es descartar que haya seguido en contacto con su cómplice, y que este haya podido continuar vigilando a las familias —añadió con un escalofrío—. Montero, tú llama a Navalcarnero. Entérate de qué visitas ha tenido Robledo, y si alguna ha sido reciente. De alguna manera se ha tenido que enterar. E investiga a su abogado también.

Julián iba asintiendo conforme asignaba tareas. Por fin miró a Sanlúcar, sintiendo una iluminación.

—Estoy de acuerdo en que no podemos descartar la opción de un asesino totalmente desvinculado. Creo que deberías revisar los casos en los que estuvo involucrado Torres, y verificar qué posibilidades habría. Casado puede ayudarte: él lo conoció, y tiene relación con los compañeros que aún quedan de aquella época.

Se esforzó en hablarle con voz y gesto neutro. Él asintió de igual manera, pero no pudo eliminar por completo un brillo en la mirada que no presagiaba nada bueno si alguna vez estaba a su merced. Sintió un escalofrío, pero no cedió. El comisario asintió y miró alrededor de la mesa, dando por finalizada la reunión.

—Ya tenemos el plan para mañana, entonces. A mediodía hora volveremos a reunirnos para ver dónde estamos, y cómo nos organizamos durante el fin de semana. No necesito deciros lo importante que es que nos movamos rápido, así que preparad las cosas para estar dedicados a esto las veinticuatro horas.

Mientras estaban levantándose sonó su móvil. En cuanto contestó se le agrió el gesto, y les hizo señas para que se volviesen a sentar. La llamada fue corta.

—¡Me cago en la puta! Aunque, la verdad, ya tardaba. Era Paula: el hallazgo del cadáver ha salido en la web. Todavía no dan ningún detalle, parece que no saben de quién se trata. Pero sí han identificado el lugar donde se encontró. Ahora es cuestión de horas que averigüen quién es el dueño de la finca… ¡Joder, lo que nos faltaba! Hala, a correr. Si antes era urgente, ahora ni os cuento. Y, cuando pille al que se ha ido de la lengua, le voy a cortar los cojones.

Mientras salían, miró significativamente a Gema. Esta permaneció en su sitio hasta que quedaron solos. El último en salir fue Sanlúcar, que deslizó la vista de una a otra cabecera y se quedó detenido unos instantes con el tirador en la mano, como sopesando intentar permanecer en la sala.

—¿Quién lleva esta investigación, inspectora? —preguntó el comisario en cuanto estuvieron solos.

El tono era frío, cortante, igual que el hecho de dirigirse a ella por su grado. No podía decirse que no lo esperase, pero aun así la hizo sentirse tensa.

—Yo, comisario.

—Entonces, ¿por qué he tenido que confirmar yo la línea de investigación? ¿Por qué no has cortado el ataque de Sanlúcar? ¿Por qué te he tenido que forzar a que defines un plan de actuación? Te lo pregunto otra vez, Gema. ¿Quién lleva esta puta investigación?

Suspiró y se miró las manos.

—La llevo yo, Julián. Te aseguro que puedo con esto. Es solo que… el suelo no deja de moverse bajo nuestros pies. El equipo es nuevo, y grande, no estamos bien afinados. Pero te prometo que lo voy a sacar adelante.

Permaneció en silencio largos segundos antes de replicar.

—Esta mañana me han llamado, por este orden: mi superior directo; su superior directo; el juez de instrucción; y el coordinador con el ayuntamiento. Una mierda por cuatriplicado. No te imaginas el nivel de presión que estamos alcanzando, y no creo que hayamos visto, ni de lejos, hasta dónde puede llegar. Más ahora que ha empezado a salir en Internet. Si no les damos algo pronto nos van a despedazar. En la primera conversación tuve que informar de las sospechas del padre de Rosario. En cuanto lo hice me pidieron que revisase si eras la persona indicada para llevar el caso.

—¿Cómo? ¿Por qué?

—¿Y tú por qué crees? Todo el mundo conoce tu situación. He tenido la misma discusión por lo menos tres veces: «sí, estamos convencidos de que es una investigadora brillante pero, en este caso, ¿es la decisión más acertada?»

Apretó los labios, sintiendo cómo la llenaba una energía que últimamente sentía con poca frecuencia. Solo que, en esta ocasión, provenía de la ira.

—¿Y bien? ¿Es acertada?

—Te aseguro que sí lo es —dijo con voz ronca—. ¿Qué preferirías, que lo llevase Sanlúcar? ¿Sabes cuánto durarían sus «hipótesis» delante de De Diego?

—¡Pues que se note, joder! Necesito que controles hasta el más mínimo detalle de lo que está pasando. No podemos permitirnos ningún fallo.

—Lo haré, Julián. Te lo aseguro.

Asintiendo, el comisario se levantó y se dirigió hacia la puerta. Consideró por un segundo la posibilidad de hablarle de ausentarse el lunes, pero sabía que era descabellado. Tendría que pensar cómo abordarlo con Roberto.

La llamada al detective fue infructuosa. Al cabo de un par de minutos se dieron cuenta del error cometido por las familias al contratarlo: su negocio se centraba en seguir a cónyuges infieles, en desvelar falsas bajas médicas y, en el mejor de los casos, en identificar intereses ocultos en operaciones empresariales de medio pelo. Un caso de asesinato estaba por completo fuera de sus capacidades, y las conclusiones a las que había llegado eran triviales. Una pérdida de tiempo y de dinero. Al cabo de veinte minutos decidieron ir a tomar un café. Justo en ese momento la puerta se abrió, y Carvajal irrumpió en la sala con energía.

—Tengo noticias. Vamos a tener visita.

—No me fastidies. ¿Qué visita? ¿Más presiones?

—No, no es eso. El abogado de Robledo. Lo he citado para dentro de media hora. Para que nos cuente qué demonios habló con los padres de Silvia.

—¿Con los padres? ¿Hablaron con el abogado de la persona a la que acusaban del asesinato de su hija?

—Peor. Parece una película de espías. Hablaron con él cuando Robledo ya estaba en la cárcel, entre el primer juicio y las apelaciones. Se presentó en su casa para intentar presionarlos, respecto a las fotos de las que habló Robledo. Y debió de ser él quien le habló del ataúd.

El antiguo abogado rozaba los setenta y cinco años, y llevaba casi diez jubilado. Por su aspecto, sin embargo, podría haber venido directamente del juzgado: vestía un traje azul marino de tres piezas, y llevaba un alfiler de corbata decorado con lapislázuli y gemelos a juego. De mediana estatura, muy delgado; pelo completamente blanco, pero abundante, y ojos de un azul grisáceo que, lejos de resultar apagado, rebosaba intensidad. Debía de haber sido muy atractivo, lo que sin duda le había favorecido en su carrera frente a jueces y jurados. No le sirvió, sin embargo, para salvar a Robledo, y parecía pesarle.

—No creo que mereciese lo que le pasó —afirmó tajante—. Entiéndanme bien, no estoy diciendo que no fuera culpable; y sé que tiene que pagar por lo que hizo. Pero en mi opinión el castigo fue desproporcionado.

—¿Desproporcionado? —preguntó Gema con asombro—. ¿Por matar a cuatro niñas e intentarlo con una quinta? ¿Y cuál sería, según usted, el castigo proporcional a esos crímenes?

El hombre la miró con fijeza, como si estuviera considerando seriamente la pregunta. Al fin dijo, con un suspiro:

—Eso es lo que decidió el juez, sí. Y supongo que tenía buenas razones para hacerlo. Aun así, yo no estoy seguro de que lo hiciera. Ya, ya sé que ningún acusado reconoce su culpa; pero he defendido a muchos canallas en mi vida, en ocasiones sabiendo perfectamente lo que eran. Con Robledo nunca tuve esa sensación. Parecía... perdido; a ratos incoherente. Tuvimos que repasar mil veces los hechos, y sobre todo sus declaraciones, porque se distraía con frecuencia, y se contradecía. No digo que sea una buena persona. Es indudable que hizo algunas de las cosas de las que le acusaron. Pero a mí nunca me pareció capaz de matar. Sé que su historia era increíble, pero aun así...

—Pues a mí lo que me pareció es un cabrón con pintas —intervino Mario—. La cantidad de mierda que tuvimos que tragar la inspectora y yo al interrogarle daría para abonar un campo de trigo.

—Bueno, hace mucho que no lo veo. Y no debería infravalorar el impacto que quince años en la cárcel pueden tener en el carácter de una persona. Rara vez para bien.

—Ya... como para que le parezca gracioso bromear sobre el ataúd de una niña, ¿no? Supongo que en la cárcel se mondan con esas cosas.

—Eso fue un error por mi parte, sin duda —admitió—. Acudí a casa de los Toledo intentando ayudar a mi cliente, y la madre me lo mostró como un reproche. No debería haber hablado de él a mi defendido. Aun así, la conversación que me refirió su compañera no se corresponde con el hombre con el que yo traté.

—¿Por qué acudió a ellos? Eran las últimas personas que podía esperar que ayudasen a su cliente. ¿Qué esperaba que hicieran?

—Él me aseguró que había unas fotos que habían desaparecido, y que debían tenerlas ellos. Fue extraño. Normalmente era un hombre muy apacible, pero ese día estaba hecho una furia. Su madre le había llamado para decirle que alguien, supuestamente en mi nombre, había hablado con ella y le había mostrado unas fotos terribles. Y, hablando con ella, había llegado a la conclusión de que podían exculparle. Sabía que no había sido la policía, así que llegó a la conclusión de que tenía que haber sido el detective, y me pidió que fuera a verlos y les forzase a entregar las imágenes a la policía.

—¿Y qué le dijeron?

—Cuando me presenté, me llamaron de todo. Ella en especial. Por el juicio ya sabía que era una mujer de carácter, pero ese día estaba completamente fuera de sí. Finalmente, reconocieron que podía haberse tratado del detective que trabajaba para ellos, pero que no tenía ningún material que no proviniese de la policía.

—¿Qué hizo entonces?

—Dirigirme al juzgado, por supuesto. Mi cliente insistía en que las imágenes tenían información que demostraba su inocencia. Lamentablemente, no era cierto. Las repasé una por una, pero no había nada.

—¿Qué era lo que buscaba? ¿Cuál era la supuesta prueba?

—No llegó a explicarme los detalles. Es difícil saber qué valor probatorio habrían podido tener porque, como les digo, las imágenes no existían. Creo que… como les digo, estaba muy confuso. Quizá la tensión, la impresión del robo, la realidad de la cárcel, le estaban haciendo perder el contacto con la realidad. Así lo interpreté en su momento, al menos. Después de eso, las apelaciones fueron meros trámites. Nunca tuve la menor esperanza de que se revirtiera la condena.

14

La taza de Inma tenía una nube color azul celeste sobre la que se balanceaba una niña sonriente, toda rizos y hoyuelos, vestida con un bañador decimonónico. En grandes letras cursivas color rosa chicle se leía: «¡Vuelo como un pájaro! Como un suicida justo antes de chocar contra el suelo». En la suya un niño vestido con una bata llena de pegotes y una boina bohemia pintaba un cuadro mientras decía: «¿Habré captado bien el color de la carne que lleva tres días pudriéndose?». La doctora siguió su mirada y se rio.

—Las encarga a medida un compañero. Dice que odia que todo esté lleno de mensajes alegres y positivos. Que alguien tiene que compensarlo. Humor de forenses, supongo. Jamás salen de aquí, claro.

Estaban sentadas en un office diminuto; tenía un pequeño frigorífico, una cafetera de cápsulas y dos sillones bajos tapizados en una tela malva muy desgastada, pero de tacto suave. Resultaba fácil pensar que, al abrir la puerta, se encontrarían en un gimnasio con clases de Pilates, o quizá en las oficinas luminosas de una *startup*. En realidad, el cuarto aprovechaba un recodo encajado entre la mayor de las salas de autopsias y el ascensor de camillas, que habría sido difícil aprovechar de otra manera. En los planos del Instituto aparecía con la ambigua referencia de «Sala de frascos». Nadie sabía quién, ni cuándo, había decidido cambiar su propósito, pero la tradición aseguraba que cada uno de los objetos que lo amueblaban había sido traído por alguno de los trabajadores, y ni uno solo lo había proporcionado la dirección.

Gema tomaba un té muy caliente, concentrándose en la sensación ligeramente dolorosa en su lengua para acallar el sentimiento de culpabilidad. No había podido resistir la tentación de aprovechar el tráfico ligero del fin de semana para acudir a verificar algunos detalles del caso, a pesar de que podría haber hecho lo mismo por teléfono. La razón aparente era que quería volver a echar un vistazo al cadáver; la verdadera estaba más relacionada con la forense asignada. Su relación con Inma había comenzado diez años atrás. Habían coincidido por primera vez en el mismo lugar, cuando acudió a ver los resultados de una autopsia múltiple resultado de una guerra de bandas. Aún se avergonzaba al recordar que había asumido que era una administrativa. Se decía a sí misma que la culpa era de su cara de niña. Aun ahora seguía pareciendo recién salida de la facultad. Era bajita, de constitución delgada, y tenía una cara estrecha en la que resaltaban unos enormes ojos negros. Unidos sus rasgos a una voz leve y aguda, casi todos los hombres, y no pocas mujeres, daban por hecho que ocupaba un lugar indeterminado entre la bisoñez y la simple incompetencia. Sin embargo, como a su pesar habían descubierto muchos abogados mientras la interrogaban, su juicio profesional era agudo y certero; rara vez se le escapaba algún detalle, y no perdía nunca la serenidad ni la confianza en sí misma.

—No hay mucho que no sepas. La fosa estaba limpia. La tierra era normal, seguramente la misma que excavaron para hacer el agujero. En cuanto al cadáver, no hay ningún signo de violencia, ni marcas que no sean compatibles con algún suceso antiguo registrado en su historial médico. Pero teniendo solo el esqueleto no podemos asegurar mucho: pudo morir asfixiado por la tierra, pero también ahogado, envenenado, o incluso a golpes, siempre que no tuvieran suficiente fuerza como para romperle los huesos.

—Salvo por las cuerdas.

—Sí, salvo por eso. En el estado en que están es difícil sacar conclusiones, pero hay pequeños desgarros por tensión en torno a las clavijas, que podrían indicar que intentó liberarse. Lo cual sugiere que no tardó demasiado en morir: habría acabado sacándolas del suelo, por bien que estuvieran clavadas. No creo que le dieran tiempo.

—Lo imaginaba.

—¿Te cuadra? ¿Tienes alguna idea de cómo fue?

—Aun no, por desgracia. Pero es casi seguro que estemos buscando a un sádico. No entierras vivas a tus víctimas a menos que lo seas, y si lo haces probablemente quieras estar ahí mientras se van asfixiando.

El té no era tal, en realidad. Se trataba de una infusión que Inma compraba en una tienda del centro: una mezcla explosiva de jengibre, regaliz y algún ingrediente picante, con un sabor tan intenso que incluso frío le permitía concentrarse en el asalto a sus sentidos en lugar de imaginar la atroz agonía de Torres.

—Aparte de eso no hay gran cosa. Siento no poder ayudarte, pero creo que en este caso vais a tener que tirar por otro lado. ¿Cómo os ha ido con las familias?

—Tampoco muy bien —contestó Gema con un suspiro—. Ya entonces desconfiaban de la policía, hasta el punto de que contrataron un detective por su cuenta; y todavía no estoy segura de que informase de todo lo que encontraba a Torres y Casado. Ahora nos toleran, pero no tienen mucho que aportar. Curiosamente, en el que tengo más esperanzas es en Robledo.

—¿El asesino? Pues sí que lo tenéis bien...

—Ya ves. Y encima es un cabrón de la peor especie. Ayer lo interrogamos y Mario casi le rompe la cabeza, esposado y todo. Y créeme que se lo merecía.

—Es curioso. Recuerdo que a mí me parecía un hombre normal. Daba miedo, por eso mismo: no había forma de distinguirlo de cualquier otra persona, salvo porque lo estaban juzgando por secuestro, violación y asesinato. Durante todo el juicio trató de hacer ver que no sabía nada, que lo habían incriminado, y si las pruebas no hubieran sido tan claras creo que se habría salido con la suya. Era como los conductores a los que paran por ir demasiado rápido y se sorprenden de la velocidad que han alcanzado.

—¿Lo conocías? ¿Estuviste en el juicio?

—Sí, ¿no te lo había dicho? Fue el primero o el segundo al que asistí. Pero no oficialmente: De Diego me dejaba ayudarle en las autopsias, y me acerqué para familiarizarme con los procedimientos. En aquella época no había tantos especialistas, y él se había ocupado del análisis de distintas pruebas físicas, no solo de la autopsia, así que asistimos a varias sesiones.

—¿Y recuerdas algo que te llamase la atención? Algo sobre los testigos, o las familias, o el acusado...

—Algo que no me llamase la atención, querrás decir. Casi acababa de salir de la facultad, y estaba en medio de un juicio por asesinato múltiple, viendo un día sí y otro también a las familias de las víctimas y al acusado. Fue la experiencia más intensa que había vivido hasta entonces.

—¿Y echando la vista atrás? ¿Con la experiencia que tienes ahora?

—Ya te digo que Robledo estaba como desnortado —contestó tras meditarlo un rato—. Aparte de eso, nada que no fuese de esperar. Las familias alternaban entre la desolación y el odio, pero eso tampoco me parece raro.

—No quiero ni imaginar por lo que tuvieron que pasar. Aun ahora, quince años después... algunos parecen más recuperados, pero hay otros que siguen atrapados en ese horror. Como la madre de Silvia, la que llamaban la Dama de Hierro.

Al oír el nombre Inma bufó.

—La Dama de Hierro. Son la leche. ¿Has hablado con ella?

—Sí. Me pareció una mujer muy perdida, la verdad. De carácter fuerte, eso sí. Pero para nada insensible.

—En cuanto ven una mujer que sabe lo que quiere, o que está acostumbrada a dar órdenes, empiezan a insultarla. Un hombre puede ir a comisaría y ponerse a gritar a todo el mundo. Pero como lo haga una mujer, la convierten en una bruja. Lo único que había de inhumano en esa pobre era lo que le habían hecho.

Se produjo un silencio incómodo. Inma conocía a Anna, y Gema imaginó que se preguntaba si habría hablado de más.

—Ayer me llamó Roberto. Me ha pedido que vaya a estar con Anna el lunes mientras él hace una entrevista. Pero con todo esto, no voy a poder ir.

—¡Qué mierda, joder! Qué asco de suerte.

—Todos los días, mañana y tarde, me pregunto qué estoy haciendo aquí. Tendría que estar con ella. No encuentro la forma de arreglarlo, pero tiene que haber alguna. No puede ser que esté aquí atada, y ella sufriendo tan lejos. ¿Qué clase de madre soy, si no estoy a su lado cuando más falta le hago?

Su amiga se acercó y le puso la mano en el brazo, apretando ligeramente.

—De la única clase que hay, Gema: la que haría cualquier cosa por su niña. Y, en este caso, aunque te duela, lo más importante es hacer tu trabajo lo mejor que puedas.

15

Por fin Domínguez había dado señales de vida. Sobre todo, para quejarse de tener que estar trabajando en sábado. Pero, entre un lloriqueo y otro, la informó de que por fin empezaban a encontrar algo en el ordenador. Carvajal y él la esperaban con los informáticos.

Al llegar los encontró sentados uno frente a otro, mientras el técnico permanecía pegado a un teclado y con la vista alternando entre dos monitores gigantescos. El subinspector se sentaba relajado, con una pierna ampliamente cruzada sobre la otra y tenía una leve sonrisa de superioridad en el rostro. Carvajal tenía cara de mal humor. Se sentaba en el borde de la silla, tensa como un resorte, como si en cualquier momento fuera a saltar hacia él para partirle la cara.

—Buenos días, inspectora —saludó el hombre—. Le estaba diciendo a la compañera que no hace falta ser tan impaciente. Al final llega todo.

—Ya. Pero cuando llega hay que avisar. Tienen resultados desde ayer. Solo que no se le había ocurrido comunicarlos.

—¿Resultados? ¿De qué tipo? —preguntó Gema cortante.

—Hasta hace una hora lo único que teníamos eran nombres de directorios.

—Que resulta que se refieren a casos policiales. Torres tenía información sobre un montón de casos, ordenados por su número de registro. Entre ellos el nuestro.

Gema miró incrédula al subinspector. Si eso era cierto, y no le habían avisado, tendría unas palabras con el comisario.

—No lo sabíamos, inspectora. Hasta que el chico dio con la clave y empezamos a ver lo que había dentro, podría haber sido cualquier cosa. Ahora es muy fácil ver los números y darse cuenta de que tienen una lógica, pero ¿cómo íbamos a saberlo?

Al sentirse aludido el «chico», un hombre de unos cuarenta años con un aspecto atlético que cuadraba mal con su trabajo más bien sedentario, se dio la vuelta hacia ellos.

—¿Quieren ver lo que hemos sacado hasta ahora? —preguntó simplemente. Gema asintió, y él volvió a darse la vuelta.

—Como han dicho los compañeros, hay un directorio principal con veintisiete carpetas numeradas dentro. La subinspectora ha comprobado que se corresponden con los números de expediente de casos en los que participó el fallecido. Como indicó el subinspector, hace poco hemos encontrado por fin la clave que descodifica algunos de los archivos; por desgracia, no todos. El hombre sabía de seguridad y debía de estar preocupado: tenía un gran número de niveles de protección. Pero al menos podemos empezar a ver cosas. Lo malo es que son de todo menos agradables. Espero que no hayan comido todavía.

Por la pantalla desfilaron imágenes de su caso. El técnico informático, que se identificó simplemente como Tomás, fue recorriendo distintos directorios, y mostrando otras de parecido nivel de truculencia. Había material obtenido en el curso de las investigaciones, pero también de las autopsias, de pruebas físicas, de localizaciones…

—La mayoría son fotografías, pero también hay informes de todo tipo.

—Vamos, que se llevaba el trabajo a casa —resumió Domínguez—. Como si no tuviera suficiente en comisaría.

—Por eso lo tenía todo cifrado —comentó Gema—. Si alguien se hubiese enterado, o si le hubieran robado el ordenador y todo este material hubiese salido a la luz pública, se habría montado una buena. ¿Hay algo más en la carpeta del caso? ¿Algún archivo de notas?

—Nada que no conozcamos, de momento —informó Carvajal—. Pero aún quedan por leer más o menos la mitad de los ficheros.

—¿Cuánto creen que tardarán en descifrarlos?

—Es difícil de decir —contestó el técnico—. Dejaré el programa trabajando en ello todo el fin de semana, y mañana seguramente me pase por aquí para ver cómo ha ido. Depende de la complejidad de la clave, pero por cómo vamos hasta ahora yo diría que el lunes a primera hora debería estar todo.

Estuvo a punto de pedirle que se mantuviese en su puesto de continuo, para avisarles en cuanto apareciese algo, pero se contuvo. No podía tener a todo el mundo en pie de guerra; ni siquiera tenían razones para creer que fuese a salir alguna pista relevante del disco duro.

Se rindió cuando, por segunda vez, se le quemó el arroz, y decidió comerlo así. Había pasado casi toda la tarde en comisaría, revisando una y otra vez los papeles del caso, aunque Julián había decretado un descanso hasta el domingo a mediodía. Luego había ido a casa para, tras una llamada a Barcelona, seguir trabajando. Aún no se había atrevido a confesarle a Roberto que no podía ir para su entrevista, y concentrarse en el caso le impedía pensar en ello. En el sofá del salón, con la mesa inundada de informes de autopsias, transcripciones de interrogatorios y descripciones de registro, masticaba lentamente el arroz quemado con tomate de *brick* mientras su mente se alejaba de unos y otro. Pensaba en el segundo hombre. Ahora ya no tenía dudas de que había participado en los crímenes originales, y se preguntaba dónde estaba escondido. Sabía que entre todo ese material habría pistas que revelasen su existencia, pero solo si sabía verlas. También sabía por experiencia, y le mortificaba, que una vez que las entendiese le resultaría imposible creer que no le hubieran resultado obvias desde el principio. Como en los efectos ópticos en los que puedes ver una figura u otra, pero nunca las dos a la vez. En el momento en que consiguiese entender los detalles, no desde el punto de vista de la historia que se había construido quince años atrás, sino desde el de lo que realmente sucedió, todo encajaría. Suponiendo, claro está, que lo consiguiese.

16

L<small>A</small> despertó la melodía del teléfono. Una canción latina que odiaba, pero que nunca se decidía a cambiar porque Anna se la había configurado poco antes de ser ingresada. Se había quedado dormida en el sofá, con un informe entre las manos.

—¿Dígame? —respondió con voz somnolienta.

—¿Inspectora Moral? ¿Es usted?

—Sí, soy yo. ¿Con quién hablo?

—Soy Tomás. Creo que debería venir ahora mismo.

El sol ya debía de haber salido, pero nubes densas hacían que fuese difícil asegurarlo. Las farolas permanecían encendidas, y se veían algunas luces en las ventanas del centro. No muchas: la actividad, un domingo a primera hora, debía de ser escasa. La única excepción era una puerta lateral, acordonada con cinta policial, tras la que se atareaba media docena de personas de uniforme.

—Por aquí, inspectora.

Al principio creyó que la llamaba un testigo, la única persona vestida de civil en el grupo. Estaba ataviado con ropa de deporte fluorescente, y solo al acercarse reconoció al técnico.

—Salgo a correr por las mañanas, y decidí aprovechar y pasar a ver cómo iban las cosas. Entró por aquí.

Se trataba de una puerta auxiliar, pequeña y enrejada, utilizada para acceder a la zona de servicio del centro. Como todas, estaba vigilada por dos cámaras cruzadas, separadas diez metros una de otra, sin zonas ciegas. Era imposible acercarse sin quedar registrado por una de ellas.

—Sabía lo que hacía —indicó uno de los policías—. Esa cámara lleva estropeada casi diez días. No es fácil darse cuenta, pero si sabes lo que estás buscando puedes verlo. No es de las nuevas, que están protegidas por cristales totalmente opacos, así que fijándote bien es posible ver una pieza desprendida. Aprovechó y se acercó justo en su campo de visión, pero fuera del de esta otra —continuó señalándola—, y la inutilizó.

»Inutilizar» era un eufemismo. El cristal de la cámara estaba totalmente cubierto de pintura.

—¿Cómo llegó hasta ahí? Debe de estar a tres metros de altura.

—Tres y medio, en realidad. Luego puede verlo en el vídeo, es ingenioso: utilizó una podadora telescópica, de las que se usan para recortar setos. Le enganchó un spray de pintura, y ya está.

Ingenioso, de verdad. Había visto a algunos de sus vecinos utilizarlas. Recogidas no medían más de metro y medio, nada que no pueda transportarse con discreción, especialmente si sabía por dónde acercarse sin quedar inmortalizado.

—Lo debió de preparar con cuidado. ¿Desde cuándo tienen grabaciones? Ha debido de pasar por aquí varios días, si ha comprobado el funcionamiento de las cámaras.

—Del último mes. Ya hemos dado orden de que se conserven.

Dado que la puerta solo permitía acceder a la zona de servicios, estaba protegida únicamente por una cerradura de mediana seguridad; aun así, los evidentes arañazos indicaban que debía de haberle llevado un tiempo forzarla.

—La alarma no sonó. El personal de vigilancia la desconecta periódicamente para realizar rondas, y debió de aprovechar uno de esos momentos. Tiene sangre fría.

—Pero ¿cómo pudo saber que no estaba en funcionamiento?

—Entreabriendo la puerta se puede ver el detector, sin llegar a entrar ni a hacerlo saltar. Es también un modelo antiguo: ¿ve la luz roja intermitente que tiene debajo? Cuando la alarma está conectada se pone fija. Así que es posible saber cuando está en funcionamiento y cuándo no.

—¿Y esperó aquí a que hiciesen la ronda? ¿Nadie se dio cuenta de que la cámara estaba inutilizada hasta entonces?

—Todo transcurrió muy rápido: desde el momento en que bloqueó la cámara hasta que se descubrió que había entrado pasaron siete minutos. Seguramente empezó cuando ya habían desconectado la alarma, y únicamente tuvo que confirmarlo antes de entrar.

—¿Salen a horas fijas?

—No. Debía de estar observando, y algo le alertó del momento preciso: quizá luces encendidas por los guardias, o sus linternas. Sabía lo que hacía.

Otra pieza de difícil encaje. El trabajo parecía preparado con cuidado y premeditación, pero solo hacía unos días que se había descubierto el cadáver. Era imposible que hubiera predicho los acontecimientos hasta saber que tendría que irrumpir precisamente en ese centro. ¿De verdad había sido capaz de montar un ataque así en unos pocos días? La alternativa, que le daba escalofríos pero que no podía dejar de considerar, era que tuviese información interna, un contacto en el cuerpo que le hubiese ayudado. El tipo de amistad que un criminal cultivaría con esmero. Y el que podía haberle ayudado a sobrevivir todo este tiempo sin ser capturado.

—Tras la puerta hay que recorrer apenas cuatro tramos de pasillo y dos escaleras antes de llegar a los tornos que cierran la zona segura del edificio.

—¿Cómo los atravesó?

—Eso es lo malo: no tuvo que hacerlo.

Giraron a la derecha, sin llegar a cruzar. Dos puertas más allá se encontraba el despacho en el que estaba el ordenador de Torres.

—Pero ¿cómo hemos podido llegar a la zona segura sin atravesar ningún torno? La construcción del edificio debería impedirlo.

—Y lo impide. El problema es que la necesidad de espacio ha crecido tanto que algunas dependencias se han situado fuera. Cuando entras por la puerta principal es fácil no darse cuenta si no estás atento, pero en realidad entras en la zona restringida, y luego vuelves a salir; ya sabe cómo van los presupuestos —admitió Tomás con fatalismo.

Se oyeron ruidos en el pasillo. Mario apareció en la puerta, seguido apenas un minuto después por Carvajal. Mientras les ponían al día, el subinspector iba poniendo cara de incredulidad.

—No lo entiendo —dijo cuando terminaron—. ¿Toda esta preparación, y se lleva el disco duro del ordenador? ¿Está seguro de que no se ha llevado nada más? ¿Por qué?

—Porque no sabe lo que está haciendo —contestó Tomás—. Y sí, estoy seguro. El resto de los equipos están bien protegidos por sistemas de seguridad muy fuertes, y no hay nada que indique que haya accedido a ellos.

—Pues a mí me parece que sabe perfectamente lo que hace —replicó la inspectora, sorprendida—. Mierda, no debería haber sido capaz ni de acercarse a la puerta, y en cambio ha entrado hasta la cocina, se ha llevado lo que ha querido, y se ha vuelto a ir sin que le haya pillado ninguna cámara. Y ya veremos, pero apostaría a que no ha dejado ni una maldita huella. Si no ha entrado en los demás equipos es porque no le interesaban.

—No lo dudo, pero creo que el subinspector no se refiere a eso. Verá, jamás trabajamos con material original. Los procesos que llevamos a cabo modifican la información, y no podemos arriesgarnos a que se pierda algo. Así que lo primero que hacemos, siempre, es una copia bit por bit, y trabajamos sobre ella.

—¿Quiere decir que tienen una copia del disco?

—Completa. Y es la única que hemos descodificado. Lo que se ha llevado el ladrón es exactamente lo mismo que entró aquí, con la misma encriptación que a nosotros nos está costando días romper. A menos que tenga las claves, no le va a servir de gran cosa. Quien se lo haya llevado sabía mucho sobre la seguridad del edificio, pero nada de informática forense. Por cierto, hay algo más que deberían saber.

Les mostró la pantalla de uno de los ordenadores, en la que los nombres de una serie de ficheros aparecían resaltados en color rojo.

—Los ordenadores trabajan continuamente en el desencriptado. Hay un programa que, en cuanto una fotografía se descifra, la compara con las que existen en el informe del caso. Y ha encontrado algunas que parecen nuevas. No es totalmente seguro, porque podría tratarse de imágenes que solo estuviesen en papel con las que la comparación no es sencilla, pero estaría bien que les echasen un vistazo. Se las enviaré por correo.

Pasaron el resto de la mañana revisando las grabaciones de seguridad, desde el día en que se había roto la cámara. La avería había sido, irónicamente, consecuencia de una revisión rutinaria en la que una pieza desgastada había terminado por romperse; era un equipo antiguo, y no disponían de repuestos, así que decidieron pedir una nueva, que debía llegar en un plazo de tres o cuatro días. La empresa de mantenimiento era de toda confianza, y el técnico que realizó la revisión llevaba en ella más de diez años. Informaron al comisario, y solicitaron más recursos para acelerar el tratamiento de los archivos. Encomendó a Carvajal la revisión de las grabaciones; la calle parecía poco transitada, pero aun así revisar las imágenes a cámara rápida le llevaría todo el día. Mientras tanto la Científica buscaba huellas en el edificio. Mario y ella se dirigieron a comisaría.

Julián estaba de un humor sombrío. Comenzó con brusquedad:

—Con la intrusión el caso se ha ampliado, y ahora está bajo el control del comisario general. De momento se va a limitar a supervisar, seguiremos llevando el caso desde aquí. Nos proporcionarán más recursos, pero también nos exigirán resultados. Se ha ordenado reforzar la vigilancia a las familias, y quedan en suspenso todos los permisos, vacaciones y actividades de formación para todos los miembros del equipo. Dada la gravedad de los hechos del pasado, y la evidencia de que es un caso vivo, se considera de la máxima prioridad, y se va a seguir desde las instancias superiores. Como haya alguna víctima más, se va a montar la de Dios es Cristo.

Nadie contestó. Todos tenían claro que habían entrado en un nuevo nivel.

—La parte buena es que esto nos da algo más a lo que agarrarnos —intervino la inspectora—. Es difícil que no haya dejado ninguna huella. Tiene que haber algo que podamos encontrar. Por otra parte, ahora está claro que en ese ordenador hay algo importante. También cobran mayor importancia las fotos que encontró el detective, que podrían ser las mismas que han aparecido en el disco duro. Si es así, sabríamos que había al menos algo de verdad en las declaraciones de Robledo. Eso sí, abriría la duda de por qué no se incorporaron al informe, o se eliminaron de él.

Mientras hablaba indicó con la cabeza a Domínguez y Mario, que se ocupaban de ambos aspectos.

—Casado, es importante que trates de recordar cualquier conversación con Torres que nos pueda indicar la dirección. Si encontró algo, y parece que lo hizo, debió de darte alguna indicación. No me creo que lo llevase todo en completo secreto.

—Llevo días dándole vueltas. Y no consigo recordar nada —confesó abatido.

Su estado de ánimo volvía a estar por los suelos. Al llegar a comisaría lo habían encontrado observando las imágenes que había enviado Tomás, con la cara pálida y los ojos arrasados. Efectivamente, se trataba de material nuevo; nadie tenía ni idea de cómo habían llegado a manos de Torres ni por qué no estaban en el expediente del caso. En ellas aparecía Silvia atada en la silla de una habitación prácticamente vacía. Su cara reflejaba un pánico absoluto. Corroborando las palabras de Robledo, el único otro mueble de la habitación era un televisor con imágenes de un programa infantil.

—Habla con cualquier persona que le conociese de entonces —intervino Julián—. Puede que lo comentase con algún colega más experimentado. Cualquiera que siga en la comisaría, o los que se hayan trasladado, o jubilado. Tienes carta blanca para solicitar la colaboración de quien creas conveniente.

—Montero, hay dos cabos sueltos que no hemos terminado de cerrar, y creo que deberías ocuparte de ellos —continuó Gema—. Uno es la posibilidad de encontrar a la persona que renunció a la jubilación en nombre de Torres. Paula estaba con ello, pero no creo que le diese mucha prioridad, y en cualquier caso no es una investigadora. Habla con ella y sigue donde lo haya dejado. Si encontrásemos a alguien que lo recuerde, podría darnos una indicación del aspecto de la persona que estamos buscando.

Se quedó en silencio por unos momentos. Sabía que lo que iba a decir ahora era potencialmente explosivo, pero tenía que hacerlo.

—El otro es Rocío. La quinta niña.

—Está ilocalizable, ¿no? ¿Quieres que intente encontrarla?

—Sí. Pero creo que lo primero que deberíamos hacer es investigar las circunstancias en las que se le perdió la pista. Hemos dado por hecho que fue fortuito, puesto que solo había estado involucrada como víctima en un caso que se había cerrado. Pero ahora todo ha cambiado: sabemos que el caso sigue activo. Y cabe la posibilidad de que la elección de las niñas no fuese aleatoria.

Hizo una pausa, y miró alrededor mientras la comprensión se extendía por el resto del equipo.

—Crees que pudo volver a por ella —murmuró el comisario.

—Creo que tenemos que considerar la posibilidad —asintió—. Siempre hemos sabido que, si había un segundo hombre, no era probable que hubiese dejado de matar. Una alternativa más plausible sería que se hubiese mudado a otro país.

—No desapareció solo ella. También sus padres y un hermano pequeño...

—Sí —respondió únicamente, mirándole a los ojos.

Encima de la larga mesa que los separaba se formaron, fantasmales, las imágenes de cuatro tumbas, con otros tantos cadáveres atados al suelo por las muñecas. Ahora que sabían que seguía suelto un asesino que no dudaba en matar para esconder sus huellas, era imposible no considerar la posibilidad.

—Tienes razón —reconoció Julián—. No podemos descartarlo.

Quedaba Sanlúcar. Estuvo a punto de mandarle a algún trámite inútil, como seguir revisando unos casos que ya era casi imposible que estuviesen relacionados con el suyo, con tal de mantenerlo lejos. Pero no podía permitírselo.

—Me gustaría que tú fueses a ver a Robledo. Presiónalo. Dale esperanzas de revisar su condena, o amenázalo con alargársela. Hay que conseguir que nos dé información real sobre su cómplice.

17

E<small>L</small> terror los observaba desde la mesa de la sala de reuniones. Amplia-
das en tamaño A3, ocho fotografías mostraban a Silvia Toledo atada
y amordazada en una silla, con los ojos desorbitados por el miedo. A
pesar de llevar ya más de treinta minutos observándolas, la angustia que
le causaban seguía agarrada a su pecho; la distancia que normalmente
alzaba frente a sus casos se había reducido a apenas un resquicio.

Las ocho imágenes eran muy parecidas; realizadas en rápida sucesión,
desde distintos ángulos. Estaban tomadas en una sala de paredes blancas,
sin apenas muebles; la única ventana mostraba el cielo azul de un día
radiante, con pequeñas y escasas nubes blancas. La niña estaba aterrada
delante de una televisión en la que se proyectaban dibujos animados.

Habían inspeccionado las fotos con lupa, mirando incluso en las
pupilas brillantes de la niña por si se viese reflejada la imagen de su
captor. Sin ningún resultado.

—Nos tomó el pelo —afirmó Mario—. Aquí no hay nada.

—No estoy segura. Fue el único momento en que me pareció sincero
en toda la conversación. Y sigo sin entender por qué las tenía Torres en
su ordenador. No tiene sentido. Hay algo que se nos escapa.

—Siempre podemos mostrárselas, pedirles que nos indique cuál es
la supuesta prueba.

—¿Y dejar que nos vuelva a embrollar en una historia sin sentido?
No, mejor estudiarlas bien nosotros primero.

Por supuesto, lo de que la historia no tuviera ningún sentido empezaba a ser dudoso. Pero la idea de pedir ayuda a Robledo se le hacía
cuesta arriba. Volvieron a revisarlas una por una, tratando de encontrar
alguna pista que se les hubiera escapado. Alternaban entre las copias
en papel y los originales informáticos, por si se hubiera perdido algún
detalle, pero nada parecía fuera de lugar. Por si fuera poco, habían
aparecido en una carpeta llamada «Cómplice». Ahora era indudable que
Torres también había considerado esa posibilidad. Repasándolas una
vez más, le entró una sospecha:

—Mario, entérate de cuándo se emitió este programa; tiene la marca de la emisora, y no se ve ningún reproductor, así que seguramente

sea en directo. Cotéjalo con las fechas del informe. A ver si hay algo. Carvajal, tú ve a ver a los de Informática, por favor. A ver si Domínguez está haciendo algo de verdad o está ahí simplemente para pasar el rato. Pero antes habla con Casado. Vuelve a intentar que te explique qué demonios pudo pasar con estas fotos, por qué no están en el informe.

Tras despedirlos se encerró con Julián para contratar todas sus hipótesis y conclusiones, y que le ayudase a encontrar posibles puntos por donde ampliar la investigación. La ayudó a localizar a varios expertos a los que dirigirse con dudas o solicitudes de ayuda, como un psiquiatra experto en pedófilos violentos o un contacto que pudiera ayudar oficiosamente a Montero desde Estados Unidos. A las cinco decidió que no podía postergar la llamada a Roberto y se excusó unos minutos.

—¿Seguro que no hay forma?

—Te aseguro que no. Lo siento muchísimo.

Le rompía el corazón oír su tono desilusionado. Sabía lo dura que era la situación para él. De ser socio de un estudio en expansión, con una esposa y una hija que lo adoraban, a vivir entre una habitación de hospital y el cuchitril en el que estaba alojado a seiscientos kilómetros de casa, pasando los días junto al lecho de Anna y sin conseguir siquiera acceder a un empleo para recién titulados. La situación estaba acabando con su energía y con su autoestima. Esta entrevista era la mejor posibilidad que había tenido en mucho tiempo, y se odiaba a sí misma por no poder apoyarle. Lo peor de todo, quizá, fue la resignación con la que aceptó la noticia.

—Está bien. No pasa nada. Hasta luego.

Colgó sin despedirse, ni darle noticias de la niña. No se atrevió a volver a llamar. En lugar de eso volvió, con el ánimo por los suelos, a la sala donde el comisario hablaba con teléfono. En cuanto entró la miró con una expresión significativa y puso el manos libres. Era Domínguez.

—… en cuanto la metieron saltaron todas las alarmas. Tengo aquí al subinspector Ochoa, de la Brigada de Investigación Tecnológica.

—Como le decía a su compañero, registramos todas las imágenes relacionadas con delitos con indicación de su procedencia. Muchas son conocidas, imágenes que llevan años dando vueltas por foros y que son de orígenes ya muy difíciles de rastrear. Pero en ocasiones aparece alguna que nos permite establecer relaciones. En este caso se trata de una imagen cuya primera aparición tenemos documentada. Fue como consecuencia de una investigación en un grupo que se creó hace cuatro años. No sé si están familiarizados con la manera en que trabaja esta gente: se comunican por vías indirectas, como si dijéramos por niveles. Los primeros son chats pornográficos, con contenido legal, pero en el que se identifican unos a otros comentándose sus... preferencias. Luego van pasando a reuniones más privadas, comprobando mutuamente su nivel de implicación a base de compartir material cada vez más comprometido. A los grupos más profundos solo se accede por invitación directa, y únicamente la reciben aquellos que han proporcionado material ilegal novedoso. Es una forma de demostrar que están implicados a fondo, que no son visitantes ocasionales ni posibles delatores. En este caso conseguimos monitorizarlos, e identificar a algunos de los participantes, pero no al que compartió la imagen. Por su forma de actuar, y por datos indirectos, pensamos que es un criminal que ha aparecido y desaparecido de forma más o menos constante en los foros desde hace mucho tiempo. En su informe no consta ningún dato fehaciente sobre su identidad, así que le llamamos Toro, un pseudónimo que ha usado en al menos dos ocasiones. La última vez que creímos detectarlo fue hace seis meses, en otra operación en la que capturamos a más de quince individuos, pero volvió a escapar. Es un desequilibrado, pero también muy listo. Siempre va un paso por delante de nosotros. No creo que tarde demasiado en volver a asomar la cabeza. A fin de cuentas, los de su calaña son adictos. Apostaría a que estará por ahí otra vez, en un foro que aún no tenemos controlado, o con una identidad que no hemos relacionado todavía con el historial.

—¿Desde cuándo lo siguen, exactamente? —preguntó Gema—. ¿Hay algo que indique que haya estado involucrado en asesinatos?

—Hay constancia en los registros desde hace once años —contestó el subinspector tras consultar sus notas—. Pero en realidad no sabemos cuándo empezó. Para ser sincero, no podemos estamos completamente seguros de que se trate de la misma persona. En cuanto a la segunda pregunta, no hay ninguna evidencia. Las imágenes que vuelca son enfermizas, pero nunca llegan a ese extremo. Tenemos un archivo bastante completo con sus preferencias, que están relacionadas sobre todo con el control y el abuso hasta niveles propios de un psicópata, y solo de manera secundaria con el sexo. Pero nada relacionado con la sangre o la muerte.

—¿Tienen algún indicio que nos pueda dar alguna pista sobre él como persona, o sobre su localización?

—Les he mandado todo el informe para que lo revisen. Pero hay poca cosa. Estamos bastante seguros de que es un hombre relativamente bien situado: se expresa con corrección, y parece disponer de recursos, basándonos en los distintos dispositivos que utiliza para las conexiones. Vive en Madrid o alrededores, y tiene horarios irregulares. No hay constancia de que haya viajado nunca, aunque, como les digo, pasan largas temporadas sin que lo localicemos. No aporta demasiado material, pero cuando lo hace siempre es nuevo, y de muy alta intensidad.

Cuando colgaron, Gema cogió una carpeta vacía, y con un rotulador negro escribió «Toro» en la portada. Después recogió las fotografías de Silvia atada frente al televisor y las introdujo en ella. De momento no había nada más que incluir.

Carvajal llamó poco después, con resultados negativos: no habían identificado ningún comportamiento sospechoso, ninguna persona que pareciese prestar atención a las cámaras. Las que aparecían regularmente no mostraban nada anormal: la mayoría pasaban los días laborables a las horas esperadas en quien va y vuelve del trabajo a horas fijas.

Mario fue el siguiente. Sonaba excitado al teléfono, casi jadeante. Sintiéndose culpable, no pudo evitar que le viniese a la cabeza la imagen de un perro corriendo afanoso de un lado a otro con la lengua fuera.

—Tenía razón, jefa. El espacio se emitió un miércoles por la tarde. Era un episodio de una serie de dibujos animados que aparecía por primera vez en España, y es el logo de esa cadena el que se ve sobreimpresionado. El caso es que toda esa semana Robledo estuvo en un cursillo de actualización en Sevilla; según el informe del caso original, tenía coartada sólida entre el domingo a la 1 del mediodía y el viernes a las 8 de la noche. Fueron muy cuidadosos al establecerla, porque la niña había desaparecido el domingo por la mañana. Pues bien: a la hora a la que volvió del cursillo ya había anochecido, y al día siguiente estaba en el polideportivo preparando las pruebas antes de amanecer. Esa misma mañana lo detuvieron. Como en las fotos se ve claramente por las ventanas que es de día, la conclusión clara es que no pudo ser él. Se trata del segundo hombre.

—Toro —contestó Gema, pasando a explicar la información proporcionada por la BIT—. Les enviaremos las imágenes originales. Tienen más experiencia que nadie en exprimirlas para obtener toda la información posible. ¿Qué vamos a hacer con Robledo?

—Sanlúcar ha ido a interrogarlo —contestó el comisario—. No hay mucho más que podamos hacer de momento.

—Me refiero a su condena. Ahora estamos seguros de que había otro hombre. Deberíamos ponerlo en conocimiento del juez de Instituciones

Penitenciarias. Tendrían que tenerlo en cuenta, mientras se estudia el siguiente paso. Imagino que, como mínimo, habrá que hacer un nuevo juicio.

—Había pruebas claras contra él en todos los demás casos. Precisamente el de Silvia, al no aparecer el cadáver, fue el único en el que solo había indicios circunstanciales, y por tanto el que menos influyó en el resultado. Que la matase otra persona no significa que él no lo hiciese con las demás. En cualquier caso —añadió, cortando con la mano una incipiente protesta de la inspectora—, es pronto para eso. Cuando sepamos más lo hablaremos con el juez.

Oscurecía cuando decidieron dar por finalizado el día. Sanlúcar no había conseguido nada de Robledo, pero lo volvería a intentar al día siguiente. Tampoco Montero ni Casado habían podido avanzar demasiado: en domingo casi nadie estaba localizable. Gema tenía la sensación de que el tiempo se les acababa. En cualquier momento alguien llamaría informando de la aparición de otra víctima, o la noticia de la reapertura del caso saltaría a primera página, y estallaría un infierno. Pero no parecía haber forma de evitarlo.

Con un suspiro se dejó caer en el asiento del coche. Al menos era relativamente temprano, podría hablar con su marido e intentar consolarlo. Al coger el móvil comprobó, con sorpresa, que tenía cinco llamadas perdidas, todas de Inma. Pulsó el icono de rellamada.

—Hola, guapa. Sí que eres difícil de localizar. ¿Dónde estabas?

—Liada con el caso. Ha dado un giro bastante complicado. No te hemos llamado porque de momento no hay nada para vosotros, gracias a Dios. Pero llevamos todo el día enredados. De todas formas, el problema es con el maldito móvil este, que no lo entiendo: le había quitado el sonido sin darme cuenta.

—Bueno, no importa. ¿A que no adivinas dónde estoy?

El tono alegre, casi travieso de la forense le resultó tan fuera de lugar que estuvo a punto de darle una mala contestación. Su caso se derrumbaba, su vida se hacía pedazos, y a ella no se le ocurría nada más que jugar a las adivinanzas. Se contuvo en el último momento: los amigos están también para aguantarlos cuando quieren hablarte de su vida, no solo para desahogarte despotricando sobre la tuya.

—En el Caribe, con un mulato de veinticinco años preparándote un mojito.

—Bueno, no exactamente, pero en algo te acercas —contestó riendo, pero bajando la voz—. Tres filas delante de mí hay un pedazo de tío que me está poniendo de los nervios. Lleva una hora jugando a mirarme y rehuirme, como si estuviésemos en una discoteca. Como siga así voy a ir a sentarme en su regazo, y que sea lo que Dios quiera. Pero no era eso lo que quería que averiguases.

—Pues no sé. Tres filas... ¿en el cine?

—Frío, frío. Pero no te voy a hacer sufrir más. Estoy en el AVE, a punto de llegar a Barcelona.

—¿Cómo? ¿Qué haces ahí?

—Hablé con De Diego que, además de un forense increíble, es un amor. Me va a cubrir mañana. Así que me he cogido el día, y voy a pasar a visitar a mi sobrina adoptiva. Como no conseguía localizarte hablé con Roberto.

Con un gemido se llevó la mano a la boca y cerró los ojos. Cuando los volvió a abrir, estaban húmedos.

—Inma, no sé qué decir...

—Pues no digas nada. Tú ahora concéntrate en ir a por ese cabrón, y lo demás ya se verá. Mañana te doy novedades, ¿vale?

Colgó y se quedó sentada en el coche, sin creer lo que acababa de oír. Con una sonrisa en los labios abandonó el aparcamiento, y en apenas veinte minutos de carreteras despejadas llegó a su casa.

18

E L subinspector Juan Carlos Ochoa, de la Brigada de Investigación Tecnológica, llevaba un traje gris y una camisa marrón claro cuya combinación hacía apartar la vista. Se colocaba una y otra vez los faldones de la chaqueta que había considerado apropiada para presentarse en la comisaría. Era un hombre callado, de ojos hundidos, en los que Gema creyó ver los fantasmas de los niños y mujeres cuya destrucción dedicaba su vida a contemplar. Como muchos introvertidos, se refugiaba en monólogos prolijos centrados en aspectos técnicos, y caía en el silencio cuando la conversación giraba en torno a cualquier otro aspecto, al extremo de contestar con un sonido inarticulado a un comentario de Mario sobre el tiempo.

—Se trata de una digitalización de una copia en papel —estaba diciendo—. Es una pena, porque con acceso al archivo original normalmente podemos extraer mucha información de los metadatos: el momento de la captura, el tipo de cámara, incluso la localización desde la que se efectuaron... Pero con esto es más difícil. Es un poco como volver al pasado, antes de las cámaras digitales. Pero algo hemos conseguido.

Sacó de una carpeta una fotografía muy borrosa de dos edificios. Uno de ellos tenía en la azotea el logo, muy distorsionado pero reconocible, de una empresa de refrescos. El otro era bastante más bajo, una casa de pisos como otras miles en la ciudad.

—Hemos tenido suerte con esto. Si no hubiera sido por el anuncio habría sido prácticamente imposible identificarlos.

—Perdón —interrumpió Mario—. ¿De dónde han sacado esa imagen?

—De sus copias. Miren aquí.

Sacó una lupa y la colocó en una de las fotografías de Silvia, en la esquina inferior izquierda de la ventana. Al primer vistazo les había parecido que mostraba únicamente el cielo, pero con la lupa pudieron apreciar, diminutos, los mismos edificios que la otra copia mostraba aumentados.

—¿Ven? No se aprecian muchos detalles, pero el anuncio es fundamental. No hay muchos de esa marca en la capital; así que llamamos

QUE NO TE PESE LA TIERRA

a la compañía, y con su ayuda pudimos identificarlos. El ángulo entre ellos nos da una indicación de la dirección. Por otra parte, conocemos la altura de la niña y, como hay varias imágenes, podemos estimar el tamaño de la habitación y por tanto la distancia desde la que se tomó la imagen. ¿Me siguen?

—La verdad es que no.

Tras varios minutos de explicaciones técnicas sobre distancias focales y proporciones en perspectiva, decidieron aceptar sus conclusiones como un acto de fe. Extrajo de la carpeta un mapa, en el que se habían marcado dos líneas que convergían en un punto en el distrito de Retiro y se dirigían hacia el este, cruzadas por otras dos paralelas con una orientación aproximada de Norte a Sur. Las cuatro líneas delimitaban un polígono parecido a un rectángulo de aproximadamente un kilómetro de lado.

—Este es el lugar en el que se encuentran los edificios de la fotografía. Estas dos líneas marcan, basándonos en sus posiciones relativas, la orientación desde la que se tomó. Y estas otras dos indican, basándonos en su tamaño en la imagen, las distancias máxima y mínima que podemos estimar.

—Lo que quiere decir —intervino Mario en tono cauteloso—. Es que la casa donde se tomó la imagen está dentro de este cuadrado. ¿Es así?

—Efectivamente. Ya sé que no es mucho, debe de haber cientos de viviendas ahí. Pero es un indicio.

—Es mucho más de lo que sabíamos hasta ahora —le reafirmó la inspectora—. ¿Han podido deducir alguna otra cosa?

—Miren bien —dijo, recorriendo las copias con el dedo—. Están sacadas desde distintos ángulos, pero todas desde la misma altura. Es muy difícil hacer algo así si te estás agachando. Por otra parte, tendría que tratarse de alguien muy alto para hacerlo. Así que podemos concluir que, con toda probabilidad, el fotógrafo estaba de pie cuando las tomó. Acuérdense de que estas imágenes son de antes de los móviles, tomadas con seguridad con una cámara física, que casi siempre se coloca a la altura de los ojos. Las proporciones del cuerpo humano son bastante constantes, así que podemos estimar una estatura de entre un metro setenta y cuatro y uno setenta y ocho.

Gema y Mario se miraron. Al instante el subinspector se levantó para consultar los informes que se apilaban en el otro extremo de la mesa.

—Robledo mide un metro ochenta y cinco.

Dejaron a Ochoa trabajando, y fueron llamando uno a uno a los demás miembros del equipo. Ninguno tenía aún novedades. Sanlúcar no contestó: seguramente seguía encerrado con Robledo. Le habría gustado interrogarlo de nuevo ella misma, pero en ese momento debía dedicarse a coordinarlo todo. Mientras esperaban noticias, se concentró en la ubicación que les había dado el subinspector. La copió en un gran mapa que mostraba las residencias de las niñas, los lugares donde habían sido secuestradas y donde habían sido encontrado los cadáveres, el domicilio del acusado y todos los demás sitios identificados en la investigación original, sin ver ningún patrón. Llamó a Sanlúcar, pero solo consiguió contactar con el buzón de voz. Le pasó los datos por si podía usarlos al interrogar a Robledo. Luego se dirigió a Mario:

—Espero que hayas traído la nave espacial. Nos vamos a ver a Domínguez y a recoger a Carvajal.

Recostada en el asiento de cuero, fue repasando el informe que les había pasado la BIT sobre Toro. No incluían los cientos de imágenes que había subido a distintos foros, pero sí suficientes ejemplos como para amargarle la tarde a cualquiera. Tal como ya había indicado Ochoa, sus fantasías estaban centradas en la dominación. No parecía discriminar por edad o sexo: hombres y mujeres adultos se mezclaban con jóvenes, y en un par de ocasiones con niños. Según el informe, esto era bastante inusual en él: un noventa y dos por ciento de las imágenes eran de mayores de edad, y en los comentarios rara vez se refería a la pedofilia. Pero sí era muy explícito en su deleite por la indefensión; las imágenes, que Gema insistió en creer que provenían en su mayoría de actores, reflejaban sujetos atados, con muecas a veces de dolor y siempre de miedo. No se sospechaba que generase material original, o que hubiese realizado abusos directamente. Esta conclusión provenía sobre todo del análisis de las imágenes, que mostraban una gran variedad de escenarios, modelos y ambientes. Los investigadores inferían que el origen de su archivo era una red de contactos con proveedores de material en pàíses en los que era posible obtener, mediante pago, el contenido más atroz. Siempre fotografías, nunca vídeos.

El informe detallaba los *nicks* que se le atribuían. Hasta quince, todos ellos relacionados con nombres de animales en inglés o español. Solo el de Toro se repetía, dos veces en español y un *Bull* en inglés. Este era uno de los indicios sobre los que se sustentaba la suposición de continuidad entre los distintos avatares, aunque el más importante era la similitud de estilo, vocabulario y temática en sus conversaciones. Se refería a sí mismo en masculino, aunque en ausencia de indicación también habrían supuesto ese género, por simple estadística. Nunca

permanecía demasiado tiempo en el mismo foro, y camuflaba sus conexiones con sofisticación. Al menos en dos ocasiones había dejado de
conectarse poco antes de que la BIT hubiera conseguido identificar a la
mayoría de los participantes.

—Menudo cabrón —murmuró mientras leía.

—No sé cómo lo soportan, la verdad —contestó Mario—. Buscar a
asesinos o a ladrones es una cosa, pero pasar todo el tiempo detrás de
estos malnacidos, viendo esas cosas… Yo no sería capaz.

Cuando llegaron al centro los encaminaron a una sala nueva, dentro
del perímetro de seguridad. En ella Domínguez se afanaba, con evidente
incomodidad, en uno de los terminales, mientras los dedos de Carvajal
volaban sobre el teclado de otro.

—¿Algo nuevo?

—Una contractura en la mano —bromeó el subinspector—. Aparte
de eso, no mucho. Ya se pueden leer todos los archivos, pero en la
carpeta del caso no hay nada que no conozcamos ya.

—Yo estoy revisando el resto de los directorios —indicó la subinspectora—. Tenía bajados historiales enteros, no solo de sus casos sino
también de otros en los que no había participado. Si lo hubieran pillado
con todo ese material fuera de comisaría lo habrían empapelado. Pero
de momento no he encontrado nada que no esté ya en el sumario. De
todas formas, aún hay bastante material sin descifrar.

—Hemos encontrado algunos restos un poco extraños —intervino
Tomás, mientras mostraba en una de las pantallas imágenes crípticas
llenas de caracteres extraños—. Trazas de archivos que puso mucho
interés en borrar. La tecnología forense ha avanzado mucho, y hemos
podido recuperar algunas partes; parecen fragmentos de conversaciones. Pero no hay suficiente como para encontrarles el sentido. No
solo los borró, sino que casi siempre utilizó programas que reescri-
bían automáticamente el disco duro para eliminar cualquier vestigio
de ellos.

—¿Podrían ser transcripciones de interrogatorios?

—Posiblemente. Aunque no sé por qué habría puesto tanto empeño
en eliminarlas, cuando dejó el resto de los archivos.

—Haga todo lo posible por recuperarlos, por favor. Nosotros nos
vamos, pero dejamos al subinspector Domínguez con ustedes.

Mientras salían del Centro se acordó de la entrevista de Roberto.
Debía de haber terminado ya. Pensó en llamarle, pero lo descartó: tenía
demasiadas cosas en la cabeza.

—Tenemos que hablar con Sanlúcar, Montero y Casado. Ninguno de los tres ha dado señales de vida en toda la mañana, deberían haber reportado avances. Y no estaría de más contactar con los equipos que están vigilando las familias. Hay que averiguar si han detectado algo sospechoso. Domínguez, ¿puedes ocuparte tú de eso? Mario, tú llama a Casado, y Carvajal a Montero. Supongo que tendré que hablar yo con Sanlúcar. No sé si no debería ir directamente a la cárcel. Tengo ganas de verle la cara otra vez a ese tipo.

Después de un almuerzo apresurado comenzaron a llegar los informes: la familia de Rocío seguía ilocalizable. Sin embargo, el contacto del comisario había podido comprobar que, cinco años antes, habían estado viviendo en una localidad del centro del país. Así que al menos en ese momento continuaban vivos. En cuanto a la funcionaria que había tramitado la renuncia a la jubilación de Torres, Montero había podido localizarla y afirmaba recordar perfectamente aquel día.

—Aunque no sé si fiarme, la verdad. Le enseñé la foto de Torres y al principio dudó, pero luego dijo que sí, que había sido él, y a partir de ahí se mostró cada vez más convencida. Para cuando me fui de allí lo habría jurado con sangre sobre la tumba de sus padres.

Sonrieron al escucharlo. Todos habían encontrado testigos tan ansiosos por ayudar que acababan recordando cualquier cosa que se les sugiriera. Tratándose de algo ocurrido quince años atrás, la fiabilidad que podían reconocerle era prácticamente nula.

—No insistas, es una pista muerta. Sigue con Estados Unidos.

En el teléfono de Sanlúcar seguía saltando el buzón. Casado, en cambio, contestó al segundo tono. Su voz al contestar sonaba extrañamente tensa.

—¿Estás con el manos libres?

—No, estamos comiendo algo en un bar. Demasiado público.

—Mejor. Verás, he encontrado algo. Pero creo que sería mejor que vinieses a verlo en persona. ¿Podrías acercarte ahora?

—Sí, supongo que sí. ¿Hay algún problema? —añadió extrañada.

—No, solo es un poco… delicado. Si puedes venir sola mejor, ¿vale?

El trayecto en taxi se le hizo interminable, con la perspectiva de dirigirse por fin a una pista fiable. Ante la insistencia de Casado había asignado tareas a cada uno de sus colaboradores, y había marchado dejándolos aún en la mesa. Mientras atravesaba Madrid se aferraba a la carpeta de Toro, sin atreverse a abrirla en el espacio relativamente público del vehículo.

Casado la había citado en la misma sala de interrogatorios en la que hablaron el primer día y, para llegar allí, pasó por delante de la foto en la que se le veía, jovencísimo, abrazado por su compañero. No pudo evitar quedarse mirando la cara alegre, llena de pasión, del inspector. La idea de pensar que se había acercado lo suficiente al asesino como para convertirse en su víctima le provocaba una reacción de repulsa casi física.

—Era un buen hombre. Y un buen policía —dijo una voz detrás de ella. Se giró para descubrir a Rojas mirándola fijamente.

—Dicen que han encontrado algo. Una pista que puede llevar al cómplice.

—Hay algo, sí. Pero aún no estamos seguros de qué conseguiremos.

La mirada se volvió más dura, y la boca se torció en un gesto que podía ser de desagrado, o quizá de desprecio.

—Espero que encuentren a ese hijo de puta. Si puedo ayudar en algo, ya sabe dónde estoy.

Dudaba sobre cuál sería la respuesta adecuada, pero el policía se dio la vuelta sin esperar ninguna y se marchó.

Junto a Casado estaba sentado un hombre que rondaría la cincuentena, quizá mayor. Era difícil de determinar, porque tenía los rasgos caídos de quien ha sido grueso y ha adelgazado con velocidad, una flaccidez que puede adelantar, o disimular, la que de ordinario traen los años. Vestía con desaliño, y un tono amarillento en los ojos le daba aspecto de enfermo. Permaneció sentado mientras el inspector se levantaba a saludarla.

—José Luis de Sebastián, la inspectora Gema Moral —les presentó—. José Luis ha estado trabajando en la comisaría como administrativo más de veinticinco años. Torres y él tenían una buena relación.

—Bueno, tanto como una buena relación… —dudó el aludido— No era un hombre muy abierto, no sé si me entiende. Pero sí que solíamos hablar. Ya sabe, en el café, y esas cosas.

—¿Le habló alguna vez de este caso?

Lanzó a Casado una mirada fugaz, apenas un breve contacto con los ojos, antes de responder.

—Cuando tenía casos importantes, solía hablar de por dónde andaba. Nada de detalles. Solo comentarios entre colegas, ya sabe. Bueno, no es que yo fuera un colega, claro, ya le ha dicho su compañero que soy administrativo. Pero me contaba cosas. Si tenían pistas, o algo, o si andaban perdidos. Si pensaban que iban a coger a alguien.

Se preguntó si la verborrea era una consecuencia de la evidente incomodidad que traslucía su gesto huidizo, o si su pensamiento sería siempre tan deslavazado. Recordándose a sí misma la eficacia de la paciencia como técnica de interrogatorio, volvió a preguntar.

—Y ¿recuerda qué le contó del caso?

El hombre levantó la vista hacia ella, pero en vez de responder su mirada la fijó en algún punto situado ligeramente a su izquierda.

—¿De cuál?

—Céntrate, José Luis —intervino Casado con un gesto de disculpa—. Del que hemos hablado, ¿te acuerdas? El caso de las niñas.

—Ah, sí, claro. Perdone, es que como había empezado a hablar de otra cosa se me había ido el santo al cielo. No, claro, del caso ese de las niñas. Qué terrible, ¿verdad? Las pobres crías. Piensa uno en ellas y se le revuelve el estómago. Estuvo por aquí un par de veces la madre de una de ellas, una mujer imponente. Torres la apreciaba mucho, decía que pocas veces había visto familias que colaborasen tanto. Qué mujer era. Pero la pobre no tuvo suerte. Qué tragedia, Dios mío.

Se forzó a repetir ante la mirada contrita de Casado.

—¿Recuerda qué le contó del caso, entonces?

—No, la verdad es que no. Creo que no me habló nunca de él.

Anonadada, se giró hacia su compañero que, de manera instintiva, levantó una mano en gesto de aquietamiento.

—Del caso no, pero ¿te acuerdas de lo que me comentaste? ¿Lo de que Torres andaba detrás de algo?

—¡Ah, sí, eso! Sí que me acuerdo, sí. Bueno, él siempre andaba detrás de una cosa o la otra. Siempre estaba aquí, cuando no tenía una investigación daba igual, estaba en el archivo, o leyendo informes. Yo llegué a pensar que no tendría familia, porque siempre era el último que se marchaba, y nunca ponía problemas a nadie para cambiar una guardia, pero luego resulta que sí, que tenía una hermana, solo que había muerto hacía tiempo. Otra tragedia. Así que digo yo que por eso nunca saldría de aquí, no tendría otro sitio donde ir. Su casa le recordaría a la hermana muerta, y no le apetecería pasar mucho por allí. Eso pasa, ¿sabe? Cuando uno ha vivido con alguien en un sitio, luego todo se lo recuerda.

Gema aprovechó la leve pausa con que interrumpió su discurso para volver a preguntar.

—Así que le contó que andaba detrás de algo. ¿Y de qué era?

—De un cerdo —contestó, sorprendentemente lacónico por una vez.

—¿De un cerdo? ¿Qué quiere decir?

—Así lo decía él. Era por esa época. Me acuerdo porque me lo comentó un día que es como si lo estuviera viendo, ahí en su mesa, que sigue estando arriba, aunque ahora no la ocupa él, claro, y detrás tenía un tablón con las fotos de las niñas. Que estaba detrás de un cerdo. Y que para pillarle había tenido que meterse en una cochiquera. Lo decía riendo, todo se lo tomaba a broma ese hombre. Por eso me gustaba hablar con él, porque de cualquier cosa hacía una historia y te reías a gusto. Pero ese día no lo decía como un chiste, sino como si fuera en serio. Solo que no se refería a una pocilga de verdad, claro. Quería decir que había hecho algo un poco prohibido. Bueno, ya sabe, los policías a veces tienen que forzar un poco las cosas, porque ningún criminal se lo va a poner fácil para pillarlos. Así decía él, «un poco prohibido», cuando tenía que hacer algo que se suponía que no podía hacer.

—¿Y le comentó qué había hecho «un poco prohibido» esa vez? ¿Y por qué había tenido que hacerlo?

—Andaba detrás de un tipo de esos que venden fotos guarras de niños. Por eso le llamaba cerdo. A esos tíos no los soportaba; bueno, ni él ni nadie. Pero alguien tenía que atraparlos. Así que había decidido ir a por él, y le estaba poniendo una trampa. Pero para hacerlo tenía que meterse en eso, que pareciese que era uno de ellos, ya sabe. Así que había tenido que hacer cosas que normalmente un policía no haría, ya sabe, cosas raras. ¿Me entiende?

—Pues la verdad es que no, José Luis. ¿Podría ser un poco más claro?

Volvió a bajar la vista a sus rodillas, invisibles para la inspectora tras la mesa metálica de la sala de interrogatorios. Hacía muecas con la boca, como si el mero hecho de pronunciar las palabras le hiciese daño en los labios.

—Pues que cogía fotos, ya sabe, de los casos, y las usaba para ganarse su confianza, como él decía. Para meterse en las conversaciones de los guarros esos —continuó bajando la voz—. Por eso decía lo de la cochiquera.

—¿Recuerdas lo que me contaste, José Luis? ¿Cómo llamaba al hombre detrás del que andaba?

—Sí, claro, al principio no me acordaba, pero al ir hablando me ha venido a la cabeza. Decía que era un cerdo, pero no era así como le llamaba. Estoy seguro de que le llamaba Buey.

Mientras el comisario reflexionaba, Gema miraba pensativa a Casado. Se le veía demacrado, como si en los últimos días no hubiese probado bocado. A ella también se le asentaba la tensión en el estómago, pensó comprensiva. Aunque, en su caso, nunca por una investigación, por más compleja que se tornase. Sin embargo, los últimos meses la situación de su familia la había hecho volver, por primera vez en años, a la talla con la que se casó. Se había visto forzada a reunir fuerzas para salir de compras un par de veces, sin disfrutar de la satisfacción que le habría supuesto en otro tiempo rebuscar entre las perchas de la talla 40. Al inspector era obvio que revivir este caso, y hacerse consciente de los errores que cometió en su momento, le estaba destrozando. Su aspecto desolado le causaba una especie de ternura. Sabía que lo que le estaba pasando no era justo: él era un novato, y por lógica su compañero debía haber llevado el peso de la investigación. Pero Torres no podía ya asumir las consecuencias de nada, y Casado debía de sentir que esa era ahora su responsabilidad.

—Así que cogía material del archivo y lo utilizaba como moneda de cambio para cazar pederastas. Eso es lo que me están diciendo, ¿no?

El comisario Sanjuán, conforme a su hábito, tomaba constantemente objetos o papeles del escritorio y los movía de un lado a otro, sin otro propósito que darle a su cuerpo algo que hacer mientras su mente cavilaba.

—Eso es lo que dice De Sebastián. Y cuadra con lo que hemos encontrado en su ordenador: material de distintos casos y restos de conversaciones borradas que podrían corresponderse con su participación en los foros. He pedido a Domínguez que trate de verificar esto último en base a los fragmentos que encuentren.

—¿Le has contado lo que nos ha dicho De Sebastián? —interrumpió Casado sorprendido, quizá un poco alarmado.

—Solo le he dicho que es posible que Torres investigase en ese tipo de sitios. Que tratase de verificarlo. ¿Por qué?

Por toda respuesta volvió la mirada al suelo.

—Entiendo que le preocupa que pueda trascender, ¿es así? —sugirió el comisario con voz suave. Ante el asentimiento del inspector prosiguió—. Si cree que cualquier problema en la conducta de su antiguo compañero puede revertir sobre usted...

—No, no es eso. Creo que ha quedado claro que en esa época no me enteraba de nada —afirmó resignado—. Pero Torres era un buen hombre, y un buen policía. No me gusta la idea de ver su memoria arrastrada por los suelos cuando ya no puede defenderse.

—Es comprensible. Pero estamos en medio de una investigación por asesinato. Tienen la obligación de seguir hasta el final cualquier indicio que nos dé una posibilidad de avanzar. Y, sinceramente, no creo que nadie se vaya a escandalizar por esto. Todo el mundo sabe que los de Investigación Tecnológica hacen exactamente lo mismo para atrapar a esos cabrones.

—Con el permiso de un juez.

—Dudo que encuentre a muchos aquí que piensen que, si Torres se adelantó un poco a los procedimientos, eso lo convierta en peor policía. Aparte de las fotos, ¿han encontrado algo que demuestre un comportamiento problemático en el ordenador? —preguntó dirigiéndose a la inspectora.

—No; no hemos encontrado nada salvo el material de los casos y los fragmentos ilegibles de los que le hablé. El técnico cree que podrá recuperar algunos correos, pero aún no lo ha logrado.

El comisario meditó unos instantes más, mientras retorcía una y otra vez los brazos de un clip metálico de gran tamaño. Cuando este, al fin, se quebró, volvió a hablar.

—Vaya por delante que soy consciente de que usted no está a mis órdenes. Pero entiendo la preocupación del inspector, y no deja de tratarse de un hombre que, aunque años atrás, perteneció a mi comisaría. Me permitiría sugerirle que asigne otra tarea a Domínguez, y que le pida al técnico que le comunique directamente a usted toda la información que pueda hallar. Casado indicará a De Sebastián que no debe hablar con nadie de esto, y así la información sobre lo que pudiera o no haber hecho Torres quedará entre usted y él.

—Y mi comisario. Tendré que ponerle al corriente, al menos en rasgos generales.

—Haga lo que crea necesario, por supuesto.

Asintió, y se vio correspondida con una sonrisa agradecida de Casado y un gesto afirmativo con el que Sanjuán daba por terminada la reunión. Todos estaban de acuerdo en que, cuanto menos enfangase este asunto una situación ya complicada de sobra, mejor.

19

Llevaba treinta minutos mirando el teléfono, sin atreverse a cogerlo, paralizada por la culpa. Una parte de ella estaba ansiosa por llamar a Roberto; la otra estaba agarrotada por el miedo. A que la entrevista hubiera salido mal, a encontrar a su marido con el ánimo derrotado por otra oportunidad perdida. A que hubiera salido bien: que le hubieran ofrecido un trabajo que le permitiese dejar el suyo y trasladarse. Se había obligado a confesárselo al menos a sí misma: por primera vez en meses se sentía comprometida con un caso, había recuperado la sensación de que lo que hacía tenía sentido. Y no quería perderlo. Se sentía desgarrada por no poder estar con Anna, y sabía que debía desear que Roberto encontrase un empleo por fin, pero se resistía a afrontar lo que eso implicaba. Todo ello acompañado por el miedo constante, escondido entre las sombras pero siempre listo a saltar desde ellas para clavarle las garras en el cuello, a que la conversación se centrase no en la entrevista, sino en su hija.

Recordando un juego de su infancia, imaginó que su mano no era parte de su cuerpo, sino una herramienta que podía controlar con la voluntad. Si se esforzaba, era capaz de separar en su mente la Gema que se resistía con todas sus fuerzas a realizar la llamada y la que, observando desde fuera, utilizaba su brazo como un instrumento para alcanzar el móvil, desbloquearlo y llamar. Aún quedaba espacio para una tercera que se preguntaba cuán lejos estaba su comportamiento del de un enfermo.

Se lo llevó al oído, asegurándose mentalmente de que, si llegaban a ocho los tonos sin contestación, podría colgar concluyendo que su marido no estaba en disposición de hablar, sin que nadie pudiese acusarla de no haberlo intentado. Al séptimo, descolgó.

—Antes de que me preguntes: creo que ha ido bien, pero no me han dicho nada. Solo que me llamarán. Pero no un «ya le llamaremos», sino de verdad. Por lo menos eso creo.

Hablaba acelerado, la excitación tan sonora en su voz que casi la hizo reír.

—Creo que hay posibilidades, de verdad. Pero ahora a ver qué pasa. Seguro que tienen otros candidatos. El que me entrevistó parecía un

QUE NO TE PESE LA TIERRA

buen tipo. No me atreví a preguntarle por las condiciones; ya sé que tendría que haberlo hecho, pero no fui capaz. Estaba nervioso; espero que no lo hayan notado demasiado.

—Seguro que no. Ya verás como te llaman —afirmó, confiando en que no notase el temblor en su voz.

—No me lo podía creer cuando me llamó Inma. La verdad es que se ha portado, hay que reconocérselo. Y Anna estaba emocionada, siempre le ha tenido mucho cariño. Lo único malo ha sido tener que despedirse esta tarde. Bueno, y tú, ¿qué tal? ¿Habéis avanzado mucho?

—Poco a poco, vamos dando pasos —contestó con una cierta necesidad de explicarse, de justificar que su ausencia había servido al menos para algo—. Aunque todavía no tenemos una vía firme. Ya sabes qué estas cosas van despacio.

—Ya lo sé. No te preocupes. A partir de ahora todo va a ir mejor, ya lo verás.

Cuando se despidió, sin poder hablar con Anna, se quedó con una quemazón agridulce en la garganta.

20

L A mujer a la que Juan Carlos Ochoa presentó como Elena Soto tendría unos cuarenta años, y una piel muy clara marcada por cicatrices de acné. Era de estatura llamativamente baja y calzaba unos zapatos planos, negros, que no podían superar la talla 35. Vestía ropa deportiva, muy usada y arrugada, como si hubiese dormido con ella las dos últimas semanas. Su compañero, Jesús González, llevaba una camiseta oscura, vaqueros y deportivas; lo mismo que Ochoa, a quien se le veía mucho más cómodo vestido así de lo que había estado en comisaría.

Los habían convocado, por medio de un mensaje enviado a la una de la madrugada, a una reunión a primera hora en la sede de la BIT. Al llegar los dirigieron a una pequeña sala ocupada casi por completo por una mesa cuadrada y las sillas que la rodeaban.

—Elena es la que lleva la investigación. Ella tendrá que autorizar cualquier paso que demos a partir de ahora. La he puesto en antecedentes de vuestro caso.

—¿Qué investigación? —preguntó Mario mirando a la aludida.

—Estamos trabajando en la desarticulación de una red de intercambio de pornografía infantil que nos ha llevado seis meses rastrear —dijo con voz seca—. Y ahora Ochoa quiere que la hagamos saltar por los aires.

Ante la mirada inquisitiva de los agentes, el subinspector explicó.

—Lo normal es tener abiertas media docena de operaciones de este tipo a la vez, mientras vamos acumulando pruebas y datos de los involucrados. Es una labor larga y complicada, porque si actuamos demasiado pronto la mayoría se librará por falta de pruebas; y si lo demoramos mucho, pueden darse cuenta de que les seguimos la pista y esfumarse. O aunque no lo noten: en este tipo de ambientes nadie confía en nadie, todos van saltando de foro en foro y de *nick* en *nick*. Elena está detrás de un grupo, pero la investigación todavía no está madura; en condiciones normales, harían falta al menos tres o cuatro meses más para cerrarla.

Mostrando su acuerdo con un gesto hosco, su compañera le indicó que prosiguiese.

—La cuestión es que, cuando salió el tema del Toro, nos pusimos a repasar el material en activo. Ya os comenté que cada cierto tiempo sale a la luz; así que era posible que ya estuviese actuando en algún sitio, pero que nadie lo hubiese relacionado aún con sus perfiles antiguos. Repasamos sistemáticamente los datos sobre los sujetos que se están investigando actualmente. Y en seguida localizamos a este.

Pulsó una tecla en el ordenador que tenía delante y en la pared blanca opuesta a la puerta, convertida en pantalla improvisada, se mostró una ficha, proyectada por un aparato colgado del techo en el centro de la sala.

Nick: zorro de cristal. Nombre real: desconocido.

Género: desconocido; se identifica como masculino.

Edad: desconocida; probablemente entre treinta y cincuenta años.

Orientación sexual: desconocida; muestra interés por material de ambos sexos. Intereses confirmados: dominación; humillación; sadomasoquismo; bondage. Intereses probables: pedofilia; esclavitud forzada; esclavitud voluntaria; voyeurismo. Delitos cometidos: posesión y distribución de pornografía infantil.

Delitos potenciales: proxenetismo; violación; abuso de menores.

—No parecen muchos datos —comentó Gema—. Aparte de que sea un cabrón, pero supongo que eso no lo hace muy diferente de todos los demás. ¿Por qué pensáis que es él?

—Por la forma en que se conecta, las expresiones que utiliza, el tipo de material que intercambia… Al final acabas conociéndolos. Tarde o temprano conseguimos los datos reales de la mayoría; por detalles técnicos, o por indicios que acaban filtrando. Pero este es muy listo.

—Acabaríamos pillándolo —intervino Soto—. Estamos muy metidos. Es cuestión de tiempo.

Por toda respuesta Ochoa miró a la inspectora.

—No tenemos tiempo. Si es quien pensamos, se trataría de un asesino con un historial de años. Mezclado con esa ficha de perversiones… no podemos arriesgarnos.

—Sabes que no cuadra, ¿verdad? —contestó dirigiéndose a Gema—. Si fuera el que mató a esas niñas, no habría aguantado tanto tiempo sin repetir. Especialmente no si ha seguido todo ese tiempo en los mismos foros, recordando una y otra vez lo que hizo. Si hay una cosa de la que estos tíos son incapaces es de controlar sus impulsos. Si han hecho daño a alguien, puedes jurar por tus muertos que van a volver a hacerlo.

Asintió con un suspiro. Por supuesto que lo sabía. Todos lo sabían. El perfil no encajaba con nada que hubieran visto antes. Pero los hechos eran claros: al menos uno de los asesinos seguía suelto. Tenían un cajón en el Anatómico Forense que lo demostraba.

—¿Cuál es el plan? —preguntó sin contestar—. ¿Por qué pondría en riesgo la investigación?

—Ochoa quiere plantar una bomba. Un *zero day* —continuó, ante la cara de extrañeza de la inspectora.

—Quieren hackearlo —intervino Mario—. Es eso, ¿no?

—Exactamente; aunque no podemos ir únicamente a por él. Es un chat de grupo, donde todos hablan y comparten archivos; podríamos enviarle un privado, pero desconfiaría. Eso solo lo hacen para mantener charlas paralelas, no para enviar material. Cualquiera que quiera limitar la distribución se convierte inmediatamente en sospechoso.

—Lo siento, pero me temo que no estoy siguiendo —admitió Gema—. ¿Qué es exactamente lo que quieren hacer?

Intervino Ochoa:

—Elena y Jesús se han infiltrado en el foro. Han creado un avatar y están participando como uno más. Para entrar en este tipo de grupos, el procedimiento siempre es el mismo: además de estar metido lo suficiente en el mundillo como para encontrarlo, el que quiere participar tiene que aportar material original. Disponemos de… formas de conseguirlo para, por supuesto con autorización, hacernos un hueco.

—Aun así, cuesta semanas o meses entrar —interrumpió Soto.

—Y aún más ganarse la confianza de los participantes hasta poder extraer detalles que permitan identificarlos, y pruebas con los que el juez quiera ir a por ellos.

—Que aún no tenemos —intervino González—. Si la jodemos ahora, se van de rositas.

Hablaba con acritud, más nervioso que su compañera. Era un sentimiento que todos los presentes conocían bien. Poner todo tu esfuerzo en un caso, solo para verlo irse al garete porque alguien de fuera consigue establecer una prioridad distinta. Proteger una fuente, conseguir pruebas para un caso más amplio, evitar que salte la liebre en otra investigación… Todas buenas razones. Pero, aun así, el trabajo de meses se desvanece en la nada, y otro montón de cabrones se van tan tranquilos en busca de su próxima víctima.

—En ocasiones es imposible conseguir datos suficientes sobre la identidad real de un sospechoso —dijo Ochoa—. Algunos de ellos son verdaderos expertos en informática, al menos en lo que se refiere a técnicas para ocultar su identidad. Así que utilizamos lo que llamamos una bomba. Compartimos un archivo que explota alguna vulnerabilidad en *software* que sabemos, o creemos, que el sospechoso usa. Una especie de virus. Si funciona, podemos acceder a su ordenador.

—Si no hay suerte —intervino Soto—, pueden detectar el ataque. Si es así, en menos de diez minutos el foro se habrá deshecho, y todo el trabajo de meses a la mierda.

Su compañero se levantó y, musitando una disculpa inaudible, salió de la habitación. Gema casi podía oírle contando hasta diez mientras salía, conteniéndose para evitar soltar un improperio. No podía evitar sentir empatía hacia él. Pero no estaba dispuesta a arriesgarse. No con alguien así suelto por ahí. Sobre todo, si había la más mínima posibilidad de que estuviese acechando aún a las familias de las niñas.

—Si es un *zero day*, ¿no debería ser imposible que lo detectasen? —preguntó Mario.

—En teoría —admitió Soto—. Es una vulnerabilidad de *software* que no ha sido hecha pública —añadió al ver la cara de incomprensión de Gema—. Es decir, un fallo en un programa de uso más o menos común que, al menos teóricamente, no es conocido por la empresa que lo distribuye, y por tanto no ha sido corregido, ni es detectable por antivirus. Hay personas y empresas especializadas en encontrar esos fallos. Algunas lo hacen por la fama, por hacerse un nombre en el mundo de los especialistas en seguridad cibernética, que es muy competitivo. Otras porque algunas empresas dan recompensas a quien les alerta de esos fallos con tiempo suficiente para corregirlos. Pero también están los que, cuando encuentran un error, no informan a los autores del *software*; en lugar de eso, lo venden o subastan al mejor postor. Se puede llegar a pagar un montón de pasta. Sobre todo si son vulnerabilidades suficientemente complicadas. Cuanto más difíciles de descubrir, más tiempo se supone que podrán utilizarse sin que aparezca un parche. De todas formas, da lo mismo: a nosotros no nos van a dar una. Las únicas que vemos por aquí las tienen en lucha antiterrorista. Supongo que el CNI también tendrá. Pero ni para un caso de pornografía ni para un simple asesino nos van a dar una, eso está claro.

Lo último lo dijo con una sonrisa; disfrutaba de la afirmación de que, por más que pudiesen comerse su caso, tampoco ellos estaban tan alto en la cadena alimenticia.

—Entonces, ¿qué podemos hacer?

—Utilizar un virus conocido, pero reciente. Y cruzar los dedos para tener suerte.

—¿Hay algún precorregido? —intervino Ochoa.

—Creo que hay uno que se podría usar —contestó la Soto con mala cara—. Aunque tendrás que pelearte tú por él.

—La mayoría de los buscadores de fallos, cuando encuentran uno —explicó el subinspector— se lo comunican a la empresa que publica el *software*, y le dan un tiempo para corregirlo. Pasado ese tiempo, lo hacen público. Es la manera en que se aseguran de que tengan incentivos para hacerlo. Antes de comportarse así había vulnerabilidades que se pasaban años sin corregir. Pero eso hace que, en ocasiones, se conozcan fallos que aún no han sido remediados. Si eres capaz de escribir código adecuado para explotarlos lo suficientemente rápido, tienes una ventana: un tiempo en el que puedes utilizarlo para hackear a alguien con muy pocas posibilidades de ser detectado.

—Muy pocas, pero no cero. Podría darse cuenta. Aunque es verdad que sería raro.

—Está bien —intervino la inspectora—. ¿Con quién hay que hablar?

Dos horas después contemplaban una imagen en la que una chica muy joven, de piel clara y pelo teñido de rojo, estaba desnuda, de rodillas en el suelo, con la cara hundida en un cuenco de comida para perros lleno de un líquido verde de aspecto viscoso. Llevaba un collar al cuello, del que salía una correa que sujetaba un hombre de unos cincuenta años, repantingado en un sofá, mientras otra chica también atada por el cuello le hacía una felación.

—Joder —exclamó Mario.

—Eso mismo —comentó Soto con aire casual—. El caso es que, si tiene el tipo de ordenador que pensamos que tiene, cuando lea esto tendremos una oportunidad.

—¿Qué ocurrirá entonces?

—En el momento en que utilice un navegador para conectarse a alguna página web normal, camuflada con esa comunicación irá una especie de radioguía, un mensaje que debería servir para que lo localicemos.

—O esa es la teoría, al menos —intervino Ochoa.

Julián tenía aspecto de haberse tragado algo vivo, y extremadamente amargo. Antes de incorporarse a la reunión había estado hablando por teléfono durante veinte minutos. Ningún sonido había penetrado en la sala, pero su gesto se había ido agriando visiblemente conforme avanzaba la conversación. Al entrar no había hecho ningún comentario sobre la llamada.

—¿Cuándo sabremos algo?

—No enviaran el archivo hasta la noche. La identidad que se han construido es de hábitos muy regulares, nunca se conecta antes de las nueve. Después de eso, depende de lo que haga el sospechoso.

—¿Qué sabemos de él, en realidad? Datos, no conjeturas.

—Poca cosa —tuvo que reconocer la inspectora—. Ochoa está convencido de que es la misma persona que llevan persiguiendo años, y que podemos relacionar con el ordenador de Torres por una de las fotos que publicó mucho después de su muerte.

—No es mucho… Si jodemos una investigación de la BIT y no sacamos nada a cambio, tendremos uno más en la cola dispuesto a darnos por culo. Y ya he perdido la cuenta de cuántos hay esperando …

—Estoy de acuerdo en que no es todo lo sólido que nos gustaría. Pero no podemos quedarnos de brazos cruzados. Es lo mejor que tenemos.

Todos los demás caminos estaban en punto muerto, o directamente en un callejón sin salida. La familia de Rocío seguía sin aparecer. Casado no había encontrado ningún indicio más sobre lo que pudiera haber hecho su mentor antes de morir. Tampoco Tomás había tenido éxito, de momento, con el resto de los archivos encriptados. En cuanto a Sanlúcar, era el único miembro del equipo con peor cara que el comisario. No había abierto la boca desde que había comenzado la reunión, pero no había sido necesario: al llegar Carvajal había hablado con Mario y le había puesto al corriente. Al parecer Robledo se había pasado dos días jugando con él, dejándole entrever indicios que se demostraban finalmente falsos. Lo único que había sacado en claro, después de más de diez horas de interrogatorios, era que el profesor era, en sus propias palabras, un hijo de la gran puta. Eso y que, o bien seguía colaborando con su antiguo socio, o le tenía un miedo cerval, que le hacía seguir cualquiera que fuese el juego al que estaba jugando.

—¿Nos dará un nombre?

—Seguramente no. Pero sí una forma de localizarlo. Al menos es lo más probable —admitió en un susurro.

Julián la miró fijamente; una mirada agresiva, que le recordó a los peores abogados con los que le había tocado pelear en un estrado. Le mantuvo la mirada con toda la frialdad que fue capaz de reunir.

—Estás haciendo lo correcto —afirmó Casado.

Ninguno de los dos subinspectores llegó a confirmarlo expresamente, pero ambos mostraron gestos de asentimiento. Casado, con un sándwich mixto languideciendo en el plato después de apenas un par de bocados, parecía haberse animado a pesar de las ojeras que cada día marcaban surcos más profundos en su cara.

—Estoy convencido de que es él.

—No puedes saberlo. Julián tiene razón, es demasiado endeble.

—Lo sería en un caso normal, donde hay cientos de sucesos ocurriendo a la vez, confundiéndose unos con otros. Pero esto es cualquier cosa menos normal. Después de quince años, cualquier indicio de algo relacionado con el caso tiene por fuerza que ser importante. Y, aunque quizá no sea la que pensamos, está claro que Toro tiene una relación. Incluso aunque no fuese el asesino, nos llevará más cerca de él.

—Tiene razón —intervino Carvajal con un gesto agresivo—. En el peor de los casos habremos pillado a un pederasta que lleva años impune. Solo por eso merecería la pena.

—Eso si lo atrapamos. Lleva años fichado y todavía no han conseguido ni siquiera identificarlo. No estoy segura de que esta vez vaya a ser distinto. Si tiene alguna manera de detectar la bomba escapará y no creo que podamos volver a localizarlo.

Se quedaron en silencio, mirando los platos de comida sin tocarlos. Para Gema era una sensación familiar. Había vivido muchos momentos así, en los que no había otra que jugársela. Y nunca era fácil. En toda su carrera no había estado nunca segura, al cien por cien, de poder atrapar al culpable en el momento de la verdad. ¿Y si había malinterpretado los detalles, si las conclusiones a las que había llegado estaban equivocadas? La historia de la policía estaba llena de casos en los que se había detenido a la persona que no era, o en los que en el último momento una operación se iba al traste por un detalle al que no se le había prestado la importancia que tenía.

¿Estaba corriendo un riesgo excesivo? Y, tan importante como eso, ¿tenía alguna alternativa?

La tarde transcurrió en un vacío tenso. Los cuatro se encerraron con todo el material del caso, repasando una y otra vez los mismos datos e incapaces de llegar a distintas conclusiones. Contactaron con los equipos que mantenían vigilancia sobre las familias, sin llegar a ninguna conclusión relevante: la posibilidad de que alguien estuviese acechando a alguno de los menores no podía ni confirmarse ni rechazarse. No se había encontrado evidencia clara, pero un par de sucesos relatados por las familias, e incluso uno presenciado por uno de los propios policías, daban lugar a dudas razonables.

—Si te pasas la tarde mirando nubes, acabarás encontrando cualquier figura que busques —resopló Carvajal, la más escéptica de los cuatro.

—Ya, pero todo esto venía de antes. El padre de Rosario había manifestado sospechas antes de que apareciera el cadáver de Torres —contrapuso el subinspector.

—Sí. El padre de una niña a la que asesinaron cuando tenía justo la edad que acaba de cumplir ella. Si eso no es suficiente para obsesionar a alguien, no sé qué lo es.

—Da igual —zanjó Gema—. No nos queda otra que asumir la posibilidad de lo peor, y actuar en consecuencia.

A las ocho salió de la sala y se metió en un despacho vacío para llamar a Roberto. La tensión que la había dominado durante todo el día se mantuvo, pero cambió de objetivo. Conforme avanzaban las horas, aumentaba la posibilidad de que tuviera una respuesta de la empresa que lo había entrevistado. De que no pudiera evitar enfrentarse al momento en que tendría que tomar una decisión; y todavía no tenía la menor idea de qué iba a decirle. Respirando profundamente pulso el icono de llamada. Descolgó Anna. Llevaba ocho días sin ver a su niña, y tres sin hablar con ella. En el momento en que oyó su voz el mundo exterior se desvaneció. La comisaría, Julián, Casado y El Toro se convirtieron en conceptos borrosos, lejanos, carentes de importancia, y la investigación en algo que hacía mientras no estaba viviendo su vida real. Sintió la caricia del sonido físicamente, como si un espíritu hubiese atravesado su pecho para acariciarle directamente el corazón. La angustia se deshizo en un temblor del aire y, por unos segundos, su mundo se redujo a la dulzura de esa voz. Anna estaba contenta; aún tenía muy presente la visita de Inma y, pobre niña, había aprendido a estirar los buenos recuerdos todo lo que daban de sí. Roberto estaba fuera de la habitación, hablando con los médicos, que se preparaban para hacerle nuevas pruebas. La niña las odiaba, pero de momento todo eso se había movido a un segundo plano desde no podía afectarla. Apenas pudieron hablar un par de minutos, pero mientras lo hicieron el mundo se redujo a sus palabras en el teléfono.

A las nueve y veinte Elena confirmó que habían lanzado el ataque, y que ahora debían esperar. Otra vez.

A las once y media decidieron que no tenía sentido seguir en pie.

González se mantendría de guardia toda la noche, y los avisaría si llegaba la señal. Hasta entonces no había nada que pudieran hacer salvo descansar.

A la tres de la mañana Gema seguía despierta en la cama, sin poder conciliar el sueño. Por una vez, sin embargo, no era su situación personal lo que la impedía dormir. Ni siquiera los detalles del caso, que habían revisado hasta la extenuación a lo largo del día. Aun así, cada vez que estaba a punto de rendirse al sueño, un latido surgía para desvelarla en algún rincón de su mente. Había algo que no encajaba. Como una pieza de un puzle cuya forma y color son casi iguales, pero no del todo, a la del hueco que debe ocupar, algo no ocupaba su lugar con naturalidad, sino de manera forzada. Y no conseguía saber qué era.

21

L a llamada llegó, por fin, a las diez y veinticinco de la mañana. Después de una reunión matinal casi vacía de contenido, donde se habían distribuido el enésimo lote de comprobaciones rutinarias, de las que no esperaban obtener nada útil, pero que de todas formas debían verificar. En ello estaban cuando la comunicación de Ochoa reunió a todo el equipo en la sala de reuniones.

—¿Qué sabemos? —preguntó la inspectora.

—Nada que nos permita identificarlo, de momento. Es lo normal. Pero la bomba ha funcionado. Ahora tenemos un hilo del que tirar.

—¿Cuál es el siguiente paso?

—La sonda tiene tres funciones: por una parte, nos envía información del ordenador que utiliza, incluyendo tanto el *nick* utilizado en el *chat* como sus datos de navegación. Así es como verificamos que solo se active en el ordenador de El Toro. Hasta el momento no recibimos otros datos útiles, pero si en algún momento entrase en un banco, un servicio público, o cualquier página web en la que tuviera que introducir una identidad, sería nuestro. Aunque no tenemos muchas esperanzas puestas en ello; sabemos que es muy prudente, y seguramente no use este equipo para nada más.

»En segundo lugar, si quisiéramos, nos permitiría tomar el control del ordenador. Esto debería ser la última opción; las probabilidades de que nos descubra son mucho mayores. Por último, y en este momento es lo más importante, el propio mensaje que nos envía nos sirve para tracear su origen. Tenemos la dirección desde la cual se conecta. Aunque, en ese punto, podría haber ido mejor: la dirección pertenece a una Facultad, y es parte de un rango que se comparte de forma casi anónima por cientos de profesores y alumnos. Con la información que tenemos podemos estrechar el cerco, pero tendremos que hacerlo *in situ*. Vamos a tener que movernos con mucho cuidado.

Cuarenta minutos después aparcaban en la Universidad, mirando por las ventanillas como si pudieran identificar al sospechoso únicamente viéndolo desde el coche. Docenas de estudiantes entraban y salían por las amplias puertas del recinto, diseñado para trescientos alumnos y en el que, en el curso actual, había matriculados unos setecientos.

—Espero que Ochoa sepa lo que hace —murmuró Carvajal.

—Se supone que en un sitio como este deberían llevar un inventario de la persona a la que se le ha asignado cada dirección. Los responsables del servicio deberían poder decirnos quién está usando la nuestra —afirmó Mario.

—Ya… Seguro que lo tienen todo perfectamente controlado. No hay más que ver lo limpio y ordenado que está todo —contestó, irónica, su compañera.

Cada uno de los estudiantes, o profesores, que veían alrededor de la Facultad llevaba al menos un portátil o una tableta en un bolso, una mochila, o directamente en las manos. Por una de las grandes puertas, entornada para limitar el paso de la luz del sol, asomó un instante el inspector Ochoa haciéndoles señas para que entrasen.

—No llevan control de las direcciones —escupió en tono enfadado—. Así que seguimos sin saber quién es nuestro hombre. Pero han dejado a Elena que acceda a sus equipos. En unos minutos llamará para guiarnos.

El plan era sencillo, aunque delicado de llevar a la práctica: gracias a la sonda, conocían la dirección del ordenador, con lo que Elena podría localizar el punto de acceso desde el que estaba recibiendo señal. De esta forma la zona a peinar quedaría circunscrita a una planta como mucho, quizá menos. Ochoa estaba convencido de que, analizando datos como la potencia con la que se recibía la señal, podrían reducirlo aún más. A partir de ahí, y utilizando un escáner manual de radio, recorrerían la zona hasta localizarlo.

—No me gusta nada —afirmó la inspectora—. Es muy listo, y precavido. Si aparecemos en medio de la Facultad con un escáner echará a volar. ¿No hay otra alternativa?

—Esperar a que se conecte desde otro sitio en el que podamos reducir la búsqueda. Si tuviéramos mucha suerte podría ser desde su casa, y lo tendríamos cogido. Pero quizá solo lo use desde aquí por seguridad. No hay forma de estar seguro.

—Está bien. Vamos adelante. Pero por separado, e intentando ser lo más discretos posible.

Diez minutos más tarde Gema estaba de pie en uno de los pasillos, fingiendo inspeccionar avisos de asignaturas expuestos en un tablón de corcho. Al otro lado de un patio de luces Carvajal y Mario, que desentonaban menos en el ambiente de la facultad, se sentaban por separado en puntos estratégicos para dominar la mayor parte de la planta. Casado observaba desde el piso inferior, mirando cada poco a través del patio a la zona por la que Ochoa, manipulando el pequeño equipo similar a un móvil, iba cerrando el círculo.

Mientras la inspectora miraba hacia él, Ochoa compuso un gesto de frustración. Pulsó unas cuantas veces en el aparato y, resoplando, se lo metió en el bolsillo. Seguramente el sospechoso había apagado el ordenador, con lo que resultaba imposible seguir buscándolo con ese método. Tendrían que esperar a que volviese a encenderlo. Se oyó un murmullo que, poco a poco, se convertía en algarabía; las puertas de las aulas se abrieron y los pasillos se llenaron de alumnos que se movían de una a otra, bajaban a la cafetería o se dirigían al exterior del edificio.

Ochoa miró hacia sus colegas con gesto de resignación. Un error: a cualquiera que lo viese le llamaría la atención un hombre de su edad comunicándose con compañeros distribuidos por el recinto. Estaba preguntándose si habría alguna forma discreta de hacérselo ver, cuando se dio cuenta de que no era la única que lo miraba. En la puerta de una de las aulas había un hombre de unos cuarenta años, que había esperado a que se vaciase de alumnos para salir a su vez. Llevaba barba de tres días; el típico profesor aún joven y moderadamente atractivo que lo parece mucho más en el ambiente enrarecido de la Universidad. Iba en vaqueros, camiseta y deportivas. Se quedó mirando a Ochoa unos instantes, con un gesto entre sorprendido y alerta, y luego desvió con brusquedad la mirada y se puso a caminar, mirando al suelo, en dirección a las escaleras. En la mano derecha llevaba un portátil cerrado.

En el ínterin los pasillos habían vuelto a vaciarse; ahora solo estaban a la vista, además de sus compañeros, quizá dos docenas de personas distribuidas por toda la planta. Sabía que, si hacía cualquier cosa que llamase la atención, como gritar o salir corriendo, tenía bastantes posibilidades de cogerlo; pero, si no se trataba de su hombre, habría deshecho toda la operación. Por otra parte, si lo era y se había dado cuenta de la vigilancia, se desharía de las pruebas y no volverían a encontrarlo jamás. Intentando encontrar un equilibrio difícil, comenzó a caminar con rapidez, pero no hacia las escaleras a las que se dirigía el sospechoso, sino a otras situadas enfrente de estas. Confiaba en que sus compañeros la vieran y llegasen a la conclusión acertada.

Llegó a lo alto de la escalera cuando el profesor, sin mirar a su alrededor una sola vez, iba por la mitad de la suya. Un rápido vistazo le

FRANCISCO ALCOBA GONZÁLEZ

confirmó que Ochoa estaba a lo suyo, echando ojeadas al detector como rogando porque volviese a mostrarle alguna indicación. Mario se había levantado y se dirigía hacia él. Carvajal, por su parte, con una imitación perfecta de una profesora que llegase tarde a algún sitio, estaba despidiéndose con la mano de alguien indeterminado mientras se dirigía a gran velocidad a las escaleras por las que descendía el profesor.

Comenzó a descender peldaños mientras buscaba a Casado con la mirada. No se le veía por ninguna parte. Siguió bajando mientras procuraba no perder de vista al hombre al que seguía. Este, al llegar a la planta baja, levantó la mirada e hizo un rápido recorrido por todo el recinto.

Sus miradas se encontraron, e inmediatamente desvió la suya. Por el rabillo del ojo le pareció notar que seguía observándola, y se obligó a sí misma a caminar con normalidad. Entonces, al llegar al final de las escaleras, notó un movimiento a unos veinte metros de distancia. Casado, saliendo de la cafetería, le hacía una señal con la mano. Rozando la desesperación trató de indicarle con la mirada que se mantuviese en segundo plano. Demasiado tarde: sintió, más que ver, la mirada del sospechoso fija en ella y segundos después oyó un grito:

—¡Alto!

Carvajal bajaba en dirección al sospechoso, que había echado a correr. Casado, reaccionando con más rapidez, salió detrás. Ella los siguió al exterior. Hacía años que no tomaba parte en una persecución, y los últimos meses había dejado el ejercicio prácticamente por completo. Al menos llevaba pantalones y zapatos planos.

Carvajal y Casado mantenían la distancia mientras ella se iba quedando atrás. Su visión periférica detectó una sombra que llegaba por su espalda, y unos segundos después Mario, esprintando como un profesional del atletismo, la sobrepasaba como si estuviera parada. La carretera por la que corrían pasaba por encima de otra. El sospechoso, ya a mitad del cruce, arrojó el ordenador sobre el pretil. Impotente vio como el equipo trazaba una curva en el aire y caía a plomo a la calzada diez metros más abajo, estallando en pedazos, y haciendo que uno de los muchos coches que la atravesaban diese un volantazo para evitarlo.

—¡Mario! —gritó—. ¡El ordenador!

Sin perder velocidad el subinspector cambió de dirección y, en lugar de seguir a los demás, se desvió a la rampa que bajaba. Esperando que consiguiese salvar algo útil, y que no lo atropellasen en el intento siguió a toda la velocidad de que era capaz. Aun así, perdía cada vez más distancia con el sospechoso y sus colegas.

Cuando por fin llegó al final del puente no se los veía por ninguna parte. En esa zona las calles eran más estrechas, de edificios bajos. No tenía forma de saber por dónde se habían metido. Sacaba el móvil para tratar de localizarlos, cuando oyó el ruido de dos disparos en rápida sucesión.

Sobresaltada, miró a su alrededor, intentando identificar el origen del sonido. Volvió a echar a correr, mientras rebuscaba en el bolso tratando de extraer su arma, mirando a su alrededor para tratar de asegurarse de que nadie la acechaba. Tres disparos más ayudaron a orientarla. Sonó otro disparo, muy cerca de donde estaba, seguido de un grito agudo: Carvajal. A toda velocidad se dirigió al punto del que provenía el sonido, empuñando el arma con las dos manos. Avanzando con precaución, cruzó una esquina apuntando al frente.

El sospechoso estaba en el suelo. Casado lo apuntaba desde unos diez metros de distancia, y su compañera estaba arrodillada encima de él, sujetándolo con unas esposas. No se veía sangre por ningún lado. Todos daban muestras de una gran tensión, y Carvajal estaba visiblemente enfadada.

—¿Quién ha disparado?

—Él. ¡Joder, ha podido matarme!

—Iba a disparar. Cuando lo perseguíamos se giró hacia mí, y... llevaba una pistola en la mano, iba a disparar. No me di cuenta de que estabas tan cerca de él.

—¿Has cogido el arma?

—No. No lleva nada encima —contestó Carvajal, tras un rápido cacheo.

—¡Casado, date prisa! Es más fácil que la encuentres mientras aún tienes fresco el recorrido que habéis seguido. ¡Busca la pistola!

El inspector, aún conmocionado, se giró y empezó a caminar hacia una de las calles laterales. Gema se volvió hacia Carvajal, que había terminado de esposar al sospechoso y le estaba informando de los cargos por los que estaba bajo arresto. Este, como si fuera un reflejo del policía que lo había perseguido, la miraba con aspecto alucinado.

—Yo no... —comenzó.

—Ya, tú no eres uno de esos hijos de puta, ya lo sé. Tú eres un santo que no ha roto nunca un plato. Y tampoco sabes nada de las niñas. A ver si tienes huevos para convencer al juez.

El detenido parecía aturdido, como si no acabase de creerse lo que le estaba ocurriendo. No era una reacción inusual. Al principio de su carrera lo había visto como un signo de que a alguien se le arrestaba por error, pero poco a poco se dio cuenta de que pocas personas, culpables o no, esperan en su fuero interno llegar a la situación en la que se encontraba ahora el profesor.

Al cabo de unos minutos estaban de vuelta en la Facultad, interrogando a personas relacionadas con el detenido: colegas, alumnos, personal de servicio... Casado, aún traumatizado, esperaba en un despacho que les habían cedido. Era la primera vez que realizaba un disparo sobre un blanco real.

El arma no había aparecido. No había garantías de que pudiesen encontrarla. Si era listo, podría haberla tirado a un vehículo en movimiento, y en ese caso quizá no apareciese jamás. Eso ponía a Casado en una situación delicada. Mejor que encontrasen pruebas claras de la culpabilidad del detenido. Su mejor esperanza estaba en los restos del portátil que Mario había podido reunir. Con lo que a ella le había parecido una muestra de optimismo injustificado, se había mostrado convencido de que uno de los trozos de· metal era el disco duro, y que no parecía estar demasiado dañado. Rezó por que Tomás pudiese hacer algo con él. El contenido de ese ordenador podía ser lo único que vinculase al detenido con El Toro, y de ahí a su caso.

Tres horas después, el registro del apartamento confirmaba sus peores sospechas.

—Aquí no hay nada que lo vincule a asesinatos, a pederastia, a pornografía infantil, o a cualquier interés sexual, legal o no —afirmó Carvajal—. Si nos fiamos de su despacho en la Universidad y de esta casa, parece un monje de clausura. Siempre que los monjes hayan dejado atrás el incienso, claro.

En la mano llevaba una bolsita de plástico, con varias docenas de pequeñas pastillas de colores. Habían encontrado una similar en su despacho, al fondo de un cajón lleno de apuntes.

Habían dado por hecho que se trataba de un profesor, pero en realidad era un administrativo de la Facultad. De hecho, no estaba claro por qué lo habían visto saliendo de un aula, con un ordenador en la mano. A esa hora debería haber estado en la oficina de Secretaría, aunque ninguno de sus compañeros había sabido explicar por qué no se encontraba allí. Tampoco entre los alumnos del aula, o los dos profesores que habían colaborado a dar la clase, habían encontrado una razón. Las preguntas, sin embargo, sí habían aclarado algunos puntos: nadie parecía tener relación personal con él, y su contacto incluso con sus compañeros más directos era limitado. Una o dos personas habían contestado de forma evasiva, como si quisieran mantener las distancias.

—Esto podría explicar por qué no querían admitir que se relacionaban con él —dijo Carvajal mirando la bolsa de pastillas.

—Hay que apretarlos. Si podemos engancharlo con esto, tendremos una herramienta para obligarle a hablar de sus otras actividades. No me trago que haya pasado años rodeado de chicos y chicas y no hubiera intentado nada con ninguno de ellos.

—Son todos mayores de edad.

—Es igual. Según los registros de la BIT hace a todo. Además, aunque sólo fuera como moneda de cambio, le interesa tener todo el material posible.

—Está bien. Llamaré a Sanlúcar.

Después de su fracaso con Robledo el inspector se había vuelto más cooperativo. Se había presentado voluntario para el tedioso proceso de interrogar a todos los conocidos del sospechoso en la Facultad. Mientras lo hacía, y con los restos del portátil en manos de los informáticos, a ellos les quedaba únicamente concentrarse en el detenido.

Luís Miguel Fuentes era funcionario desde hacía tres años, cuando había conseguido consolidar una plaza de interino que llevaba ocupando siete años antes. Se ocupaba de la mayor parte de las gestiones que requerían unos ciertos conocimientos informáticos, lo que explicaría su habilidad para evitar las detenciones por delitos que habían sido investigados únicamente por Internet. Sin embargo, en la sala de interrogatorios, donde los ciudadanos corrientes solían convertirse en incrédulos manojos de nervios, se comportaba como si nunca hubiese deseado estar en otro sitio. En contraste con su frenética huida, incluyendo supuestamente una resistencia armada a la detención, desde el momento en que esta se había producido su actitud había dado un giro de ciento ochenta grados. La inspectora habría jurado, si hubiese encontrado alguna razón para justificarlo, que se le veía contento de haber sido arrestado.

Después de cuatro horas presionándolo no tenían nada que se pareciese ni remotamente a un avance. Al principio se había mostrado sorprendido, y luego se había limitado a replicar, una y otra vez, que no sabía de qué le estaban hablando. Negaba que hubiese disparado; afirmaba que no tenía ningún arma, que jamás había compartido pornografía en Internet, que la bolsa de pastillas encontrada en su despacho podía haber sido puesta allí por cualquiera… y, por supuesto, que jamás había asesinado a nadie. Cuando le mostraron las drogas que habían aparecido en su domicilio, reconoció que eran suyas y afirmó que eran para su uso personal.

—O es un actor profesional, o de verdad no sabe nada —indicó Mario, que había seguido todo el proceso tras el falso espejo.

—Como para fiarse —intervino Carvajal, que había alternado entre acompañar a la inspectora y permanecer como observadora—. Estos cabrones tienen más conchas que un galápago. Está jugando con nosotros.

—No sé —replicó su compañero mirando a Gema, que se les había unido para comparar impresiones—. No parece que esté fingiendo.

La inspectora no contestó. Estaba concentrada, girando en su mente las nuevas piezas, intentando hacerlas encajar, a pesar de que sus bordes parecían totalmente incompatibles. En primer lugar, siempre los hechos sobre los que no cabía ninguna duda; el problema aquí era que, de momento, apenas tenían alguno. Solo podían estar seguros de que el sospechoso había huido al verlos como alma que lleva el diablo, y de que disponía de un número de pastillas que era muy difícil de justificar a menos que las distribuyese. Entre los hechos muy probables se encontraba la posibilidad de que estuviese armado. Nada de ello relacionado con su caso. El primer dato que sí aportaría esa relación sería el material del Toro, en caso de que los informáticos lograsen rescatarlo. Hasta entonces, ni siquiera estaban seguros de que el suyo fuese el ordenador en el que habían plantado la bomba. Quizá hubieran arrestado al hombre equivocado, al primero que salió corriendo pensando que iban a por él por las drogas. En ese caso, el peor de los escenarios posibles, el verdadero Toro habría aprovechado para hacer mutis por el foro: con su experiencia, con toda seguridad se desharía del portátil después de haberlo limpiado por completo, y podrían pasar años hasta que volviese a emerger de las profundidades de Internet.

Si descartaban esa posibilidad, lo que solo ocurriría cuando se verificase el contenido de los restos del portátil, aún quedaría explicar cómo se relacionaba con el resto del caso, y con el extraño comportamiento del detenido desde que había echado a correr en el vestíbulo de la Facultad. En cualquier caso, hacerle hablar era, de momento, su mejor alternativa. Estaba a punto de organizar de nuevo el interrogatorio con los subinspectores cuando se abrió la puerta y entró Paula con aspecto apurado.

—Julián quiere verte. Parece urgente.

—Estamos en mitad de un interrogatorio. No puedo irme ahora.

—Me dijo que contestarías eso. Y que te dijera que fueses igualmente.

El comisario estaba sentado en su mesa, mirándola entrar con cara de preocupación.

Cuando cerró la puerta le indicó con un gesto que se sentase.

—¿Por qué todo lo que toca este puto caso se convierte en una mierda?

—Escucha, sé que lo del ordenador es un problema, pero estoy segura de que conseguirán rescatar los datos —comenzó mientras cruzaba los dedos.

—No me refiero a eso. Sí, es una putada, pero esas cosas pasan. Lo que quiero saber es por qué habéis ido a por un sospechoso de tráfico sin hablar con los compañeros que llevan detrás de él más tres meses. ¿Me lo puedes explicar, Gema?

Por un momento pensó que lo había entendido mal, o que Julián se estaba refiriendo a otro caso. Pero la expresión de este no dejaba lugar a dudas. Suspiró.

—No sé de lo que me estás hablando. No teníamos ni idea de que lo estaban investigando. Además, cuando fuimos a la Facultad no sabíamos a quién íbamos a detener, así que habría sido imposible contactar con nadie.

Procedió a explicarle la limitada información que habían obtenido de la bomba y, cómo basándose en ella, siguiendo un procedimiento poco usual pero no inédito para la BIT, habían ido a detener a alguien cuya identidad desconocían.

—Y resulta ser nada menos que un sospechoso de estar detrás del tráfico de pastillas de diseño en media Universidad. ¿Y qué cojones tiene eso que ver con un caso de rapto, violación y asesinato ocurridos hace casi quince años?

—La verdad, aún no lo sé. Yo me hago las mismas preguntas que tú. Pero todo indica que el hombre al que hemos detenido es El Toro. Y si lo es, tiene material que lo relaciona con la muerte de Torres. Tenemos que seguir tirando de ese hilo.

—Es un hilo muy fino, Gema. Se te puede romper en las manos, y dejarte sin nada a que agarrarte —indicó, mirándola con un gesto significativo—. ¿Y si habéis cogido al que no es? ¿Y si se olía que andaba la policía detrás de él, y por eso ha echado a correr? Déjalo, es igual —cortó cuando Gema empezó a tratar de justificarse—. De momento los de Estupefacientes están pidiendo un informe exhaustivo, y querrán tener la oportunidad de participar en los interrogatorios.

—Los dejaré entrar cuando tengamos lo que necesitamos, no antes. Un caso de asesinato tiene prioridad, ¿no, jefe? ¿Tengo tu respaldo?

—Sabes que lo tienes. Pero asegúrate de no joderla. Igual al final soy yo el que necesita que alguien me respalde.

Al salir del despacho llamó a Tomás.

—El disco está ligeramente dañado. Lo cual es bastante decir para la altura desde la que me han dicho que cayó, la verdad. Pero le he pedido a un compañero experto en *hardware* que me eche una mano, y cree que podremos apañarlo lo suficiente como para recuperar la información. En cuanto tenga algo te llamo.

—Necesito que lo mires con lupa, ¿vale? El caso se está complicando por momentos. Me hace falta toda la información que se pueda sacar. No solo la relacionada con los foros pornográficos, sino también cualquier otra comunicación o archivo que pueda estar relacionado con drogas, ¿de acuerdo?

—¿Eso también? No se priva de nada...

—Pues no, de nada. También hay que comprobar que es el ordenador en el que plantamos la bomba. Por cierto, hablando de lupas. ¿Has avanzado algo con los correos de Torres?

—Aún no. Ya te he dicho que era un paranoico. Pero tengo diez ordenadores trabajando con ellos en paralelo. Ahora mis colegas me odian, pero eso debería reducir el tiempo hasta obtener algo.

—Está bien. Llámame en cuanto sepas algo de cualquiera de los dos.

Antes de volver a la sala se sentó a reflexionar. Era evidente que Fuentes estaba preparado para un interrogatorio. Lo que no tenía claro era para cuál. Su comportamiento era tan extraño que no era imposible que, impasible frente a la presión por uno de los frentes, se quebrase si cambiaban al otro. Hasta ahora se habían concentrado sobre todo en las pastillas y en la huida. Por supuesto, al detenerlo habían tenido que informarle de que le arrestaban como sospechoso de asesinato, pero no habían entrado en detalles. Decidió hacerlo. Sacó de los informes dos fotografías de cada niña. Una de archivo, en las que se las veía sonriendo a la cámara; y otra de las confiscadas a Robledo, que escogió cuidadosamente entre las que mostraban situaciones capaces de desencajar al más frío de los asesinos... o eso esperaba. Añadió una de Torres, las metió en un sobre y entró con ellas en la sala. Carvajal estaba sentada enfrente del detenido, mirándolo sin hablar.

—Seguiré yo. Déjanos a solas, por favor.

—Como quieras.

Dejando el sobre encima de la mesa se sentó sin dejar de mirarlo. El detenido había renunciado a su derecho a acompañarse de un abogado, otra pieza más difícil de encajar en alguien a quien evidentemente no le había sorprendido la detención.

Sin hablar tomó el sobre y colocó una a una las fotografías en la mesa, mirándolo fijamente mientras lo hacía. Este mantuvo un rostro apacible, en el que era difícil leer ninguna emoción, sin bajar la vista hasta que hubo terminado. Solo al final, con una sonrisa chulesca, se dignó a mirar hacia abajo... y palideció. Su mirada se había quedado detenida en Mariluz, la hermana de Rosario. Cuando volvió a levantarla y la dirigió a ella, su mirada reflejada miedo y odio. Gema mantuvo la frialdad; no tenía ni idea de por qué había cambiado de actitud de repente, pero no pensaba ser ella la que le diese motivos para volver a retraerse.

—¿Qué quiere? —preguntó en un susurro.

Escogiendo cuidadosamente sus palabras, señaló con el dedo la imagen de la niña sonriendo y preguntó:

—¿Te suena de algo?

Como si despertase de un sueño miró a su alrededor, a la sala de interrogatorios, con aire confundido. Parecía darse cuenta solo ahora de dónde estaba. Luego enterró la cara en las manos.

—Sí.

—¿La mataste tú?

Entreabrió los dedos y la miró con tal angustia que estuvo a punto de suavizar el gesto. Pero no lo hizo. Un suave gemido fue lo único que surgió de la garganta del detenido durante largos minutos, hasta que lo rompió el más breve de los susurros:

—Sí.

Gema sintió como si un nudo que no se había dado cuenta de que tenía en su vientre se deshiciese. Por fin lo tenían. Ahora ya daba igual lo que apareciese en el ordenador, o el resto de los interrogatorios. El caso era suyo. Aun así, no permitió que su rostro delatase el alivio que sentía. Era el momento de apretar, de no dejarle ni un respiro.

—¿Y al resto?

Ni siquiera volvió a mirar las fotos.

—También.

—¿Incluso al policía?

Ante esa pregunta pareció reaccionar. Volvió a mirar las fotos, concentrándose en la de Torres. Las que había en su expediente pertenecían a la época su ingreso en el Cuerpo, y no eran fáciles de relacionar con el hombre maduro en que se había convertido. Tampoco en su casa habían encontrado ninguna reciente. Por ello habían hecho una copia de la que Mario había visto expuesta en la pared de su comisaría, desde la que el policía muerto les desafiaba con una sonrisa satisfecha en la cara.

—Sí. También lo maté a él —contestó Fuentes en tono resignado.

—¿Por qué? ¿Por qué a él?

Pareció concentrarse, como si estuviera rescatando recuerdos medio borrados por el tiempo.

—Iba a atraparme. Sabía que yo había acabado con las niñas, así que tenía que quitarlo de en medio —confesó con voz monótona.

Dos horas después volvía a estar en el despacho de Julián, con los dos subinspectores y Casado. El comisario tenía un gesto marcadamente escéptico.

—¿Ha incurrido en alguna contradicción?

—No ha habido oportunidad. Prácticamente no recuerda ningún detalle. O eso dice —admitió Gema con frustración.

—Pero reconoce que lo hizo.

—Sin fisuras. En cuanto le presenté las imágenes lo admitió, y desde entonces no ha variado un milímetro.

—¿Susana? ¿Mario?

—Lo hemos interrogado por separado y en distintas combinaciones, pero la respuesta es siempre la misma. Se confiesa autor, pero no recuerda nada ni es capaz de dar ningún detalle —contestó Carvajal, ante los gestos de asentimiento de su compañero.

—¿Hay algún vínculo? ¿Algún indicio del caso original que pudiera apuntar a él? —preguntó dirigiéndose a Casado.

—En ningún momento estuvo en nuestra lista de sospechosos, ni se le consideró relacionado con el caso en modo alguno; su nombre no figura en el expediente. Pero estoy comprobando todos los detalles que consigo encontrar sobre su vida, y de momento son compatibles con la hipótesis de que lo hiciera él. Habría tenido que ser muy listo para no dejar ninguna pista, pero si es El Toro ya sabemos por su historial que lo es.

—¿Habéis encontrado alguna relación con Robledo?

—Ninguna. Tampoco admite conocerlo.

Se echó para atrás en la silla, juntando los dedos. Volvió a mirar a la inspectora.

—Explícamelo.

Gema respiró hondo. Llevaba dos horas tratando de componer una imagen que tuviera algún sentido, pero de momento no había conseguido más que un esbozo. Una idea de cómo podrían encajar las piezas, en la que ninguna de ellas parecía dramáticamente descolocada. Con tanto vacío separándolas, sin embargo, que sabía que ningún fiscal se arriesgaría a saltar de una a otra delante de un juez. Por enésima vez en el día, volvió a comprobar en la pantalla del móvil que no había mensajes de Tomás. La sexta vez que lo llamó él le había sugerido que podría estar retrasando el resultado por su misma insistencia en interrumpirle, y había prometido no volver a hacerlo. Pero necesitaba esos archivos.

—Su actitud cambió por completo en el momento en que le mostré las fotografías. Hasta entonces se había mostrado completamente cómodo con la situación, como si en vez de estar detenido fuese el quien tuviese el control. Pero en cuanto las vio, fue como si se transformase en otra persona. La alteración fue tan brusca que al principio pensé que me estaba tomando el pelo.

—¿Y estás segura de que no es eso lo que está haciendo?

—Creo que no. Mi… hipótesis es que él cometió los asesinatos, y después pasó años tratando de convencerse a sí mismo de que no lo había hecho. Sé que es un poco difícil de creer —añadió apresuradamente, levantando la mano como para detener las objeciones que sabía que iban a venir—, pero tened en cuenta que han pasado muchos años. Si yo trato de recordar cosas que pasaron hace quince años, la mayoría de las veces no son más que imágenes borrosas. Todos sabemos que hemos hecho cosas en las que no nos reconocemos. Memorias que hemos querido borrar, en algunos casos con éxito. No quiero decir que olvidemos cualquier cosa embarazosa, peligrosa o estúpida que hayamos hecho. Simplemente la vamos colocando fuera de nuestra vista, hasta que se convierte solo en algo vago que tratamos de no mirar nunca con detalle. Pienso que, con algo tan grave como una serie de asesinatos, una personalidad desequilibrada, y un largo historial de consumo de drogas, quizá ese proceso pueda llevarse a un extremo.

—¿Eres psiquiatra, Gema?

—No, no lo soy. Y, por supuesto, uno tendrá que examinarlo y considerar esa posibilidad. No digo que sea eso lo que ha ocurrido. Pero sería una forma de explicarlo. Creo que las fotografías pudieron ser el muro frente al que no pudo volver a negar lo que había hecho. Estaba tan tranquilo porque creía que íbamos a por él por las drogas, y seguramente estaba preparado para eso. A fin de cuentas, lo único que hemos podido pillarle es un par de bolsitas, nada por lo que le vayan a meter una condena seria. Pensaría que se iba a quedar en nada. Pero, cuando se dio cuenta de íbamos a por algo que ocurrió hace tanto tiempo, y que fue tan horrible que él mismo ha intentado dejarlo atrás, se descompuso.

—Eso podría explicar el cambio de patrón, ¿no? —sugirió Mario—. Quizá la consciencia de lo que había hecho fue demasiado insoportable para él, y por eso reprimió los recuerdos y dejó de matar.

Por unos momentos todos callaron, considerando la posibilidad. Ciertamente, explicaría algunas de las inconsistencias más aparentes del caso. El problema con los casos que involucraban trastornos mentales era que resultaban muy difíciles de investigar: cuando una conducta no sigue patrones lógicos, puede suceder casi cualquier cosa. Por tanto, es casi imposible de predecir. Y únicamente un psiquiatra forense podría determinar si ese era el caso... con suerte.

Julián miró, alternativamente, a unos y otros. Susana exhibía una expresión de duda. Casado miró al suelo antes de contestar. Su ropa, que ya había estado arrugada cuando se reunió con ellos por la mañana, parecía ahora recuperada de un contenedor de reciclaje. Llevaba unos días sin afeitarse, y tenía la voz ronca y quebrada.

—Sabemos que Robledo no lo hizo. Al menos lo de Torres. Yo estaba convencido de que había matado a las niñas, pero con todo lo que ha ocurrido hasta ahora, y la confesión... yo estoy con Gema. Creo que ha sido él.

—Propongo lo siguiente —intervino la inspectora—. Por una parte, pedir un examen psiquiátrico. Por otra, repasar todo el material del caso original con la hipótesis de que lo hiciese Fuentes. Encontrar una aguja en un pajar es difícil, pero es más sencillo si conoces la forma y el tamaño de la aguja. Se trataría de ver hasta qué punto encaja como sospechoso en los hechos tal como se describieron entonces.

—¿Incluyendo el de que pillaran a Robledo cogiendo a la última chica? ¿Cómo explicas eso?

—Pudo haberlo manipulado. Tenían una relación electrónica. Fuentes debió de enviarle las fotos, contarle lo que sentía al capturar a las chicas, sugerirle la posibilidad de hacer algo parecido.

—O sea, lo que dijo Robledo que había ocurrido.

—Así es. Siempre hemos dado por supuesto que estaba intentando engañarnos, pero puede que no sea así. Puede que haya relatado desde el principio las cosas tal como ocurrieron. Fuentes pudo elegirlo como cabeza de turco, y luego entregarlo a la policía.

Casado, que seguía con la mirada en el suelo, dio un fuerte suspiro al oír las últimas palabras. Gema esperaba su reacción de desaliento, y le dolía, pero no podía dejar que eso la impidiese continuar la línea de investigación que le parecía más probable. Según ella, el inspector no solo se había equivocado de manera terrible en el caso más importante de su carrera. En realidad, había hecho exactamente lo que quería el culpable.

—Está bien. Hacedlo. Supongo que seguimos sin saber nada del jodido ordenador, ¿verdad?

No hubo necesidad de contestar. Todos sabían que, en el momento en que hubiese novedades, sería lo primero que compartiesen. Por lo demás, Sanlúcar seguía interrogando a conocidos del profesor en la Facultad, aunque ahora resultaba posible que los testimonios no fueran necesarios. La posición del detenido como camello se establecía con progresiva certeza.

—Ya. Pues que sigan con ello, joder. Si no conseguimos una confesión más detallada, el abogado nos destrozará en el juicio. No basta con que diga que lo ha hecho. Tenemos que demostrar que no miente.

—Lo intentaremos. Pero ya sabes cómo están las cosas. Encontrar nuevos indicios a estas alturas es prácticamente imposible.

—Entonces presionadlo para que nos dé algún detalle. Hablad con la psiquiatra. No necesitamos mucho, pero sí algo que pruebe que no se lo esté inventando todo.

Con estas palabras, el gesto del comisario indicó que la reunión había terminado. Sin embargo, cuando estaban saliendo por la puerta añadió una cosa más:

—Es decir, todo menos lo de que actuó solo. A estas alturas, estaría muy bien demostrar también que no hemos tenido encarcelado a un tío quince putos años por algo que no hizo. ¿Estamos?

22

S E despertó con una sensación de tristeza cuyo origen no supo identificar hasta que se sentó, ya vestida, en la cama de Anna. Se acercaba otro fin de semana: el segundo en que no iba a poder verla. Si nada lo remediaba completaría al menos diecinueve largos días sin ver a su niña, más tiempo del que habían estado separadas desde que nació. Al darse cuenta, sintió un frío angustioso y enervante, que no entraba en ella a través de la piel, sino que se filtraba desde el interior de su cuerpo. Se consoló pensando que, al menos, la detención de Fuentes abría la posibilidad de que el caso terminase pronto.

Mientras mantenía el coche a unos escasos quince kilómetros por hora, con la vista fija en el parachoques del vehículo precedente, sonó una melodía disonante y sincopada, que resultó ser la del manos libres que por fin se había decidido a comprar. Era un modelo muy barato que había obtenido en un bazar, y no se hacía muchas ilusiones sobre su calidad, por lo que no le sorprendió el ruido casi indescifrable que afrontó al descolgar.

—...pectora? Soy To...

—¿Quién? ¡Apenas le oigo! Lo siento, voy con el manos libres.

Le deprimió darse cuenta de que había utilizado esa frase, que le repugnaba cuando la oía del otro lado del teléfono.

—Tomás, de Inform... Me dijo que... Jera a us... las novedades ... guida.

—Le oigo muy mal, Tomás. Pero dígame lo que haya encontrado.

—Hemos con...do recu... datos. ¿... venir...?

Tras estas palabras la comunicación se cortó. Lamentando el dinero malgastado, decidió ir directamente a verlo. Podría haber dicho que habían accedido al nuevo ordenador, en cuyo caso quería comprobar cuanto antes lo que albergaba.

Cuando estaba a punto de llegar, sin embargo, sonó nuevamente el teléfono. El sonido era tan malo que tuvo que pararse en un vado y devolver la llamada. Era Julián.

—¿Cuándo puedes llegar a comisaría?

—¿Es urgente? Ha habido novedades con el portátil.

—Eso es prioritario, pero ven cuanto antes. Tienes unos amigos esperándote.

Intrigada, decidió sin embargo continuar con su plan original. Quince minutos después agradecía al cielo haberlo hecho; tenía delante la foto de una mujer atada en una silla, con el rostro congestionado mientras alguien que no salía en el encuadre tiraba de una cuerda con la que la estaba asfixiando.

—Menudo hijo de puta —comentó Tomás a su lado, en un susurro.

—Y que lo digas. ¿Cuánto hay?

—Miles de imágenes. Pero he hecho una búsqueda con los hashes de los archivos de su caso. Mire aquí.

Indicó una estructura de carpetas, en una de cuyas ramas se encontraba un conjunto de imágenes que ya conocía de memoria.

—Bingo —susurró.

—Es lo que buscaba, ¿verdad?

—Lo que buscaba y más. ¿Puedes mandarme un informe con el resumen?

—Claro. Lo tendrá al final de la mañana. Por cierto, también he encontrado el código de la bomba. Por si le quedaban dudas, es el ordenador que estaban buscando.

Lo tenían, por fin. Las imágenes vinculaban al detenido con El Toro, y a este con los asesinatos de las niñas. Junto con la confesión, no quedaba ninguna duda de que habían cogido a la persona adecuada. Lo único que podía pedir era que tuviese también alguna prueba del asesinato de Torres. Pero hasta eso lo perdonaba.

Cuando llegó a comisaría fue directamente al despacho de Julián, donde este la esperaba con cara de contrariedad. Junto a él había dos hombres. Uno de ellos llevaba un traje azul marino que parecía dos tallas menor de lo que habría necesitado; tenía muy poco pelo, y lo llevaba cortado al uno. Su aspecto era, más que musculoso, macizo: desde la rotundidad de las manos hasta el grosor del cuello, su cuerpo daba la sensación de ser más denso que el de un hombre normal. Aparentaba unos cuarenta y cinco años, pero su imponente forma física y un tono de pelo muy claro hacían su edad difícil de precisar. La miró al llegar con un gesto muy formal, que junto con su físico sugería, más que pertenencia a la policía, una carrera militar.

Su compañero era delgado, de facciones angulosas, con el pelo negro y poblado, pero también muy corto. Tenía unos llamativos ojos grises, que miraban con el mismo gesto marcial que su compañero.

—Siéntate, Gema, te estábamos esperando. Te presento al capitán Rosado y al brigada Encausa, de la Unidad Central Operativa.

Se sentó, inmediatamente en alerta. No era extraño que un caso cualquiera implicase colaborar con la Guardia Civil, pero sí que un capitán de la UCO se presentase en comisaría.

—Vienen por Fuentes, ¿verdad? Supongo que el comisario ya les ha informado de que no nos fue posible realizar una identificación previa.

—Lo entendemos, inspectora —dijo el capitán. Tenía una voz aflautada que contrastaba fuertemente con su cuerpo musculado—. Sin embargo, espero que usted también entienda que los acontecimientos nos han puesto en una situación... digamos delicada.

—En cuanto terminemos los interrogatorios estará a su disposición.

—Me temo que no vamos a poder esperar, inspectora. Necesitamos hablar con él esta misma mañana. Hemos esperado a que llegase para que pudiese estar presente si lo cree necesario, pero no podemos demorarlo más.

—No estará hablando en serio. ¡Eso es imposible! Estamos en medio de una investigación por asesinato múltiple, y ese hombre es nuestro principal sospechoso. Comisario, por favor —añadió, dirigiéndole a este una mirada implorante.

En lugar de contestarla, la miró mientras juntaba las manos y respiraba profundamente. Antes de que contestase, ya sabía que no iba a respaldarla.

—Como ha dicho el capitán, la situación es delicada. Vamos a tener que llegar a un compromiso.

—¿Pero qué mierda de compromiso? —saltó, súbitamente encolerizada—. ¿Por qué no pueden esperar un par de días?

—Quizá la pregunta sea —intervino el brigada— por qué no puede esperar usted, inspectora. Su caso tiene quince años de antigüedad. Es evidente que no va a encontrar ninguna pista fresca. Mientras que nosotros estamos siguiendo una muy caliente, que puede estar desvaneciéndose mientras hablamos.

—Sabe tan bien como yo que, cuanto más tiempo pase, más tiempo tendrá para pensar una estrategia para minimizar daños. Y eso reduce las posibilidades de que colabore. Julián, ya ha confesado. Lo único que necesito es un poco de tiempo más para acabar de cerrarlo todo, y luego pueden hacer lo que quieran con él.

Por toda contestación, el comisario la miró con gesto de disculpa, e indicó con un gesto al capitán que hablase.

—En realidad, su hombre no nos interesa directamente. Es un distribuidor mediano, pero no justificaría este alboroto. Lo que nos importa es a quién ha cabreado. Lleva un tiempo estafando a la organización que le proporciona material. Si aún no han puesto precio a su cabeza, no debe de faltar mucho.

Las palabras del capitán actuaron como una especie de aviso para la parte de su mente que estaba constantemente intentando encajar nuevas piezas. Dejó de lado lo que la rodeaba, para concentrarse en un nuevo patrón.

—Por eso huyó de nosotros, e intentó defenderse a tiros. Pensó que éramos sicarios, no policías —dijo finalmente.

—Probablemente. Lo cual significa que sabe que van a por él. Y que tenemos la posibilidad de convencerlo para que colabore. El problema es que a estas alturas ya sabrán que lo han detenido, y estarán borrando todos los rastros por los que nos pueda llevar hasta ellos. Si no actuamos con rapidez, podemos perder una oportunidad única.

—Gema, ¿estás escuchando?

Levantó la mirada, confusa. Se dio cuenta de que los Guardias habían seguido argumentando, pero ella había dejado de escucharlos. Sus palabras habían entrado en resonancia con una idea que llevaba dando vueltas en su cabeza desde el momento de la confesión, y juntas se habían transformado en una pieza diferente. Una pieza con contornos difusos y, se temía, bordes afilados. Aún no estaba segura de cómo encajaba en el conjunto, pero tenía la fuerte sensación de que no sería fácil colocarla sin cortarse los dedos.

—Está bien. Pueden interrogarlo. Pero quiero estar presente y, si en algún momento es oportuno, intervenir para aclarar aspectos de mi propio caso.

Todos, incluso el comisario, se dirigieron a la sala de interrogatorios. Era costumbre, cuando un miembro de otro Cuerpo tenía que participar en uno, que lo acompañase algún compañero de alto rango. Tratándose de un capitán de la UCO, Julián era el más indicado. Solía presentarse como cortesía profesional, aunque nadie era tan ingenuo como para no entender que se trataba también de una forma de control. Cuando llegaron a la sala de visionado, solo estaba Mario contemplando las pantallas. En ellas se veía a Fuentes enfrente de Carvajal y Casado. El subinspector, nervioso, apenas pudo aguantar a que se hicieran las presentaciones.

—Ha empezado a recordar. Tenéis que ver esto.

Manipuló el mando de la grabadora hasta volver a una escena que, de acuerdo con el reloj sobreimpreso, había tenido lugar unos veinte minutos atrás.

—¿Cómo las mataste?

—Las estrangulaba —la voz del detenido era monocorde, como si estuviese drogado, o en estado de trance—. Luego me deshacía de los cuerpos.

—¿Todas ellas?

—Todas menos la última. Pensaba que estaba muerta, pero cuando iba a enterrarla empezó a despertarse. Tenía miedo de que alguien me descubriese, era un descampado pero podía pasar alguien. Así que la tapé rápidamente, antes de que recuperase la consciencia por completo.

—¿Estaba atada?

—Sí. La había atado antes de estrangularla, y no le quité las ligaduras.

—¿Recuerdas cómo era la cuerda?

—A partir de ahí, nos ha proporcionado cada vez más datos —interrumpió Mario—. Y todos coinciden.

Detuvo el vídeo y devolvió la imagen al momento presente. Casado estaba interrogándolo sobre la relación con Robledo.

—Me ayudó en varios de los casos. Él conseguía a las niñas; le resultaba fácil, siendo profesor de primaria. Y tomaba fotos.

—Ayer dijiste que actuabas solo.

—Estaba muy confuso. Ha pasado tanto tiempo… Además, en aquella época me ponía de todo. Hay cosas que recuerdo muy vagamente.

En ese momento el comisario se adelantó para bajar el sonido y miró a la inspectora.

—Enhorabuena, Gema. Lo tienes. Con esta confesión no hay manera de que se eche atrás.

Asintió en silencio. Ahora el hecho de que los guardias quisieran interrogarlo carecía de importancia. Ya había llegado al punto que necesitaba. A ellos, en cambio, les iba a ser difícil convencer al detenido de que tenían algo que ofrecerle; sus rostros tensos reflejaban contrariedad.

Interrumpieron el interrogatorio, y Carvajal y Ortega fueron sustituidos por los dos guardias, acompañados por Gema. Al sentarse, se asombró del cambio operado en el detenido.

Al llegar a comisaría se le veía relajado, pero también orgulloso, desafiante. En el momento en que confesó todo eso se vino abajo, reemplazado por angustia y temor. El hombre que tenía delante ahora parecía dominado por la resignación. Sus palabras, sus gestos, eran mecánicos. Se diría que toda voluntad había abandonado su cuerpo durante la noche.

—Buenos días. Soy el capitán Rosado, y este es el brigada Encausa. Los dos pertenecemos a la Unidad Central Operativa de la Guardia Civil. A la inspectora Moral ya la conoce.

Fuentes apenas reaccionó.

—Estamos aquí en relación con un asunto distinto al que han venido discutiendo. A nosotros nos interesa su relación con la familia Roca.

Al oír ese nombre el detenido dio un respingo, como si le hubiesen acercado una cuchilla afilada o una madera ardiendo.

—Sabe de quién le hablo, ¿verdad? Lleva tiempo trabajando con ellos. Son los que le dan esas pastillitas con las que se gana un sobresueldo.

Con cara de angustia, el detenido miró de reojo a la inspectora, para volver luego la mirada al sobre de la mesa que le separaba de los guardias.

—¿Qué sabe de ellos, Fuentes?

—No sé nada. De verdad. Nunca los he visto.

—Ya. Verá, yo tenía una idea distinta. Me imaginaba que no solo los conocía, sino que tenía detalles… interesantes sobre ellos. Detalles que podrían ser útiles para alguien en mi posición. Hasta el punto de que estaría preparado para hacer algunas mejoras en su situación a cambio de ellos.

El detenido continuó con la mirada fija.

—Ya le he dicho que no los conozco. No puedo darle ningún detalle, porque no los tengo.

Los guardias se miraron uno a otro sin hablar. Gema continuaba con la vista fija en el detenido.

—Es posible que pienses que, puesto que has confesado los asesinatos, ya no tienes nada que ganar… o que perder con nosotros —intervino Encausa—. Si eso es lo que crees, estás muy equivocado.

Fuentes ni se inmutó. Continuó mirando hacia abajo, mientras la inspectora lo miraba a él.

—Seamos sinceros: no te va a librar nadie de una condena bien larga. Pero hay muchas formas de pasar una condena así. La puedes cumplir completamente puteado, o de una forma mucho más llevadera. Solo depende de ti. De hasta qué punto estés dispuesto a colaborar con nosotros.

Tampoco ahora hubo respuesta alguna. El interrogatorio prosiguió en los mismos términos durante más de una hora. Encausa y Rosado alternaban las amenazas con los sobornos, sin que ni unos ni otras hicieran mella en la actitud del detenido. Las preguntas comenzaban a repetirse cuando la inspectora decidió dejar la sala.

—Mario, mi coche está cada vez peor. ¿Te importaría acercarme a ver a Tomás? Hay un par de cosas que quiero preguntarle.

—Claro, jefa. ¿No hace falta seguir supervisando el interrogatorio?

—Carvajal puede hacerlo —dijo, mirando a la aludida—. Asegúrate de que no se meten en nuestro terreno, por favor.

—Para el caso que les está haciendo… como si le hablan del tiempo.

Durante casi todo el trayecto permaneció callada, dando vueltas en su cabeza al interrogatorio. Solo cuando se acercaban al centro comenzó a hablar.

—¿Qué piensas de la actitud de Fuentes? ¿Te parece que es normal?

—Bueno, a mí no me parece que de un animal de su calaña se pueda esperar mucha normalidad. Pero, aparte de eso, tampoco es tan raro. Al principio se lo montaba de gallito, pero luego se ha venido abajo. Cuando se ha dado cuenta de que le teníamos bien cogido.

—¿No te parece que fue demasiado rápido? ¿Una transición demasiado brusca entre no soltar prenda y confesarlo todo de golpe?

—Tú misma lo dijiste, jefa. Fue cuando le enseñaste las fotos. Debía de pensar que no teníamos nada contra él, pero cuando vio las pruebas se dio cuenta de que no tenía nada que hacer.

Cinco minutos después se encontraban examinando el disco duro que había salido despedido del portátil de Fuentes tras chocar contra el asfalto.

—¿Has encontrado algo anormal en él? —preguntó Gema.

—¿Salvo el hecho de que haya estado a punto de reventar? No, nada. Tiene más o menos lo que uno esperaría del ordenador de un tipo normal. Bueno, salvo el material del caso. ¿Se refiere a eso con anormal?

—No, a eso no; no estoy segura, la verdad. Todo es muy raro. ¿Podemos ver los archivos otra vez? Me gustaría repasarlos en orden cronológico.

—Son varios miles de imágenes y vídeos…

—Ya, no te preocupes. No hace falta que los veamos todos. Solo para hacernos una imagen general.

El técnico los guio en la inspección del material.

—Lo ha ido acumulando durante varios años, pero no puedo saber cuántos. Más de tres, que es el tiempo que tiene el portátil. Aproximadamente el setenta por ciento de los ficheros tienen ese momento como la fecha de escritura, probablemente porque los copió de un equipo anterior borrando los metadatos. A partir de ahí, se fueron incorporando a un ritmo constante hasta el momento actual. Los archivos de su caso pertenecen a la primera época.

—Así que no hay forma de saber a cuándo se remontan.

—No. Pero, si los fue archivando al ritmo de los últimos, por lo menos a diez años atrás. También la tecnología coincide: las fotografías más antiguas están tomadas por cámaras peores, con menos megapíxeles y en formatos más primitivos. Todo cuadra.

De vuelta a la comisaría pidió a Mario que trajese a Ortega y Casado a una sala de reuniones.

—Y entérate de si ha vuelto Sanlúcar. Si está, que venga él también.

El inspector fue el primero en llegar. Se dirigió directamente a la cabecera de la mesa, donde se recostó en la silla como si estuviese de charla en la terraza de un bar. Allí permaneció en silencio hasta que llegaron los demás. Su expresión, sin embargo, era menos presuntuosa de lo habitual.

Casado, como venía siendo habitual en los últimos días, se sentó a una cierta distancia de la mesa e, inclinando la cabeza sobre los brazos y apoyando estos en las rodillas, se puso a mirar al suelo. Aun así, parecía más animado; quizá la captura de Fuentes le permitía intuir el final del túnel. Los subinspectores fueron los únicos en sentarse rectos, con los brazos apoyados sobre la mesa.

—¿Cómo sigue el interrogatorio?

—Igual —contestó Mario—. Ellos le ofrecen cualquier cosa que se les pasa por la cabeza y él, como quien oye llover. Lo único que les falta es prometerle un deportivo.

—Sanlúcar, ¿cómo ha ido en la Facultad? ¿Habéis sacado alguna conclusión?

—Nada que no sepamos ya: todo el mundo sabe que lleva diseño, pero a través de camellos menores. Es discreto, no busca clientes activamente. Pero todos saben a quién dirigirse, y él los redirige a otros vendedores.

—¿Y del aspecto sexual?

—Del aspecto sexual, como tú dices, nada de nada. Hemos tratado de sacar algo, y a algunos de los que reconocieron ser sus clientes los hemos presionado a base de bien. Pero sin resultado. Si hubiese intentado cualquier cosa, estoy convencido de que a estas alturas habríamos encontrado a alguien con una historia que contarnos. Supongo que decidió no tomar riesgos en el sitio donde trabajaba.

—¿Qué opináis? —preguntó la inspectora, mirando a su alrededor—. ¿Os parece normal?

—No creo que lo que sea normal o deje de serlo tenga mucha importancia en este caso —contestó Casado—. Ese tío es un enfermo, un animal. No podemos esperar que se comporte igual que una persona corriente.

—Precisamente por eso —intervino Carvajal—. Sabemos cómo son ese tipo de personas. No me creo lo de que sean pobres enfermos, que no tienen la culpa de lo que les pasa. Pero son incapaces de controlar sus apetitos. Estar rodeado de carne fresca día sí, día también, y no intentar nada... no lo compro.

—¿Y entonces? ¿Qué significa eso?

—No tengo ni idea. Si no hubiese confesado...

—Y no hubiésemos encontrado el material en su ordenador —interrumpió Gema.

—Si no hubiese confesado —admitió—, y no hubiésemos encontrado el material, habría jurado que no tiene nada que ver con nuestro caso. Que no es otra cosa que un camello.

—Pero lo ha hecho.

—Si te digo la verdad, para mí es igual de probable que lo hiciera, y ahora haya reprimido los recuerdos como dices, o que no lo hiciera y se haya confesado culpable por alguna razón que desconocemos.

—¿Y qué razón podría ser esa? ¿Por qué cargar con más de veinte años de cárcel?

Pareció que la subinspectora iba a contestar, pero en el último momento se calló.

—No me creo que nadie se vaya a comer ese marrón por gusto —intervino Mario—. Si lo ha confesado, tiene que ser porque lo hizo. No veo otra razón.

—Estoy de acuerdo —dijo Casado—. Estamos dando demasiadas vueltas. Si ha confesado, y tiene el material de los delitos, para mí no hay nada más que hablar. Se lo pasamos al fiscal, que lo metan en la cárcel y que pierdan la llave.

Se sintió tentada de indicar que algo parecido era lo que habían hecho con Robledo años atrás, pero se contuvo; habría sido un golpe bajo. Sanlúcar, que no había intervenido desde el principio de la conversación, expresó su acuerdo.

—Está bien. Los dejaremos intentarlo el resto del día. Después hablaré con el juez para ver qué necesitamos para dar el caso por cerrado.

Mientras los demás asentían, se levantaban y salían de la sala, se dejó invadir por la tranquilidad. Sus palabras, y la ausencia de oposición, habían cerrado un ciclo. Estaba hecho. Tenían a un sospechoso firme para un caso imposible, y podían irse todos a casa. Ver a Anna, y a Roberto. Pensar en su marido hizo que se pusiera tensa otra vez. Tendría que afrontar el tema de su posible trabajo. Aún no sabían nada, pero eso tanto podía ser una buena noticia como mala. Y, a estas alturas, no sabía cuál era cuál.

Se concentró en su niña, un lugar seguro. Era todo lo que le importaba. Cuando sus pensamientos viajaban hasta su cama en el hospital, todo lo demás desaparecía: Madrid, el caso, las intrigas de comisaría, las deudas… Nada tenía importancia comparado con la absoluta necesidad que tenía de estar con su hija, de comprobar con sus propias manos que estaba bien.

El caso estaba cerrado, pues. Repetía la afirmación en su cabeza como un mantra, tratando de hacer caso omiso a la tensión de su estómago. Ojalá pudiese engañarse a sí misma con tanta facilidad como a los demás. Había algo que no cuadraba, aunque aún no había conseguido encontrar qué era, y ni siquiera estaba segura de querer buscarlo. La pregunta era, ¿podría vivir con eso? Aún no había decidido una respuesta cuando la puerta se abrió de nuevo. Carvajal entró y se sentó frente a ella.

—Todos queremos pensar que fue él, ¿vale? —dijo por toda introducción—. Que lo hemos atrapado, y la historia ha terminado. Pero supongamos, solo por un momento, que no fue así. Que confesó algo que no había hecho.

—Está bien —aceptó con resignación—. Y entonces, ¿qué?

—La cuestión es, ¿por qué habría confesado, en cualquier caso? Ni aunque hubiera cometido los asesinatos tendría sentido: ¿por qué iba a reconocerlo? El caso es antiguo, las pistas están frías, él no sabía que habíamos podido recuperar el disco duro. No tenía por qué ponérnoslo fácil. En cuanto le enseñaste las fotos tuvo que saber que era un caso de asesinato múltiple, y que se iba a pasar la vida en la cárcel. Tenía que haber sido el momento en que lo negara todo. Pero hizo justo lo contrario.

Gema no contestó. Siguió mirando fijamente a la subinspectora.

—La cuestión es, ¿y si no confesó porque de repente se diera cuenta del mal que había hecho? ¿Y si fue una decisión perfectamente racional? Quizá lo que hizo tuvo sentido. Quizá, simplemente, estaba tomando la opción menos mala.

—¿Y la menos mala es una condena de veinte años? ¿Menos mala que qué?

—Menos mala que una bala de los Roca.

Habría sido fácil descartar las palabras de Carvajal si ella misma no hubiese sentido dudas.

—O sea, que en tu opinión ha confesado porque piensa que estará más seguro en la cárcel que fuera.

—No he dicho que sea mi opinión. He dicho que es una posibilidad.

—Está bien. En esa hipótesis, ¿de dónde salen todos esos archivos de su ordenador, que coinciden con el expediente de El Toro en la BIT, y con el material de nuestro caso? ¿También los pusieron ahí los Roca? ¿Para qué, para que le quitásemos de en medio, e impedirles matarlo? No tiene sentido.

—Ya sé que suena disparatado, pero hay algo en todo esto que no encaja. Todavía no estoy segura de qué es, pero no me lo trago. Aún no lo hemos visto todo.

Con esas palabras volvió a salir de la sala, cerrando la puerta tras de sí. Gema se quedó en silencio, pensando. La hipótesis de Carvajal planteaba una posibilidad razonable. Podía explicar, hasta cierto punto, el comportamiento de Fuentes. Se concentró en recordar, con la mayor precisión, el momento en que su actitud cambió durante el interrogatorio. Cuando le mostró las imágenes de las chicas. En concreto, cuando vio la imagen de Mariluz. Fue al expediente y la extrajo. Era una foto sacada en el colegio. Se la veía de cintura para arriba. Vestía una larga melena lisa, sujeta con una diadema naranja. El color combinaba bien con la ropa que llevaba, un chándal azulón y blanco con el escudo del colegio en el lado izquierdo del pecho. Sonreía a la cámara, contenta, mostrando en su mano una medalla con una raqueta de tenis grabada. Cogiendo el teléfono llamó a Casado.

—¿Tienes a mano el informe de Fuentes?

—Sí, claro. ¿Quieres que te lo lleve?

—No hace falta. Solo quiero saber si tiene relación con alguna niña pequeña.

—No, que sepamos. Es lo primero que comprobamos, por si acaso. No tiene sobrinas, ni amigos que nos conste que tengan hijas. No lo podemos saber todo, por supuesto...

—Está bien, no importa. ¿Habéis encontrado algo que tenga relación con el tenis?

—No, nada. Pero si quieres puedo hacer algunas llamadas. ¿Es importante?

—No lo sé. Estaba dándole vueltas a una idea, únicamente. No hay niñas en la familia entonces, ¿no?

—Ninguna. Solo tiene un sobrino pequeño, que sepamos. Varón, de cinco años. No da el perfil.

—¿Sabes dónde estudia?

—¿Dónde estudia? Espera, no estoy seguro. Sí, está en el informe. Colegio Buenvalle. Un centro privado. ¿Por qué?

—Una comprobación. Espera.

Buscó la web del colegio en el ordenador. Se trataba de una cadena de centros, con distintos establecimientos en el país. Accedió a las páginas dedicadas a los deportes. La primera imagen era la de una niña mostrando orgullosa una medalla. Con una sensación de náusea, reconoció el escudo en el pecho de su chándal. Tomó el móvil y llamó a Tomás.

Fuentes mantuvo el tipo durante todo el día. Las ofertas de los guardias siguieron topándose con su firmeza como contra un muro. Conforme avanzaba la tarde se les veía más intranquilos, viendo cómo el caso se desvanecía entre sus dedos, y sus ofertas se volvían más disparatadas. No servía de nada.

Gema estuvo a punto de hablar con ellos hasta tres veces, y las tres se contuvo. Si compartía que había una posibilidad de que Fuentes no fuera el culpable, podrían usar eso en el interrogatorio como palanca. Pero, al hacerlo, estaría contaminando su propio caso: admitiendo ante colegas que tenía sospechas sobre la fortaleza de su construcción. Si algo así llegaba a la defensa en el juicio, y ese tipo de comentarios solían hacerlo, destrozarían su argumentación. Un buen abogado podía usar un único comentario para entreverar de duda toda una investigación. Para no seguir estando sujeta a la tentación, decidió dar por concluido el día y volver a casa.

No llegó muy lejos: en el aparcamiento, a punto de coger el coche, recibió una llamada de Tomás. Media hora después estaba sentada junto a él, mirando una pantalla llena de puntos de colores.

—Si le digo la verdad, cuando me dijo que investigase el ordenador en profundidad, no sabía muy bien qué buscar. Pero luego pensé en echar un vistazo a los programas de mantenimiento, a ver si tenía suerte. Y la tuve. Esto es el volcado de una utilidad del sistema que realiza un análisis periódico de fragmentación.

Ni siquiera tuvo que mirarle con gesto de extrañeza para que comprendiese que tenía que explicar lo que acababa de decir.

—Los discos de los ordenadores son... imagínese una enorme pizarra, donde puede escribirse cualquier cosa. El primer día alguien llega, y escribe una línea. A continuación llega otro y escribe una más. Y una tercera, y una cuarta. Pero luego viene alguien y borra la segunda línea.

Para hacer más fácil de seguir su explicación se levantó y comenzó a escribir en una pequeña pizarra colgada en la pared. Para cada frase utilizó un color diferente.

—El siguiente que llega podría escribir a continuación de la cuarta, pero si todos lo hiciesen así, la pizarra se llenaría en seguida. En lugar de eso, escribirá en el espacio que ha dejado vacía la frase borrada. Y, si la suya es más larga, pondrá al final el trozo que falta. ¿Me sigue?»

Continuó escribiendo mientras hablaba, mezclando palabras en composiciones que solo tenían sentido si se leían únicamente las que estaban escritas en el mismo color.

—Más o menos.

—Ahora imagínese el mismo proceso, pero repetido miles de veces, conforme los distintos programas del ordenador van escribiendo, y borrando, miles de archivos. Correos que se leen y se borran, programas que se desinstalan, archivos que se descargan de Internet al leer páginas web... cientos de acciones que, cada día, van escribiendo y borrando trozos de archivos aquí y allá.

—Pero entonces, ¿cómo pueden encontrarse? Si están desperdigados en trocitos es imposible que se puedan reconstruir.

—Con ficheros índice. Tablas que indican dónde está cada fragmento de información. Son las únicas que tienen un sitio fijo, y sirven precisamente para que el resto de los programas puedan encontrar lo que buscan. Así que, cuando se usa por ejemplo un programa para ver una película, que es un archivo enorme, el ordenador va consultando las tablas y recuperando los distintos fragmentos a lo largo del disco.

—Qué complicado, ¿no?

—Efectivamente. Es un sistema que optimiza el uso de la memoria cuando está constantemente borrándose y reescribiéndose, pero también hace que el ordenador sea cada vez más lento. No es lo mismo leer un fichero que está grabado todo junto, que ir leyendo trocitos diminutos, cada uno en un extremo. Por eso existen los desfragmentadores. Otros programas, utilidades de sistema, que vuelven a juntar los pedazos.

—¿No es eso lo que hacen todos los programas?

—Sí, cuando necesitan algo. Pero entonces el daño está ya hecho. Imagine que su película está desperdigada por todo el disco duro. Entonces, para verla, hay que ir buscando por todos lados. Es una pérdida de tiempo. Así que un desfragmentador analiza el disco duro y, a base de leer fragmentos y reescribirlos en sitios distintos, va poniendo todas las frases juntas. La próxima vez cada película estará en espacio consecutivo, y funcionará con más rapidez.

Volviendo a la pizarra, borró todas las palabras en rojo intercaladas entre las demás, y escribió en la parte de abajo la frase completa. Luego hizo lo propio con cada uno de los colores, hasta tener cuatro frases perfectamente legibles colocadas una detrás de otra.

—¿Estamos?

—Creo que sí. Y eso de la pantalla viene de uno de esos desfragmentadores.

La imagen mostraba un rectángulo formado por líneas y columnas de pequeños cuadraditos, cada uno de un color. Aproximadamente dos tercios eran azules, con algunos de color rojo diseminados entre ellos y el resto en blanco.

—Tiene una utilidad que revisa el disco duro periódicamente, para ver si es necesario desfragmentarlo. Si merece la pena lo hace. Si no, no hace nada. Y, en ambos casos, registra el estado de fragmentación por si hace falta para un análisis posterior. Este registro es de hace tres semanas.

Con el dedo fue siguiendo las líneas de colores.

—Los cuadrados azules muestran partes que no están fragmentadas. Programas, o archivos, que están escritos en orden en el disco duro. Los rojos, fragmentos. Trozos que se han escrito en distintos sitios, y que podrían beneficiarse de una desfragmentación. Y los blancos son espacios vacíos. En este caso, el porcentaje de fragmentación calculado es de un uno por ciento. Muy bajo, así que el programa concluyó que no merecía la pena realizar ninguna acción, y lo dejó todo igual. En lo que quiero que se fije es en este cuadradito blanco de aquí.

Señaló un cuadrado situado en el medio de una zona roja.

—Ahora voy a mostrar el análisis de fragmentación en el momento en que trajimos aquí el disco duro.

La siguiente imagen que mostró no difería demasiado de la anterior. Había más cuadrados de colores, azules y rojos, quizá cuatro quintas partes. Pero el patrón era bastante similar.

—No tenemos forma de saber qué había escrito en cada sector antes. Por lo que sabemos podría ser lo mismo que hay ahora, o algo completamente diferente. Pero sabemos lo que hay ahora, y sabemos cómo estaba ocupada la superficie en el pasado. Mire este cuadrado.

Mostró la misma ubicación que estaba coloreada en blanco. Ahora tenía color rojo.

—Ahí hay un archivo que antes no estaba. Tiene que ser ser un archivo nuevo: no se ha desfragmentado el disco, y aunque se hubiera hecho, no habría resultado en un nuevo fragmento rojo en esa posición, porque cuando termina su trabajo el desfragmentador todo es azul. La única explicación es que el fichero que está en esa ubicación se haya escrito en las últimas tres semanas.

—Prosiga —indicó Gema, que empezaba a imaginarse a dónde quería llegar.

—Pues bien, lo que hay actualmente en esa posición es un trozo de una de las imágenes pornográficas. Una que, según los registros de fechas del sistema operativo, lleva grabada en el ordenador más de dos años, pero si fuese así no podía estar ahí. La mejor explicación que se me ocurre es que los registros estén manipulados. Que alguien borrase gran parte de lo que había en este disco, y escribiera nueva información incluyendo esa imagen en los últimos días. Alguien con los suficientes conocimientos como para borrar su rastro y que pareciese, a todos los efectos, que los datos llevaban ahí años. Es un trabajo delicado y, a esta escala, ha necesitado planificarlo con mucho detalle. Si no fuera por la suerte de encontrar el registro del desfragmentador, se nos habría pasado por alto.

—Pero ¿no es posible que simplemente se haya movido de lugar?

—Podría ser; pero los registros indican que ni el fichero ni la carpeta en la que están se han modificado durante años. Se me ocurren algunas formas en las que habría podido darse esa situación, pero todas son muy improbables.

—Cree que alguien preparó todo esto para incriminar a Fuentes.

—No me corresponde a mí llegar a esa conclusión. Pero sí, diría que es la hipótesis más probable.

Una hora después Gema, agotada, llegaba a su casa. El día, como los anteriores, había sido muy largo. Y, tras rozar la posibilidad de cerrar el caso y volver con su niña, el impacto de ver cómo esa puerta se cerraba había sido demoledor. Había pedido a Tomás que no compartiese la información con nadie. Aún no estaba segura de las implicaciones, y quería pensarlas con calma. Pero no en ese momento. No se sentía con fuerzas.

Abrió la puerta, cuya cerradura tendía a encallarse últimamente. Tuvo que desbloquearla con un empujón, y al hacerlo notó el ruido de algo deslizándose por el suelo. Encendió la luz y vio un sobre que había sido introducido por debajo de la puerta. No era la primera vez: el buzón de la entrada tenía la boca rota y el cartero, si pensaba que la correspondencia podía tener alguna importancia, solía meterla usando ese método.

Sintiendo la cabeza embotada recogió el sobre y, sin pensar, lo abrió con los dedos. Extrajo el primer papel y, al mirarlo, se sintió paralizada. Todo su cansancio desapareció, sustituido por la fuerte tensión muscular y palpitación en el pecho causada por una súbita inyección de adrenalina. Sus ojos no conseguían apartarse de la hoja que tenía entre los dedos.

23

S E despertó congestionada, con los músculos agarrotados; perdida en la oscuridad hasta que, una vez más, logró ubicarse en su propia habitación. Una luz fría y gris se filtraba por la parte baja de la ventana. Debía de estar amaneciendo. La noche había consistido en largos periodos de pavor interrumpidos por cortos sueños, de los que la sacaba una y otra vez la visión de Anna muerta.

Comprobó una vez más que no había mensajes nuevos en el teléfono. Había pedido a Roberto que la llamase ante cualquier novedad pero, no queriendo alarmarlo, no había podido alegar nada más sustancial que un presentimiento. Lo conocía, y sabía que no habría prestado atención a esa petición. Pero ella necesitaba saber cómo estaba Anna en todo momento. El mero pensamiento de que alguien pudiera hacerle daño le resultaba insoportable.

Se levantó y preparó café. Con él en la mano se sentó en el sofá del salón. En la mesa de cristal, delante de ella, reposaba el papel. Cuando su mente pudo recuperar la capacidad de pensamiento había tratado de tocarlo con cuidado, como una prueba, pero sabía de antemano que no iba a encontrar nada en él. Un folio de papel normal, con un contenido en el que nadie se habría fijado dos veces. Nada amenazador: simplemente las letras «Sssh» escritas en negro en la parte de arriba. Y, debajo, una fotografía de la fachada del hospital donde Anna estaba ingresada.

Nunca se había enfrentado a nada parecido. Había habido amenazas, por supuesto. En caliente, durante una detención o en un interrogatorio, y también en frío. Desde miradas amenazadoras por parte de asistentes a un juicio hasta mensajes supuestamente anónimos encontrados en el parabrisas de su coche después de efectuar un registro. Pero nunca nadie se había acercado a su familia. Anna llevaba meses ingresada en Barcelona; a menos que la hubiesen seguido hasta allí era difícil que la relacionasen con el hospital. Pero lo habían hecho. De alguna manera, el horror y la destrucción a la que se enfrentaba a diario habían conseguido llegar hasta los suyos, y la sensación de culpa apenas la dejaba respirar.

¿Cómo lo habían sabido? No había hablado con nadie de su conversación con Tomás, y a él le había encarecido silencio absoluto. Si no hubiera sido por la orden de silencio, se habría preguntado si el objetivo del chantaje era proteger a Fuentes, pero las letras no dejaban espacio a la duda: alguien no quería que comentase lo que el informático había descubierto. Tenía que ser El Toro. El verdadero. Quería que Fuentes siguiera en la cárcel, que pagase por un delito que no había cometido. Como Robledo. ¿Sería así como había ocurrido? ¿Había sido amenazado Torres por el asesino y, al negarse a cumplir sus instrucciones, lo había matado? Torres no tenía hijas, nadie a quien proteger, así que había ido a por él. Pero si un policía experimentado, un hombre fuerte y armado no había podido defenderse, ¿qué posibilidades tenía una niña pequeña, enferma, atada a la cama de un hospital? ¿Cómo iba ella a resguardarla del daño?

Sabía lo que estaba haciendo: se estaba convenciendo a sí misma, aportando argumentos de la imposibilidad de actuar. Estaba empezando a justificar, interiormente, la decisión que sabía que iba a tomar: obedecer. Era imposible, impensable dejarse manipular para evitar llevar ante la justicia al verdadero culpable de los asesinatos. Pero Anna... no podía hacer nada que la pusiese en peligro. Si algo le pasase, algo que ella pudiese haber evitado, su vida habría terminado.

Miraba el papel como hipnotizada. ¿Habría amenazado también a Tomás? Si hablaba con él, ¿se enteraría El Toro? Recordó el robo del disco duro y un escalofrío recorrió su espalda. ¿Y si, al entrar en el centro, había plantado un micrófono para seguirles los pasos? ¿Qué información habría obtenido por ese medio? ¿Podría tener algún otro que no hubiesen detectado? ¿En la oficina de Tomás? ¿En la comisaría? ¿En su casa? ¡El asesino sabía dónde vivía!

Miró a su alrededor, al chalé amplio y de magnífica ubicación que había aprendido a odiar con todas sus fuerzas. A la casa odiosa que la mantenía atada a una pesada cadena de deudas, impidiéndole continuar con su vida. Y que ahora, además, había dejado de ser lo único que aún representaba para ella: un refugio en el que sentirse protegida de los peligros del exterior. El Toro había estado aquí: al menos había llegado al camino de entrada. Un violador, pederasta, asesino, torturador, había pisado las losas sobre las que caminaba Anna cuando iba a la escuela.

Llegó a comisaría a las diez y media, y se dirigió directamente al despacho de Julián. La conversación con Tomás había sido sorprendentemente sencilla. Había decidido ir en persona para calibrar mejor la reacción a sus palabras, pero esta había sido de una absoluta inocencia. Cuando lo interrogó sobre la fiabilidad de la prueba, sobre la posibilidad, aún remota, de que otra cadena de acontecimientos hubiese dado como resultado lo que había visto, el informático reconoció que no podía descartarse. No tardaron más de dos minutos en acordar que, basándose únicamente en ese indicio, no había razón para cambiar de opinión sobre Fuentes. La inspectora sugirió que ni siquiera sería necesario alertar al resto del equipo, sin encontrar resistencia digna de tal nombre por parte de su compañero.

Tampoco Julián puso ninguna objeción. El caso era cristalino: tenían un sospechoso, una confesión, datos materiales y pruebas circunstanciales. Faltaban las físicas, es cierto, pero a nadie podía sorprenderle después de tanto tiempo. Sin olvidar el tráfico de estupefacientes. A fin de cuentas, un delincuente es un delincuente. Para el común de los mortales, quien ha decidido romper una norma lo hará con otras con mucha facilidad. Y los jueces también son mortales.

—El capitán Rosado y el brigada me han comunicado que no van a volver. Han decidido que no tiene sentido seguir intentándolo. Espero que no nos toque ir a pedirles favores en un plazo razonable, porque nos mandarían a tomar por culo.

Una losa más que oprimía su pecho, asfixiado de culpabilidad. Los Roca quedaban a salvo. No por primera vez, se preguntó si sería posible que fuesen ellos, en lugar de El Toro, quienes hubiesen tendido una trampa a Fuentes para cubrirse las espaldas. Pero no tenía sentido: nadie podía tener acceso al material que había sido necesario para montarlo salvo el propio Toro. Su inmunidad era solo una consecuencia colateral. Como un árbol de dominós, las consecuencias de sus acciones se multiplicaban en todas direcciones. Pero en la raíz estaba Anna. Con los dientes apretados, mantuvo el silencio.

—¿Cuándo irás a ver al juez?

—Al final de la mañana. Necesito unas horas para poner en orden todos los papeles, asegurarme de que le planteo el caso de la forma más clara posible. Me ha dado cita a la una y media. Así que voy a ponerme inmediatamente con ello.

—Está bien. No te quito más tiempo. Lo que sí quiero es darte la enhorabuena, Gema. Has resuelto el caso con una rapidez que no podíamos haber esperado. No voy a intentar engañarte: sabes que, cuando la cosa se torció, consideré muy seriamente reemplazarte. Pero me has demostrado que habría sido un error. Siempre has sido una gran policía y, por duras que sean tus circunstancias ahora, sigues siéndolo. Estoy muy contento de tenerte en esta comisaría.

Esbozó una leve sonrisa, sin contestar. Los elogios le hacían sentir el ardor de la bilis en la garganta.

Una reunión más, con todos los miembros del equipo, para dar por cerrado el caso y transmitirles la felicitación del comisario. Todos, incluido Sanlúcar, se mostraron satisfechos. Casado más que ninguno: el alivio era en él tan palpable que parecía haber rejuvenecido los años que se le habían echado encima desde el principio del caso. Tener a Fuentes entre rejas amortiguaba el error que habían cometido años atrás al encerrar a un falso sospechoso. Y ni siquiera tendría que afrontar por completo su fallo de entonces, puesto que Fuentes había implicado a Robledo lo suficiente como para justificar al menos una parte sustancial de la condena que estaba cumpliendo. Para Gema su sonrisa era un clavo más en la lápida de su conciencia.

El juez Padilla era un viejo conocido. En torno a los cincuenta, tenía experiencia de sobra para reconocer un caso maquillado, y el suficiente criterio como para distinguir una manipulación que invalidara la solidez de la acusación, de un detalle insustancial que no afectase a la esencia del caso. La primera vez que había trabajado con él había sido diez años atrás, y ya entonces sus preguntas se habían concentrado en los puntos críticos. Se presentó en su despacho con los nervios a flor de piel. El juez dictaba un escrito a su secretaria. Vestía un terno tostado que en un hombre con menos personalidad habría parecido pretencioso, y una camisa azul pálido con gemelos de plata. Fuera en el despacho, en el tribunal o en un pasillo mantenía la dirección de los acontecimientos con una autoridad que no contemplaba alternativa.

—Buenos días, inspectora. Siéntese, por favor. En seguida estoy con usted.

No era un hombre cercano. Gema sospechaba, después de haberle visto dirigirse a incontables acusados, testigos y abogados, que no creía en la cercanía. Él era el juez, a fin de cuentas. El responsable último de que se hiciera justicia. Durante la siguiente hora le describió la investigación. El juez tomaba notas en un cuaderno de tapas de cartón negro.

—Ha confesado —dijo mientras escribía—. Aportando detalles precisos.

—Lo suficientemente precisos, en mi opinión, para el tiempo transcurrido.

—¿Eran públicos?

—A estas alturas, me temo que es imposible saberlo. Fueron crímenes muy mediáticos, y el control que se pudiera haber tenido sobre la información en su momento dejó de ser estricto hace mucho.

El rasgar de la pluma sobre el papel apenas se oía, como si en realidad la punta se mantuviese a un milímetro de distancia sin llegar a escribir.

—¿Los archivos del ordenador han sido revisados por la BIT? ¿Comparados con el historial del supuesto Toro?

—Continúan estudiándolos a fondo, pero de momento todo cuadra. Esperan terminar en los dos próximos días.

—¿Y existen imágenes que lo vinculan con los secuestros y asesinatos?

—Indirectamente. No aparece, pero hay imágenes no publicadas anteriormente.

—¿Algún otro punto que debamos tener en cuenta?

Volvió a mirarla con fijeza. Le sostuvo la mirada, rogando porque no se trasluciesen sus emociones.

—Nada más. Para mí, el caso está para cerrarse.

—Está bien. Mándeme el informe en cuanto pueda. Muchas gracias.

—Gracias a usted, Señoría.

Mientras bajaba los escalones de los juzgados las piernas le temblaban, de tensión y de emoción. El autobús salía en hora y media, eso era lo único en lo que podía pensar. Lo único en lo que se permitía pensar.

24

Anna. El cuerpo frágil, cálido y suave de Anna entre sus brazos, llenándolo todo, borrándolo todo. Abrazaba a su hija, tendida en la cama del hospital, y el resto del mundo se había perdido en la niebla. Su trabajo, Madrid, el viaje de ocho horas en autobús, el propio Roberto, que le había dado la bienvenida en la estación... todo desvanecido por la presencia de su hija, que había aguantado despierta hasta tan tarde para poder verla.

—Hueles muy bien —murmuró la niña con la cara enterrada en su cuello.

—No tanto como tú —mintió ella, sin importarle el olor a desinfectante y antibiótico que se había vuelto tan natural en su hija como su propia piel.

Tenía buen color; su médica había modificado el tratamiento en las dos últimas semanas, y los primeros signos eran positivos. Se había incorporado con energía y la abrazaba con fuerza, clavándole los dedos en los hombros, causándole un dolor que la llenaba de alegría. Recordaba ocasiones en las que su abrazo más intenso había sido como la caricia de una hoja seca al caer.

Cuando despertó las paredes reflejaban una leve claridad verdeazulada. La persiana veneciana no llegaba a bloquear por completo la iluminación de un anuncio cercano, así que la habitación nunca quedaba completamente a oscuras. La piel de Roberto y la suya propia, así alumbradas, cobraban un tono enfermizo. De alguna manera reflejaba su estado de ánimo. Luchaba por dejar de pensar, y casi lo conseguía. Casi.

Habían hecho el amor al llegar. Roberto con el ímpetu de un recién casado. Decía, solo medio en broma, que la cama estrecha y la necesidad de mantener el silencio para no llamar la atención de sus compañeros de piso le recordaban la excitación de sus primeros intentos en rincones del piso de sus padres. Ella le correspondió mientras pudo mantener su cabeza desocupada; cuando fue incapaz de hacerlo fingió lo mejor que supo, confiando en que la excitación nublase su discernimiento. Ahora él dormía como un bebé y ella estaba despierta.

Su hija era lo único que importaba. Lo único que tenía que concentrarse en salvaguardar. Con este pensamiento en su mente logró volver a conciliar el sueño.

—¿Lo pillaste?

La pregunta, con enfática inocencia, había acabado por llegar al final de la mañana. Y ella había mentido, había contestado que sí. Y se había felicitado por ello al ver la emoción en sus ojos brillantes.

—Eres su heroína —le dijo luego Roberto, orgulloso—. Cada vez que viene un niño nuevo le explica que su mamá es policía, y que mete en la cárcel a todos los malos.

—Ojalá fuera tan sencillo.

Estaban sentados en un pequeño talud de hierba que rodeaba el hospital, robando unos momentos de sol mientras Anna pasaba por un examen más.

—Haces algo importante. Es normal que se sienta orgullosa de ti. Ya sé —continuó, cortando de raíz la incipiente réplica— que no siempre puedes conseguirlo. Que hay muchos que se escapan. Pero también hay otros muchos que no van a hacer más daño gracias a ti.

Le esquivó la mirada, pensando en el hombre inocente encerrado en la cárcel gracias a ella. Quizá no inocente de todo, pero sí de lo que le iban a acusar, por lo que le iban a hacer pasar una vida entera en la cárcel. Afortunadamente Roberto no esperaba una respuesta. No estaba segura de que le fuese a salir la voz si hubiera tenido que hablar.

—¿No has sabido nada del trabajo? —preguntó al fin, más que nada por desviar la conversación.

—¡Sí! Es verdad, no te lo dije. Me volvieron a llamar. Tengo que hacer otra entrevista. Pero no te preocupes, es por teléfono. Así que por lo menos he pasado un filtro más. La verdad es que tengo buenas sensaciones.

—Ojalá te cojan —susurró, sin saber si lo decía con sinceridad o no—. Si supieran lo bueno que eres, no lo dudaban ni un segundo.

—Ya, bueno. Me conformo con tener una oportunidad. El miércoles sabré más.

—Por cierto: no tengo que irme hasta el martes por la tarde. Le pedí a Julián el día, y no puso problemas. Así que tenemos algo más de tiempo.

—¡Eso es genial, Gema! Me alegro mucho.

Le devolvió el abrazo tratando de transmitirle todo su cariño. Sin embargo, aunque sabía que quería a su marido, le resultaba imposible sentirlo. En ese momento solo el amor por Anna la llenaba. Solo eso era lo bastante fuerte como para olvidar las sombras que se arremolinaban a su alrededor.

Pasó la tarde a solas con ella. Insistió en que Roberto se relajase por su cuenta: que se fuese a dar una vuelta, o al cine. Así él podría descansar, y ella perderse en el mundo inocente de su niña. Olvidarlo todo y recuperar el tiempo con ella.

Aun así, en cuanto cruzaba el umbral de la habitación, no podía evitar que todos sus sentidos se pusiesen en alerta. Caminaba hacia la máquina de café con la tensión con la que habría entrado en un recinto que albergase a sospechosos. Se acercaba al baño como si estuviera realizando un registro. Por más que lo intentase, nunca llegaba a olvidar que había alguien ahí fuera que conocía este lugar. Alguien que no pondría reparos en atacar a su hija si ella hacía el más mínimo movimiento en su contra. Recordaba las imágenes, las atrocidades cometidas en el cuerpo de las víctimas de El Toro, y se estremecía al pensar que algo así pudiese ocurrirle a su pequeña.

Acababa de ingresar un chico nuevo, y Anna le puso al día con ínfulas de experta: para la hora de la cena ya eran íntimos. Gema los miraba desde una esquina con el corazón pletórico. Hacía mucho tiempo que no la veía jugar y sonreír tan abiertamente como solo podía hacerlo con otro niño. Viéndolos juntos, parecía impensable que estuviesen enfermos, que hubiese mal en el mundo. Que alguien pudiese amenazar a una niña.

El domingo transcurrió con placidez. Roberto, Anna y ella se comportaban como cualquier otra familia y, sabiendo que no tendría que apresurarse para tomar el último autobús, pasaron el día en la habitación de hospital casi tan relajados como lo habrían hecho en su propio salón.

Cuando quedaban apenas unos minutos para tener que marchar le leyó un cuento. Era demasiado mayor para eso, pero a veces lo pedía mimosa, y ella jamás le negaba el capricho. Mientras leía la niña la miraba con la cabeza recostada en la almohada, entreabiertos los ojos somnolientos. Solo cuando el cuento llegó a su clímax se incorporó a medias y abrió mucho los ojos. La luz de la pared los iluminó de costado, haciendo brillar los ligerísimos puntos verdosos que normalmente quedaban ocultos por el marrón de sus iris. Con un escalofrío Gema se dio cuenta de que eran casi idénticos a los de Rosario, la niña que tenía una hermana muerta y ni siquiera lo sabía.

La noche transcurrió en calma, sin sueños ni despertares intempestivos, hasta las siete de la mañana. A esa hora se despertó de golpe, completamente despejada. Estaba recostada sobre el lado izquierdo, dando la espalda a su marido, que aún dormía. A pesar de la plácida normalidad en que había vivido los dos últimos días, o quizá precisamente por ella, el alba le trajo el tirón familiar de la angustia cercando su estómago, hasta que lo atrapó entre sus garras y comenzó a apretar. El monstruo la miraba con los ojos de Anna. Los dos días con su hija la habían tranquilizado, le habían permitido interiorizar la seguridad de que estaba bien, que nada malo la había ocurrido. Y la habían obligado por fin a mirar fuera del túnel que solo le permitía ver a su hija. Volvía a recordar la mirada de Rosario en los ojos de Anna. Y, recordándola, se le hacía imposible no imaginar el dolor que podría llegar a mostrar. Por su culpa. Imaginar a El Toro ahí fuera, acechándola, esperando el momento ya muy próximo en que la vigilancia se desactivase y pudiera saltar sobre ella.

No podía ceder al chantaje. No podía resistirse a él. Si cedía, ¿a cuántas futuras víctimas estaba poniendo en peligro? ¿Cómo podría volver a mirarse en el espejo si llegara a sucederle algo a Rosario, o a cualquier otra niña que en ese momento durmiese tranquila, sin ninguna razón para temer la llegada del demonio? Si se resistía, ¿cómo podría proteger a su niña?

Pasó el día en un altibajo constante. Cuando estaba con Anna no existía nada más que ella. Las sombras, amortiguadas por el brillo de su sonrisa, se escondían en el infierno donde habitaban las mentes enfermas que las producían. Pero en cuanto una prueba, un examen o las necesidades físicas la apartaban de su lado, la angustia volvía a atraparla. Su decisión era firme. Sabía que, pasase lo que pasase, no pondría a su hija en riesgo. Pero también veía, cada vez con mayor claridad, que esa decisión era incompatible con su posición. No podía tomarla y seguir perteneciendo al cuerpo. Que era lo único que siempre había deseado hacer con su vida. La imposibilidad de seguir un camino u otro la estaba desgarrando por dentro.

Hacia las siete de la tarde dejó a Anna y a Roberto en la habitación y salió a las escaleras. Se habían convertido en el refugio semiclandestino de los fumadores que encontraban imposible controlar su hábito; olían de manera tan desagradable que todos, incluso ellos, las evitaban salvo en los escasos minutos en que se veían obligados a usarlas.

—Dígame.

—Buenas tardes, Señoría. Lamento molestarlo a estas horas, pero tengo que decirle algo importante.

Quemar las naves llamándole primero a él había sido intencionado. Igual que hacerlo sin consultar a Roberto. Le tocaba a ella tomar la decisión, y era irrevocable. No quería dejar espacio a la ambigüedad. A partir de ese momento su vida cambiaría por completo, y aún no sabía en qué iba a desembocar. Pero sentía que estaba haciendo lo que tenía que hacer.

El juez Padilla fue correcto, pero también muy frío. Escuchó su argumentación hasta el final sin interrumpirla, y luego se despidió con apenas unas palabras de agradecimiento formal, matizadas por el tono cortante de su voz.

Julián, por supuesto, fue todo lo contrario:

—¡Que has hecho qué?

—Le he dicho al juez que voy a presentar mi dimisión. Y le he explicado por qué.

Al contrario que en la llamada anterior, apenas pudo decir dos frases sin que su superior la interrumpiera con un exabrupto. Al final de la llamada Julián no solo aceptó su decisión, sino que la animó a no volver a dejarse ver por la comisaría en términos incompatibles con una relación profesional.

Decidió no decir nada a Roberto hasta la noche. Necesitarían tiempo para pensar cómo organizar de nuevo su vida antes de que Anna se diese cuenta de nada. Pero no tuvieron oportunidad: hacia las nueve, mientras esperaban fuera de la habitación a que las enfermeras terminasen un nuevo examen, sonó el teléfono. Le sorprendió oír la voz de Julián. Su conversación anterior no había dejado ningún fleco suelto.

—¿Dónde estás? —sin saludo, sin presentación.

—En Barcelona, Julián. Sigo aquí con mi familia.

—Pues salúdalos de mi parte. Y luego coge el primer autobús, tren, avión o patinete que salga para aquí, y te vienes echando hostias.

—No te entiendo, Julián. He dimitido, ¿recuerdas?

—¡No me jodas, Gema! —casi gritó el comisario—. Ni tú ni yo hemos firmado nada, así que vamos a averiguar qué carajos pasa aquí, y luego me vuelves a contar toda esa mierda otra vez. Pero antes vienes aquí y me lo explicas, porque yo ya no entiendo nada.

—Pero ¿qué ha ocurrido? ¿Ha pasado algo con Fuentes?

—No, con Fuentes no. Con Casado. No sé qué cojones pasa, pero ha desaparecido. No ha ido a trabajar hoy, y al parecer había faltado a

FRANCISCO ALCOBA GONZÁLEZ

dos compromisos con personas diferentes durante el fin de semana. Su teléfono está desconectado. Acaban de entrar a su casa, con permiso judicial, y han encontrado señales de una pelea, pero ni rastro de él. No estaba metido en ningún otro caso importante, llevaba al menos un año con temas menores. Así que todo indica que tiene que ver con este. Y yo estaba intentando localizarlo precisamente para contarle lo que me has dicho, y que pudiera retomar él la investigación. ¿Le habías comentado lo de las amenazas?

—No lo he hablado con nadie, Julián. Ni siquiera con mi familia. Solo con el juez y contigo.

—Pues me he quedado sin opciones, Gema. No acepto tu dimisión. Necesito que vengas.

—Mi familia...

—He hablado con Barcelona, y van a enviar gente. Estarán protegidos las veinticuatro horas del día. Pero, en cuanto lleguen, te quiero aquí. ¿De acuerdo?

Desde el momento en que había decidido obedecer el ultimátum había sabido que llegaría un momento en que su acto tuviese consecuencias sobre otras personas, pero en ningún momento lo había imaginado así. Había intentado evitarlo presentando la dimisión, pero había llegado demasiado tarde. No entendía aún cómo encajaba esta nueva pieza, y sospechaba que sería imposible colocarla sin destrozar toda la imagen; pero, igual que Julián, no tenía ninguna duda de que lo que le hubiese ocurrido a Casado estaba relacionado con El Toro.

—¿Estás ahí? Espero que no hables porque estés buscando billetes.

—Saldré para allá en cuento llegue la escolta. Pero ni un minuto antes —añadió, deslizando la mano en el bolso y buscando su pistola.

25

Julián la miraba con los ojos veteados de sangre insomne. Imaginó que los suyos serían parecidos. Después de asegurarse de que Anna y Roberto estaban protegidos había cogido un autobús nocturno, y apenas había conseguido pegar ojo antes de llegar a las cinco a Madrid. Se había cambiado en su casa mientras bebía todo el café que su estómago estaba dispuesto a soportar, mirando constantemente por encima del hombro y sobresaltándose con cada sombra. Al llegar a comisaría el jefe la estaba esperando ya en su despacho. A juzgar por su aspecto, no era imposible que hubiera pasado la noche allí.

—¿Casado?

Era la tercera vez que repetía el nombre, incrédulo. Ella, resignada, se limitaba a devolverle la mirada. A la cuarta decidió responder.

—No estoy segura. Pero, a la luz de los indicios, parece la opción más probable.

—Explícamelo. Todavía no entiendo por qué me estás contando esto ahora, en vez de la semana pasada. Pero cuéntame tu hipótesis con todo detalle. Así te sirve de ensayo para convencer al juez de que no nos mande a la mierda a los dos.

Dio un suspiro. Había estado pensando en ello durante todo el trayecto, y sentía que las piezas iban encajando otra vez. También había intentado, sin éxito, prepararse para esta conversación.

—El primer indicio es el robo del ordenador. Fue demasiado perfecto. ¿Cómo sabía el ladrón que había una cámara estropeada? ¿O dónde estaba el equipo? ¿Cómo logró entrar tan rápido, localizarlo, sacarlo sin que nadie se diera cuenta? La explicación más sencilla es que se trataba de alguien de dentro. Que se fijó en la avería de la cámara, y luego montó el paripé con la pintura y rompiendo la cerradura, pero en realidad entró a coger el disco duro por la puerta, identificándose con su placa.

—Entonces estará en el libro de registro.

—Estaría, sin duda, si siguiesen las normas a rajatabla. Pero tú y yo sabemos cómo funcionan esas cosas. Los civiles firman, por supuesto. Pero si te identificas y pasas con aspecto de estar ocupado, sin entrar en la zona segura, es raro que alguien se moleste en detenerte.

—Así que, en realidad, no tienes pruebas.

—No, eso es cierto. Pero tengo la ausencia de pruebas. No encontraron ninguna huella, ni dactilar ni de ningún otro tipo, en la habitación en la que estaba el ordenador ni en los alrededores. Ni cabello, ni nada que identificase a nadie que no fuese uno de nosotros. Puede que el ladrón fuera realmente cuidadoso, y se paseara por todo el centro con guantes y gorro. O puede simplemente que sus huellas estén ahí, pero en el grupo de las descartadas por conocidas.

—Y, según tú, ¿por qué lo hizo? ¿Por qué lo robó?

—Se equivocó. Pensó que estaba cogiendo la información desencriptada. Y tenía que comprobar si Torres había sospechado de él, si había algún dato que lo incriminara. Pero no lo consiguió, así que decidió intentar llevar la investigación a una dirección diferente.

—Fuentes.

—Fuentes, sí. Siempre nos pareció sospechosa su doble vida. Asesino y pornógrafo de noche, camello de día. Las dos personalidades no cuadraban. Pero, si piensas en él como alguien a quien pasarle un marrón, es perfecto. Un delincuente perseguido por sus propios cómplices, tan ansioso de deshacerse de ellos que aceptaría una condena solo para desaparecer una temporada. Sobre todo si cree que, a menos que lo haga, irán a por su familia. Pero supongamos que en realidad Fuentes no lo hizo. Entonces, ¿por qué encajaba tan bien? La mejor explicación era que alguien hubiera buscado, en los expedientes, una víctima propiciatoria. Alguien en su situación era perfecto, pero para encontrarlo también hacía falta buscar desde dentro.

—«Supongamos que en realidad no lo hizo». ¿Y por qué tendríamos que suponer eso? Confesó, y las pruebas de su ordenador le incriminaban.

Ante la mirada crecientemente incrédula del comisario, pasó a relatar lo que había averiguado Tomás. No era una prueba determinante, pero la desaparición de Casado le daba otra luz.

—Sabías eso cuando fuiste a hablar con el juez.

—Sí —reconoció, aunque no había sido una pregunta.

—Joder, Gema…

—Lo sé.

—¿Y por qué confesó? ¿Y cómo pudo saber detalles sobre los asesinatos? Aunque se publicasen en prensa, hace quince años de eso. Si no estuvo involucrado es casi imposible que los recuerde.

—A menos que alguien se los contase. ¿Recuerdas que al principio pasaba de nosotros? Solo cambió cuando le enseñé las fotos de las víctimas. Pensé que eso le había enfrentado con un pasado que había reprimido; primero de Psicoanálisis. Pero luego descubrí que una de las víctimas iba al mismo colegio que un sobrino suyo. Creo que en ese momento interpretó que yo trabajaba para los Roca, y que le estaba sugiriendo que tenía que comerse el marrón. En cuanto a los detalles… solo es una hipótesis, ¿vale? Un día todo eran vaguedades y al día siguiente lo recordaba todo. Mi sospecha es que Casado fue a verlo por la noche; le dijo que cumplía órdenes de sus antiguos patrones y le contó la historia que tenía que recitarnos. Y Fuentes lo hizo.

—Suponiendo que Casado tenga algo que ver con toda esta mierda.

—Suponiéndolo. Pero, si partimos de la base de que haya alguien dentro, es el más probable. Estuvo allí desde el principio. Pudo orquestarlo todo entonces y estar tratando de hacer lo mismo ahora. Juntándolo con la desaparición… En cualquier caso, tenemos una posibilidad de comprobarlo. Aun podemos intentar sacarle la verdad a Fuentes. La acusación aún no está formalizada, y eso nos puede dar un elemento de presión.

—Lo que quería hacer la Guardia Civil. Otros a los que tendrás que ir a contar lo que ha pasado, y suplicarles de rodillas que te perdonen. Y que vuelvan a intentar sacar lo que puedan.

—Lo sé. En cuanto acabe de interrogar a Fuentes los llamaré.

—¡Ni de puta casualidad! A Fuentes lo voy a interrogar yo, personalmente. Y, ahora que me lo has contado todo con tanto detalle, lárgate a hablar con el juez y convéncelo de que no te eche de la investigación a hostias. He tenido que decirle que eres una madre histérica a la que ver en peligro a su hija le robó la razón, y la conciencia de lo que está bien y lo que está mal. Y también que eres la única con conocimiento suficiente sobre el caso como para que no se te deshaga entre los dedos. Creo que tienes una oportunidad, pero vas a tener que lamerle el culo a base de bien. Así que ya estás tardando. Que sepas que, si me pide un cambio de responsable, lo haré de inmediato. Y no necesito explicarte lo que eso significaría para tu carrera. Después se lo cuentas todo a la Guardia Civil. Y solo entonces, si aún sigues en el caso, te vas a poner a buscar a Casado, y me da lo mismo lo que tengas que hacer, pero no vuelvas hasta traerlo a esta puta comisaría. ¿Está claro? No la vuelvas a joder, Gema, ¿vale? Y arréglalo con el juez, porque si me pide que te abra un expediente no lo voy a dudar ni un segundo. Estoy a esto de abrírtelo yo por mi cuenta, y la única razón de que no lo haya hecho ya es tu hija. ¿Entendido?

Era más de lo que se había atrevido a esperar. Ya había dado por perdida su carrera al presentar la dimisión. Le dolía profundamente no haber podido dejar fuera a su familia, pero de alguna manera la situación se había vuelto más sencilla: a partir de ahora, solo tenía una prioridad. Casado se había vuelto el objetivo de su vida. Encontrarlo, y demostrar que él era El Toro.

—Gema —la interrumpió Julián antes de salir, con la voz más suave—. Hay una cosa que todavía no entiendo. ¿Por qué no me lo dijiste desde el principio? Sabes que habría puesto protección a tu familia al minuto siguiente. Me duele pensar que no confiases en mí. Pero, aun así, podrías haber recurrido al juez, a Jefatura Central, incluso a la Guardia Civil... ¿Qué se te pasó por la cabeza?

Agotada, volvió a sentarse y puso las manos en la cabeza. Se lo había preguntado tantas veces a sí misma, que le resultó hasta extraño oír las palabras en una voz diferente.

—Ya sé que habrías hecho todo lo posible para protegerlos. Como ahora: un agente permanentemente en el hospital, otro acompañando a Roberto. ¿Y qué va a pasar a partir de ahora? ¿Cuánto tiempo van a estar ahí? ¿Un mes? ¿Un año? Cuando Anna acabe el tratamiento, y pueda salir del hospital, ¿qué ocurre? Nada asegura que lo hayamos atrapado para entonces. Ha pasado quince años oculto, Julián. Quince años en los que no sabemos dónde ha estado, qué ha hecho, cómo ha saciado su sed. Y existe la posibilidad de que después de todo ese tiempo haya vuelto para ensañarse con sus antiguas víctimas. Si desaparece ahora de nuevo, Anna tendrá que estar mirando a sus espaldas lo que le queda de vida. No podía hacerle eso. No fui capaz de hacerle eso.

Julián se quedó mirándola sin contestar. Era imposible leer nada en su mirada.

La conversación con el juez fue penosa. Había sido informado de las medidas tomadas para proteger a su familia, por supuesto. Era consciente de hasta qué punto Gema había tergiversado la verdad, y jugado con la justicia, al presentar su informe supuestamente final. Un hombre como él no podía admitir algo así. Quizá hubiese podido entenderlo, de haber considerado que en su posición se podía permitir tal cosa. Si fuese compatible con la idea que tenía formada de su misión. No siendo así reaccionó con acritud, al punto de afirmar que consideraba seriamente solicitar que cambiasen de responsable de la investigación. Como una copa de cristal, sentenció, la confianza es fácil de quebrar e inútil cuando presenta la menor grieta. Gema argumentó su posición, con fragilidad desde el punto de vista profesional, con más firmeza desde el personal. Cuando eso falló, suplicó. Una inspectora a la que le retiran un caso por falta de confianza de un juez queda en una posición delicada. En su caso, sería catastrófico. Necesitaba mantener su puesto, tener detrás los recursos de la policía, hasta que Anna quedase fuera de peligro. Lo que ocurriese después le daba igual, pero necesitaba asegurarse de eso. De alguna forma, apilando promesas sobre actos de contrición, consiguió salir del despacho de Su Señoría aún al frente de la investigación. Con el corazón en un puño, y consciente de que su posición pendía de un hilo.

Solo ligeramente más fácil fue el encuentro que mantuvo con los guardias. Ambos tenían hijos, y ambos habían visto las imágenes del caso. El brigada incluso, al despedirse, le dedicó una breve sonrisa de comprensión. Ayudó el que el comisario, tras su primer interrogatorio de Fuentes, se mostrase optimista con respecto a reconducir la situación con este.

Volvió a la comisaría, exhausta, cuando sus compañeros regresaban de comer. Cogió un sándwich y dos cafés de la máquina y se dirigió a la reunión que había convocado Julián. Carvajal, Mario, Montero, Domínguez y Sanlúcar flanqueaban la mesa alargada. Una de las cabeceras estaba ocupada por el comisario, que indicó la opuesta con la cabeza.

—Todos sabéis lo de Casado —comenzó este—. Su desaparición nos ha forzado a reconsiderar el caso de Torres por completo, a mirar con otros ojos determinados aspectos, y a encontrar otros. Gema, ¿puedes hacer un resumen, por favor?

Una hoja de doble filo. Por una parte, la mantenía implícitamente al frente. Por otra, la obligaba a reconocer una vez más, en esta ocasión ante sus pares, sus errores. Como en las anteriores, decidió coger el toro por los cuernos.

—El jueves recibí un anónimo amenazando a mi familia —comenzó—. Por parte de alguien que sabe dónde encontrarlos, y con la indicación de que su seguridad dependía de mi silencio. Era fácil deducir a qué se referían con ello: unas horas antes había recibido indicios que sugerían que Fuentes podría haber sido víctima de un montaje. Lo que me exigían, por tanto, es que asumiese su culpabilidad como verdadera, aceptando no perseguir a quien manipuló la información, y por tanto a quien me amenazaba. En ese momento no supe ver ninguna forma de evitar daños a mi familia, y acaté la orden.

Hubo resoplidos, gestos de rechazo y palabras malsonantes. Lo que no hubo fue ninguna mirada que no rehuyese la suya. Quiso interpretar eso como una buena señal.

—Creo que hay una alta probabilidad de que quien incriminó a Fuentes, quien me amenazó, y El Toro, sean en realidad la misma persona. Y que esa persona sea Casado.

Ahora sí la miraron. Y lo que leyó en sus ojos, aun esperado, no dejó de ser doloroso. La tensión causada por la afirmación anterior, que habían tenido que tragarse, contribuyó seguramente a que la explosión que siguió a esta fuese más intensa. Tardó varios minutos en conseguir la mínima calma necesaria para explicar el porqué de sus sospechas.

—Esta mañana he estado interrogando a Fuentes —indicó entonces el comisario. Todos los ojos se volvieron hacia él—. Al principio se mantuvo en su historia. Pero cuando le dejé claro que levantaríamos los cargos contra él, que lo devolveríamos a la calle para que lo encontrasen los Roca, se rindió. Ha confesado que Casado fue quien le dio los detalles que necesitaba para convencernos de su culpabilidad. Y que tú —dirigiéndose a la inspectora— fuiste quien le hiciste llegar el primer mensaje de sus antiguos proveedores. Esa parte —añadió— ya está aclarada; pero la de Casado no, y hasta que se presente aquí a explicárnosla, la hipótesis de la inspectora no puede descartarse.

—Algo así habría dejado huellas —comentó Carvajal—. Por más cuidadoso que fuese, es imposible que borrase todos los rastros. Trabajando sobre la hipótesis como firme, deberíamos ser capaces al menos de refutarla si no es cierta.

—Y eso es exactamente lo que vamos a hacer. Esta tarde Mario, tú y yo iremos al piso de Casado a tratar de extraer información. Domínguez, quiero que tú vuelvas con los Informáticos. A ver qué pueden averiguar mirando más a fondo en el equipo de Fuentes, o si se les ocurre alguna forma de identificar si lo hizo desde su casa, o desde aquí. En cuanto a Sanlúcar y Montero...

Se interrumpió, en parte por las miradas hostiles de los aludidos, y en parte buscando la mejor forma de plantearlo.

—Comisario, creo que deberíamos comenzar a utilizar mi hipótesis como base de trabajo, al menos de momento. Por eso me gustaría que Sanlúcar y Montero se dedicasen a investigar en las fronteras, aeropuertos y puertos la posibilidad de que el inspector se haya fugado.

—Está bien. Tú decides. De momento —añadió, con un tono frío de cuya interpretación nadie podía dudar—. Vamos a ello, y asegurémonos de que esta vez no la cagamos ¡A trabajar, coño!

26

CUANDO llegaron al piso de Casado llevaban casi un cuarto de hora sin hablar. Mario, hosco, había dejado claro que las sospechas de la inspectora le parecían ofensivas. Estaba convencido de que su compañero había sido asaltado, y consideraba impensable que estuvieran dedicando recursos a investigar alternativas en lugar de buscarlo.

—La desaparición de Casado, como caso, no nos toca a nosotros. Ya hay otros investigándolo como un posible secuestro. Lo único que vamos a hacer nosotros es explorar una explicación distinta. Pero eso no va a restar recursos a nada.

—No deberíamos hacerlo —había insistido el subinspector—. Es un insulto.

Carvajal no había intervenido en la conversación. Su expresión era neutra, pero la inspectora habría apostado que ocultaba una profunda desaprobación por su actitud. Le resultaba fácil imaginarlo, precisamente porque le recordaba tanto a sí misma en la juventud. Ceder a un chantaje le parecería algo injustificable en cualquier situación. Y quizá estuviera en lo cierto...

Un agente de uniforme esperaba junto a la puerta, entreabierta y sin precinto. Los saludó después de identificarse y, si le resultaba extraño que hubiese un nuevo equipo en la escena del crimen, no lo hizo ver.

Los compañeros del interior tampoco se mostraron sorprendidos; por supuesto, los habrían puesto al corriente de la situación. Se trataba de un inspector y un subinspector de otra comisaría. A Gema le costó unos momentos recordar sus nombres: Cascos y Zabala. Siempre los había visto trabajar juntos, y no estaba segura de cuál era cuál. Físicamente se parecían: altos, fibrosos, cerca de los cuarenta, vestidos con vaqueros y camiseta. Recordaba que ambos practicaban el mismo deporte intenso los fines de semana, alguna especialidad minoritaria relacionada con la montaña.

—Hola, Moral —saludó el que tenía el pelo más largo.

No contestó. En lugar de eso miró a su alrededor, sintiendo escalofríos. La sala le causaba una enorme desazón, que iba más allá de las obvias señales de lucha. Los muebles estaban desordenados, había papeles y trozos de cristal roto en cada rincón, pero nada de eso la habría impresionado. Había visto muchas escenas parecidas. El espacio en sí, en cambio, tenía algo que le ponía la carne de gallina.

—¿Gema?

Reaccionó por fin, casi con sobresalto.

—Cascos, Zabala —saludó, con la mirada en un punto intermedio entre ambos—. Estos son los subinspectores Mario Ortega y Susana Carvajal. Estamos aquí como parte de otra investigación.

—Ya, nos han informado. Menudo marrón, ¿no?

—No parecéis muy sorprendidos —intervino Carvajal.

—¿Perdón?

—Digo que no parece que os sorprenda que estemos aquí. Esperaba… no os ofendáis, pero esperaba un recibimiento más hostil, teniendo en cuenta a lo que venimos.

El del pelo corto sonrió.

—Ya, me lo imagino. ¿Qué os parece esto?

Con un gesto les indicó el caos que se desplegaba a su alrededor. La sala era una pieza de medianas dimensiones con las paredes y hasta el techo en rosa pastel. Con todo roto y tirado por el suelo apenas quedaba un centímetro libre, pero se notaba que ya antes la decoración era recargada. En absoluto contraste con cualquier cosa que pudiese haber imaginado, los muebles eran de estilo antiguo, llenos de volutas decoradas con pan de oro, maderas oscuras y piedras nobles.

En el centro había una mesa con el sobre de mármol y las patas de madera torneada. Una alfombra cubría el suelo de pared a pared, con una mancha de sangre que partía de una esquina de la mesa. Había cuadros de estilo antiguo en las paredes, cortinas llenas de bordados y, en el techo, una lámpara de araña. La mesa llamaba la atención por su normalidad: vacía y colocada en el centro de la estancia, parecía el punto en calma del ojo del huracán. En torno a ella no había prácticamente nada su sitio, y pocos objetos permanecían intactos.

—¿Qué os parece? —preguntó con una sonrisa.

«Espeluznante», pensó Gema sin decirlo en voz alta. Aún no comprendía por qué, pero cada vez le resultaba más difícil respirar. Era como si las paredes, el techo, las ventanas, le estuvieran gritando que debía alejarse de allí. Que nada bueno la esperaba en ese lugar.

Mario y Carvajal, mientras tanto, miraban a su alrededor con cara de incomprensión, como si no entendiesen qué era lo que les estaban preguntando.

—Se resistió, ¿no? Lo hirieron, y se lo llevaron. ¿Qué más quieres que veamos?

—No hay sangre —indicó Carvajal—. Solo la de la mesa. Si se dio contra ella y se abrió la cabeza debería haber más.

—A menos que quedase inconsciente, y aprovecharan para llevárselo. Eso explicaría también por qué el camino hacia la salida no tiene signos de lucha. Quien le atacó lo conocía, o consiguió convencerlo de alguna manera de que entrase aquí. Pelearon, lo dejó inconsciente al caer contra la mesa, y luego lo sacó por la puerta.

No dijo lo que todos estaban pensando: la mejor manera de mover a alguien con una herida sangrante en la cabeza sin dejar huellas, y llamando lo menos posible la atención, es en una bolsa. Y una bolsa nunca es buena señal.

—Y no sangró nada más. No manchó el suelo, ni ninguno de los papeles, ni nada más que esa mesa. Un poco raro, ¿no?

—Quizá lo limpió después.

—Pero no limpió la mesa. Y además Casado, que es policía, no solo dejó entrar a alguien hasta aquí, sino que luego estuvo defendiéndose lo suficiente como para montar todo este follón, pero no consiguió ni herirlo, ni hacerle sangrar a su vez, ni dejar huellas…

—Bueno, eso no es exactamente así —intervino Cascos, o quizá Zabala—. Hemos encontrado varios objetos que podrían pertenecer al atacante: un par de trozos de tela y un botón arrancados de, seguramente, dos prendas diferentes. Un mechón de pelo y algunos cabellos sueltos. Uno y otros del mismo largo y color, y diferentes a su vez del de Casado.

—Así que pudo ocurrir así. Lo atacó, se resistió, lo dejó inconsciente, y luego se lo llevó limpiando las huellas más evidentes. No se dio cuenta de los trozos de ropa, y no limpió la sangre de la mesa porque estaba seguro de que era de Casado, y no le iba a incriminar. ¿Esa es la hipótesis?

Los dos policías sonrieron, como si compartiesen una broma secreta que sus colegas desconocían. El del pelo largo señaló a su compañero.

—Algo así. Salvo porque Cascos es un poco torpe.

El aludido puso gesto de resignación.

—Pues sí, qué le voy a hacer. No se lo digáis a mi comisario. El caso es que estaba haciendo el reconocimiento de la escena, y me tropecé.

Mientras hablaba se iba acercando a una pared, en la que había una consola descolocada. Debía de haber estado pegada a la pared, pero ahora formaba un ángulo con ella. En el suelo había cristales de color, fragmentos de algún objeto que debía de haber estado sobre ella. Aún en su lugar, aunque descentrado, permanecía un reloj de mesa dorado. Una imitación de estilo rococó, con la esfera rodeada por una figura de una oronda gracia que sujetaba entre sus dedos una fruta redonda.

—Estaba mirando los cristales, y cuando me levanté empujé la mesa.

A modo de demostración golpeó con el canto de la mano en el extremo del mueble. Inmediatamente la fruta cayó de la mano de la figura, y rodó hasta el borde de la consola. Atrapándola antes de que cayera volvió a colocarla, y repitió el gesto con idéntico resultado. Finalmente, empujó con cuidado la consola hasta enderezarla, y la retornó a su posición inicial. Durante el movimiento, menos brusco, la pequeña bolita permaneció en su sitio.

—¿Estáis seguros de que estaba ahí cuando llegasteis? —preguntó Carvajal. Zabala compuso un gesto de fingida ofensa.

—No somos unos pardillos, ¿vale? Lo primero que hicimos fue sacar fotos. La mesa estaba movida, pero la fruta estaba en su sitio. Y la única razón de que permaneciese ahí en medio de todo este follón...

—...es que todo este follón es un montaje —completó su compañero.

Los tres miraron a la inspectora. Solo Carvajal permanecía al margen, absorta, mirando por una de las ventanas de la sala. Mario tenía un gesto pensativo. Gema sabía que para ella era una conclusión positiva: su teoría, que ayer había parecido una intuición arriesgada, se reforzaba. Incluso, aunque fuera injusto, suavizaría el impacto de su rendición. Un enemigo interno siempre es más difícil de combatir y, aunque ella no pudiera saberlo cuando decidió obedecer, a sus compañeros les parecería menos cuestionable que lo hiciese cuando quien la amenazaba era un policía de su mismo equipo.

Nada de eso lo hacía más fácil. A fin de cuentas, Casado era un colega con el que había trabajado y, aunque lo conociese de poco tiempo, se había sentido identificada con él. Había sentido compasión por la emoción que ella había interpretado como tristeza por su fracaso, y que quizá fuera temor de que lo descubrieran. Pero lo peor era que el caso permanecía abierto, quizá ahora más que nunca: con un psicópata pederasta, violador y asesino suelto, que conocía a su familia y sabía dónde encontrarla. La sensación ominosa que la había embargado desde que entraran en la sala se incrementó, amenazando con paralizarla.

—Gema, ven a ver esto. La hostia puta...

El improperio, en boca de Carvajal, resultaba tan fuera de lugar que la alarmó, y tuvo al menos el efecto de sacarla de su ensimismamiento. Seguía asomada a la ventana. Miraba al exterior con la mano aferrando la cortina, como apoyándose en ella.

—¿Qué pasa?

Al mirar por el cristal la angustia volvió, quitándole el aliento. Se dio la vuelta y volvió a mirar la sala, quitándole con la mente los muebles y la pintura de las paredes; la veía en su mente desnuda, recién estrenada, despejada. Vacía de todo, salvo de pánico.

—Joder, jefa —susurró Mario—. Ahora sí tengo que pedirte perdón. Estaba convencida de que estabas diciendo chorradas.

—¿Qué pasa? —preguntaron casi a la vez Cascos y Zabala.

—Fue aquí —contestó Carvajal con la voz queda, la mirada aun fija en el anuncio que se veía en lo alto de un edificio lejano, mientras Gema le daba la espalda y se abrazaba a sí misma sin conseguir infundirse calor—. Es la casa en la que torturó a las niñas.

27

Dos horas después todas las comisarías del país, los puertos y aeropuertos, disponían de fotografías y datos identificativos de Casado. Sus datos se cotejaban con los de todos los vuelos desde el viernes, sin que hubiese aparecido ninguna coincidencia. No podían descartar, por supuesto, que hubiese utilizado un documento falso. Y aunque no lo hubiese hecho, aún había multitud de países a los que podía haber llegado sin más trámite que montar en un coche y ponerse a conducir. El único vehículo que constaba a su nombre se había encontrado aparcado en el garaje de su edificio, así que la búsqueda se había extendido a las empresas de alquiler. Había una orden europea de detención y entrega en tramitación, mientras los servicios centrales contactaban con Interpol. Pero nadie se hacía ilusiones. La última vez que alguien lo había visto había sido el viernes por la tarde, lo que significaba que les llevaba más de noventa horas de ventaja. Conforme a la imagen que de él componía el expediente de «El Toro» era seguro que contaba con un plan de escape. Las probabilidades de detenerlo eran cada vez más bajas. Y las de que Anna tuviese que pasar toda la vida bajo vigilancia aumentaban en la misma medida.

Gema, Mario y Carvajal, en comisaría, esperaban noticias mientras volvían una y otra vez sobre los datos del caso. Los acompañaban Rojas y Ochoa. Tenían la mesa inundada de papeles: los expedientes de todos los casos en los que el inspector había participado desde que se incorporara, cinco años antes de la muerte de Torres. En una pared se proyectaba un árbol de directorios: aquellos en los que, en el ordenador de Fuentes, se había encontrado material de archivos policiales. En el domicilio de Casado no se había encontrado ningún equipo con disco duro. La única indicación de sus actividades ilícitas era el *router* que utilizaba para conectarse a Internet. En lugar de un equipo estándar, tenía uno especializado con conexión *Tor* embebida: una especie de puerta directa a la Internet más oscura.

Carvajal había empezado a revisar el historial.

—Su primer caso relacionado con abusos fue un año después de incorporarse. Después de eso pasó dos años sin estar involucrado en ninguno, pero luego cogió tres seguidos. Un año más sin nada, y otros dos: el segundo fue el nuestro. También era el segundo en el que ayudaba a Torres.

—A Torres le gustaba trabajar con compañeros jóvenes —intervino Rojas—. Algunos decían que era porque le gustaba enseñar; otros, que lo hacía para que no le quitasen el protagonismo. Yo creo que simplemente le caían mejor. Estaba a punto de jubilarse, pero llamaba carcamales a policías diez años menores que él. Decía que se quedaban anclados en el pasado.

—Tras la muerte de Torres, pasó casi tres años sin trabajar en nada relacionado con abusos a menores, prostitución o, en general, ningún delito sexual. Luego volvió a coger uno, y a partir de ahí fueron más o menos regulares.

—No es un patrón muy claro. Aun así, la hipótesis más probable —indicó Gema— es que fuera precisamente en nuestro caso cuando pasó al otro lado. Manipuló a Robledo para que pagase por el crimen; es evidente que es un experto en eso.

—Ya lo creo que lo es —intervino Rojas—. Siempre conseguía que le adjudicasen los casos que él quería. Se camelaba al comisario, o a cualquiera que le hiciese falta. Lo que no me habría imaginado nunca es que lo hacía para esto. Si lo hubiéramos sabido…

—De alguna manera Torres lo averiguó; y por eso acabó con él.

Permanecieron en silencio unos segundos, mientras consideraban las posibilidades. Fue Carvajal la que interrumpió el silencio.

—¿Cabe la posibilidad de que ocurriera lo mismo en alguno de los otros casos? ¿Que incriminase a un inocente cuando era él mismo el culpable?

—Es posible —dijo la inspectora resoplando—. En algún momento habrá que revisar todos esos casos, y es posible que haya más de un juez al que le termine dando un ataque. Pero de momento concentrémonos en Casado. ¿Qué más hay?

—No mucho más —contestó la subinspectora—. Supongo que siguió haciendo lo suyo, concentrado en evitar que la BIT le siguiera. Es probable que buscase su propio expediente en los archivos, y utilizase la información para evadir continuamente la detención. Podría haber continuado así para siempre.

—Salvo por que apareció Torres.

—Salvo por eso. Supongo que no contó con que el piso siguiera a su nombre, y el ordenador dentro. Ahí es donde tuvo que empezar a intervenir. Hasta entonces, seguramente solo estaba siguiendo nuestros pasos para tenernos controlados.

—Pero ¿por qué no destruyó simplemente el ordenador en cuanto se enteró de que el piso aún estaba a nombre de Torres?

—Porque no estaba seguro de qué contenía —propuso Carvajal—. No podía descifrarlo, y quería saber qué información había obtenido sobre él.

Gema se quedó pensando. No era imposible, pero no acababa de encajar del todo. Aun contando con la incertidumbre inevitable en cualquier investigación, más en una tan antigua como esta, había demasiados cabos sueltos.

—Está bien —admitió al fin—. Pero nada de esto nos ayuda a encontrarlo.

Sentía que habían llegado a un callejón sin salida. No confiaba mucho en el dispositivo de búsqueda. A menos que se les ocurriese qué dirección seguir, era probable que jamás lo encontrasen.

Después de unos minutos de silencio Carvajal intervino:

—Tiene que haber otro sitio: su casa es… demasiado normal. No tiene nada que lo relacione con los casos, o con sus gustos. Absolutamente nada, en ninguna habitación, y a estas alturas habríamos encontrado cualquier cosa.

Conforme avanzaba el tiempo, y ante la confirmación de que el inspector estaba implicado como sospechoso, el registro se había vuelto más y más agresivo. Se había descartado cualquier tipo de escondite, doble fondo o habitación oculta, por el expeditivo procedimiento de una metódica y cuidadosa demolición de la vivienda y todo cuanto contenía. Hasta el momento, el único dato llamativo era la gran cantidad de dinero que debía de haberse gastado en la decoración, mucho más de lo esperable para su sueldo en la policía. Lo que en sí habría más preguntas de las que cerraba.

—Lo normal sería que tuviese fotografías, o incluso algún tipo de trofeo. Por supuesto, puede ser que le bastase con el material informático. Pero incluso en ese caso es improbable que no guardase ninguna copia.

—Quizá se las llevó con él.

—¿Sin dejar ningún rastro? ¿Material acumulado durante quince años? Han encontrado un montón de CD y DVD, pero lo único que tienen es música y películas antiguas.

—¿Cuál es tu idea, entonces?

—Supongamos que guardaba el material en otro sitio. Algo que no hayamos encontrado aún. Quizá un piso alquilado con un nombre falso, un «cuarto de juegos». Lo más probable es que se conectase desde allí también. Si pedimos el historial de localizaciones de su operador móvil, y lo cotejamos con los momentos en los que la BIT lo registró conectándose a chats, podría darnos una indicación de dónde buscar. Era un hilo tenue, pero no perdían nada por tirar de él. Ochoa habló con sus compañeros mientras Mario cursaba las peticiones de información al operador. Comparar las dos series de registros sería un trabajo tedioso, pero si de algo disponían en ese momento era de recursos para algo así. La consigna desde arriba era muy clara: encontrarlo antes de que trascendiera la más mínima indicación de lo que estaba ocurriendo. Lo último que los jefes querían encontrar era un titular acusando a la Policía de albergar asesinos en su seno. Y todos temían que fuese únicamente cuestión de tiempo.

Dos horas después Paula, con cara de circunstancias, pidió a la inspectora que pasase a ver al comisario. Pese a sus temores no la esperaba con la primera plana de un periódico. En vez de eso tenía enfrente un hombre de rostro congestionado por la ira, una emoción intensa y concentrada como pocas veces había visto.

—Gema, te presento a don Álvaro García. Es el padre de Lucía.

Le habría costado reconocerlo a partir de las fotografías del informe, y más aún en tal estado de excitación. Había sido un hombre de aspecto fuerte, con una densa cabellera negra y un mostacho poblado. Siempre de traje y corbata, con el gesto adusto. Lo único que se mantenía más o menos igual era el bigote. Su frente se alargaba ahora casi hasta la mitad de la cabeza, y había engordado al menos un kilo por cada año transcurrido. Vestía ropa informal, de tela fuerte y colores apagados. Cuando se giró hacia ella la cólera se combinó con un desprecio que no hizo ningún esfuerzo por disimular.

—¿Y esta es la inspectora que lleva el caso?

La entonación que le había dado a su título, lejos de sugerir respeto, indicaba una falta absoluta de confianza en su capacidad de responder a la responsabilidad que se le había asignado. Se quedó sorprendida. Era la primera vez que se veían, no podía haberse formado aún una opinión sobre ella, ni positiva ni negativa.

—Llevo el caso, sí. No pudimos vernos el día que pasé a hablar con su familia —repuso con toda la frialdad que pudo mostrar.

—El día en que su compañero y usted aterrorizaron a mi familia, querrá decir.

—Le aseguro que no era esa nuestra intención. Pero, como comprenderá, al existir un riesgo era nuestra obligación informarlos.

—Claro, que detalle. Lo único que olvidaron añadir era que el riesgo lo tenían ustedes dentro. Que el hijo de puta que se llevó a nuestra hija ha estado quince años tan a gusto en la comisaría, mientras un pobre imbécil pagaba por él.

La pregunta murió antes de llegar a sus labios. Por supuesto que no habría debido saber aquello, pero no podía sorprenderle que lo hiciera. Demasiada gente involucrada para que el secreto lo fuera por mucho tiempo. Sobre todo para alguien con contactos y aspecto de salirse siempre con la suya. Pero no era el único que los tenía. Como habría dicho el propio Julián, la bomba de mierda estaba a punto de estallar, y ella estaba justo en primera línea.

—Así que díganme, ¿qué cojones están haciendo para encontrar a ese cabrón?

—Por favor, don Álvaro —intervino el comisario—. Entiendo que esté usted afectado.

—¡No entiende una mierda! No me diga que lo entiende, porque ni siquiera se acerca. ¡No pienso aceptar es que sigan sin hacer nada, y manteniendo al frente de la investigación a una inútil que ni siquiera ha sido capaz de darse cuenta de que tenía al asesino sentado al lado!

Así que era eso a lo que había venido. A exigir que la apartasen del caso. En cierta forma, era un alivio. No podía decir nada de lo que no se hubiera acusado ella ya antes. Cada vez que pensaba en Casado, y en su familia, se le revolvía el estómago. Sin tener qué contestar aguantó, mientras el hombre despotricaba contra ella y el comisario la defendía débilmente. Finalmente salió dando un portazo, no sin antes aclarar que iba a utilizar toda su influencia para que le retirasen el caso no solo a ella, sino a toda la comisaría.

—¿Puede hacerlo?

—Ni idea. Depende de a quién conozca, supongo. Pero tú no hagas ni caso. Puede que no le hayamos encontrado todavía, pero por lo menos fuiste la primera que sospechó de él. A nadie más se le pasó por la cabeza.

—Para lo que ha servido… No me puedo creer que haya estado trabajando a su lado todo este tiempo.

—Tú y docenas de policías, en los últimos quince años. No te pongas a pensar en eso. ¿Hay algo nuevo?

Le comentó la sugerencia de Carvajal. Le pareció traída por los pelos, como a ella, pero apoyó la decisión de intentarlo también por ahí. No había mucho más que pudieran hacer. Seguir buscando, y esperar a que con un poco de suerte su presa cometiese un error.

28

La información llegó tras una noche larguísima, en la que había tenido que controlarse media docena de veces para no despertar a Roberto y asegurarse de que todo iba bien. Había dejado de ir al apartamento salvo para cambiarse de ropa: dormía en la habitación de Anna, en un sillón, con un policía a la puerta.

A las siete de la mañana, harta de dar vueltas sobre el colchón, estaba en comisaría. Pasó las siguientes cuatro horas revisando una y otra vez los datos disponibles sobre Casado, mientras iban llegando nuevas informaciones negativas de cada organismo al que habían contactado para intentar localizarlo. A media mañana, por fin, una llamada cambió el tono del día. Fue Elena Soto, desde la BIT, la que soltó la bomba:

—Ha ocurrido algo extraño. Tenemos que movernos a toda la velocidad posible.

—¿Movernos a dónde?

—El *zero day* ha saltado otra vez. No debería haber pasado, pero es así. Y esta vez tenemos una localización bastante precisa.

Una hora después se encontraban en un pequeño polígono industrial. En los últimos días su coche era cada vez más reacio a arrancar, y con el frío de primera hora de la mañana lo había dejado por imposible. Había optado por viajar con Mario y, durante el trayecto, sus compañeros les habían puesto al corriente de la situación.

—El virus estaba preparado para analizar los datos del ordenador y activarse únicamente si el *nick* configurado era el de El Toro. Así que, una vez que recibimos un contacto, no debería haber habido otro. Incluso si tuviese más de un ordenador, se supone que le tenemos entre rejas, así que, ¿quién es el que lo está utilizando ahora?

—¿Cabe la posibilidad de que sea una identidad compartida? Eso podría ayudar a explicar por qué es tan difícil de pillar...

—No es probable. La forma de comunicarse, los gustos, los patrones temporales... todo es muy consistente, no solo con esta identidad, sino con todas las otras que ha usado a lo largo del tiempo. Me sorprendería mucho que se tratase de más de una persona.

Tuvieron aún más suerte de la que esperaban: en la zona hacia la que les dirigía la sonda solo había tres naves industriales, muy grandes, de empresas logísticas. Aparte de eso un único edificio, más pequeño, perteneciente a una empresa de alquiler de trasteros, de las que los pisos pequeños y los objetos baratos habían hecho proliferar en los últimos tiempos en los alrededores de la capital.

—Tiene que ser ahí —afirmó Mario.

—¿En un trastero?

—Claro, ¿por qué no? Nadie le va a preguntar qué tiene dentro, y mientras no pase la noche ahí, tampoco lo van a cronometrar.

El encargado, un hombre mayor que se aburría en una garita a la entrada, no reaccionó ni al nombre ni a la fotografía del inspector.

—Ahora, que yo estoy aquí solo por las mañanas. Si se trata de alguien que venga por las tardes, o los fines de semana...

—Pero sabrá si ha estado aquí hoy, ¿no? Por lo que sabemos, debió de ser hace un par de horas.

—No tiene por qué. Si tenía el código de entrada, y la llave de un trastero, igual pasó mientras estaba haciendo una ronda. No tienen por qué hablar con nosotros para entrar. Aunque solemos estar por aquí, por eso digo que igual mis compañeros lo conocen.

No fue fácil localizarlos, ni fructífero. Ninguno de los dos reconoció la foto enviada a su teléfono móvil.

—¿Cuántos trasteros tienen?

—¡Uff! Más de doscientos. No se imagina la cantidad de gente que tiene trastos que almacenar... Y las cosas más raras que traen...

—Vendrán de vez en cuando a traer o llevarse cajas, ¿no? —intervino Mario.

—Pues, la verdad, la mayoría vienen muy poco. Al principio, cuando los alquilan, y luego igual una o dos veces al año. A traer cosas, o a llevárselas. Casi siempre a traerlas. Yo creo que la mayoría de lo que guardan aquí no sirve ni va a servir ya nunca para nada.

—¿Y le suena de alguien que sea diferente? ¿Que venga con frecuencia, pero no traiga ni se lleve nunca gran cosa?

—Pues no sé... no, la verdad. Yo creo que no. Igual mis compañeros...

El segundo, el del turno de tarde, se acordaba de alguien así. No era habitual que alguien viniese tan seguido como para recordarlo, pero había un hombre que sí lo hacía. Casi siempre al final de la tarde, y para quedarse una o dos horas antes de salir. También recordaba el piso y la zona, pero no exactamente el espacio que tenía alquilado. Tendrían que abrir una media docena de ellos para tratar de encontrar el suyo.

—Yo no puedo hacer eso. Ustedes lo entenderán, los trasteros son absolutamente privados. A nadie le gusta que anden husmeando en sus cosas.

Habría sido más sencillo si hubiesen sabido exactamente cuál era, pero no les quedaba otro remedio que pedir una orden para abrirlos todos. Les llevó varias horas realizar todos los trámites necesarios. Hasta las cinco no consiguieron, ya con el encargado de la tarde, empezar a abrir puertas.

—Siento no estar seguro, pero ya les digo que es uno de estos. Yo diría que el veintitrés.

El veintitrés resultó estar lleno de cajas de cartón, que prefirieron no abrir de momento.

El veinticuatro, a su lado, de muebles viejos, la mayoría estropeados.

—¿Para qué guarda la gente esto? —preguntó Mario, asombrado.

—Van acumulando cosas, supongo —contestó Gema, un poco avergonzada. Una de las habitaciones del chalé estaba llena de trastos viejos, de los que no había tenido valor para deshacerse. Unos por valor sentimental, otros por un supuesto valor económico, y la mayoría simplemente por desidia.

—A ver si es este —los animó el encargado al acercarse al número veinticinco.

Al principio pensaron que era muy pequeño, y estaba vacío. Luego se dieron cuenta de que habían colocado una especie de falsa pared justo delante de la puerta, con el propósito evidente de que nadie viese lo que había en el interior desde fuera. En cuanto entraron por uno de los lados se hizo claro por qué.

—¡La hostia puta! —exclamó el encargado.

—Salga de aquí, por favor —Gema reaccionó tarde, sobresaltada, bloqueando el paso con su cuerpo y forzándole a dejar la habitación.

Al principio le costó entender lo que veía. Parecía el escaparate de una agencia inmobiliaria, o uno de esos distribuidores de folletos que hay en las oficinas de turismo, rebosantes de anuncios coloridos de experiencias excitantes. Las cuatro paredes del habitáculo estaban tapizadas de fotografías, impresas en tamaño folio; cuidadosamente colocadas una al lado de otra desde el suelo hasta el techo, formaban un empapelado multicolor. Los primeros segundos su mente registró únicamente esa algarabía de rectángulos brillantes, como si se negara a ir más allá; a concentrarse en el verdadero significado de lo que estaba viendo. Por desgracia, no duró mucho. Todas eran caras: primeros planos, o copias pixeladas y desenfocadas de rostros extraídos de imágenes más grandes y ampliados para darles protagonismo. Y cada uno de los rostros retratados mostraba variaciones de expresión dentro de una reducida paleta emocional: miedo, indefensión, desesperación... Solo en unas pocas se veía la causa de esas emociones, en la mayoría permanecía fuera del encuadre. Al tomar las imágenes, o al seleccionar la ampliación, eso había carecido de importancia. Era la absoluta desesperación de sus víctimas lo que le fascinaba.

Oía a Mario hablar por teléfono, sin prestar atención a sus palabras. Los ojos que la miraban, rogando en un silencio estridente que alguien les prestase ayuda, no le dejaban espacio para atender nada más. Casi todas eran mujeres. Lo peor eran las niñas; algunas muy pequeñas, presas de un horror que nadie debería conocer en toda su vida. Sintió que le faltaba la respiración cuando creyó reconocer a Anna. Apenas se hubo cerciorado de que su mente la engañaba, de que se trataba de una chica de facciones similares, giró la cabeza y se encontró con otra que reconoció sin duda alguna: Andrea, una de las víctimas de Casado. Era una imagen que no recordaba; no estaba segura de que estuviese incorporada al informe. Pero se trataba sin duda de ella. Al verla, por fin reaccionó y se dirigió a Mario:

—Ve a hablar con el encargado. Necesitamos saber a qué nombre está alquilado el cuarto. Y distribúyelo: si tenía una identidad falsa, es posible que la haya usado para escapar.

Mientras el subinspector se apresuraba a cumplir con su orden, continuó la inspección. Aparte de las fotos, solo una mesa, una silla, un ordenador y una impresora fotográfica de tamaño A4. Pulsó el botón de encendido del portátil, solo para comprobar que estaba protegido por una contraseña. Tendrían que analizarlo los *hackers* de Informática.

—¡Cago en dios! Dime que lo vas a coger, Gema.

Estaban en el despacho de Julián, que miraba como hipnotizado la fotografía de Andrea, la única que había traído del trastero sin esperar a Criminalística. No tenía ninguna duda de que acabarían apareciendo las del resto de las niñas, pero no había tenido estómago para esperar a encontrarlas.

—¿Seguro que es Casado?

—Prácticamente seguro —contestó la inspectora, cauta—. En cualquier caso, tenemos una oportunidad de oro para comprobarlo, y para quitar de en medio a quienquiera que lo haya hecho.

—¡Ni se os ocurra cagarla! Coge toda la gente que necesites, pero traedlo aquí amarrado de los huevos.

La alarma había saltado cuando Carvajal comprobó la identidad con la que se había alquilado el trastero: se había comprado un billete de avión a ese nombre, con destino a Panamá, para el domingo. La reserva se había efectuado el viernes, utilizando un pasaporte expedido seis años antes; pero no se había llegado a hacer *check in,* y nadie había montado al avión. Sin embargo, esa misma mañana se había comprado un nuevo billete, este con destino a Noruega. Con una identidad diferente, y en otra aerolínea, pero el pago se había realizado con la misma tarjeta de crédito, que estaba a nombre de una tercera persona.

—Noruega pertenece al espacio de Schengen —explicó la subinspectora—. No hay que utilizar pasaporte, ni pasar por ningún control especial. Te subes al avión, una azafata comprueba tu tarjeta de embarque y, si está de humor, tu DNI, y ya está. Para viajar a Panamá tendría que haber pasado por control de pasaportes, con mucho más riesgo de que lo detectasen. Quizá incluso de encontrarse con un policía conocido, si tenía mala suerte.

—En cualquier caso, a nosotros nos favorece —intervino la inspectora—. Si se hubiese subido a ese avión anteayer ahora lo tendríamos mucho más complicado. Pero si aparece mañana, es nuestro.

—Si aparece —murmuró Sanlúcar.

29

A LAS diez de la noche, sentada en el sofá, la voz de Roberto sonaba clara en su oído, como si estuviese a su lado en lugar de a seiscientos kilómetros de distancia. Demasiado clara, le permitía notar en su tono el cansancio y la frustración que le causaba la situación en la que ella los había metido. Casi podía oír cómo pensaba, cómo elegía las palabras cuidadosamente para no utilizar ninguna que implicase echarle la culpa por nada. Pero los dos sabían que no estarían así si no fuera por ella.

—A Anna le he dicho que los policías son compañeros tuyos, pero no he entrado en detalles y ella no ha preguntado nada; a Dios gracias, lleva un par de días obsesionada con un juego que le recomendó Alex, y solo está pendiente de eso. No creo ni que haya notado los cambios.

—¿Y tú, cómo estás? —susurró.

—Bien, no te preocupes. Estamos los dos bien. Es verdad que es un poco raro tenerlos todo el día a la puerta, pero no pasa nada. Ahora concéntrate en encontrar a ese hijo de puta.

La rabia cuidadosamente controlada que asomaba en sus palabras, reflejaba tan fielmente la suya propia que habrían podido ser el mismo sentimiento, extendido entre ambos a pesar de la distancia.

—¿Has sabido algo del trabajo?

—De momento todo sigue igual —contestó tras una pausa demasiado larga.

—¿Qué pasa? ¿Te han llamado? ¿Ha ocurrido algo?

—Querían que me acercase a hablar otra vez. Pero habría tenido que ir a Tarragona de nuevo, y en este momento no se me ocurriría. No te preocupes —se apresuró a añadir—. Les expliqué por encima que es un momento complicado, y creo que esperarán.

—Lo siento muchísimo, Roberto —contestó desolada.

Se sentía tan culpable que no sabía cómo expresarlo. Y lo peor era que, si no conseguían atraparlo, podía ser una situación permanente. Tendrían que vivir siempre pendientes del peligro de que los encontrase. Incómoda como era, la situación que vivían ahora no era nada comparada con aquella en la que podría convertirse.

Durmió un sueño intranquilo, en el que una y otra vez salían del aeropuerto con las manos vacías sin que el inspector se hubiese presentado al embarque. En el grupo que volvía, con las manos vacías, a comisaría se encontraba en ocasiones el propio Casado.

30

Carvajal, Ortega y ella se encontraban en una oficina amplia, con luces tenues, iluminada sobre todo por docenas de pantallas que panelaban la pared opuesta a la puerta. En ellas se iban alternando, cada pocos segundos, imágenes procedentes de distintas cámaras repartidas por todo el aeropuerto. Seis permanecían fijas: cuatro cubrían el mostrador de facturación para el vuelo a Noruega, y otras dos la puerta de embarque. Al personal de mostrador no se le había informado de nada. Era mejor que se comportasen naturalmente y, en cualquier caso, era poco probable que se arriesgase a facturar o que necesitara hacerlo. En su casa no parecía faltar nada; seguramente pensaba comprar en su país de destino todo lo que necesitase. Quizá incluso ya tuviese allí un escondite: la documentación falsa demostraba que llevaba mucho tiempo planificando una estrategia de escape.

En una mesa, a su lado, un administrativo de la aerolínea estaba conectado al sistema que gestionaba las reservas, monitorizando cualquier variación sobre la que les interesaba. Así habían comprobado que se había hecho *check in* a las siete de la mañana, reservando un asiento de las últimas filas, en pasillo. Mientras alternaba entre una aplicación y otra, a golpe de ratón, sonó su móvil.

—Por favor, no se entretenga —indicó la inspectora—. Necesitamos que esté concentrado en esto.

—No se preocupe, seré breve —contestó, antes de pasar a la llamada—. Dime; bien, genial; ¿puedes pasármelo? Sí, ahora mismo. Seguro que lo quieren escuchar en seguida. Muchas gracias.

Tras colgar se giró hacia ellos, con una sonrisa en la cara.

—Era un colega. El billete se reservó por teléfono. Hoy en día la mayoría de la gente lo hace por Internet, pero aún quedan muchos que llaman. Se me ocurrió que quizá se grabase la llamada. Me está mandando el audio por correo.

Un minuto después todos escuchaban atentamente, con la mirada aún fija en las pantallas por si aparecía Casado.

—Quiero reservar un billete a Noruega. Para el jueves a las doce del mediodía.

La voz era desconocida; la calidad de la grabación era mala, pero aun así costaba imaginar que el hombre que estaban escuchando pudiese ser su antiguo compañero. Hablaba en tono tenso, casi entrecortado. Tuvieron que pedirle en dos ocasiones que repitiese los datos. La primera fue al decir el nombre falso, que sonaba extraño en su boca, como una palabra difícil pronunciada sin costumbre.

—Jefa, mire aquí— indicó Mario.

Una de las pantallas mostraba uno de los vestíbulos del terminal. Se veía a un hombre de perfil, con un abrigo fino y una mochila negra. Su constitución general se correspondía con la del inspector.

—¿Podría ser él?

—¿Con barba y bigote? Un poco de película, ¿no?

Antes de que pudiese responder, la imagen cambió a un vestíbulo diferente. Tras unos momentos de confusión, el operador de las cámaras consiguió recuperar la anterior, pero el hombre ya no estaba allí.

—¿Puede intentar localizarlo? ¿Por dónde habría ido si se dirigiese a la puerta de embarque?

El operador cambiaba las imágenes en rápida sucesión, buscando al individuo del abrigo por todo el aeropuerto. Mientras tanto, en las pantallas que mostraban la puerta de embarque, se veía cómo este ya había empezado: la cola de viajeros iba disminuyendo con rapidez, y apenas faltaban unos diez minutos para el cierre de puertas.

—Déjelo —indicó Gema, mareada por los constantes cambios de imagen—. Vamos a concentrarnos en la puerta. Si es nuestro hombre, irá ahí. Amplíe el entorno fijo a todo el pasillo.

Las dos azafatas que revisaban los billetes, así como tres de los pasajeros que esperaban charlando a que la cola se redujese, eran policías camuflados. Habían procurado evitar a cualquiera a quien Casado pudiese reconocer, pero aun así estaba intranquila. Podían haber coincidido en cualquier curso, o en algún evento, sin que ellos lo recordasen. Por eso quería ver todo el pasillo, para localizarlo si los veía y decidía darse la vuelta. Recorrió las pantallas una y otra vez buscando al hombre del abrigo.

Cuando faltaban cinco minutos para el cierre de puertas la cola había desaparecido. Los tres policías permanecían sentados, pero incluso por las cámaras de seguridad se les veía tensos: no había una razón para que permaneciesen allí, en lugar de entrar en el avión. Se estaban quedando sin tiempo. En ese momento el teléfono de Gema sonó. Era Inma. Colgó la llamada sin contestar.

Un hombre mucho más bajo que Casado se acercaba a paso vivo. Debió ver de lejos a los policías sentados, y la puerta abierta, y aminoró. Todas reacciones esperables en alguien que teme perder un vuelo, y se da cuenta por fin de que ha llegado a tiempo. El teléfono volvió a sonar, y ella colgó de nuevo. De repente, cuando el hombre estaba a apenas unos veinte pasos de la puerta, por el extremo del pasillo apareció el largo abrigo que habían estado buscando en los últimos minutos. Caminaba a paso tranquilo, dirigiéndose hacia las falsas azafatas como si estuviese seguro de que lo esperarían.

El teléfono sonó una tercera vez y Gema, concentrada por completo en las pantallas, contestó casi sin darse cuenta.

—Ahora no puedo hablar —susurró como si el sospechoso pudiese oírla.

—Es importante, Gema —contestó la voz de la forense en su oído—. No te imaginas lo que tengo aquí. Necesito que vengas ahora mismo.

—Inma, por favor. Ahora no puedo, de verdad. Creo que lo tenemos.

—¿Que lo tenéis? ¿A quién? ¿Dónde estás?

Sin entender de lo que estaba hablando su amiga dejó el teléfono sobre la mesa. En las imágenes las dos azafatas, y los tres policías de paisano, se habían abalanzado sobre el hombre que acababa de llegar a la puerta de embarque. El del abrigo, a treinta metros de distancia, observaba la confusión.

—¿Qué ha pasado? Mario, llámalos. Susana, llama a Cano y Suárez. Que detengan al hombre del abrigo. ¡Puede escapárseles!

Siguieron instantes de confusión. Mientras los subinspectores hablaban con sus colegas, Gema observaba las pantallas, en las que el hombre del abrigo largo se daba la vuelta y se alejaba en dirección contraria a la puerta. Ordenó a Ortega que lo interceptase y, cuando el hombre salió del rango que las cámaras captaban, comenzó a gritarle al operador para que lo localizase. Tardó unos segundos que se hicieron eternos, hasta que por fin una de las pantallas lo mostró detenido por Cano y Suárez, dos colegas involucrados en el operativo.

—¡Lo tenemos! —gritó.

—¡No es ese! —replicó Mario—. El otro se ha identificado con los datos falsos, por eso lo han detenido. Tiene que ser él.

El segundo hombre estaba también en el suelo, inmovilizado por una de las falsas azafatas. Varios transeúntes se habían detenido a mirarlo, y algunos de ellos intentaban sacar fotos mientras uno de los policías de paisano les ordenaba dejar de hacerlo.

—Ese no es Casado, ¿no lo ves? Susana, dile a Cano que no suelten al otro. Podría ser un señuelo. No me gusta nada la forma en que se ha dado la vuelta.

—Dicen que es extranjero. No parece hablar español.

—¡Me da igual! Puede ser un disfraz. Si no, estamos jodidos.

Desconcertada, esperando tener razón, miró a su teléfono, del que salía una voz que repetía su nombre. Estaba sobre la mesa, aún con la llamada conectada. Lo tomó y oyó a Inma gritando.

—¿Qué pasa, Inma? Aún no sé si lo tenemos. Ha aparecido alguien con su nombre, pero no era él. Aunque es posible que estuviese vigilando y lo hayamos cogido.

—No sé a quién habéis cogido, Gema, pero te aseguro que no es Casado.

—¿Por qué? ¿Cómo lo sabes?

—Porque a Casado lo tengo yo. Aunque no sé lo que significa esto, Gema. Tienes que venir inmediatamente.

31

Miraba fijamente, pero sin procesar lo que estaba viendo. Habían tardado casi una hora en llegar, aunque no estaban lejos del aeropuerto. Su coche había decidido que era el mejor momento para dejarla finalmente tirada, y había perdido minutos interminables coordinándose con Mario y Carvajal para que la subinspectora se quedase al frente del operativo y su colega la llevase a ella. Cuando por fin había conseguido sentarse en el asiento del copiloto, les había llevado menos de diez minutos alcanzar los terrenos de una nave industrial abandonada. El propietario del terreno había contratado un servicio especializado en inspección de propiedades. Una vez al mes sobrevolaban la parcela con un dron y tomaban fotografías para detectar usos ilegítimos de la propiedad, vandalismo u otros eventos que pudiesen afectar a su valor. En este caso la comparación entre dos imágenes sucesivas había mostrado una zona con tierra recién removida en uno de los pocos espacios verdes. El guardia de seguridad que se había personado a inspeccionar era el que había hecho la llamada que acabó trayendo a Inma al lugar.

Cerró los ojos, no tanto para dejar de ver la imagen espeluznante que le transmitían como para intentar entender lo que significaba. Se sentía como si alguien hubiese abierto una ventana, y un vendaval hubiese arrastrado todas las piezas del puzle que había tratado de montar laboriosamente. Una a una, volaban por el aire riéndose de ella, mostrándole colores que no había sabido identificar, correspondencias entre sus lados que había tomado por buenas y se revelaban espurias. Lanzadas al vuelo por un ciclón, o por la caída de la nueva pieza, brutal e incomprensible, que contemplaría cuando abriese los ojos de nuevo.

—Yo diría que lleva aquí unos cinco días —decía Inma, a su derecha—. Ya sabes que no lo sabré con más precisión hasta que haga las pruebas en el laboratorio; quizá ni siquiera entonces. Pero si tuviese que apostar, lo haría al sábado.

—Joder, joder —repetía Mario, sin más, desde su izquierda. Como una letanía que encontraba una extraña sincronía en su ánimo perturbado, perdido en divagaciones que comenzaban a tomar tintes oníricos.

Terminó abriendo los ojos porque el olfato interrumpía sus pensamientos tanto como la vista. El olor era vomitivo. Compañero fiel del espectáculo que se presentaba a su mirada: la carne medio descompuesta, los insectos burbujeando por todas partes, las manchas en la piel desnuda. Todas las preguntas volvían a estar en el aire, todas las conclusiones suspendidas. Lo único de lo que podía estar segura, ahora, era del horror que había llenado los últimos minutos de la vida de su colega, amigo en ciernes, quizá traidor, acosador, pederasta, asesino, fugitivo y, finalmente, víctima: el inspector que, con el cuerpo machacado a golpes, un agujero de bala en el centro del pecho y los ojos vacíos mirando al cielo desde una tumba recién excavada, definitivamente no volvería a hacer daño a nadie.

Hizo el camino a comisaría en silencio. Mario, a su lado, se cansó pronto de intentar entablar conversación. Hubo un par de llamadas: una, por supuesto, a Julián, y otra al comisario del centro. Las dos fueron cortas, entrecortadas, incómodas. Curiosamente, fueron ellos quienes le hicieron cambiar de opinión. Antes de recibirlas, había tomado la decisión de presentar de nuevo la dimisión. Se sentía superada por los acontecimientos, incapaz de decidir por qué camino seguir, culpable por la muerte de alguien a quien había considerado primero un colaborador y luego un psicópata manipulador. Pero, pese a que estaba convencida de que así iba a ser, ninguno de los dos comisarios le pidió responsabilidades. Los dos hombres habían aceptado sin reservas su hipótesis de la culpabilidad del inspector, más aún desde que apareció el cuarto de los horrores. Ninguno podía acusarla de dejarse engañar más que ellos. Ella llevaba la investigación, pero ambos tenían el grado, y teóricamente la experiencia, que debería haberles hecho redirigir sus pasos si consideraban que estaban tan fuertemente desencaminados. La culpabilidad seguía ahí agazapada, luchando por dominar todos sus pensamientos, pero, por una vez, tenía la fuerte sensación de que era compartida.

Además, estaba Anna. Eso no había cambiado: había un asesino ahí fuera que seguía teniéndola en el punto de mira. Puede que se hubiese dejado engañar, y era la primera en aceptar que había investigadores mucho mejores que ella a quien recurrir. Pero sabía que nadie pondría ni la mitad del esfuerzo que ella en encontrarlo, costase lo que costase. Y eso implicaba seguir en el caso. Aunque, lo que parecía menos probable ahora, Julián intentase quitárselo. Aunque, lo que parecía prácticamente seguro, don Álvaro moviese todas sus influencias para hacerlo.

—Voy a pedirte un favor, Mario. Uno gordo.

El subinspector se sorprendió. No tuvo claro si por lo que había dicho, o porque hubiese decidido romper el silencio después de media hora callada, y a solo unos minutos de llegar a su destino.

—Claro, jefa. Lo que quiera, ya lo sabe. La verdad, no tengo ni idea de qué hacer ahora. Pero haré lo que usted me diga.

—No, no es de la investigación. Le he estado dando vueltas, y va a haber mucho que hacer. Seguir con la inspección de la escena del crimen, buscar cámaras en los aledaños, repasar el informe de la autopsia… muchas tareas que tendremos que repartirnos, aunque admito que nos va a costar encajarlo todo en el caso. Pero el favor que quiero pedirte es de índole más personal.

—Claro. Lo que quiera —replicó de nuevo, en tono más inseguro.

—Que me prestes tu coche. No sé cuánto me va a costar recuperar el mío, y ahora no me puedo permitir quedarme colgada. La comisaría está fatal de coches de servicio; le pediré a Julián uno para ti, pero yo necesito toda la libertad posible en este momento. Y para eso necesitaré tener un vehículo enteramente a mi disposición.

No se había equivocado: el siempre fiable Mario, que nunca se había negado a nada de lo que le había pedido, estuviese o no dentro de las competencias de su puesto, permaneció en silencio. Giró levemente la cabeza para contemplarlo de reojo y pudo ver cómo permanecía con la vista fija en la carretera, sujetando el volante con rigidez, cambiando de marcha y accionando el intermitente con movimientos deliberados, cuidadosos. Transcurrió casi un minuto sin respuesta.

—Ya sabes que no te lo pediría si no lo considerase imprescindible —añadió por fin, en tono más bajo.

—Está bien, jefa. Lo… tratará con cuidado, ¿verdad?

—Claro. Como si fuese mío.

El subinspector hizo una leve mueca al oír el comentario. Quizá no había sido lo más apropiado recordarle el cacharro desvencijado que, en los últimos cuatro años, solo había visto un taller cuando el rechazo en la ITV le había forzado a llevarlo. En cualquier caso, había accedido, y eso era todo lo que necesitaba en ese momento. Por la tarde quería ir al menos a ver a Tomás y al Anatómico Forense, y se había asegurado los medios. Pero Mario podía estar tranquilo: tendría con él mucho más cuidado que con su propio coche. Aunque solo fuera porque no podía permitirse hacer frente a los costes de otra reparación.

Encontró a Julián al teléfono con aspecto estresado. Había un tenue olor a tabaco en el despacho que llevaba tiempo sin percibir. El comisario contestaba a su interlocutor con palabras sueltas, la mayoría monosílabos, en tono contrito. No necesitaba preguntarle para saber que estaba hablando sobre su caso.

—Era don Álvaro —confirmó al colgar—. Está frenético.

—¿Se ha enterado?

—Casi antes que yo. Y sí, ya lo sé: eso significa que alguien le está informando, porque a esas alturas el asunto todavía no había trascendido fuera de la comisaría. Pero ese ahora es el menor de mis problemas. Quiere tu cabeza.

Se sorprendió a sí misma irguiéndose en la silla. La cabeza recta, los hombros levantados. Más dispuesta a presentar batalla de lo que había estado en los últimos meses.

—¿Y se la vas a dar?

—Yo no. No de momento. Pero es posible que no esté en mis manos.

—¿A quién conoce?

—No estoy seguro. En los últimos días he recibido muchas presiones, y algunas podrían provenir de él, pero no tengo forma de saberlo. Lo que está claro es que, si en algún momento consigue que den una orden tajante, tendremos que asumirla. Lo único que puedo decirte es que aún no ha llegado.

Era todo lo que tenía, así que tendría que bastar. No era momento de dejarse desanimar. Había demasiado que hacer.

—¿Qué piensas hacer, Gema? ¿Tienes alguna idea de cómo encarrilar este puto desastre?

Reflexionó antes de contestar. La respuesta sincera habría sido negativa. No sabía cómo darle sentido al asesinato de Casado. Todo había indicado que él era El Toro, pero ahora estaba muerto. Igual que en el caso original: tenían al sospechoso perfecto, todo cuadraba, salvo que no podía ser el culpable. Quince años atrás, porque una de las víctimas había perecido cuando ya estaba en la cárcel. Ahora, porque él mismo se había convertido en víctima. El mismo procedimiento, la misma forma de manipularlos para endilgar la culpa a otra persona. Si no hubiese sido porque la casualidad de las imágenes aéreas, habrían seguido buscando a Casado durante años. Y mientras tanto el verdadero culpable seguiría oculto, en las sombras, amenazando a su familia y a las de las demás niñas. Solo podía esperar que esta vez ese no hubiese sido su único error.

—Seguir con la investigación. Ha matado a un hombre, y hay muchas posibilidades de que haya dejado alguna huella.

—No lo hizo en los casos anteriores.

—Todos fueron hace mucho tiempo; ahora los forenses tienen muchas más herramientas. Y este caso es fresco. No le será tan fácil borrar todos los rastros. De hecho, no lo ha conseguido: tardamos quince años en encontrar el cadáver de Torres, pero solo cinco días el de Casado. Esta tarde asistiré a la autopsia. Rastrearemos toda la información posible sobre esa nave; es posible que haya cámaras en los alrededores que podamos utilizar. Y aún tenemos el ordenador. Hablaré con Tomás para ver por dónde van. Si estaba todo manipulado, es posible que El Toro haya dejado algún indicio entre los datos. También está el hombre que hemos detenido en el aeropuerto. Aún no sabemos cómo, pero está relacionado con todo este embrollo. Voy a ir a interrogarlo ahora mismo.

—Sabes que tienes a todo el mundo a tu disposición.

—Y tengo trabajo para todos. Ya sé que esto es un revés, pero tenemos que confiar en que arriesgándose de esta manera se haya puesto al descubierto. Hay que ir a por él.

Julián se la quedó mirando en silencio, con una expresión que recordaba de tiempo atrás, pero que se había vuelto menos frecuente hasta desaparecer casi por completo. Quiso creer que aunaba respeto y confianza. Que volvía a ver en ella a la mujer a la que apoyó en el ascenso a inspectora, y a la que asignó casos progresivamente más importantes. No estaba segura de seguir siendo esa persona; pero si era la que podía proteger a Anna, haría todo lo posible por parecerse a ella.

—Está bien. Pero hay una cosa más que vas a tener que hacer, y hoy mismo, antes incluso del interrogatorio. Es una putada, no te va a gustar nada y te va a joder hasta que te lo pida. Pero hay que hacerlo. Y tienes que ser tú.

En la puerta metálica aún quedaban dos trozos del celo de los globos. El aspecto de la casa, en cambio, no podía ser más diferente. Lo avanzado de la hora sumía el jardín, desierto, en la penumbra. El ambiente festivo y alegre de su última visita se había desvanecido.

Había ido sola. Como sugiriera Julián, era algo que tenía que hacer ella. Cualquier compañero al que involucrara sería de escasa ayuda, y se arriesgaría a hacerles partícipes de sus problemas.

Al llamar al timbre, le abrió Patricia, la nuera. Le dedicó una sonrisa tenue, que eligió interpretar como de soterrado apoyo. En el salón le esperaban únicamente los padres: don Álvaro y doña Julia; don Samuel y doña Sonsoles; don Rodrigo y doña Marina, ocupando todo lo largo del sofá y los sillones a juego. Nadie había pensado en llamar a la madre de Milena, o quizá ella había decidido no participar en el juicio. Porque eso es lo que era, no se hacía ninguna ilusión al respecto. Patricia cerró la puerta desde fuera. La confianza que la unía a la familia no llegaba a hacerla formar parte del jurado. Consideró la posibilidad de permanecer de pie, pero finalmente decidió sacar una de las sillas colocadas cuidadosamente en torno a la mesa y sentarse en ella, enfrentándolos. Expresándose con lo que esperaba que pasase por serenidad, comenzó:

—El comisario me ha pedido que les informe de los progresos del caso.

—¿Progresos? ¿A esta mierda le llama progresos? ¿A otro policía muerto, y el asesino por ahí suelto? ¿De qué cojones de progresos habla?

Mientras don Álvaro se desahogaba, su esposa, con aire ligeramente avergonzado, mantenía la vista en el suelo. Los padres de Mariluz se miraban las manos, lo mismo que don Samuel. Solo doña Sonsoles, en calma, y el propio acusador, con los ojos y el rostro encendidos, la miraban a ella.

—Entiendo que estén disgustados. Los giros del caso nos han sorprendido a todos. Pero siempre supimos que nos enfrentábamos a una investigación muy complicada, en base al tiempo transcurrido. Y se ha hecho progresivamente claro que también a un criminal con muchos recursos.

—¡Ni que lo jure! Mucho más que ustedes, está claro. ¡Os dije que teníamos que haber seguido con Mauro! —casi gritó, dirigiéndose a sus compañeros—. Él sí era un investigador, y no estos inútiles. Sinceramente, inspectora, ¿tienen alguna idea de cómo carajo encontrar al hombre que asesinó a nuestras hijas?

Una vez más había conseguido transformar su título en un insulto únicamente con la entonación. Estuvo a punto de responderle cortante, como había hecho más de una vez en el curso de su trabajo con testigos, culpables o incluso víctimas que se extralimitaban. Pero esta vez no podía hacerlo; no le cabía duda de que el hombre que tenía delante era peligroso, y no podía arriesgarse a tener dos frentes abiertos. Tenía que conseguir cerrar este, aunque fuese de manera precaria.

—Tenemos varios indicios que seguir. Por favor, les ruego que entiendan que, dejando aparte los sucesos de hace quince años, que por eso mismo son extremadamente difíciles de investigar, el caso actual está prácticamente en sus comienzos. Acabamos de descubrir a la víctima, y hay muchos datos que el lugar del crimen puede proporcionarnos. Estoy segura de que conseguiremos encontrar al culpable.

—¡Y una mierda! —el tono del hombre se elevaba por momentos—. Usted sabe perfectamente que el caso comenzó ya días atrás. Y lo sabe porque, antes de acabar con Casado, el asesino los amenazó a usted y a su familia. ¿Acaso eso no le parece relevante? ¿Han conseguido averiguar algo al respecto?

Acusó el golpe. La información se había mantenido restringida al máximo. Y era de un tipo extremadamente sensible, que cualquier compañero se pensaría tres veces antes de divulgar. Lo peor de todo es que, si la utilizaba, le resultaría aún más fácil apartarla del caso. Su propia involucración, que sus superiores habían decidido no utilizar en su contra hasta el momento, era el argumento más seguro para decidir que no era a persona adecuada para llevar la investigación.

—Y ahora no solo ha matado a su compañero, sino que ha manipulado las pruebas para hacerle parecer culpable. ¡Si hasta han estado buscándolo para arrestarlo por tierra, mar y aire! Debería agradecernos que exijamos su sustitución, inspectora. La próxima podría ser usted. Y seguro que todo el mundo acabaría convencido de que los crímenes eran obra suya.

Era necesario desviar la conversación, hacerles pensar en otra cosa. Lo hizo con lo primero que le vino a la mente.

—Con todos los respetos, no creo que podamos afirmar eso todavía. Es demasiado pronto para hacerlo.

—¿El qué? ¿Que va a matarla a usted también? —preguntó desconcertado.

—Que manipuló las pruebas para sugerir la culpabilidad de mi colega. No estoy… aún no estoy segura de qué es lo que ocurrió, para serles sincera. Pero lo averiguaremos. Y… lo que voy a decirles es parte de la investigación; no necesito decirles que es absolutamente crucial que no se divulgue —dijo, mirando fijamente a don Álvaro—. Tenemos pruebas claras de que el inspector estaba, de hecho, vinculado a los asesinatos.

Consiguió, al menos, el silencio atónito que buscaba. Aunque era consciente de que en cualquier momento podía transformarse en un auto de fe. Sin embargo, no fue don Álvaro, que permanecía obnubilado, quien intervino, sino la madre de Silvia.

—¿Quiere decir que es posible que el inspector fuera quien se llevó a nuestras niñas? ¿Que no es seguro que lo hiciese quien le mató?

—Eso es lo que he dicho, precisamente. Que no podemos descartar-lo. Entiéndanme: desde que aparecieron los restos del inspector Torres, con Robledo en la cárcel, supusimos que nos encontrábamos ante un segundo hombre. Ahora es evidente que sigue habiendo un asesino suelto, como usted ha dicho. Pero eso no significa que el inspector Casado fuera inocente. Es posible que, viendo que nos acercábamos, decidiese cargarle todas las culpas a él y desaparecer.

—¿Y en qué se basa para afirmar eso, inspectora?

—En el apartamento de Casado. Fue donde se llevó, al menos, a una de las niñas.

Comenzaron a hablar entre ellos en voz baja. Solo doña Sonsoles permaneció en silencio, con la vista fija en la inspectora. Tras largos instantes de contemplación se unió a sus compañeros. Permanecieron así, en una especie de deliberación, mientras ella los contemplaba. Le llegaban palabras sueltas, pero no las suficientes como para saber de qué estaban hablando. Lo único que veía claro era que el padre de Lucía estaba cada vez más calmado, y que la expresión de asombro no le abandonaba. Quizá fuese una buena señal.

—Está bien —dijo al fin—. Tenemos que admitir que las cosas han dado un giro importante, y es posible que necesite un tiempo para encarrilarlas. Pero la seguiremos con atención. Y puede estar segura de que, si no vemos avances, hablaremos con quien sea necesario hablar.

Después de eso no quedaba mucho que decir. Así que se apresuró a salir del chalé cuanto antes. Doña Julia, que apenas había abierto la boca durante la reunión, se despidió de ella con dos besos; Don Rodrigo y doña Marina, más distantes, dándole la mano. Don Álvaro se mantuvo enfáticamente al margen de su marcha, en conversación con el padre de Silvia, que le dirigió apenas una mirada de despedida. Solo su esposa la acompañó a la salida. A Patricia no se la veía por ningún lado.

—Tiene que entendernos. Esto es muy duro para nosotros. Usted tiene una hija. Quizá pueda imaginarse lo que es esto.

—Le aseguro que puedo —replicó, en un tono más frío de lo que pretendía.

—Siento mucho que se haya visto involucrada. Y supongo que es aún peor que se haya hecho público. No sé de dónde saca Álvaro la información, ni le voy a preguntar. Pero no lo utilizaremos en su contra. Si hay alguien que entiende por lo que está pasando, somos nosotros.

—Lo sé. Pero entiéndanme ustedes también, por favor. Este caso nos está afectando a todos muy de cerca. Necesito que confíen en que sé hacer mi trabajo. Voy a encontrar a ese cabrón.

—Estoy segura de que, si alguien puede hacerlo, será usted —replicó la mujer con una sonrisa triste—. Gracias por todo lo que está haciendo por nosotros. Si se le ocurre cualquier forma en que podamos ayudar, hágamelo saber. La apoyaré en todo lo que pueda.

Salió de la casa mucho más calmada de lo que había entrado. Había evitado lo peor, y puede que hubiese conseguido una aliada donde más la necesitaba. Solo cuando caminaba por la calle hacia el coche de Mario fue consciente de algo que llevaba un buen rato molestándole inconscientemente, pero sin saber bien qué era. Una nueva pieza, o quizá solo un pequeño cambio en la forma de una pieza, que volvía a dislocar los patrones de forma impredecible.

Intentó llamar desde el coche pero, antes de conseguir hacerse con los mandos del manos libres, le entró una llamada al móvil. Poniendo el altavoz del terminal al máximo trató de hacerse oír sobre el ruido del motor. Lo cual resultaba mucho más fácil con el suave ronroneo de la nave espacial de lo que habría sido en su desvencijado automóvil.

—¿Vas a venir al fin? —preguntó Inma por toda presentación.

—Voy para allá ahora mismo. He tenido que pasar por un sitio antes. Luego te cuento.

—Bueno, te espero. La autopsia ya está terminada, pero la podemos repasar. En resumen: murió como consecuencia de un disparo, la noche del sábado al domingo. Y antes de eso no lo debió de pasar nada bien.

Le costó veinticinco minutos llegar al instituto, y casi quince encontrar un lugar para aparcar con confianza de no rayarle el coche a Mario. Al llegar, ni Inma ni ella perdieron tiempo en preámbulos.

—Se ensañaron con él. Tiene golpes por todas partes: en el pecho, la espalda, las extremidades, el vientre, la cabeza… He contado al menos veintisiete. La mayoría realizados con un objeto romo, grueso y muy duro. Tres costillas, una vértebra y un fémur rotos, un testículo reventado, y un par de fracturas pequeñas en el cráneo. Los golpes no eran lo suficientemente fuertes como para matarlo, pero tampoco les importaba el estado en que fuera a quedar: el final estaba decidido de antemano.

El pecho estaba abierto, sujeto a ambos lados por separadores. El corazón, como el resto de las vísceras, había sido extraído, pero una pantalla de ordenador mostraba cómo lo habían encontrado al abrir: prácticamente desgajado en dos mitades.

—Un disparo a bocajarro, con un arma de calibre medio. La muerte fue instantánea, aunque el camino hacia ella debió de resultar eterno. Y hay otra cosa interesante. Fíjate en ese corte que tiene en el pecho. Separándose de la mesa y quitándose los guantes, mostró en la pantalla el estado del cadáver cuando lo habían encontrado. Al retirar cuidadosamente la tierra, habían conseguido que permaneciese en el mismo estado en que quedó cuando lo enterraron. El cuerpo estirado, la cabeza ligeramente ladeada, los brazos extendidos a ambos lados. Casi como si lo hubiesen colocado amorosamente en el ataúd.

La siguiente fotografía era del mismo lugar, pero ya sin el cuerpo. Quedaban manchas de sangre, aunque no muchas.

—Estaba vestido cuando lo torturaron y lo mataron. Hay fibras empotradas en algunas de las heridas. Por eso hay poca sangre: lo desnudaron antes de meterlo en la fosa, y la mayor parte debió de quedar en la ropa. No fue cerca de la nave, habría sido imposible no dejar huellas. Si tuviera que apostar, diría que lo llevaron en una furgoneta, le quitaron en ella la ropa y luego lo cargaron en volandas hasta el hoyo. De todas formas, lo que quería enseñarte no era eso. ¿Ves esta piedra de aquí?

Del que pudo haber sido el último lecho del inspector sobresalía un filo gris y duro, empotrado en la tierra de alrededor.

—La forma y la ubicación son consistentes con el corte que te he mostrado antes, que fue hecho *postmortem*.

—Pero estaba en el pecho. Tendría que haber estado boca abajo, pero lo encontrasteis boca arriba, ¿no?

—Exactamente. Primero, lo pusieron hacia abajo, y luego le dieron la vuelta. ¿Te has dado cuenta de lo bien estirado que estaba? Un cuerpo no queda así si lo dejas caer de cualquier manera.

Permaneció en silencio, dejando que la inspectora llegase a sus propias conclusiones.

—Quería sacarle fotos —dijo Gema al fin—. De ambos lados, para que se viese bien lo que le había hecho.

—Como si quisiesen demostrar a alguien la calidad del trabajo. O quizá como aviso para otros que pudiesen estar arriesgándose a lo mismo.

No pudo seguir ignorando la insistencia de la forense en contestar en plural a sus conjeturas.

—Crees que no fue él.

—Si no fuese porque estáis en medio del caso… No los habría relacionado jamás, Gema. No hay ninguna similitud. Ni murió por asfixia, ni lo clavaron al suelo, ni tenía el cuerpo intacto, sino todo lo contrario.

Lo único que tiene en común con las niñas es que estaba desnudo, y que debió de pasar por un infierno antes de morir. Pero hay muchos asesinatos con esas características.

¿Qué importaba una pieza más lanzada por los aires, cuando todo el puzle estaba deshecho? Si tenía que empezar de nuevo, cuanta más información mejor. Y cuanto antes se hiciese a la idea de que la figura había cambiado por completo, antes estaría en disposición de desentrañarla.

—Un ajuste de cuentas. Alguien le dio un escarmiento. Las fotografías no son un recuerdo, sino un informe.

—Yo diría que es lo más probable. El abuso que recibió antes de morir fue... sistemático. Machacaron todas y cada una de las partes de su cuerpo. Tú sabes cómo es esto: en un arrebato o una pelea que se hubiera ido de las manos, le habrían disparado sin más; en un crimen pasional, tendría golpes en la cara, en el vientre, en los genitales. En vez de eso, cubrieron todo su cuerpo sin repetir prácticamente en ningún sitio: como si estuvieran marcando campos en un formulario cada vez que destrozaban el miembro adecuado. Ni siquiera es el tipo de trabajo que se hace por encargo, no con tanta dedicación. Apesta a crimen organizado.

—Pero ¿cuáles son las probabilidades? Este era el único caso importante en el que estaba involucrado y, justo en este momento, alguien decide matarlo.

Inma no aportó ninguna propuesta. Igual que a ella, le resultaba imposible encajar los hechos en un relato con un atisbo de sentido. Solo el hecho de que un cártel hubiera decidido matar a un policía resultaba casi inexplicable. El nivel de presión sobre las actividades de las bandas se iba a volver insoportable, y nadie quería ese tipo de atención. Tenía que haber una razón realmente buena para que se metiesen en un fregado así. A menos que...

—¿Y si hemos estado equivocados todo este tiempo? ¿Si nunca fue el trabajo de un psicópata?

La forense no proporcionó más contestación que una mirada inquisitiva.

—Tenía un piso enorme, lleno hasta los topes de cosas caras. Es imposible que hubiese podido permitírselas con un sueldo de policía. ¿Y si era un negocio? ¿Si lo que les hizo a esas niñas fue simplemente una manera de sacar dinero, y los que le compraban el material han decidido cortar por lo sano?

La cara de Inma mostraba muy a las claras que la idea la repugnaba tanto como a ella. La hipótesis de un pervertido era mala, pero que alguien lo hiciese por dinero era mucho peor. Aun así, explicaría que hubiese parado durante tanto tiempo. Quizá no lo había hecho: simplemente, podría haber cambiado de *modus operandi*, haberse dirigido a otro segmento de mercado, o haberse trasladado a otro lugar donde el foco no estuviera tan cerca de él. Pero también abría interrogantes: si se trataba de un asunto puramente económico, la elección de las víctimas era probablemente la peor que podía haber hecho. Por injusto que fuese, había miles de niñas cuya desaparición no levantaría ni la mitad de revuelo que la de las que eligió. Los crímenes cuadraban con un asesino en serie desde todos los puntos de vista: desde el tipo de presa hasta los rituales, cada vez más elaborados, con los que acababa con ellas. ¿Podía tratarse de otra trampa? ¿Un nuevo bucle en el que, esta vez, hubiese caído atrapado el inspector?

Miró de nuevo el cadáver, esforzándose por verlo únicamente como un caso más. Por olvidar al hombre que había sido en vida, o que quizá había simulado ser. Era imposible saber cuánto de lo que sabía de él había existido en realidad, y cuánto era parte de un papel. En ese momento, ni siquiera estaba segura de si era un asesino o la víctima de una compleja trama elaborada para incriminarlo. No sabía qué sentía, ni siquiera qué debería sentir. Salvo rabia. Rabia contra quienquiera que hubiese hecho tanto daño, a tantas personas. Y la determinación de atraparlo. Por Anna; por Roberto; por las cuatro niñas que no pudieron escapar, y por la que lo hizo con sabe Dios qué secuelas. Y quizá también por Casado.

32

ERAN casi las diez de la noche cuando pudo interrogar al detenido. Solo hacía unas horas que lo habían identificado como Augusto Monzón, cotejando sus huellas dactilares con las de la base de datos del DNI. Él se había negado a dar su nombre, su dirección o, en general, a contestar a cualquier pregunta. Tampoco había pedido un abogado. Desde el espejo a través del cual podía verlo en la sala de interrogatorios, tenía el aspecto de alguien en estado de *shock*.

—¿Han entrado ya en su domicilio?

—Están de camino —indicó el oficial que se había encargado de procesar su ingreso y vigilarlo hasta entonces—. Llevó un tiempo localizar sus datos, y luego costó encontrar al juez para que firmase la orden.

—Que me llamen en cuanto hayan echado un vistazo. Cuanta más información tengamos, más fácil será que colabore.

Una vez frente a frente corrigió su interpretación. No era *shock*, sino tensión. Mantenía los ojos fijos en la mesa; los labios apretados, las manos en el regazo con los puños apretados. Estaba concentrando todas sus fuerzas en algo; seguramente en no hablar, o en perfilar la mentira que iba a contarle; o, quizá, en desear con todas sus fuerzas que esto no estuviese ocurriendo. No era la primera vez que veía a un detenido así y, por una vez, pensó que la suerte le había sonreído. De todas las estrategias para superar un interrogatorio policial, confiar en las propias fuerzas para mantenerse incólume es la menos efectiva. En cuanto le pusiesen delante un par de contradicciones, le mostrasen lo que sabían de él o le hiciesen ver que estaba con la mierda hasta el cuello, lo más probable era que se derrumbase y les contase todo lo que necesitaban averiguar. Hasta entonces bastaba con ser paciente. Aunque quizá eso fuese lo más difícil. Sobre todo al recordar el altar al terror que había construido meticulosamente. Decidió empezar fuerte:

—Se supone que eres un tío listo. ¿Cómo has podido meter la pata de esa manera?

Como esperaba, no dijo una palabra.

—Te hemos detenido a punto de tomar un avión con documentación falsa. Dependiendo de lo bueno que sea tu abogado, y del juez que te tocase, eso igual se quedaba en un pescozón. Pero tuviste que cagarla, y usar una identidad que te relaciona con el alquiler del trastero. Y eso ya es otra historia...

Un leve temblor de ojos. Sabía que había metido la pata, pero ya lo había asumido. Ese era el cuento que se estaba contando a sí mismo: que todo acababa ahí. Las fotos eran tremendamente desagradables, y su origen era incierto, pero difícilmente podían considerarse pornográficas; al menos en la definición habitual del término. Si no encontraban nada más, se enfrentaba como mucho a una pena leve. No debía olvidar que aún era posible que el hombre que tenía delante fuese El Toro, el mismo que había logrado esquivar a la BIT durante años. En el trastero había sido sumamente cuidadoso y, salvo el error de reutilizar la identidad, no había motivos para pensar que no lo hubiese sido también en otros aspectos. Si iba a conseguir que se derrumbase, tendría que subir las apuestas.

Con lentitud, puso sobre la mesa tres fotografías de la pequeña Mariluz. La primera provenía del trastero: los ojos llorosos, un grito silencioso desde un pozo de desesperación. En la segunda se la veía sonriente, con el uniforme de su equipo, una de las imágenes proporcionadas por sus padres durante la primera investigación. La tercera era de la noche en que encontraron su cadáver. Solo se le veía la cara, con los ojos cerrados; casi hubiera parecido dormida si no fuese por el color malsano de la piel.

Mientras las iba sacando, lo miraba con atención, para estar segura de que no se le escapaba su reacción: otro temblor, esta vez más acusado. Sin despegar los ojos del detenido colocó frente a él una cuarta imagen, procedente de la autopsia de la niña. Por un momento sus pupilas se desenfocaron, y su boca se quebró en un rictus asqueado. Intentó dominarse, pero no consiguió borrar la sorpresa de su mirada.

—No va a ser tan fácil como pensabas, ¿verdad?

—Yo no tengo nada que ver con eso —murmuró. Las primeras palabras significativas que decía tras su detención.

—Bueno, esta foto de aquí estaba en tu guarida. No va a ser fácil convencer a un juez de que la llevó allí el viento.

—La foto sí, pero no sé nada de lo demás. Solo... yo solo conseguí la imagen.

—¿De dónde?

—No lo sé. Fue hace mucho tiempo. No pueden cargarme... yo no tengo nada que ver con eso.

—Estás empezando a repetirte. Si quieres que te crea, vas a tener que contarme algo más. Como, por ejemplo, de dónde salen el resto de las fotos.

La miró por fin a los ojos, pensativo. Seguramente sopesando cómo era de profundo el pozo en el que se había metido.

—Las conseguía en foros. Pagando, o cambiando unas por otras.

—Ya. Nunca te has manchado las manos personalmente, ¿verdad? Lo único que hacías era conectarte a Internet a curiosear. Y convencerte a ti mismo de que, aunque pagases por ese material, no eras culpable del dolor y la muerte de esas chicas porque tú no empuñabas el cuchillo. Hasta que te supo a poco, ¿verdad? Te diste cuenta de que verlas en un papel no era más que un sustituto de lo que de verdad estabas anhelando… Y te lanzaste a por ello.

Estuvo a punto. Vio en su gesto que, por un momento, casi aceptó la derrota. Pero luego volvió a cerrarse en banda. A partir de ahí retornó al mutismo, que no consiguió romper por más que lo intentase. Cerca de la medianoche decidió posponer el interrogatorio al día siguiente. Aún había tiempo, y dispondrían de más datos con los que cercarlo. Al salir, encontró al mismo oficial de antes.

—Han llamado hace un rato. Preferí no interrumpir el interrogatorio.

—¿Qué han dicho? —preguntó brusca, sin recordarle que le había pedido justo lo contrario.

—No han encontrado nada. Una casa completamente normal, sin nada que indique actividades ilegales. Había un ordenador sin contraseña y, a primera vista, sin ningún contenido extraño. De todas formas, lo han llevado para analizar, y mañana seguirán con el domicilio.

33

S E despertó con una profunda sensación de intranquilidad, cuyo origen no supo determinar hasta estar sentada en la cama de Anna con una taza de café en la mano. Era otra vez viernes. El día que, en condiciones normales, pasaría anticipando el viaje de la tarde a Barcelona. En lugar de eso, debía sumergirse en el laberinto construido por una mente enferma para tratar de encontrar por dónde había logrado escapar. Lo aceptó mejor que otras veces. Su hija estaba bien, al cuidado de Roberto y de los policías que la custodiaban. Ahora donde más la necesitaba no era velando su sueño junto a la cama del hospital, sino aquí mismo, luchando para atrapar a quien amenazaba su vida. Por primera vez en mucho tiempo, lo que quería y lo que debía hacer coincidían. Podía dedicarse en cuerpo y alma a su trabajo, sabiendo que al hacerlo también estaba cumpliendo con su deber para con Anna. «Lo que haga falta», había dicho Inma. Esto era lo que hacía falta ahora.

La mesa que había convertido en centro de coordinación en la comisaría estaba llena de carpetas que Paula había ido ordenando durante el tiempo que había permanecido ausente. Entre ellas el informe de Tomás, a quien había presionado la noche anterior para que mostrase al menos resultados preliminares cuanto antes. La hora de impresión reflejaba el compromiso que había logrado obtener del Informático: las cuatro y media de la mañana.

Habían logrado decodificar el portátil del trastero alquilado. Tenía protección, pero era relativamente leve. Seguramente porque, según indicaba un análisis preliminar, no era el que utilizaba para conectarse a Internet. Solo para almacenar material que copiaba, con seguridad, de otro equipo a través de discos duros extraíbles. Por otra parte, en el encontrado en la vivienda no había absolutamente nada que lo relacionase con el caso, lo cual significaba que aún había en alguna parte un ordenador que no habían encontrado todavía. Quizá se había deshecho de él antes de dirigirse al avión. Y, a menos que lograsen encontrarlo, era posible que no consiguiesen mantener al detenido en prisión.

En cuanto al contenido del portátil, se reducía casi a las imágenes impresas en las paredes. Estaba segura de que todas ellas estaban recortadas de fotos más amplias, que indicarían a las claras la razón del terror que mostraban los gestos, pero no había nada de eso en el disco duro. Era simplemente un medio de transporte e impresión. El informe se centraba sobre todo en lo que se había concentrado el técnico: todas las pruebas imaginables para tratar de averiguar si, también en este caso, se trataba de un montaje. Como cualquier investigador, en el informe dejaba abierta la posibilidad de que pruebas ulteriores así lo determinasen. Sin embargo, una nota manuscrita pegada a la primera página advertía: «Es imposible estar seguro al 100 por cien. Pero, si tuviera que apostar mi dinero, diría que es genuino».

Otro informe, también preliminar, de la Científica: tras una búsqueda exhaustiva, no habían hallado ninguna huella dactilar en el trastero. Como Gema sabía, y ellos aclaraban en el informe, no era una prueba concluyente en ningún sentido, ni siquiera de que quien lo ocupase tomara precauciones especiales: el periodo de latencia de las huellas es de apenas unos días, así que un lugar por el que nadie hubiese pasado en un tiempo aparecería limpio. Sí había restos biológicos: pelos, siempre lo más usual, y ligerísimas marcas de excrementos que, tras el correspondiente análisis, habían resultado ser de perro, seguramente una pisada desafortunada. En cuanto a los cabellos, correspondían seguramente a una única persona. Los resultados de la prueba de ADN tardarían aún unos días; la morfología se correspondía con Monzón. Por ese lado no esperaba ninguna sorpresa.

La tercera carpeta, muy gruesa, provenía de la empresa que realizaba las inspecciones periódicas de la nave industrial donde había aparecido el cadáver. Había fotografías, informes, copias de su contrato... afortunadamente Sanlúcar, con una amabilidad que no solía mostrar, había añadido una nota en la primera página: «Todo papeleo, nada importante; no merece la pena perder el tiempo». No le haría caso, por supuesto; lo leería por completo, pero confiaba en él lo suficiente como para postergarlo hasta que dispusiese de más tiempo.

El cuarto informe era el de Inma, con pocos datos añadidos respecto a los que le había dado de viva voz el día anterior. El quinto, del grupo de Criminalística que se había encargado de la nave. También habían encontrado cabellos entre la tierra de la tumba que no pertenecían a la víctima. «Unos cuatro centímetros de longitud, color negro». Es decir, que podía corresponder con los de la mitad de los hombres del país. Solicitó que se agilizasen las pruebas de ADN al máximo, aun sabiendo que no era necesario: nadie soñaría con retrasar ni un instante resultados que pudiesen ayudar a aclarar la muerte de un policía. Incluso aunque él mismo fuese sospechoso.

También habían encontrado una huella parcial, en una de las piedras que había al lado de la tumba. No era determinante, puesto que la piedra estaba al aire y cualquiera podría haberla tocado, pero era posible que la hubiera dejado el asesino. De momento no se había encontrado correspondencia, pero continuaban las comprobaciones y se había enviado a Interpol para la búsqueda en centros extranjeros. Del informe no se desprendía que hubiesen contrastado con las huellas del hombre que descubrió la tumba, así que llamó para que se hiciese inmediatamente. Ninguno de los policías que acudieron a su llamada habría caído en el error de principiante de tocar nada, por alejado que estuviese del punto caliente.

La sexta carpeta era también la más fina, seguramente solo una hoja. En la portada Paula había escrito: «Lo ha enviado Montero». Hacía días que no sabía nada de él, había sido asignado a otro caso, así que la sorprendió. Iba a abrirla, cuando la propia secretaria entró en la sala.

—Te llama el jefe. No sé qué es, pero está otra vez que fuma en pipa.

Temiendo lo peor, a pesar de la reunión de la noche anterior, se apresuró a salir detrás de ella. Aunque no sin antes dejar la sala cerrada con llave. Ya había habido demasiadas fugas.

Sanlúcar estaba saliendo del despacho cuando ella entraba. Su gesto, siempre tranquilo y altanero, reflejaba una cierta tensión. Mucha menos, en cualquier caso, que la del comisario.

—¿Sabías que Robledo tiene un nuevo defensor? —le espetó sin darle tiempo a sentarse.

—Me lo imaginaba. El anterior lleva diez años jubilado.

—Y, por supuesto, en cuanto hemos tenido constancia de que las pruebas contra él se habían manipulado, hemos tenido que informarle. El hijo de puta de su cliente saldrá a la calle más pronto que tarde. Y ya lo sé, seguramente era inocente. Pero he leído los informes: no por eso deja de ser un hijo de puta.

—Bueno, soy la última que diría que me cayó bien, pero lo entiendo. Nadie debería estar encarcelado por un crimen que no haya cometido. Mucho me temo que a él, en particular, la prisión no le ha hecho ningún bien.

—Sí, claro. Pero ese no es nuestro problema ahora. Nuestro problema es que el abogado quiere, como todos, que a su cliente le vaya lo mejor posible en el nuevo juicio que habrá de celebrarse. Y ¿sabes qué ha decidido que le favorecería? Sorpresa, sorpresa: presión mediática.

—¿Va a filtrar nuevos datos?

—Ojalá. Si fuera así, podríamos empapelarlo. Pero ni siquiera: me llamó un periodista con el que intercambio información; según él, lo único que ha hecho es hablar de datos que tiene todo el derecho a hacer públicos. Nada que esté bajo investigación, o secreto de sumario. Pero, sinceramente, con lo que les ha dado y un poco de imaginación, nos van a enterrar de mierda hasta el cuello.

Llevaba tiempo temiendo algo así, pero ahora le parecía relativamente poco importante. Quizá incluso la favoreciese. A sus superiores les resultaría muy difícil relevarla y a la vez explicar por qué la habían mantenido a cargo del caso durante todo este tiempo. Así que su posición podría verse reforzada. Al menos durante un tiempo, el que considerasen necesario para salvar la cara.

—¿Hasta cuándo tenemos?

—Hasta el lunes, creo. No porque le hayamos presionado, o porque sea buena gente y quiera hacernos un favor. Simplemente porque piensa que logrará más impacto publicando en un día laborable. Así que apenas les ha dado algunos datos para incitarlos, y ese día dará una rueda de prensa restringida a unos pocos medios. La mejor forma de asegurarse de que todos acaben hablando de ello.

Se quedó pensando. No era mucho tiempo, pero tendría que bastar. En cualquier caso, se sentía extrañamente poco afectada. Sabía que, aunque le quitasen el caso, ella seguiría investigando. Desde dentro de la policía o desde fuera, como pudiese. Ese cerdo no iba a hacerle nada a su hija si ella podía evitarlo.

—Está bien. Ya estamos trabajando a tope, así que no te voy a prometer que vayamos a ir más rápido. Pero sí que no vamos a aflojar la marcha.

—¿Tenemos alguna dirección sólida?

—De momento no. Pero hay posibilidades. Había pelo en la fosa, y una huella dactilar. Es el trabajo de siempre, el que acaba dando resultados. Creo que tenemos una buena base.

—¿Y el detenido?

—No ha dicho nada, de momento. Le mostré las fotografías de una de las niñas y pareció sorprendido. Pero en seguida volvió a cerrarse. Sabe que lo único que tenemos contra él son las fotos, y piensa que no bastarán para encerrarlo.

—Y tiene razón. Es suficiente como para que investiguemos a fondo, pero nada más. ¿No habéis encontrado nada en la casa?

—Yo aún no he estado allí. Pero el equipo que la abrió dice que todo es normal. Hay algo que aún no hemos encontrado. No sé dónde, pero en algún sitio tiene otro escondrijo que no conocemos todavía.

—Pues a trabajar. No dejéis ni una piedra sin levantar.

El resto de la mañana se le fue en llamadas a distintos miembros del equipo, y en solicitud de información de distintas fuentes. Carvajal, que se había establecido como enlace con la Científica, fue la primera en darle una mala noticia: la huella dactilar correspondía, efectivamente, a la persona que fue a investigar la tierra removida. Habían puesto toda la presión posible para acelerar los análisis de ADN de los cabellos encontrados.

—Por cierto, Susana, ¿te acuerdas del detective que habían contratado las familias?

—Sí, claro. ¿Quieres el contacto?

—No es necesario. Únicamente el nombre. ¿Lo recuerdas?

—Espera, que lo busco. Sí, lo tengo en el contacto —repuso al cabo de unos instantes—. José Bañuelos. ¿Por qué?

—Por nada, una cosa que quería comprobar. Sigue con los análisis.

La siguiente llamada fue para Mario:

—¿Algún resultado?

—La llamada a la aerolínea se produjo desde un móvil a nombre de Raúl Sampedro. Según los registros de la operadora, la línea solo se ha utilizado una docena de veces desde que se activó, hace casi dos años, y siempre para llamadas. Ni SMS ni acceso a Internet. Siete de esas llamadas están agrupadas en un rango de ocho días, y se hicieron a una línea cuya titular es una tal Carolina González. Las otras cuatro, salvo la nuestra, a números distintos, todos ellos a nombre de mujeres. Estoy intentando localizarlas, empezando por Carolina.

—Está bien. Avísame en cuanto tengas algo.

No fue hasta antes de comer que recordó la carpeta de Montero. Volvió a la sala para leerla. Era, efectivamente, una única hoja con un corto mensaje mecanografiado.

«Ha aparecido la familia de Rocío. Todos están bien, viven en Illinois desde hace dos años. No han vuelto a saber nada más del caso, ni a comunicarse con nadie relacionado con él. Al parecer, lo recuerdan de forma bastante vaga».

«Joder, Montero. Con algo así, tenías que haber llamado para contármelo en directo», pensó.

Se apresuró a localizarlo y pedirle el contacto de la familia. No tenía ni idea de qué hora era en Illinois, pero esperaba que la comprendieran. Le contestó una chica que sonaba joven. No era imposible que fuese la propia Rocío. Por suerte no parecía acabar de despertarse. En cualquier caso, lo hizo en inglés, y con un acento demasiado cerrado para sus pobres conocimientos de la lengua. Contestó enfatizando el nombre que buscaba:

—Necesito hablar con don Andrés Rosales, por favor. Es muy importante. ¡Important, urgent! —casi gritó, confiando en que no le colgasen.

—Espere, ahora lo busco —contestó la chica, en español, pero aún con acento inglés. El hombre tardó apenas unos instantes en tomar el aparato.

—Hola, soy Andrés Rosales. ¿Con quién hablo?

—Buenos días, don Andrés. O tardes, lo que sea ahí. Soy la inspectora Gema Moral, de la Policía Nacional de España. Creo que ha hablado con uno de mis colegas ayer.

—Espere un poco, por favor.

Oyó pasos, y el sonido de una puerta al cerrarse. Luego continuó:

—No es exactamente lo que usted ha dicho. No he hablado con ningún policía. Pero me llamó alguien de la Embajada el miércoles. Es por lo de Rocío y ese malnacido, ¿verdad?

«Mierda, Montero. ¿Ni siquiera los llamaste tú? ¿Y lo sabías desde el miércoles?».

—Sí, por ese. Estoy investigando una derivación. ¿Le comentó algo la persona que lo llamó?

—Nada, en realidad. Todo eso ocurrió hace mucho tiempo. Y, la verdad —continuó bajando la voz— no es algo de lo que tenga muchas ganas de hablar. No voy a decir que fuera la causa, pero desde luego contribuyó a que tomásemos la decisión de salir del país. Y ahora para Rocío es algo prácticamente olvidado, una especie de mal sueño que quedó atrás. Lo último que quiero es que tenga que recordarlo.

—Lo entiendo, créame. Y no es mi intención que tenga que pasar por eso. Pero han ocurrido novedades significativas en el caso. No les afectan, pero hacen que no esté cerrado, como creímos en su momento. Y creo que deben saberlo.

De forma tan breve como fue capaz le resumió los acontecimientos. El hombre contestaba con breves exclamaciones, cada vez más subidas de tono, hasta que llegó al punto en el que se encontraban.

—¿Y qué va a ocurrir ahora? ¿Cree que hay alguna posibilidad de que venga aquí?

—No lo creo, sinceramente. En primer lugar, es probable que el asesino sea la persona que hemos detenido. Pero, aunque no lo fuera, no hay ninguna razón para que los buscase, y si han sido difíciles de localizar para nosotros deberían serlo mucho más para él —contestó. Montero le había jurado que no había dado el contacto a nadie, que era imposible que hubiese una filtración. Rezó porque fuera verdad.

—Entonces, ¿para qué nos llama?

—Primero, porque pensamos que deberían saberlo. Pero también para pedir su ayuda. No es necesario que involucre a su hija, pero sí me gustaría preguntarle si su mujer o usted podrían recordar algo que sugiriese la presencia de otro hombre en el caso. Ahora sabemos que a Robledo le pusieron una trampa, pero aún no estamos seguros de quién lo hizo. Sería de gran ayuda si pudiese dedicar unos minutos a pensar sobre ello.

—No creo que pueda ayudarla, la verdad. Estuvimos muy poco involucrados, porque lo atraparon justo cuando intentó llevarse a Rocío. Luego el resto de los padres contactaron con nosotros, pero la verdad es que no me gustaba mucho su actitud. No me malinterprete: sé que pasaron por un infierno, nosotros tuvimos muchísima suerte. Pero aun así... no me gustaba nada el detective que nos presentaron, me daba mala espina. Me pareció una persona muy agresiva. No sé de dónde lo sacaron. Creo que lo contrató el padre de una de las niñas, un constructor de esos a los que siempre te imaginas metidos en negocios sucios. No era algo con lo que me gustase mezclarme.

—¿Recuerda al detective? ¿Se reunió alguna vez con él?

—Solo una, como le digo no me gustó el aspecto que tenía. Físicamente era un hombre fuerte, desaliñado, el tipo de persona que, si la ves de noche, te invita a cambiarte de acera. Pero lo peor eran los gestos, las expresiones, la mirada. No era trigo limpio.

—¿Recuerda cómo se llamaba?

—No estoy seguro. Mario, o algo así.

—¿Podría ser Mauro?

—Podría ser.

—¿Y José? ¿José Bañuelos?

—No creo. No me suena de nada. Fue hace mucho tiempo, pero estoy bastante seguro. Era un nombre que empezaba por M.

—Muchas gracias, don Andrés. Le voy a dejar mi contacto y, por favor, si recuerdan algún otro dato, háganmelo saber por cualquier medio. Entiendo que quieran dejar esto atrás, pero comprendan que hay personas que aún están en peligro.

—Claro, por supuesto. Mientras no sea necesario involucrar a Rocío, no hay problema. La llamaremos si recordamos algo.

Colgó pensando en el detective. Don Álvaro les había mentido, o al menos no les había dicho toda la verdad. El hombre al que les había dirigido no era en realidad el detective que había investigado el caso por su cuenta. O quizá sí lo era, pero en ese caso habría habido dos, y no había compartido con ellos esa información ¿Por qué razón?

Tenía que planificar cuidadosamente sus próximos movimientos. En el momento en que el caso se hiciese público las reglas del juego cambiarían por completo. Hasta qué punto, o en qué sentido, no podía estar segura aún. Dependía de qué punto de vista eligiesen presentar los periodistas. En teoría una investigación policial no debía estar sujeta a tales presiones pero, en última instancia, los policías dependen de políticos, cuya naturaleza es responder a ellas. No se hacía ninguna ilusión al respecto: en cuanto el caso se hiciera público, y dependiendo de la suerte que tuviesen, el ambiente podía volverse irrespirable.

Don Álvaro era un hombre exaltado, eso lo tenía claro. Sería difícil comunicarse con él. Pero, si lo era ahora, mucho más cuando el caso estuviera polarizado por la exposición a la opinión pública. Todos sus prejuicios, su desconfianza en la policía, que no podía menos de admitir que estaba de algún modo justificada, se exacerbarían. Si quería sacar algo de él tendría que hacerlo cuanto antes.

Así se lo razonó al comisario antes de ponerse en marcha. Decidió ir sola. Aún no sabía a qué argumentos debería apelar, pero tenía claro que tendrían que ser personales. Cuanto más oficial pareciese su solicitud, cuanto más relacionada con la institución que su interlocutor había aprendido a despreciar, menos probabilidades tendría de verla respondida.

Se sentó en el coche de Mario con un suspiro. Tenía que reconocer que era mucho más cómodo que su vieja tartana. Aunque no entendía por qué pensaban que debían llenarlos de todos esos complementos electrónicos, que no dejaban de recordarle a las luces en las deportivas de los niños pequeños: colores brillantes destinados a impresionar a los que se dejaban llevar por el último capricho.

Llamó por tercera vez a la puerta metálica. En esta ocasión le abrió directamente la dueña de la casa. La recibió sin un gesto de extrañeza.

—Buenas tardes, doña Julia. Perdone que les moleste de nuevo en su casa. Me gustaría hablar con su marido.

—Claro —contestó con gesto resignado; el acento gallego volvió a sonar, en esa única palabra, tan claro como el primer día—. Ya me imaginé que querría verle cuando estuviese más calmado. Siento mucho cómo se puso el otro día.

—No se preocupe; no le voy a decir que fuera agradable, pero por descontado que lo entiendo.

Le hizo pasar al salón y la dejó a solas unos momentos, mientras iba a avisarle.

—Bajará enseguida. Había echado la siesta, y se levantó hace poco. ¿Querrá tomar algo? ¿Un café?

—No, muchas gracias. Pero sí aprovechar para devolverle esto. Tenía usted razón, no he encontrado nada que nos pueda ayudar en la investigación.

Le entregó el diario de Lucía. La madre lo tomó con reverencia, como si pudiese sentir aún en él la impronta de su hija.

—Debió de ser una niña muy especial. Me habría gustado conocerla.

Lo había dicho un poco por compromiso, pero sabiendo que no era una total falsedad. Los pensamientos reflejados en el pequeño cuaderno eran maduros para una niña de su edad. Tampoco era de extrañar: el asesino parecía haber elegido niñas estudiosas, aplicadas, brillantes en los estudios y fuera de ellos. Como los pueblos antiguos, que conferían más valor a un sacrificio humano cuanto más elevada fuera la posición de la víctima, debía agradarle utilizar para sus fines a las mejores de entre las niñas a su alcance. No pudo evitar pensar fugazmente en Anna, en cómo el retraso impuesto por su enfermedad podía ponerla, paradójicamente, a salvo, ni odiarse doblemente por tal pensamiento.

Doña Julia, mientras tanto, había murmurado algo ininteligible antes de salir con el paso apresurado y los ojos húmedos del salón. Cuando la puerta se abrió de nuevo no apareció ella, sino su marido.

Si en ese momento le hubiesen explicado que no se trataba de don Álvaro, sino de un primo que se le parecía, lo habría creído, tan distinta era su apariencia de la de la reunión anterior. Entonces se había comportado con autoridad. Su físico hacía muy difícil que tuviera un aspecto elegante, pero sí había resultado imponente. Ahora, en cambio, se le veía disminuido. Llevaba un pantalón de lona y una camisa blanca que resaltaba el vientre prominente. La cara, quizá por efecto aún del sueño, se veía caída, con los rasgos abotagados y un gesto de callado escepticismo muy distinto del enérgico desprecio de que había hecho gala en su último encuentro. Se dirigió a ella con cortesía, sin llegar a disculparse como había hecho su esposa, pero dando a entender que podían recomenzar su relación en distintos términos.

—Dice Julia que quiere hablar conmigo de algo.

—Así es. Del detective que contrató usted para hacer averiguaciones sobre el caso. Hace quince años.

Por un momento parecía que iba a protestar, pero debió de considerar que no merecía la pena. En vez de eso optó por una estrategia de distracción.

—Ya habló con él su compañera, ¿no? Una chica joven que llamó para preguntar sus datos.

—Habló con el detective Bañuelos, sí. Pero ese no lo contrató usted, sino los padres de Silvia, ¿no? Usted localizó a otro: un tal Mauro. Con ese es con el que no hemos hablado. Y, si descubrió algo de interés, no hemos podido utilizarlo en la investigación. Es posible, solo posible, que pudiera habernos dado algún dato que nos hubiese llevado a capturar al asesino. No necesito decirle que las consecuencias de ocultar algo así serían muy graves.

Durante unos instantes estuvo convencida de que se había excedido. Se podría interpretar que había amenazado en su propia casa a un hombre influyente, víctima en un caso en el que sus propios compañeros estaban involucrados, de obstrucción a la justicia. Los ojos de su interlocutor brillaron, y pensó que volvería a montar en cólera, esta vez dirigida exclusivamente hacia ella. Pero no fue así. En sus siguientes palabras hubo rabia, sin duda, pero fría y contenida, y su objeto era muy distinto al que había supuesto.

—Ojalá hubiera podido descubrir algo. Le aseguro que era mucho mejor que ese meapilas que contratamos antes, que lo único que sabía hacer era buscar en la hemeroteca y hacer perfiles psicológicos —dijo, dejando clara su opinión sobre estos en la entonación—. No lo conocía más que por referencias, pero en lo poco que lo traté me pareció que respondía a lo que me habían contado de él. Una persona de acción, que habría dado resultado cuando sus compañeros solo mareaban la perdiz. Claro que ahora entiendo que no era así, lo que ocurría era que ese cabrón estaba intentando con todas sus fuerzas impedir que se descubriese su participación en las muertes. Lo que todavía no logro explicarme es cómo nadie se dio cuenta de nada. «Porque los policías no somos perfectos», estuvo a punto de contestar, pero no lo hizo. La misma pregunta llevaba resonando también en su cerebro desde el lunes. ¿Cómo había conseguido Casado pasar desapercibido mientras manipulaba el caso frente a todos los controles internos, colaborando con un hombre que supuestamente tenía muchísima experiencia y que, ni siquiera cuando se empezó a dar cuenta de lo que estaba ocurriendo, fue capaz de evitar caer en sus manos? En cualquier caso, era una discusión que tenía la intención de evitar en lo posible.

—Sé que es difícil de entender, pero eso no es lo más importante ahora. El asesino sigue suelto, y tenemos que hacer lo posible para atraparlo. Cuanto más tiempo transcurra, más difícil se hará. Por eso necesito hablar con ese detective lo antes posible. Cualquier dato que aporte a la investigación podría ser crucial.

—Pues ahí no puedo ayudarla —repuso el hombre, dejando traslucir el cansancio en la voz—. Hace mucho que perdí sus datos de contacto. Ya le digo que no lo conocía, alguien me pasó el teléfono y lo llamé.

—¿Se acuerda de quién le dio esos datos?

—No, de todo eso hace ya mucho tiempo. De todas formas, ya le digo que no le dio tiempo de hacer nada. El resto de los padres se opusieron a seguir con él, y Julia me convenció de que no debíamos ir por nuestra cuenta. En maldita hora la hice caso.

—¿Está seguro de que no lo recuerda? Siento tener que preguntarle esto, pero entienda que este caso es muy complicado, necesito no dejar cabos sueltos: ¿cree que es posible que se lo sugiriese alguien intencionadamente? ¿Que, de una manera u otra, lo empujaran a involucrarlo?

Se quedó en silencio con cara de extrañeza, como tratando de entender qué había querido decir. Solo al cabo de un rato preguntó, aún con gesto asombrado:

—¿Quiere decir que podría estar involucrado? ¿Que fue una trampa, que estaba con el asesino?

—No tengo ninguna razón para suponerlo, la verdad. Pero, como le digo, no puedo descartar nada *a priori*. Sabemos que toda la investigación fue manipulada. No habría sido imposible que esto lo hubiese sido también.

Permaneció de nuevo callado, mientras su rostro iba pasando del asombro a la comprensión, y de ahí a una profunda derrota moral. Supo que, si alguna vez se demostraba que le había utilizado la misma persona que había acabado con la vida de su hija, eso lo destrozaría; y rogó por no llegar nunca a esa conclusión.

34

TRAS la despedida, otra vez al volante del coche de Mario y a punto de arrancar, consideró el punto en el que estaba. Don Álvaro había parecido sincero, sin duda. La cuestión era si podía arriesgarse a creer sin ambages que lo había sido. Si le había ocultado información antes, podía haberlo hecho ahora. La aparición de un nuevo detective, y uno cuya catadura había llevado a los padres a considerar que no debía participar en su caso, abría posibilidades inquietantes. El dibujo del puzle, que había tenido que replantear por completo desde que apareciera el cadáver de Casado, comenzaba a tomar forma de nuevo, una imagen aún más siniestra. Aún no lo suficientemente concreta como para estar segura de la dirección a seguir, pero lo bastante como para que tuviera necesidad de precisar los detalles.

Habitualmente, la hora de la comida del viernes marcaba el comienzo oficioso del fin de semana. Las pocas horas que quedaban en comisaría se dedicaban al papeleo, a cerrar detalles de casos poco urgentes y, en su caso, a anticipar el largo viaje a Barcelona. Ese día, por supuesto, sería diferente: al volver de un bocado apresurado, el equipo se reunió una vez más al completo. Solo faltaba el comisario, al que habían llamado en el último momento.

Al poco de comenzar la reunión quedó claro que nadie podía aventurar una explicación coherente a los hechos de las últimas horas. Encajar la muerte de Casado con la detención de Monzón, y todo ello con las muertes de las niñas y Torres, desafiaba la imaginación de los investigadores.

—Puede tratarse de casualidades —aventuró Mario vagamente.

—No es posible —contestó, tajante, Susana—. Después de quince años descubrimos que el psicópata era Casado, y justo en ese momento lo ejecutan por casualidad. Ni de coña.

—¿Y el tío del aeropuerto? ¿Qué pinta en todo esto?

Gema les había informado de la amenaza del abogado de Robledo, y eso había puesto los nervios, si cabe, más a flor de piel. El comisario había sondeado ante el juez la posibilidad de declarar la información parte del secreto de sumario, pero parecía un camino cerrado: no solo por la salvaguarda del derecho a la información, sino porque estaba relacionado con la condena de un hombre que, pensaran lo que pensaran de él, había pasado quince años en la cárcel por crímenes que no había cometido.

Iban saltando, desanimados, de un aspecto del caso a otro, cuando entró Julián con aspecto de estar tan confundido como ellos.

—Han llamado de la UCO. El brigada Encausa viene para aquí. Quiere hablar contigo.

—¿Encausa? ¿Ha dicho de qué?

—No. La llamada, como te puedes imaginar, ha sido más bien fría. A día de hoy no nos consideran sus compañeros favoritos.

—Para serte sincera, Julián, estamos en un momento complicado. Lo último que nos hace falta es alguien que venga a ponerlos las cosas más difíciles.

—Es lo que hay, Gema. No dejes que te jodan la investigación, pero trata de quedar lo mejor posible con él. Tarde o temprano los necesitaremos, y si tuviésemos que pedirles un favor hoy, nos mandarían a tomar por culo.

Al cabo de unos minutos Paula llamó para avisar de que el brigada había llegado, y quería hablar con Gema a solas.

—Buenas tardes. ¿Qué puedo hacer por usted? —comenzó preguntando, esforzándose por ser lo más amable posible.

—Aún no lo sé. Estoy intentando entender qué está pasando aquí.

—Bienvenido al club. Las cosas se han complicado. Lo que no sé es cómo les implican a ustedes. No ha habido ningún cambio en la situación de Fuentes.

—En la de Fuentes no. Pero sí en la de su colega… por llamarlo de alguna manera.

Tuvo la decencia de acompañar la frase con un gesto amable, como descargándole de responsabilidad. La existencia de miembros corruptos en los cuerpos hermanos es un tema peliagudo, en el que la culpabilidad por asociación es una tentación siempre presente. ¿Era por eso por lo que había insistido en verla a solas? ¿Desconfiaba del resto de sus compañeros?

—Nos han llegado rumores. Al menos por tres fuentes, y las tres vienen a decir lo mismo. No es un procedimiento inusual. A veces ocurre, cuando nuestros… oponentes quieren mandarnos un mensaje.

—¿Y cuál es el mensaje?

—Hace dos semanas hubo una entrega importante que estuvimos a punto de interceptar; pero la cosa se fue al traste, y no ha sido la primera vez. Esta mañana me han enviado este audio.

Puso el móvil encima de la mesa, con el altavoz al máximo. Aun así era difícil de oír. La persona hablaba en susurros, pero no le fue difícil reconocer la voz del inspector muerto.

—Saben lo de La Romareda. Van a ir a por vosotros.

Eso era todo. Aunque era más que suficiente.

—La Romareda es un almacén en el que los Roca iban a recibir el cargamento que no conseguimos interceptar. Es su manera de decirnos que vale, que se han cargado a un policía, pero que no tenemos por qué convertirlo en una guerra. Que lo que han hecho no tenía nada que ver con su trabajo, y sí con otros negocios.

—Aun así, no tiene sentido ¿Por qué iban a matarlo si trabajaba para ellos? A menos que estuviese haciendo doble juego, y utilizase su posición para tratar realmente de detenerlos. Y entonces sí estaría haciendo su trabajo, y estaría más que justificado que fuésemos a por ellos.

—Junto con el audio, llegaron dos números de cuenta. Una de ellas fue abierta hace casi veinte años y, desde entonces, ha recibido ingresos periódicos de unos diez mil euros mensuales. El saldo actual es de unos doscientos mil: se hacían también muchas retiradas, en ocasiones en efectivo, pero casi siempre por transferencia. No hemos acabado de comprobar todos los movimientos, pero la mayoría parecen pertenecer a tiendas de arte o casas de subasta. La cuenta estaba a nombre de un tal Ramiro Suárez. El DNI con el que se abrió es una falsificación que parece muy buena. Y sabemos que es falso, a pesar de tener solo la fotocopia que obra en poder del banco, porque, aparte de que el tal Ramiro Suárez no existe, la fotografía era de Casado.

—Veinte años…

—Así es. Durante todo este tiempo, ha debido de estar trabajando para ellos.

Eso explicaba lo del piso, por supuesto. Y seguramente otras cosas que acabarían encontrando. Diez mil al mes durante veinte años era mucho dinero. Lo que no ayudaba a aclarar era todo lo demás.

—¿Y la otra cuenta?

—Se abrió hace año y medio, con otra identidad falsa. En este caso fue por Internet, y el DNI también es falso, pero la foto es de alguien desconocido. Habría sido imposible relacionarlas entre sí, o con Casado, sino fuera porque se han realizado transferencias entre ellas en dos ocasiones. Aparte de eso, no hay más que tres ingresos; cada uno de ellos de doscientos mil euros. Las fechas parecían al azar, hasta que alguien las relacionó con sucesos aparentemente independientes: el primero fue dos días después de la muerte de uno de los lugartenientes de la organización de los Roca a manos de un cártel rival. Durante los dos o tres últimos años ha habido una rivalidad soterrada entre ambos grupos, que ocasionalmente provoca estallidos de violencia. Como consecuencia, sus niveles de seguridad se han incrementado. A este, que estaba bajo vigilancia policial, consiguieron pillarlo porque había ido a pasar un par de días en la montaña, y se enteraron de dónde se alojaba.

—Un chivatazo...

—El segundo fue dos días después de un aviso que recibimos sobre un envío que los Roca iban a recibir por vía marítima. En ese caso la operación fue bien, y conseguimos interceptarlo. El tercero fue el pasado cuatro de Mayo.

No tuvo que explicar ese último. La UCO había detenido a un alto cargo de la Comunidad en medio de una de las celebraciones del Dos de Mayo. El caso había tenido una enorme resonancia mediática, con protestas de políticos a todos los niveles; pero, según había trascendido a otros cuerpos policiales aunque aún no a los medios, la información que se había recibido sobre él le implicaba con claridad en el narcotráfico, y existía un claro riesgo de fuga.

—Era triple juego, no doble. De alguna manera descubrieron que trabajar para ellos desde dentro de la policía le había sabido a poco, y ahora colaboraba con otro grupo para desplazarlos. Creo que lo de Fuentes fue la gota que colmó el vaso. No había ningún ingreso asociado a esa detención; seguramente lo hizo por motivos propios, pero utilizó la información que tenía sobre la organización para buscar una víctima propiciatoria. Es probable que Fuentes ni siquiera estuviese traicionando al cártel, que incluso eso fuese el resultado de una manipulación por parte de Casado para evitar que descubrieran su traición. Pero el hallazgo del cadáver de Torres precipitó las cosas. Y, al disparar la detención, seguramente terminó de descubrirse. Una vez que lo tuvieron en su poder, sacarle el resto de la información, incluidos los números de cuenta, debió de ser juego de niños.

Nuevas piezas, nuevas formas que encajar en un diseño cuya complejidad no dejaba de aumentar. Algunas de las acciones del inspector resultaban más claras a la luz de los nuevos datos. Otras, en cambio, permanecían igual de oscuras.

—Debía de tener miedo de que le hubiese descubierto. Hace quince años, en la época en la que investigaban el caso de las niñas. Torres debió de sospechar, o quizá Casado solo pensó que lo había hecho. Así que ahora, cuando se volvió a abrir el caso y se empezó a investigar el ordenador de Torres con lupa, y con tecnología mucho mejor que la de entonces, debió de temer que se encontrase alguna anotación que nos hiciese mirar en su dirección. Ni siquiera hacía falta que apareciesen pruebas: con el tren de vida que llevaba, en cuanto hubiese indicios que justificasen echar un vistazo al apartamento le habríamos acabado desmontando todo el chiringuito. Así que buscó un culpable, e intentó que el caso se cerrase cuanto antes. Era la única forma de que se interrumpiese la investigación.

La propuesta era de Susana. En un impulso que no sabía si calificar de prudente o de paranoico, se había llevado aparte a Mario y a ella para compartir la información del brigada. La subinspectora no era santo de su devoción, pero eso no le impedía reconocer su talento. Y eso era justo lo que necesitaban ahora.

—¿Cómo explicaría eso las fotos que se hicieron en el apartamento de Casado? —desafió Mario.

—¿Estamos completamente seguros de que fue allí? Se ven los mismos anuncios, pero vosotros mismos habéis dicho que lo mismo puede pasar desde cientos, o miles de casas en una superficie de un kilómetro cuadrado. Y lo poco que se ve del piso en las fotos no permite asegurar ni siquiera que la estancia sea la misma.

—Entonces, ¿crees que Casado no tuvo nada que ver con los asesinatos? ¿Quién los hizo entonces?

—Robledo —fue la escueta contestación.

—Eso es imposible. Robledo estaba en la cárcel cuando Torres fue asesinado.

—Eso es. Ese es el único crimen que sabemos con certeza que no cometió. Y ¿quién tenía la motivación y los medios para acometerlo? ¿Un supuesto asesino en serie alternativo que no dejó ninguna pista sobre su identidad? ¿O alguien para quien Torres se había convertido en una amenaza seria, que no dudaba en colaborar con el crimen organizado, y que tenía los conocimientos, e incluso el acceso a pruebas que apuntasen en la dirección que él quería? Por lo que sabemos, quizá el corte de las cuerdas coincidiese porque las sustrajera él mismo de la vivienda de Robledo.

La explicación no era del todo inverosímil. Aunque hubiesen encontrado al culpable de verdad, si Casado había decidido quitar de en medio a Torres, estaba en una posición inmejorable para replicar los crímenes originales. De esta forma podía intentar que ocurriese lo que finalmente había pasado: que, al aparecer el cadáver, todo apuntase en la dirección de la persona que atacó a las niñas, en vez de en la suya.

—En ese caso —intervino Mario—, puede que Robledo sí sea culpable ¿no?

—Efectivamente. Si Fuentes confesó en falso y hay una explicación alternativa al asesinato de Torres, la exculpación no queda nada clara. ¡Joder!

Nuevas llamadas, al comisario y al juez, alertándolos sobre el nuevo cambio de la situación y la necesidad, por el momento al menos, de mantener a Robledo en la cárcel.

—Va a ser una jodienda, Gema. El abogado ha olido sangre, y va a luchar porque lo saquen cuanto antes. ¿Habéis pensado al menos en alguna forma de comprobar esta hipótesis?

—He pedido que vuelvan a analizar las pruebas de la escena del crimen de Torres, buscando cualquier cosa que le relacione con Casado. Van a realizar una exploración de ADN ambiental, y cotejar con su perfil. Si fue Casado el que lo hizo, es posible que haya alguna huella que hayamos pasado por alto hasta ahora.

—Muy traído por los pelos. Esa escena se ha analizado ya hasta la saciedad. ¿Algo más?

—El ordenador de Torres. Si había llegado a sospechar de Casado, no hay mejor lugar para encontrar cualquier anotación que lo incluya. Y pasaremos su casa por un cedazo. Cualquier papel en el que escribiese unas notas puede ser la pieza que nos falta.

—Está bien. Seguid con ello; yo voy a hablar con el juez de Vigilancia Penitenciaria. Lo último que necesitamos ahora es que Robledo esté en la calle, incluso con libertad provisional. En caso de que haya cualquier novedad me llamas directamente, ¿de acuerdo? A cualquier hora del día y de la noche. Y, Gema…

—¿Sí?

—Idos a casa. Es tarde, y se supone que hace horas que empezó el fin de semana. Os va a tocar seguir mañana, pero por lo menos descansad un poco.

Siguiendo las indicaciones de su jefe liberó a su equipo hasta el día siguiente. A ella, en cambio, aún le quedaba una tarea por hacer.

Le abrió don Samuel, como la última vez. Si hubiera podido elegir, habría preferido encontrar sola a su mujer, que le parecía más fácil de tratar. Quizá algo en su comportamiento lo dejó traslucir; de una forma u otra, la acompañó hasta el salón y se excusó casi de inmediato. Doña

Sonsoles, vestida de negro como en las ocasiones anteriores, la acogió con una sonrisa que contrastaba con la fría decoración de su hogar.

Había prometido hacer partícipes a los padres de cualquier giro relevante en la investigación, y este lo era sin lugar a dudas. La madre de Silvia parecía la que mejor entendía la forma en que llevaba adelante el caso, y la apoyaba. Le pidió que transmitiese ella misma las noticias a los demás.

—Entonces, ¿ese hombre fue realmente el que mató a mi hija? ¿Habían cogido al verdadero culpable?

—Me temo que de momento seguimos moviéndonos con hipótesis. Pero el caso contra él siempre pareció sólido, y solo el hallazgo del cadáver de Torres lo puso en duda. Si eliminamos ese hecho, no habría motivo para invalidar las conclusiones a las que se llegó en el juicio original.

—Pero todavía tienen que asegurarse de que mató a su compañero.

—Así es. Si manipuló las pruebas para inculpar al profesor debería haber algún indicio. No va a ser fácil después de tanto tiempo, y con Casado muerto, pero le aseguro que no vamos a escatimar esfuerzos hasta tener las cosas absolutamente claras.

—De eso no me cabe ninguna duda, inspectora —dijo la madre, con un gesto a la vez triste y comprensivo.

—Hay una cosa más. Cuando hablé con don Álvaro, el padre de Lucía, me dio un dato que querría contrastar con ustedes. Ha pasado mucho tiempo, y la memoria es mucho más frágil de lo que normalmente se piensa. Cuantos más puntos de vista tenga, mejor.

—Por supuesto. ¿De qué le habló?

—Al parecer don Álvaro propuso contratar a un segundo detective, cuando ni la policía ni el primero al que recurrieron mostraron grandes avances. Un tal Mauro. ¿Lo recuerda usted?

Una sombra cruzó el rostro de su interlocutora. Lo recordaba, pues; y, al igual que el padre de Rocío, con poco agrado. Faltaba comprobar si su participación había sido tan escasa como le había asegurado el padre de Lucía, y si podía recordar algún dato que llevase a su localización.

—No era un buen hombre. No me lo pareció, al menos. La verdad es que recordar todo aquello es tan difícil —continuó con un hilo de voz—. ¿Me disculpa un momento, por favor?

Odiaba forzar una y otra vez a personas que habían sido golpeadas por la desgracia a recordarla, volver sobre detalles e interpretaciones, y repetir así su tortura. Por más que la experiencia le hubiese demostrado que a menudo era la única forma de traerles algo de paz, eso no lo hacía más fácil.

Don Samuel entró unos minutos después, portando una bandeja. Puso una taza frente a ella, y otra en el lugar que había ocupado su esposa.

—Sonsoles volverá enseguida. Está muy afectada, seguro que lo comprende —dijo con voz blanda, como esforzándose en evitar cualquier énfasis que sugiriese que la responsabilizaba de ello—. Les he preparado algo de beber.

Su esposa volvió al cabo de unos instantes. Tenía los ojos secos, pero enrojecidos, y traía un pañuelo en la mano. Pensó que iba a pedirle que la disculpara, pero en lugar de eso se sentó y, tomando la taza en sus manos, dio un largo sorbo. Ella la acompañó. Le recordó a las infusiones de Inma.

—¿Le gusta? Es un té indio con canela, algo picante. Tiene un sabor muy fuerte; no es para todo el mundo, pero a mí me resulta relajante.

—Está bueno —admitió—. Un sabor... muy diferente.

—Vi al hombre que me dice, sí. Mauro. No estoy seguro del apellido, podría ser Canales. No me pareció la persona adecuada, y así se lo hice ver a Álvaro. Decidimos no contratarlo, así que no creo ni que llegase a ver los informes del caso.

—¿Está segura? Necesito examinar todos los datos, y hay algunos... Bueno, quería tener su opinión. ¿Cree que es posible que don Álvaro siguiese adelante con él por su cuenta? ¿Que le contratase personalmente, y que ese hombre llegase a alguna conclusión más? Me interesa mucho ver si lo considera posible. Confío en que lo localizaremos, pero llevará un tiempo.

—No sabría decirle. Pero, si espera aquí, seguro que tengo sus datos. Ya sé que a todos les parece que ha pasado mucho tiempo, pero yo tengo la sensación de que ha sido muy poco.

Salió con pasos suaves que, a pesar de los zapatos de tacón, no hacían apenas ruido sobre el suelo de mármol.

Gema se notó acalorada por la infusión. Al levantarse para acercarse a la ventana, sintió un leve vahído. A veces le ocurría al ponerse en pie bruscamente, pero esta vez fue más fuerte que lo usual. Casi cayó sobre una mesa cargada de papeles.

Un vistazo a las carpetas, donde se repetía el nombre de una notaría, fue suficiente. Su mente, obsesionada con reconstruir el intrincado dibujo de los hechos, se lanzó sobre esa pieza con avidez. Y, al colocarla, se dio cuenta de que le había costado completar el diseño, porque había estado mirando la imagen al revés. Una realidad alternativa tomaba forma ante sus ojos, con tal firmeza que se volvió evidente. Por primera vez desde que tuvo la foto de la calavera de Torres en sus manos, todas las piezas encajaban. Se volvió a mirar el sillón donde había dejado su bolso. La mirada se le desenfocó, y tuvo que volver a agarrarse a la mesa para evitar caerse. Contuvo un gemido al darse cuenta de que había desaparecido, aunque no le sorprendió. En él estaban su móvil, y su pistola.

Salió al pasillo. A unos cinco metros estaba la entrada de la casa y, en la otra dirección, una puerta entreabierta por la que se oían las voces de sus anfitriones. Se dirigió hacia la salida lo más sigilosamente que pudo. La llave estaba puesta, y recordó que don Samuel la había atrancado con dos sonoras vueltas después de que ella entrase. Las voces seguían oyéndose, indistintas pero excitadas. Confiando en que su discusión fuese tan intensa como para impedirles oírla, giró la llave. Fue dolorosamente consciente de que ya en la primera vuelta las voces habían quedado en silencio.

Salió al jardín, moviéndose como en un sueño. Los muros eran altos y sólidos; no se veían a través de ellos ni la calle ni otros edificios, mucho menos personas. El coche estaba aparcado en el interior de la finca, a unos diez metros de ella y veinte de la puerta automática, que se hallaba cerrada. Fue hacia él luchando con la pesadez de sus miembros. Cuando se encontraba a medio camino oyó que la puerta volvía a abrirse. Sin detenerse a mirar atrás, llegó hasta el vehículo y lo abrió. En el camino había un pulsador para abrir el portón, que accionó antes de introducirse en el coche y cerrar la puerta. Solo entonces echó la vista atrás, y vio a los dueños de la casa viniendo con calma hacia ella.

Le alivió ver que las llaves seguían en el contacto. El portón ya estaba a medio abrir, pero don Samuel se acercaba. Arrancó y apretó a fondo el claxon, dispuesta a llamar la atención todo lo posible y a salir en cuanto el paso quedase franco.

Ninguno de sus perseguidores llevaba el arma. Don Samuel se acercaba al coche, pero confiaba en su robustez, y estaba preparada para dar un acelerón antes de que llegara. Sin embargo, el hombre, en vez de intentar romper los cristales, volvió a accionar el pulsador. Para su desesperación comprobó que el mecanismo era reversible, y el portón se cerró de nuevo.

El narcótico iba deshaciendo su consciencia. Aferró con fuerza el volante y, rogando porque el coche tuviera suficiente potencia, pisó con fuerza el acelerador. Unos segundos después, sin apenas espacio para ganar velocidad, el coche chocó blandamente contra la valla, y ella perdió el conocimiento contra la tensa superficie del *airbag*.

35

La intensa claridad en sus ojos la despertó, o quizá fue el agudo dolor de la muñeca izquierda. Le costó unos segundos darse cuenta de dónde se hallaba, su mente aún perdida en una densa bruma química, pero en cuanto lo hizo gritó con desesperación. El sonido murió en su garganta, amortiguado por la mordaza que le tapaba la boca.

Estaba tumbada en una fosa poco profunda, con los brazos en cruz, amarrada por las muñecas y los tobillos. Notaba sobre el vientre el peso de la tierra acumulada, y por unos instantes el terror fue lo único que pudo albergar su mente. Un terror oscuro, primario, el miedo último detrás de todos los miedos que había sentido en su vida; llenando su mente y su cuerpo, venciendo sus esfínteres y haciendo que se vaciase sobre el polvo de su tumba.

Mientras forcejeaba inútilmente contra sus ataduras la linterna que la había apuntado se desvió al suelo, atenuando la luz. Antes de que pudiera reconocerla, la persona que la portaba volvió a salir de su campo visual, y le llegaron retazos de una discusión.

La adrenalina contribuyó a disolver los restos del tranquilizante, y su mente fue aclarándose. Se hallaba en una pequeña parcela de tierra seca, al abrigo de un caserón, bajo un voladizo que se proyectaba desde la pared. Estaba claro que habían aprendido de la equivocación del sicario de los Roca. El edificio estaba a todas luces abandonado, lo cual no la sorprendió. Como en cualquier rompecabezas, una vez encontrado el patrón, los pasos siguientes resultaban predecibles. Por eso había sabido que no la dejarían salir con vida. Aquí era donde terminaba, y ya solo era cuestión de cómo de largo y doloroso fuera el trance.

Pensó en Anna; sintió dolor y tristeza por lo que tendría que pasar. Pero, sobre todo, sintió rabia. No se merecía algo así. Nadie se lo merecía, pero sobre todo ella, su dulce niña, después de todo el sufrimiento que le había traído ya la vida. Cerrando los ojos podía ver su cara, imaginar la pena que reflejarían sus rasgos cuando supiese lo que le había ocurrido, su desamparo. Pensando en ella reunió todas las fuerzas de su cuerpo y las concentró en los brazos, haciendo un esfuerzo titánico por levantarlos; intentando al menos aflojar las cuerdas lo suficiente como para poder escurrir las manos bajo ellas. No consiguió moverlas ni un centímetro.

La linterna volvió a moverse. Con el reflejo de la luz en las paredes pudo enfocar a la persona que la llevaba. Por primera vez desde que la conocía no iba de negro, sino con ropa deportiva en tonos grises. Llevaba una jeringuilla en la mano.

—Me alegro de que estés despierta. Créeme, quiero que esto acabe lo antes posible, pero todavía necesitamos hacer algunas cosas. Esto es un compuesto que debilita la voluntad; no es un suero de la verdad, pero en este caso servirá igual. Voy a inyectártelo, y te haré unas preguntas. No nos llevará demasiado tiempo, pero hay cosas que necesito saber, y con esto me aseguraré de que no me ocultas información.

Dejó la jeringuilla en el suelo, y tomó a cambio otro objeto. Reconoció, con un escalofrío, su arma reglamentaria.

—Estamos en un sitio deshabitado; ya ves que no se oye ningún ruido, ni de tráfico ni de personas. Podrías desgañitarte gritando y nadie te oiría. Aun así, prefiero que estés callada, y respondas solo a lo que te pregunto. Si lo haces así, cuando termine usaré esto. Si no, iré echando paladas poco a poco. Puedes creerme, la primera opción es mucho mejor. ¿Me has entendido?

Las palabras eran pavorosas, pero lo que le causaba verdadero horror era el tono en que las había pronunciado. La forma casual, desprovista de emoción y centrada en los aspectos prácticos, en que había detallado cómo iba a acabar con su vida, y se había dispuesto a esperar su respuesta después. No le quedó otra que asentir con la cabeza. Cuando le quitó suavemente la mordaza, y mientras sentía el pinchazo en el brazo, susurró:

—Por favor, tengo una hija. Una niña pequeña. Me necesita…

—¡No vuelvas a decirme eso! —gritó con un estallido—. ¡Tu hija está viva! ¿Cómo te atreves a hablarme de ella? ¿Crees que lo que le va a ocurrir se puede comparar siquiera a lo que sufrió Silvia?

No había esperado nada distinto: para ella, el único dolor que existía era el que sentía por dentro. Medía con él todos los demás, y todos resultaban pequeños. Si suplicase por su vida, si apelase a su compasión, se encontraría el mismo muro con el que había chocado al intentar despertar su instinto maternal: a nada que dijese le concedería valor comparado con la pérdida de su hija. Ni siquiera, aunque ella lo negaría, al dolor de la propia niña.

Sintió como si su cabeza empezase a flotar, dejó de percibir la postura de su cuerpo. Si el suero era como había dicho, sería incapaz de evitar contestar a sus preguntas, pero debía concentrar sus esfuerzos en dilatar sus respuestas, o en provocar un diálogo con sus captores, para ir sumando segundos de vida. Eso, y rezar porque no intuyesen lo único que aceleraría su final. Lo apartó de su mente y trató de desviar la discusión a temas de los que pudiese hablar.

—Torres… —murmuró de forma casi ininteligible, sintiendo que le costaba mantener el control sobre los músculos de la boca.

—¡No menciones a ese hijo de puta! Está muerto, y bien muerto. Lo único que siento es que acabase tan rápido.

—Él mató… niñas…

Su cara reflejó por fin una emoción con la que podía identificarse. El mismo dolor que había mostrado el día que la conoció recordando por lo que había pasado su hija. Su voz sonó quebrada cuando contestó.

—Era un monstruo. Un auténtico monstruo. Lo que le hizo a mi hija… No lo puedes ni imaginar. Mereció cada segundo de lo que le pasó, y habría merecido mucho más. Ojalá pudiese volverlo a la vida para matarlo otra vez. Tú no estuviste allí cuando me lo contó. Él lo orquestó todo: no solo la mató, sino que se las arregló para ser él mismo quien llevase el caso, y lo manipuló para echarle las culpas a otro. También controló al idiota de su compañero para asegurar que no le delatase. Era un demonio. Si no llega a ser por Mauro no lo habríamos averiguado; seguiríamos pensando que el asesino de mi hija estaba entre rejas.

—Robledo… inocente…

—¡No es inocente! No te atrevas a decir eso. ¿Sabes por qué le resultó tan sencillo a Torres engañarlo para que se delatase a sí mismo? Él pagaba por las fotos que le mandaba. ¡Pagó por ver la muerte de mi hija!

Chillaba con el rostro desencajado de angustia y Gema, a pesar del dolor, a pesar de saber que iba a matarla, no pudo evitar comprenderla. El infierno que había vivido se reflejaba en sus ojos alucinados; el mismo infierno que había penetrado en su cerebro y había acabado por invadirla.

—Ahora saldrá de la cárcel, supongo. No creo que sea capaz de evitarlo, aunque te juro que haré todo lo posible por conseguirlo. Y te aseguro que se merece cada minuto que ha pasado en ese lugar.

Se quedó en silencio, pensando sin duda en el condenado que había resultado ser inocente, al menos de aquello por lo que estaba en prisión. Buscó algo más con que distraerla, algo con que extender el tiempo de que disponía. Pero Sonsoles se le adelantó:

—Ya está bien de hablar de eso. ¿Quién sabía que venías a vernos?

—Nadie. Decidí yo sola...

—¿Venías de verdad de hablar con Álvaro? ¿Lo sabían tus compañeros?

—Antes... ¿Él... ayudó? —aprovechó para preguntar.

—¿Álvaro? ¿A qué iba a ayudar ese? Se le va toda la fuerza por la boca, como a los demás. Lo único bueno que hizo fue localizar a Mauro. El inútil que me pasaron en mi empresa lo único que sabía era localizar a casados con amantes y caraduras con falsas bajas médicas. Mauro era otra cosa. Él sí fue capaz de atar cabos. De entrar en el apartamento de Torres y averiguar lo que estaba haciendo. Y de mantener la boca callada cuando le dije que el trabajo había terminado, y que debía dejarme el resto a mí. Si hubiera dejado que lo controlase Álvaro no habría descubierto nada, o como mucho habrían metido a ese malnacido en la cárcel y habría salido en unos años. ¿Sabes que a Robledo solo le quedaban por cumplir cinco? Eso es lo que habría pasado con ese cabrón: veinte años, y a la calle a buscar más víctimas. Pero eso no va a volver a pasar más.

—Casado...

Su expresión se tornó dura al oír el nombre de su excolega, casi furiosa. Estaba segura de que sus últimos momentos debían haber sido terribles, pero pensarlo no le hizo sentirse mal por él. Solo volvió a recordarle la cruel injusticia de compartir su destino.

—Ese cabrón... pensar que ha estado todo este tiempo libre, después de que dejase escapar a Torres, me hierve la sangre. Eso sí tengo que agradecértelo. Yo había pensado que era simplemente un idiota, no que hizo la vista gorda... Pero tú hiciste que saliese de su guarida, y al final acabó recibiendo también su merecido.

Oyó la voz de Samuel hablando a su espalda, urgiendo a su esposa a terminar. Hablaba en tono nervioso. Su mujer le silenció de malos modos.

—Para tu tranquilidad, estoy segura de que el anónimo te lo envió él. Tu familia está a salvo. No tengo nada contra ella, y no queda nadie que vaya a hacerle daño. Tampoco tengo nada contra ti, en realidad. Pero no voy a dejar que me separes de mi hija. Lo único que he hecho es justicia. ¿Cuándo empezaste a sospechar?

Demasiado tarde, pensó entre la bruma del suero. Debía haberse dado cuenta antes. Pero solo lo hizo en el último momento, cuando fue a visitarla en su casa, y así se lo dijo.

—Entonces, ¿a qué viniste?

—Pensaba que... don Álvaro.

—¿Sospechabas? ¿Por qué?

—Algo no cuadraba... tenía que... otra razón...

—Así que empezaste a sospechar que Torres había sido quien mató a las niñas, y que murió para pagar por su delito. Y Álvaro, el bocazas agresivo, era el candidato más probable. Igual que a todos esos imbéciles, solo se te ocurrió sospechar de un hombre, y entre ellos del más gritón. ¿Se lo dijiste a alguno de tus colegas?

—No —confesó.

—¿Crees que acabarán sospechando también ellos?

Al oír la pregunta su mente le presentó, entre nieblas, la imagen de Susana. Se esforzó por desviarla y contestar brevemente:

—No... no...

Si había alguno que pudiese sacar las mismas conclusiones, sería ella. Pero no podía darle su nombre; sería lo mismo que dibujarle una diana sobre el torso. Se forzó a pensar en otra cosa.

—Las carpetas... notaría...

—¿Qué pasa con la notaría?

—Edificio... abandonado...

—¡Ah! ¿Así te diste cuenta? Eso fue astuto, tengo que reconocerlo. ¿Alguno de tus compañeros había comentado algo al respecto?

—No —dijo, algo más tranquila.

Solo en el último momento había comprendido la relación entre la profesión del padre de Silvia y el lugar en el que había aparecido el cuerpo de Torres. A buen seguro aquel en el que se encontraban estaba también pendiente de una herencia, un litigio u otra situación parecida, en la que la notaría donde trabajaba don Samuel estuviese involucrada. Eso le había permitido identificar propiedades remotas y donde los cadáveres permanecerían largo tiempo sin ser hallados; igual que habían intentado los asesinos de Casado, y con mejor fortuna.

—¿Tenéis alguna pista más? ¿Algo que pueda llevar a tus compañeros hasta nosotros?

—Cabello... restos... tumba

Volvió a oír a don Samuel de fondo, con un toque de alarma en su voz.

—Cállate. No les servirá de nada si no tienen ADN para comparar. Y no tienen ni el tuyo ni el mío. Ni siquiera el de la niña, nunca nos lo pidieron. No creo que en esa época sirviera para nada. Si lo hacen ahora, nos negamos. Decimos que todo eso pasó hace mucho tiempo, y que lo único que queremos es olvidar.

A esas palabras siguieron momentos de silencio. Veía en la cara de su asesina que se esforzaba por buscar algún otro cabo suelto, puntos que necesitase verificar, antes de terminar definitivamente. El tiempo se le acababa. Luchó por encontrar algún otro tema con el que alargar la conversación, pero le costaba concentrarse; el efecto de los químicos era cada vez más fuerte. Con los ojos medio cerrados vio cómo se agachaba y tomaba el arma.

—Bueno, creo que esto ya está. De verdad que lo siento, pero ya entenderás que no hay otra forma.

—Espera… favor…

—No queda nada por hablar. No te preocupes, será rápido.

El suero rivalizaba con el arma en tratar de disolver su consciencia. Cada vez más desorientada, su último pensamiento fue para Anna. Se esforzó en imaginar su rostro con una sonrisa, con la que confiaba que volviese a tener algún día, después de superar la enfermedad y la muerte. Con ella en la mente cerró los ojos; sintió un disparo, un fuerte golpe y el cálido sabor metálico de la sangre. Después la oscuridad.

36

U N dolor agudo palpitaba con fuerza en su mano izquierda. Buscó aliviarlo, pero no consiguió moverse: tenía ambas muñecas amarradas. Entonces recordó y su cuerpo empezó a debatirse con fiereza, luchando por desatarse mientras gritaba cuanto daban de sí sus pulmones.

Oyó una voz tranquila pero firme dando órdenes. Unas manos se clavaron en sus hombros, impidiéndole levantarse. Trató de resistirse, pero estaba muy débil. Entonces una voz distinta, conocida, sonó justo en su oído:

—Sssh. Tranquila, cariño. Todo va bien. No te preocupes. Estás a salvo. Cálmate.

Desorientada dejó de hacer fuerza, mientras sentía que su mente volvía a disolverse en la nada.

La despertó la luz. Notaba dolor en la mano izquierda, y tenía la vaga sensación de que eso era muy malo, pero no recordaba por qué. Intentó moverla sin conseguirlo. Pesaba mucho. No, no era eso. Estaba sujeta por algo. Eso tampoco era bueno. Sintió nervios, pero de una forma imprecisa, lejana, más parecida al recuerdo de haber estado nerviosa que a la emoción real. Trató de hablar, pero solo le salió un gemido.

—¿Está despierta? ¿Puede oírme?

Una voz de mujer. Calmada, tranquilizadora, suave pero no dulce. Profesional.

—¿Puede abrir los ojos?

Le costó, pero lo consiguió. Solo veía sombras grises, y luego una fuerte luz que la cegaba. Intentó cerrar los párpados, pero algo se los sujetaba. No duró mucho. La luz se apagó, la soltaron y volvió a cerrarlos rápidamente.

—Discúlpeme, ya he terminado. Intente mirarme, por favor.

Volvió a abrir los ojos. Sombras que se enfocaban poco a poco, tornándose más precisas a cada parpadeo. Una pared blanca con franjas oscuras a media altura. Borrones beis a ambos lados. Frente a ella, tan cercana que fue lo último que logró enfocar, la cara de una mujer vestida con un pijama azul pálido.

—¿Puede verme?

—Sí —murmuró.

—¿Me reconoce?

—No.

Habría jurado que no la había visto nunca, pero la mujer compuso un gesto de preocupación al oírlo.

—Está bien. No pasa nada. Espere un momento, por favor.

Salió de su campo visual, y oyó el sonido de una puerta al abrirse. Los borrones del fondo se convirtieron en un armario de una sola hoja y una puerta en el mismo tono, cerrada. Estaba en una cama. Un hospital. Le dolía la cabeza además de la mano. Intentó tocársela, masajear las sienes para calmar el dolor, pero no pudo. Con un sobresalto, recordó que estaba atada. Intentó soltar las manos y, al no conseguirlo, le vino a la mente el recuerdo de estar aprisionada, a punto de morir, acompañado de una inmensa angustia. Forcejeó sin conseguir mover las ataduras ni un milímetro. La voz de antes volvió a sonar a su lado; apresurada, ansiosa, pero sin perder la profesionalidad.

—Cálmese, por favor. No se mueva. La soltaré enseguida. Solo está así porque no dejaba de quitarse las vías. Tranquilícese y quitaré las correas. Ahora vendrá alguien a hablar con usted.

Se forzó a relajar los músculos, aún reticente; lista para volver a pelear en cuanto estuviese libre, si era necesario. Pero la mujer cumplió su palabra. Le deshizo las trabas una a una, y pudo llevarse las manos a la cara. Notaba extraño el tacto de la piel, sus sentidos todavía volviendo lentamente a su ser. Tenía una venda que le cubría desde la mitad de la frente, aunque no notó dolor al palpársela.

—¡Gema, cariño! ¿Cómo te encuentras?

Sintió un alivio inmenso. Aún no estaba segura de lo que había ocurrido, sus recuerdos eran fragmentarios y confusos, pero con Inma a su lado se sentía protegida.

—¿Y Anna? —susurró.

—Está bien, corazón. Sigue en el hospital, con muchísimas ganas de verte. Roberto estuvo aquí hace un par de días, pero no podía dejarla sola tanto tiempo; ya sabes cómo es aquello. Eso sí, solo se fue cuando le aseguraron que estabas fuera de peligro.

—¿Peligro?

Su amiga la miró con seriedad, rozándole la mejilla, y bajó el tono de voz.

—Has estado muy mal, Gema. Nos tenías muy preocupados.

—Me... dispararon...

—No, qué va. Dispararon a la loca esa. Ortega, desde lejos. Estaban intentando acercarse y controlar la situación, pero vio que te apuntaba con una pistola y no se lo pensó dos veces. Murió en el acto, y cayó encima de ti. Pero debías de estar ya inconsciente.

«No del todo», pensó. Muy aturdida, eso sí. Tanto que había confundido el golpe del cuerpo de Sonsoles sobre el suyo con el impacto de un proyectil. Luego sí había perdido la consciencia, sin darse cuenta de que por unos momentos compartiría la tumba con la mujer que había estado a punto de asesinarla.

—Lo peor fue lo que te metió en el cuerpo. Mezcló varias drogas que habrían acabado matándote si no te hubiesen encontrado. Seguramente lo mismo que le inyectó a Torres.

—Quería interrogarme. Una especie de suero de la verdad.

—Pues igual sí, pero también un veneno que estuvo a punto de llevárselo por delante. Una mezcla de compuestos con varios tóxicos de uso infrecuente. Llevas más de una semana aquí. Te tienen en Psiquiatría, porque es donde hay camas con correas. En cuanto recuperabas la consciencia te arrancabas cualquier cosa que tuvieras en los brazos.

Más tarde vino Mario a visitarla, a traerle noticias y desearle una pronta mejoría de parte del comisario y el resto de los compañeros de la comisaría.

—Excepto de Sanlúcar. Está suspendido de empleo y sueldo, bajo investigación. Hay indicios de que era quien le pasaba información a don Álvaro, que acababa llegando a los padres de Silvia. Así seguían la investigación. También contactaron otra vez con Mauro Canales, el detective que les había ayudado hace quince años. Aún sigue en activo y, por lo que dicen los compañeros que le conocen, es muy bueno. También tiene muy pocos escrúpulos.

Le comentó que la Fiscalía estaba considerando la posibilidad de procesarlo como cómplice. Era posible que no lo hicieran, sin embargo, porque no había pruebas claras de que hubiera estado al tanto de la muerte de Torres. Por otra parte, todo el mundo trataba de que el caso se cerrase lo antes posible, y minimizando el ruido mediático. Sobre todo porque el abogado de Robledo estaba intentando convertirlo en el escándalo del año, y no iba mal encaminado.

—Una cosa más; no te lo vas a creer. Lo grabaron en vídeo.

—¿El qué?

—Interrogaron a Torres cuando lo atraparon; debieron de inyectarle un cóctel similar al que te pusieron a ti. Y, mientras lo hacían, lo grabaron todo. Tenemos la historia completa, contada por su protagonista.

—¿Y cuadra?

—Parece que sí. Lo manipuló todo desde el principio. Se fue acercando a Casado poco a poco. Una relación de mentor a aprendiz, que duró hasta el momento exacto en que descubrió que tenía otros negocios bajo mano. A partir de ese momento, lo tuvo en su poder, hasta el punto de obligarle a ceder su apartamento para torturar a las niñas. Luego tomó bajo su control también a Robledo, al que además incriminó manipulando las pruebas. Casado le copió para involucrar a Fuentes.

Cuadraba, efectivamente. Y no era muy distinto de lo que había acabado imaginándose.

—No nos dimos cuenta hasta el final.

—¿Quién lo iba a pensar? Estaba completamente desequilibrada. ¿Sabes que había recuperado el cuerpo de su hija? Torres confesó dónde la había enterrado.

—El ataúd —dijo, comprendiendo al fin la fijación de Sonsoles por pasar tanto tiempo a su lado.

—La han tenido ahí todo este tiempo, en el sótano de su propia casa. Y, por las huellas, parece que lo han abierto con frecuencia. Don Samuel niega saber nada al respecto, pero también afirma que el nunca bajaba a la habitación. Era su mujer la que pasaba allí las horas, igual que la que, según él, lo había organizado todo siempre. Él se había limitado a obedecerla.

—Eso me lo creo. Estaba acostumbrada a mandar, y él a obedecer.

Cada relación es un mundo, pero era especialmente difícil imaginar cómo habría podido ser la suya todo ese tiempo, compartiendo casa con el cadáver de su hija sin enterrar. No es que no hubiesen pasado página; es que para ellos el tiempo no se había movido nunca del día en que les habían comunicado que Silvia había desaparecido. Esa parte, solo esa, podía entenderla. La muerte de una hija era algo espantoso. Suficiente para destrozar la vida de alguien. O para convertirlo en un monstruo.

—Habrían podido seguir así, ¿sabes? Si no los hubiéramos cogido, se habrían salido con la suya. Tú habrías desaparecido, pero no creo que hubiésemos pensado en ellos. Eran muy buenos plantando pistas falsas.

—Habríais acabado dándoos cuenta.

—Quizá. Sabe Dios lo que habría podido pasar.

—Si no fuera por la nave espacial —contestó, con una sonrisa en los labios. El subinspector mostró su acuerdo con una sonrisa.

—Tengo que decir que, cuando recibí el mensaje de emergencia y vi dónde estabas, pensé en llamarlos. Si lo hubiera hecho, no sé qué habría pasado. Fue Susana la que, al ver que tú no contestabas, pidió con urgencia la localización y seguimiento de sus móviles. De otro modo no habríamos llegado a tiempo.

El margen había sido muy estrecho. Y aun así conseguirlo había requerido de mucha, mucha suerte. Pero no iba a demorarse ahora en las probabilidades de que algo hubiera salido mal. No lo había hecho, y eso era lo importante. O, al menos, con lo que tendría que vivir.

Sonó el teléfono. En la pantalla se iluminaba la foto sonriente de Anna.

Este libro se terminó de imprimir el día 30 de septiembre de 2022, en Gráficas Cofás (Móstoles, Madrid). El mismo día de 1824 nació Truman Capote, escritor y periodista de investigación norteamericano, considerado el padre de la novela de no ficción con el título *A sangre fría*.

OTROS TÍTULOS
DE LA COLECCIÓN

Los niños de mangle

Martín Doria

Voz y Tiempo

edaf

Agua

Saúl Cepeda Lezcano

Voz y Tiempo

edaf

XXII PREMIO DE NOVELA NEGRA
CIUDAD DE
GETAFE
2018
AYUNTAMIENTO DE GETAFE

La japonesa calva

Jesús Tíscar Jandra

XXI PREMIO DE NOVELA NEGRA
CIUDAD DE
GETAFE
2017
AYUNTAMIENTO DE GETAFE

Voz y Tiempo

edaf

El peso del alma

José María Espinar Mesa-Moles

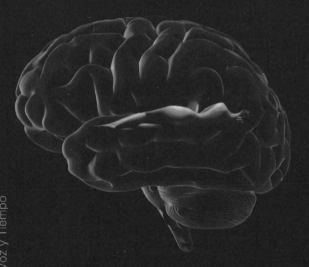

Voz y Tiempo

edaf

Ángulo muerto

Jordi Juan

Voz y Tiempo

edaf

Sabiduría elemental

Solange Camauër

edaf

Voz y Tiempo

XXIII PREMIO DE NOVELA NEGRA
CIUDAD DE
GETAFE
2014
AYUNTAMIENTO DE GETAFE